ULRIKE SCHWEIKERT

Feuer der Rache

Ulrike Schweikert

FEUER DER RACHE

Roman

LYX EGMONT

Der Roman „Feuer der Rache“ erschien unter
dem Pseudonym Rike Speemann erstmals bei
Droemersche Verlagsanstalt Th. Knaur Nachf., München.

Neuausgabe August 2008 bei LYX
verlegt durch EGMONT Verlagsgesellschaften mbH,
Gertrudenstraße 30–36, 50667 Köln

1. Auflage
Satz: Greiner & Reichel
Druck: CPI – Clausen & Bosse, Leck
ISBN 978-3-8025-8157-1

www.egmont-lyx.de

Für meinen geliebten Mann Peter
und meine Freundinnen
Wiebke Lorenz und Inge Will

Prolog

Rabby

Sie saß auf den kantigen Steinen, die das Bett der Elbe begrenzten, und weinte. Es war bereits dunkel, aber dieser Herbstabend schien einer der wenigen milden Abende im Hamburger Land zu werden. Der Wind wisperte in den Weidenbüschen, die den Blick vom Strandweg her abschirmten. Eine Gruppe von Spaziergängern schritt durch das Strandgras, eine Fähre tuckerte auf dem Fluss vorbei, Scheinwerferlicht huschte über das braune Wasser, doch das Mädchen bemerkte nichts von alldem. Sie saß nur da, die Knie eng an die Brust gepresst, das Gesicht in den Händen vergraben, und schluchzte. Tränen rannen ihr über die Wangen. Die Welt um sie herum war still und leer. Ihre Seele wanderte weit weg durch eine Finsternis, die nur sie selbst sehen konnte.

Irgendetwas drang durch die Dunkelheit und kroch über die tiefen Abgründe hinweg. Das Schluchzen verstummte. Der bebende Körper erstarrte, das Gesicht noch immer in den Händen verborgen. Da war etwas. Eine Gefahr! Ein Teil ihres Geistes hatte wachsam in die Nacht gelauscht und warnte sie nun. Sie spürte, wie sich die Härchen in ihrem Nacken aufstellten. Es schien ihr, als sei es plötzlich kalt geworden. Die feuchte Kälte, die sie schaudern ließ, musste vom Fluss her kommen. Es war spät geworden. Sie war hungrig und müde, und deshalb fror sie. Es war Zeit, zu den Menschen zurückzukehren. Das war alles.

Nein, ist es nicht! Willst du wieder nicht auf deine Instinkte hören?

Nun konnte sie deutlich fühlen, dass die Kälte sich von hinten her über die Sand- und Grasflächen näherte. Das Mädchen sprang auf, die Hände abwehrend von sich gestreckt. Ihr Blick huschte zwischen den Zweigen der Weiden hindurch auf der Suche nach der heranschleichenden Gefahr.

Zuerst konnte sie nichts erkennen, dann erhob sich plötzlich die Silhouette eines großen, schlanken Mannes vor ihr, als habe er sich gerade erst aus den Schatten zu einem festen Körper zusammengefügt. Bedächtig trat er näher. Das Mädchen öffnete den Mund, doch kein Laut kam über ihre Lippen. Sie konnte nur reglos dastehen und den Mann anstarren. Dabei registrierte ihr Gehirn jede Einzelheit, die das Mondlicht ihr enthüllte: sein fast hageres Gesicht mit der vorspringenden Nase und der bleichen Haut, die dunklen Augenbrauen und das schwarze, schulterlange Haar. Seine Augen schienen rot zu sein. Nein, das war nicht möglich. Es musste die Spiegelung eines Lichts vom Wasser her sein. Geräuschlos trat er näher, bis er keine drei Schritte entfernt vor ihr stand.

„Guten Abend", sagte er mit leiser, dunkler Stimme.

„Sie haben mich erschreckt", stieß das Mädchen hervor. Nun müsste die Panik in ihr aufsteigen, das Gefühl eines wilden Tieres, das man in einen Käfig gesperrt hat, aus dem es kein Entrinnen gibt, stattdessen fühlte sie Müdigkeit an ihren Beinen emporkriechen. Ihre Lider wogen schwer, ihr Atem ging tief und ruhig. Warum konnte sie ihren Blick nicht von diesen seltsamen Augen abwenden?

Sie fühlte, wie sein Blick über sie hinwegglitt, und es war ihr, als könne sie erkennen, was er vor sich sah: ein Mädchen, fast noch ein Kind, mit schmächtigem Körper und knochigen Armen und Beinen. Farblose Haarsträhnen hingen wirr in das nichtssagende Gesicht mit der zu kleinen Nase und den zu dünnen Lippen. Das blasse Grau der Augen machte den Eindruck eines ehemals farbigen Stoffes, der durch zu häufiges Waschen seine Leuchtkraft verloren hatte. Sie sah, wie das Interesse in seinen Augen erlosch. Gleich würde er sich abwenden und davongehen. Wie konnte es anders sein. Sie hatte diesen Blick schon zu oft gesehen, um etwas anderes zu erwarten.

Er ging nicht. Stattdessen fragte er höflich: „Darf ich mich zu dir setzen?"

Nein! Sie wollte, dass er sie nicht mehr ansah und sie in Ruhe ließ. Erstaunt bemerkte sie, wie sie nickte. Ihre Knie fühlten sich weich an. Sie sank zurück auf die Steine und starrte auf die Elbe hinaus. Der Fremde ließ sich an ihrer Seite nieder und verschränkte die Arme um seine Knie.

„Peter von Borgo", stellte er sich vor.

Sie reagierte nicht. So etwas wie Enttäuschung war in seiner Miene, dennoch blieb er sitzen.

„Ich habe dich weinen hören", unterbrach er nach einer Weile die Stille. Er hielt kurz inne und fuhr dann fort: „Was mag der Grund sein, sich solcher Verzweiflung hinzugeben? Sollten Mädchen in deinem Alter nicht glücklich sein und an einem herrlichen Spätsommerabend das Leben genießen und sich freuen?"

Sie wunderte sich über seine seltsame Art zu sprechen. Er klang, als wäre er einem alten Film entstiegen. Auch fragte etwas in ihr, wie er ihr Weinen gehört haben konnte. Die Gedanken versanken jedoch in dem Nebel, der durch ihr Gehirn zog.

„Glück, Freude", wiederholte sie stattdessen laut und lauschte diesen Worten nach, als habe sie sie noch nie vernommen. „Über was soll ich mich freuen? Kann ich jemals Glück empfinden? Ich werde mich hier auf der Stelle ins Wasser stürzen. Vielleicht ist es dann wenigstens friedlich.“ Tränen füllten ihre Augen und rannen über ihre Wangen herab.

Peter von Borgo hob fragend die Brauen. Offensichtlich war der Damm gebrochen, und es war keine weitere Aufforderung nötig.

„Sie wollen mich einsperren“, schluchzte das Mädchen. „Er hat getobt und mich geschlagen, und nun will er mich wegbringen, bis alles vorbei ist. Sie hat nur genickt und geweint und mich vorwurfsvoll angesehen. Ich sei die größte Enttäuschung ihres Lebens. Zum Pfarrer ist sie gelaufen und hat mit ihm darüber geredet, und er hat ihr die Adresse gegeben.“ Sie verzog das Gesicht zu einer Grimasse. „Marienstift Schwagstorf. Zu den Franziskanerinnen wollen sie mich abschieben.“ Das Schluchzen nahm einen hysterischen Klang an. Ihr Begleiter zog angewidert die Oberlippe hoch und rückte ein Stück von ihr ab.

„Ich halte das nicht aus. Ich sterbe, wenn ich allein bin. Rose darf nicht mitkommen. Ich zittere schon, wenn ich eine Stunde ohne sie bin. Es ist alles so dunkel um mich. Ich kann das nicht aushalten. Nachts sehe ich immer diese Gesichter um mich. Böse Fratzen, die näher und näher kommen. Ich will schreien und davonlaufen, doch ich kann mich nicht rühren, und kein Ton kommt aus meinem Mund. Es drückt mir die Luft ab. Ich ersticke, wenn Rose nachts nicht meine Hand hält.“ Sie wischte sich die Tränen an ihrem Ärmel ab und sah auf die Elbe hinaus. Ihre Stimme war noch immer leise, aber der jämmerliche Klang war nun verschwunden.

„Ich habe Angst davor, die Augen zuzumachen, doch irgendwann ist die Erschöpfung stärker, und dann beginnt es von Neuem. Immer wieder, immer wieder.“ Sie riss in Panik die Augen auf und starrte den Mann an ihrer Seite an, doch sie sah etwas anderes.

„Nein, lieber springe ich in den Fluss. Das Wasser macht mir auch Angst, aber ich weiß, es dauert nicht lange, und dann ist alles für immer zu Ende." Ihr Blick kehrte aus der Ferne zurück und richtete sich nun voller Erstaunen auf Peter von Borgo.

„Was ist nur in mich gefahren?", murmelte sie und schüttelte den Kopf.

Der Mann betrachtete das braun schäumende Wasser und sah dann wieder zu dem Mädchen an seiner Seite, das ihn noch immer verwirrt anstarrte.

„Nun, ich will mich nicht einmischen", sagte er. „Das Ertrinken soll eine qualvolle Sache sein, aber Schmerz und Krämpfe währen nicht ewig. Da hast du sicher recht." Er streckte den Arm aus und deutete auf den Fluss hinaus. „Wenn du fest entschlossen bist, diesen Schritt zu tun – gut, ich werde dich nicht aufhalten. Die Flut wird deine Leiche mit sich nehmen." Das Mädchen schwieg. „Andererseits habe ich nur zu oft die Erfahrung gemacht, dass Menschen auch das größte Leid schnell überwinden. Sie sind vergesslich. Die Zeit schleift die Kanten ab, wie das Wasser am Grund dieses Stroms die Kiesel rundet. Gib den Mühlen der Zeit zehn Jahre. Was hast du zu verlieren? Ist der Schmerz nach dieser Zeit immer noch da, ja, dann spring! Die Elbe wird dich auch dann noch aufnehmen."

Das Mädchen öffnete den Mund und schloss ihn dann wieder, ohne einen Laut von sich zu geben.

Vom Geesthang her näherten sich eilige Schritte. „Rabby?", erklang eine atemlose Stimme. „Rabby? Bist du hier draußen? Verdammt, antworte mir!"

Ein Mädchen rannte zwischen den hohen Gräsern auf das Ufer zu. Peter von Borgo konnte zwischen den Weidenzweigen ihre Silhouette im Mondlicht sehen. Sie war nicht nur größer als die Gestalt an seiner Seite, ihr Körper zeigte auch äußerlich, dass sie das Kindsein hinter sich gelassen hatte. Ein üppiger Busen wippte unter ihrem knappen T-Shirt, das die schmale Taille freiließ. Hüften und Schenkel waren durchaus fraulich zu nennen. Ihr langes Haar, das sie zu einem Pferdeschwanz zusammengebunden hatte, flatterte hinter ihr her, als sie über den Sand auf die beiden Schatten am Ufer zulief. Die Hände in die Taille gestützt, blieb sie schwer atmend stehen.

„Rabby, warum antwortest du nicht? Ich habe mir Sorgen gemacht! Ich dachte, du bist nach oben gegangen, und dann warst du plötzlich weg."

„Ich wollte allein sein und nachdenken. Cherry, nicht böse sein."

Das Mädchen musterte Peter von Borgo misstrauisch. „Allein? So? Und wer ist das hier?"

Rabby zuckte mit den Schultern. „Ich weiß nicht. Er war plötzlich da und wollte nicht mehr gehen."

Cherry griff nach dem Arm der Freundin und zog sie hoch. Schützend schob sie sich vor die schmächtige Gestalt. Plötzlich huschte Erkennen über ihr Gesicht. „Sie sind das!", stieß sie aus. Ihr Brustkorb hob und senkte sich schnell, ihr Blick huschte über den Mann, der nun auch aufgestanden war. „Hören Sie, ich bin Ihnen sehr dankbar, aber nun verschwinden Sie und lassen Sie meine Freundin in Ruhe." Ihre Miene war feindselig.

„Was habe ich getan, um dein Misstrauen zu verdienen?", fragte Peter von Borgo lächelnd. Ein kurzer Blick aus seinen roten Augen, und der Aufruhr musste in sich zusammenfallen. Ein schnurrendes Kätzchen würde der Tiger in seinen Händen sein, wie all die anderen auch.

„Und wenn Sie noch so süßlich lächeln, mir machen Sie

nichts vor. Ich kann das Böse spüren!“, fauchte das Mädchen, packte Rabby bei den Handgelenken und zerrte sie hinter sich her. Der Vampir starrte den beiden nach. Noch lange stand er dort am Ufer der Elbe, ohne sich zu rühren oder auch nur den Blick abzuwenden.

So etwas war ihm in fast vierhundert Jahren noch nicht passiert.

Osterfeuer in Blankenese

In der Ferne grollte Donner. Die Schatten im Zimmer dehnten sich aus, als würde der Nachmittag im Zeitraffer vergehen und die Dämmerung schon jetzt über Hamburg heraufziehen. Sabine legte die Zeitung weg und stand auf, um den Deckenfluter anzuschalten. Noch ehe sie den Raum durchquert hatte, tauchte ein Blitz die abgewetzten Möbel in grelles Licht; der Donner ließ nicht lange auf sich warten. Sabine trat ans Fenster, gegen dessen Scheibe der Regen nun immer heftiger prasselte. Nur verschwommen sah sie die Autos durch das Wasser pflügen und Regenschirme eilig über den Gehweg huschen. Viele schwarze und graue, nur ganz wenige bunte. Der schrille Klang der Türglocke ließ sie zusammenzucken.

Wer konnte das sein? Wer wollte sie an diesem ungemütlichen Frühlingstag besuchen? Sicher war es Lars von der anderen Flurseite. Vielleicht inspirierte ihn das Gewitter und hatte zu einem Schreibanfall geführt, dessen Ergebnis der erfolglose Nachwuchsschriftsteller nun gleich seiner Nachbarin vortragen wollte. Sabine seufzte. Es klingelte noch einmal. Diesmal etwas länger und eindringlicher. Sie trat in den Flur, strich ihr von blonden Strähnchen durchzogenes Haar aus dem Gesicht und öffnete die Wohnungstür. Der Treppenabsatz lag dunkel und verwaist vor ihr, dafür schrillte die Glocke ein drittes Mal.

„Ja, bitte?“, rief sie in den Hörer neben der Tür.

„Nu komm mal in die Puschen“, raunzte ihr eine vertraute

Stimme ins Ohr. „Oder willst du mich bei dem Muddelwetter ewig vor der Tür stehen lassen?"

„Sönke, ach, du bist das", begrüßte sie ihren Kollegen und drückte auf den Türöffner. Ein Summen ertönte, dann das Klacken der Haustür. Stiefel polterten die Treppe herauf. Ein nasser, grauer Haarschopf erschien, dann ein triefender grauer Regenmantel und schlammige Schuhe, die auf der Treppe deutliche Spuren hinterließen. Schwer atmend blieb der große, hagere Mann stehen und wischte sich das tropfende Haar aus der Stirn.

„Moin, mien Deern", begrüßte er die Oberkommissarin. „War mal 'ne Buddel Medizin einholen" – er hob eine Flasche Rum in die Höhe und strich liebevoll über das Etikett – „und da dacht ich mir, ich komm dir mal ein büschen begöschen."

„Ein bisschen was?"

„Begöschen – dir gute Laune machen. Hab mir schon gedacht, dass du hier drög rumsitzt und recht gnaderig bist. Nee, zieh nu nich 'ne Karpfenschnut, ich weiß, dass du klöterig bist."

Sabine lachte. „Ich bin weder gnaderig noch klöterig – was immer das auch heißen mag. Ich sitze ganz gemütlich bei meinem Tee und lese Zeitung."

Sönke zog seine Stiefel aus, warf den Regenmantel über einen Haken der Garderobe und folgte Sabine ins Wohnzimmer. Seine Socken hinterließen nasse Spuren auf dem Laminatboden. Er schaltete das Deckenlicht an, trat an den Tisch und hob Sabines Teebecher in die Höhe. Seine dunklen Augenbrauen wanderten nach oben. „So, du sitzt also hier gemütlich im Dunkeln und schlürfst deinen kalten Tee. Wem willst du etwas vormachen?"

Er ließ seinen Blick über die Frau wandern, die heute viel

älter wirkte als dreißig Jahre: Ihre Wangen waren eingefallen, die Schatten unter den Augen nicht mit Make-up überdeckt. Trotz der Strähnchen war ihr Haar stumpf. Das weite T-Shirt und die Schlupfhose waren nicht gerade vorteilhaft und verbargen die eigentlich schlanke Gestalt. Sönke schüttelte den Kopf.

„Ach, mien Deern, du bist Kriminaloberkommissarin, du darfst dich doch nicht so gehen lassen."

„Oberkommissarin?", fauchte Sabine. „Das war ich mal! Jetzt bin ich eine Irre, vor der man die Menschheit beschützen muss!" Tränen standen ihr in den Augen. Rasch wandte sie sich ab und wischte sich mit einem zerknüllten Taschentuch über das Gesicht.

Sönke seufzte. Er trat neben sie und legte ihr den Arm um die Schulter. „Du bist nicht irre. Nur weil so ein bekloppter Seelendoktor so was sagt, glaubt das doch kein Mensch."

„Der Tieze glaubt es!"

Sönke schnaubte durch die Nase. „Der Tieze, dieser Klookschieter", wiederholte er verächtlich, und sein Ton sagte deutlich, was er von der Urteilskraft des Kriminaloberrates, Chef der LKA-Direktion 41, hielt. „Auch Thomas sagt, das ist alles dumm Tüch."

Sabine seufzte noch einmal. Ihre Schultern sackten nach vorn. „Dumm Tüch oder nicht. Leider tut es nichts zur Sache, was wir oder auch Thomas über ihn denken. Der Tieze entscheidet, ob ich – weil ich die angeordnete Therapie verweigere – vom Dienst suspendiert werde oder nicht."

Sönkes Hand rutschte von ihrer Schulter. Mit schwerem Schritt ging er in die Küche hinüber. „Jau, da hast du leider recht. Aber noch bist du ja nur krankgeschrieben."

„Und? Wenn ich nicht bald eine Bescheinigung von diesem Seelenheini bringe, dann bin ich suspendiert."

Sabine hörte, wie er Schranktüren öffnete und wieder zufallen ließ.

„Hast du keinen ordentlichen Tee im Haus? Den maddeligen Murks hier kann man nicht mal mit Rum trinken!"

Ein Lächeln erhellte Sabines Gesicht. Wie sehr vermisste sie den Kriminalobermeister, der, seit sie beim LKA angefangen hatte, das Büro mit ihr teilte. Er war meist wortkarg, oft schlecht gelaunt und doch auch die gute Seele, die immer auf dem Teppich blieb, wenn die fünf Mitglieder der 4. Mordbereitschaft nicht mehr wussten, wo ihnen der Kopf stand. Dann gab es Sönkes Allheilmittel: starken Friesentee mit Sahne und Rum.

Sabine eilte in die Küche und reichte Sönke die Teedose, bevor er auch noch die restlichen Schränke durchwühlte. Während der Wasserkocher zu rauschen begann, lud sie zwei blau-weiße Teebecher, Sahne, Kandis und eine Packung Kekse auf ein Tablett. Sönke klemmte sich seine Rumflasche unter den Arm und ging ins Wohnzimmer zurück. Der Stuhl knackte, als er sich darauf fallen ließ. Sabine hörte die Zeitung rascheln, die noch immer aufgeschlagen auf dem Tisch lag.

„Verfluchte Schweinerei!", polterte der Kriminalobermeister. „Die sollte man langsam zu Tode quälen! Stattdessen bekommen sie ein Zimmerchen mit Essen frei Haus und sind nach ein paar Jahren wieder draußen!"

Sabine musste nicht fragen, wen Sönke meinte. Sie hatte den Artikel, der mehr als eine halbe Seite der *Hamburger Morgenpost* einnahm, bereits gelesen. Ab morgen würde die Geschichte in jedem Boulevardblatt breitgetreten werden. Ein von Adoptiveltern zu Tode gequältes Kind – und die Behörden hatten nichts bemerkt, bis es zu spät war. Die Polizei hatte den neunjährigen Jungen vor zwei Tagen unterernährt und mit Spuren von schwerer Misshandlung ins Krankenhaus gebracht. Mittlerweile jedoch war er – wenn die Journalisten richtig recherchiert hatten – seinen inneren Verletzungen erlegen. Die Jagd nach den grausigen Details der Story war eröffnet. Nun würden Interviews mit Nachbarn folgen und mit den Eltern der Täter, und vielleicht würde sogar ein Bild der leiblichen Mutter auftauchen, die den Sohn zur Adoption freigegeben hatte – händeringend und tränenüberströmt: Das würde die Auflage steigern!

„Ist es euer Fall?", fragte Sabine, während sie Sönke Tee eingoss.

Der Kriminalobermeister ließ Sahne in den Becher tropfen und sah zu, wie sie sich mit dem Braun des Tees vermischte.

„Nein, die Zweite ist da dran. Der Dorst hat den Kleinen vorgestern noch im Krankenhaus gesehen – heute musste er zu seiner Sektion. Der hat nicht gerade erfreut geguckt, als ich ihm heute Morgen über den Weg gelaufen bin."

„Hat er nicht auch einen Sohn in diesem Alter?", fragte Sabine.

Sönke nickte nur und starrte düster in seine Tasse.

„Die Adoptiveltern sitzen in U-Haft. Die können froh sein, dass ich das Verhör nicht führe", grummelte der Besucher. „Ich wüsste nicht, wie ich mich zurückhalten sollte." Er schlug die Zeitung zu, faltete sie noch zweimal und schob sie dann auf den Stuhl neben sich, so als wolle er damit auch die Gedanken an diesen Fall aus seinem Kopf verbannen.

„Und was habt ihr zurzeit auf dem Tisch?", fragte Sabine, nachdem sie Sönke zum zweiten Mal den Becher gefüllt hatte.

„Die Messerstecherei auf dem Kiez. Einer war sofort tot, der andere wird wohl durchkommen. Bisher ist er allerdings noch nicht sehr mitteilsam. Die meisten Leute sind für den

Mordfall ‚Alter Elbpark' abgezogen worden. Du weißt, die Frau, die sie im Gebüsch unterhalb der Bismarckstatue gefunden haben."

Sabine nickte und nahm sich einen Keks. Sie lauschte Sönkes Bericht über die Aktivitäten im Präsidium, trank vier Becher Tee mit Sahne und Rum und aß ein Dutzend Kekse. Inzwischen war es draußen dunkel geworden. Sönke schob den Ärmel hoch, um einen Blick auf seine Uhr zu werfen.

„Is nich wahr!", rief er und sprang auf. „Du, ich muss los. Wenn ich zu spät komm ..."

„Dann ist Frieda sauer, und du bekommst kein Essen", ergänzte Sabine und grinste.

Sönke nickte. „Heute gibt es Bratkartoffeln mit viel Krabben, morgen gebackenen Hecht und Samstag echten Börsentopf – Filet vom Rind, Kalb und Schwein mit schön Gemüse!" Er leckte sich über die Lippen.

„Na, dann los!", forderte ihn die Kollegin auf und reichte ihm seine Rumflasche. „So etwas darf man nicht aufs Spiel setzen!"

Am Freitag brachte Sabines geschiedener Mann, der Hamburger Staranwalt Jens Thorne, Julia und Leila in die Lange Reihe nach St. Georg.

„Mama!" Das kleine Mädchen schlang die Arme um ihre Mutter, die in die Knie gegangen war, um die Tochter zu umarmen. Leila, die Setterhündin, kläffte begeistert und versuchte abwechselnd, Mutter und Tochter das Gesicht zu lecken. Julia kreischte vor Vergnügen.

„Leila, lass das! Mach Platz!"

Doch wie üblich war die Hündin während der Begrüßung zu aufgeregt, um sich an ihre Erziehung zu erinnern.

„Hier sind Julias Sachen", versuchte Jens das Gekläff zu

übertönen und drückte seiner Exfrau eine Reisetasche in die Hand. „Ich werde sie Montag gegen Abend wieder abholen."

Sabine sah ihn an, doch er wich ihrem Blick aus. „Hast du noch mal mit deinem Anwalt gesprochen?" Es ärgerte sie, dass ihre Stimme so schwach und flehend klang. Ihr Herz schlug schneller, und sie spürte, wie ihr der Schweiß unter den Achseln ausbrach.

„Nun, er meint, wenn deine – Aussetzer – nur ein vorübergehendes Überlastungssymptom waren, dann sollten wir – zum Wohle des Kindes – die Besuche nicht völlig einstellen. Falls du deswegen jedoch suspendiert wirst und auf Dauer deinen Job verlierst, muss geklärt werden, ob dein Zustand eine Gefahr für die Seele meiner Tochter ist."

„Ich bin keine Gefahr für die Seele unserer Tochter", presste sie hervor. Sie hätte ihn für seine Worte schlagen mögen, nach ihm treten, ihm wüste Beschimpfungen ins Gesicht schleudern, aber das hätte er nur als neue Waffe gegen sie eingesetzt, um ihr Julia endgültig zu entziehen. So schluckte sie ihre Wut hinunter, zwang sich zu einem Lächeln und wünschte ihrem Exmann und seiner Freundin schöne Ostertage auf Sylt. Erleichtert atmete sie auf, als sie die Tür hinter ihm schließen konnte.

„Mama, gehen wir zu den Feuern? Ach bitte! Papa sagt, das ist nichts für kleine Mädchen, aber ich bin doch schon so groß und komme im Herbst in die Schule!"

Sie reckte sich, um größer zu erscheinen, und warf mit einer koketten Bewegung ihre blonden Zöpfe auf den Rücken. „Biiiiitte!" Sie fügte noch einen Augenaufschlag hinzu, dem man eigentlich nicht widerstehen konnte.

„Wir gehen heute Nachmittag in den Zoo", versuchte Sabine das Mädchen abzulenken. „Morgen früh schauen wir, ob du im Spielwarengeschäft etwas Schönes findest, und dann fahren wir mit der Fähre nach Blankenese."

„Und dann gehen wir zu den großen Feuern!" Julia strahlte.

„Hm, mal sehen", sagte Sabine. Während sie für ihre Tochter eine Scheibe Toast mit Kalbsleberwurst bestrich, überlegte sie, ob ein Besuch der Osterfeuer mit einem sechsjährigen Mädchen dem Scheidungsanwalt Munition liefern konnte.

Es war schon weit nach Mitternacht, aber Sabine konnte keinen Schlaf finden. Sie wälzte sich ruhelos von einer Seite auf die andere. Ihr ganzer Körper schien verspannt, ihre Augen schmerzten, und doch war das nichts gegen den Schmerz, der in ihrer Seele wütete. Sie konnte ihn fühlen, als ob er hier wäre. Wenn sie die Lider schloss, sah sie die sehnige Gestalt; das schimmernd weiße Gesicht, die blassen Lippen, das schwarze, lange Haar. Wenn sie ihn nur berühren könnte, in seinen Armen in die Dunkelheit sinken, seinen tödlichen Kuss an ihrem Hals.

Der Gedanke machte ihr keine Angst, nein, es war eher, als wäre sie in einem erotischen Traum gefangen, als würde ihr Körper sich endlich einmal wieder an Leidenschaft erfreuen. Sabine biss sich auf die Lippen, um das Stöhnen zu unterdrücken, das in ihr aufstieg. Sie strich sich mit den Fingerspitzen über den Hals. Längst schon waren die kleinen Bissmale verheilt, doch es kam ihr so vor, als könne sie wieder spüren, wie sich die spitzen Zähne durch ihre Haut bohrten.

Wie kam es, dass sie ihn so deutlich vor sich sah? Wie konnte es sein, dass sie ihn spürte und roch?

Sabine fuhr hoch und riss die Augen auf. Er war hier! Ihr Blick huschte durch das dunkle Zimmer. Sie zitterte am ganzen Körper. Sicher war er gekommen, um sie wieder zu beobachten, um in ihrer Nähe zu sein. Sie wusste nicht, ob der Gedanke sie mehr beunruhigte oder erfreute.

„Peter?“, flüsterte sie. „Bist du da?“

Sie lauschte in die Nacht, doch nur die gedämpften Geräusche aus der Langen Reihe drangen zu ihr. Entschlossen schlug sie die Bettdecke zurück und schwang die Beine über die Kante.

„Peter!“, sagte sie noch ein wenig lauter, hörte aber nur Leila winseln.

Der Hund würde ihn wittern und einen Fremden in der Wohnung melden, sagte sie sich, während sie sich durch die dunklen Zimmer tastete. Oder vielleicht doch nicht? Besaß der Vampir nicht eine unheimliche Macht über Menschen und Tiere?

Ja, und dieser Macht bist du erlegen, grollte sie in Gedanken. Deshalb darfst du nicht mehr arbeiten und hängst hier nur gelangweilt herum, und deshalb wirst du vielleicht auch noch den kleinen Anteil am Leben deiner Tochter verlieren, den Jens und seine Anwälte dir gelassen haben. Sie ballte die Fäuste. Das warme Gefühl in ihrem Leib verflog, die Sehnsucht wurde von Wut verdrängt.

Du wünschst dir Liebe, Zärtlichkeit und Sex, mit einem normalen Mann, versuchte sie sich einzureden, und nicht ein blutsaugendes Monster, das es – nach dem Stand unserer aufgeklärten Wissenschaft – gar nicht geben kann!

Sabine öffnete die Tür zum Arbeitszimmer und lugte hinein. Da schlief ihr kleiner Engel, das Haar wie ein Heiligenschein auf dem bunten Kissenbezug ausgebreitet. Den Daumen im Mund, die Knie angezogen, lag Julia da und schlief. Sabine konnte nicht anders, sie musste zu ihr gehen und ihr über das Haar streichen.

Als Mutter hat man das Recht, ein wenig sentimental zu

sein, rechtfertigte sie sich vor sich selbst. Was habe ich denn sonst noch für Freuden in meinem Leben? Noch einmal sah sich Sabine um, die Augen ein wenig zusammengekniffen. Nichts. Sie hatte sich geirrt. Er war nicht da. Warum schaltete sie nicht einfach alle Lampen ein?, fragte sie sich, als sie durch den Flur ins Schlafzimmer zurücktappte. Dann sähe sie gleich, ob sich jemand in ihre Wohnung eingeschlichen hatte oder nicht.

Er ist ein Wesen der Nacht. Eben! Er war der Eindringling, das Böse, das hier nichts zu suchen hatte. Warum, verdammt noch mal, nahm sie auf seine Empfindungen Rücksicht?

Weil es seit dieser Nacht im Dezember, als er von ihrem Blut getrunken hatte, eine unsichtbare Verbindung zwischen ihnen gab.

Das ist ähnlich wie sexuelle Hörigkeit, warf sie sich vor, gab aber der anderen Stimme die Gelegenheit, dies weit von sich zu weisen und von seiner Klugheit, dem vornehmen Wesen und den wundervollen Stunden in seiner Gegenwart, angefüllt mit interessanten Gesprächen, zu schwärmen.

Sabine ließ sich auf ihr Bett sinken, schloss die Augen und seufzte wohlig, während sie den schönen Erinnerungen nachhing. Plötzlich stellten sich die Härchen an ihrem Nacken auf. Ein kühler Lufthauch ließ sie schaudern.

Er war doch hier!

Sabine sprang auf. Ohne darüber nachzudenken, was sie tat, rannte sie zurück ins Arbeitszimmer, riss die Tür auf und schaltete das Licht ein.

„Schsch! Du erschreckst ja das Kind", begrüßte sie die Stimme, die sie jede Nacht im Schlaf verfolgte. Schlanke Finger hoben sich und berührten den zweiten Schalter, der neben der Schlafcouch angebracht war. Die Lampe erlosch. Das Kind murmelte im Schlaf und drehte sich auf die andere Seite, ohne jedoch zu erwachen. Für einige Augenblicke konnte Sabine nichts sehen. Nur das grüne Blitzen des Smaragdrings, den er an seinem Finger trug, sprang vor ihren Augen auf und ab.

„Verflucht!", zischte sie. „Was tust du hier? Was hast du mit meiner Tochter gemacht?" Ihre Hand tastete wieder nach dem Lichtschalter.

„Nichts! Lass sie schlafen. Warum das Kind mitten in der Nacht wecken und es unnötig ängstigen?"

Er hatte ihr überhaupt nichts zu befehlen! Dennoch ließ sie die Hand sinken. Wieder flammte Zorn in ihr auf. Wie konnte er sich erdreisten, zu ihrer Tochter zu gehen? Hatte er sie verletzt? Oder war sie rechtzeitig gekommen, um sie vor seiner Gier nach Blut zu schützen?

Langsam wurden die Konturen im Zimmer schärfer. Da lag ihr Kind unter seiner Decke und kehrte dem Monster, das an seinem Bett saß, sorglos den Rücken zu. Sabine ging auf ihn zu. Er erhob sich und trat einen Schritt zurück. Sie kniete sich nieder und strich über den Hals der Tochter. Er schien unversehrt, und auch das Nachthemd wies keine verräterischen Blutflecken auf.

„Du vertraust mir nicht?", fragte er im Plauderton.

Sie wandte sich dem Vampir zu, blieb aber zwischen ihm und dem Mädchen stehen. „Warum sollte ich dir vertrauen? Ich weiß, was dich jede Nacht auf die Straßen treibt: dein Durst nach Blut!"

Er neigte höflich den Kopf.

„Hast du vor, dich an Julia zu vergreifen, weil du mich nicht bekommen hast? Oder willst du mich strafen, weil ich mich dir widersetzt habe?" Noch ein Gedanke kam ihr in den Sinn – so furchtbar, dass sie ihn nicht aussprechen wollte.

„Oder hattest du etwa vor, sie zu beseitigen, damit sie nicht mehr zwischen uns steht?"

„Könnten wir weitere Verdächtigungen in dein Schlafzimmer verlegen? Sieh, ihr Schlaf verfliegt, ihr Geist erwacht!"

Sabine warf einen Blick hinter sich. Ja, er hatte recht, Julia wurde unruhig.

„Schlaf weiter, meine Süße", hauchte sie und küsste die rosige Wange. Sabine ging zur Tür und hielt sie für den nächtlichen Besucher auf. Peter von Borgo verbeugte sich elegant und strich dann lautlos an ihr vorbei. Nur ein Hauch von Kälte verriet seine Nähe. Peter von Borgo sprach erst wieder, als Sabine die Schlafzimmertür hinter ihm geschlossen hatte.

„Du weißt, dass ich dich erwählt habe", sagte er leise. „Ich habe fast vierhundert Jahre nach einem Wesen Ausschau gehalten, das mir meine Sinne noch einmal so verwirrt und mein Blut so in Wallung bringt wie Antonia an diesem einen Abend auf diesem unvergesslichen Ball. Ich suchte und habe dich gefunden. Ich bin in deiner Nähe, denn du gehörst zu mir!"

„Mein Entschluss steht fest, und das habe ich dir auch gesagt. Ich werde dir nicht folgen, damit du mich zu einem Vampir machen kannst! Ich lasse mir mein Leben nicht nehmen", fügte sie trotzig hinzu und verschränkte die Arme vor der Brust.

Peter von Borgo betrachtete sie aufmerksam. „Was ist es denn, das du so stolz ‚Leben' nennst? Du hast deine Arbeit verloren, du siehst dein Kind kaum mehr als zwei Tage im Monat. Du verbringst jeden Abend hier, eingeschlossen in deiner Wohnung, läufst wie ein gefangenes Tier auf und ab und hast nicht einmal die Muße, ein Buch zu lesen oder ein Musikstück zu genießen."

Sabine fragte sich nicht, woher er das alles wusste. Er hatte es also noch immer nicht aufgegeben, jeden ihrer Schritte zu belauern.

„Wem habe ich das denn zu verdanken?", fauchte sie. „Du bist in mein Leben eingebrochen und hast mir fast alles genommen. Und nun willst du auch noch den Rest zerstören. Das Leben, das ich führe, ist immer noch besser, denn als untotes Monster Blut saugen zu müssen!"

Peter von Borgo hob die Brauen. „Ach ja? Nun, wenn du es sagst. Doch glaubst du auch daran?"

Er trat näher. Sie spürte seinen hypnotischen Blick und versuchte, sich von den roten Augen zu lösen.

„Komm mit mir. Was bietet dir das Leben hier? Ich liebe dich! Ich begehre dich! Zusammen werden wir ein ewig junges Leben führen, und wir werden es genießen."

Sie wollte sich wehren, wollte gegen ihn kämpfen und ihn von sich stoßen, stattdessen schmiegte sie sich an seine Brust und schloss die Augen. War das ein Vorgeschmack auf das heiße Verlangen, das sie dann jede Nacht fühlen würde? Sabine stöhnte auf. Sie spürte seine Lippen, seine Zunge und die Zähne über ihren Hals gleiten.

„Komm mit mir."

„Nein! Julia braucht eine Mutter."

„Du kannst deine Tochter besuchen. Jede Nacht, wenn du es willst, kannst du an ihrem Bett stehen und sie in ihrem Schlaf bewachen."

„Heimlich und unerkannt", stieß Sabine bitter hervor. „Werde ich dann nach dem Blut meines eigenen Kindes lechzen?"

Er antwortete nicht. Sabine befreite sich aus seiner Umarmung und wich zum Fenster zurück.

„Ich will, dass du gehst und dass du dich nie wieder in mein Leben mischst. Ich verbiete dir, noch einmal diese Wohnung zu betreten. Und ich warne dich, Hand an mein Kind zu legen. Ich weiß, wo deine Verstecke sind, und ich werde nicht zögern, deinen nächtlichen Umtrieben ein Ende zu bereiten, wenn du dich nicht an meine Forderungen hältst."

„Willst du mir einen Pflock durch das Herz treiben, meinen Kopf abschlagen und meinen Mund mit Knoblauch füllen?", fragte er, doch in dem amüsierten Ton schwang Schmerz mit.

„Ja, wenn du mir keine andere Wahl lässt!"

Wortlos verschwand er, kam aber nach wenigen Augenblicken zurück und drückte Sabine das große Fleischmesser in die Hand. Die Arme erhoben, die Brust entblößt, stellte er sich vor sie.

„Nun denn, dann reiße mir das Herz aus dem Leib. Es ist besser, zu Asche zu zerfallen, als für immer von dir gewiesen zu werden. Warum zögerst du? Ich werde mich nicht wehren und dich nicht verletzen."

Sabine sah auf das Messer in ihrer Hand. „Verflucht!" Sie schleuderte es in eine Ecke, wo es klappernd zwischen einem Stapel Zeitschriften und ihrem Steuerordner liegen blieb. „Verschwinde endlich. Ich bin müde und möchte schlafen!"

Der Vampir legte die Hand an die Brust und verbeugte sich. Seine Konturen begannen sich aufzulösen, bis nur noch ein rauchiges Gebilde in der Luft hing, das ein Windhauch vom Fenster her verwehte. Träge floss der Nebel über das Fensterbrett nach draußen in die Dunkelheit.

Peter von Borgo lief durch die Nacht. Ihm war danach, sich in einen Wolf zu verwandeln und durchs nasse Gras zu rennen, bis sein Atem keuchend wurde, aber das war unmöglich, solange er sich noch hier in der Stadt befand. Trotz der vorgerückten Nachtstunde waren in Hamburg noch immer viel zu viele Autos und Fußgänger unterwegs. Der Vampir griff sich einen einsamen Nachtschwärmer, biss ihm grob in den

Hals und trank einen Schluck Blut. Angewidert zog er die Lippe hoch. Der Mann roch nach altem Schweiß und Erbrochenem. Was aber noch viel schlimmer war: In seinem Blut kreiste jede Menge Alkohol. Peter von Borgo spuckte das Blut auf das Kopfsteinpflaster und schleuderte den Mann gegen eine Hauswand. Seine Beine knickten ein, und er blieb reglos liegen. Vielleicht hatte er sich das Genick gebrochen, vielleicht war es aber auch nur der Blick des Angreifers, der bei jedem Opfer für einen langen Schlaf des Vergessens sorgte.

Zwei junge Frauen kamen ihm kichernd entgegen. Sie bemerkten ihn nicht, bis sich seine Finger um den Hals der Blonden legten. Das Kichern verstummte, und beide starrten ihn aus glasigen Augen an. Er musste seinen Mund nicht erst ihrem Hals nähern. Ihre Ausdünstungen stachen ihm in die Nase und machten klar, dass auch ihr Blut verseucht und für ihn nicht bekömmlich war.

„Gibt es in dieser lausigen Stadt keine nüchternen Menschen?“, fauchte er zornig und stieß die Frau gegen ihre Freundin, sodass die beiden im Gebüsch der winzigen, öffentlichen Grünfläche landeten. Ohne sich umzusehen, eilte Peter von Borgo weiter. Die schlafenden Gestalten am Hansaplatz ließ er gleich links liegen. Er wusste, dass sie hier ihren Crackrausch ausschliefen oder dass gar ein Cocktail aus Heroin und Kokain in ihren Adern pulsierte. Den Fehler, sich an einem der Junkies zu vergreifen, hatte er nur einmal gemacht! Was er brauchte, war reines, unverdorbenes Blut und etwas, das seine in Aufruhr gebrachten Gefühle beruhigte. Der Vampir ballte die Fäuste, bis die Knöchel scharf hervortraten. Er durchquerte die Bahnhofshallen. Da, ein Mann in Uniform! Der war sicher nicht von Alkohol verseucht.

„He, was soll das?“, protestierte der Bahnbeamte schwach, als der Vampir ihn am Kragen packte. Er bekam jedoch keine

Antwort. Peter von Borgo bog ihm brutal den Hals zurück, biss zu und trank in großen Schlucken. Die Lebenskraft schoss durch seine Kehle, wärmte seinen Leib und breitete sich dann bis in die Fingerspitzen und Zehen aus. Welche Wohltat! Ihm war nach einem Blutfest. Er wollte heute töten und sich an den letzten Herzschlägen seiner Opfer berauschen. Nur ganz leise meldete sich die Stimme der Vernunft in seinem Kopf, doch er ignorierte sie. Das Blut des Mannes rann ihm über Kinn und Hals, während er gierig weitertrank.

Ein einfahrender Zug ließ den Boden erzittern. Bremsen kreischten, Türen öffneten sich, Stimmen wanderten den Bahnsteig entlang. Für einen Moment fühlte sich der Vampir aus seinem Blutrausch gerissen, doch dieser Augenblick reichte aus, dass sich seine Vernunft Gehör verschaffen konnte.

Sie hat dich weggeschickt, ja. Sie hat gesagt, dass sie dich nicht mehr sehen will und es keine Hoffnung für dich gibt, aber ist das Grund genug, all das wegzuwerfen, was du dir über Jahrhunderte mühevoll erarbeitet hast? Willst du für ein paar Stunden gnädigen Vergessens im Rausch des Blutes alles aufgeben? Sie werden dich jagen, und sie werden dich in deinem Versteck aufstöbern. Dies sind nicht mehr die Zeiten, da ein paar unerklärliche Leichen mit einem Schulterzucken begraben und vergessen werden. Peter von Borgo dachte an sein Versteck in der Speicherstadt, deren Gerüche er so liebte, und an seine prachtvolle Villa über dem Geesthang in Blankenese. Zweihundert Jahre genoss er die Ruhe so nah an dieser pulsierenden Stadt voller Menschen nun schon. Nein, er würde das nicht alles aufgeben!

Der Vampir löste seine Zähne aus dem Fleisch des Mannes, dessen Körper wie eine Stoffpuppe in sich zusammensank. Peter von Borgo beugte sich hinab und nahm seine

Hand. Der Puls war schwach. Er hatte viel Blut verloren, aber vermutlich nicht zu viel. Irgendwann im Laufe des Tages würde er erwachen, verwirrt und schwach, ohne sich an die nächtlichen Ereignisse erinnern zu können, aber immerhin am Leben.

Der Vampir packte den Mann an seiner Uniformjacke und zog ihn mühelos mit einer Hand hoch. Schritte näherten sich. Stimmen schallten zu ihm herüber. Rasch klemmte er den leblosen Körper unter den Arm, trug ihn zu einer der Toiletten, schob ihn in eine Kabine und verschloss sie von innen. Als Nebel wogte er unter der Tür hindurch, verwandelte sich wieder und verließ gemessenen Schrittes den Bahnhof.

Der Ostersamstag begann trocken und warm. Am Nachmittag fuhren Mutter und Tochter mit der U-Bahn zu den Landungsbrücken und nahmen dann eine Fähre nach Finkenwerder und weiter über den Anleger Teufelsbrück nach Blankenese. Julia jauchzte und lief oben auf Deck von einer Reling zur anderen, damit sie ja nichts verpasste.

„Mama, da sieh, das kleine Boot mit dem roten Segel! Und da vorn kommt ein ganz großer Dampfer. Und da! Siehst du den Leuchtturm?“

Sabine gab die passenden Kommentare ab und folgte ihrer Tochter von der einen Schiffsseite zur anderen und wieder zurück. Längst hatte Julia vergessen, dass sie ja eigentlich schmollen wollte, da sich die Mutter geweigert hatte, Leila zu diesem Ausflug mitzunehmen.

In Blankenese angekommen, bekam Julia auf der Terrasse des Strandhotels einen Kakao und ein Stück Rührkuchen. Mit offenem Mund sah sie den vielen Helfern der freiwilligen Feuerwehr zu, die nahe am Wasser einen der riesigen Scheiterhaufen errichteten, die in dieser Nacht Tausende von Besuchern zwischen Övelgönne und Blankenese an den Strand locken würden.

Nachdem sich Julia die Krümel vom Mund gewischt und Sabine bezahlt hatte, schlenderten die beiden weiter den Strandweg entlang, bis sie die letzten Blankeneser Häuser hinter sich gelassen hatten und durch ein Tor den Weg am Fuß des Baurs Park betraten. Das schmiedeeiserne Geländer, das den Park vom Uferstreifen trennte, zeugte noch von der Herrlichkeit alter Zeiten. Sabine versuchte sich vorzustellen, wie der Park damals wohl ausgesehen hatte. Waren seine steilen Geesthänge auch schon so düster von Wald und dichtem Unterholz bewachsen gewesen? Oder zeigte er sich damals prächtig gepflegt, wie heute noch der obere, flache Teil, mit weitläufigen Rasenflächen, Rosenbeeten und einzelnen, ausladenden Bäumen? Sie malte sich die Menschen aus, die hier in den Villen gelebt hatten oder mit der Kutsche zu einem Spaziergang aus dem eng verbauten Hamburg herübergefahren waren. Damen mit langen Röcken und Sonnenschirmen zum Schutz ihrer blassen Haut, Herren in Weste und Gehrock, den Zylinder auf dem Kopf. Es waren die, die es geschafft hatten: Reeder, Kaufleute, Bankiers. Der Geburtsadel spielte in Hamburg keine Rolle.

War das Leben damals für eine Frau einfacher gewesen? Zumindest hatten klare Verhältnisse geherrscht. Die Frau war für das Haus und die Kinder zuständig, der Mann brachte das Geld rein. Man ließ sich nicht einfach scheiden – und die Frauen mussten die Mätressen ihrer Männer erdulden.

Sie passierten den geschützten Hafen des Blankeneser Segelclubs mit seinem schwimmenden Clubhaus. Nur wenige Jollen und kleine Yachten schaukelten an den Stegen vertäut. Bei diesem schönen Wetter war man am Wochenende draußen auf der Elbe!

„Mama, schau, der Leuchtturm!", rief Julia und legte den Kopf in den Nacken, um den rotweißen Turm auf dem Kanonenberg zu betrachten.

„Gehen wir da hinauf?"

„Nein, jetzt machen wir erst einmal einen Besuch im Panzerweg."

Auf der lang gezogenen Treppengasse blieb Sabine vor einem verwitterten Klinkerhäuschen stehen, das fast völlig von Efeu überwuchert war. Sie streckte den Finger nach der Klingel aus, zögerte dann jedoch.

Warum war sie hier? Wie kam sie plötzlich auf die Idee, diesem Haus einen Besuch abzustatten? Noch könnte sie einfach gehen und mit Julia auf den Kanonenberg steigen. Was sollte das Kind bei einer alten Frau, die es nicht kannte?

Sabine zögerte noch immer, als sich plötzlich die Tür öffnete und eine alte Dame heraustrat, einen Eimer mit Kompostabfällen in der Hand. Als sie Sabine entdeckte, die noch immer unschlüssig vor dem Gartentor stand, stellte sie den Eimer ab und kam den Weg entlang.

„Kann ich Ihnen helfen?", fragte sie und wischte sich die Hände an ihrer karierten Schürze ab.

„Ja, ich weiß nicht", stotterte Sabine.

Die Frau stutzte, dann lächelte sie. „Ach, Sie sind das, Frau Kommissarin – Berner? Ja? Habe ich mir das richtig gemerkt?"

Sabine nickte. „Darf ich reinkommen?"

Frau Mascheck öffnete das Gartentor und trat zurück. „Aber natürlich, kommen Sie. – Ist das Ihre Tochter?"

„Ja, das ist Julia", stellte Sabine das Mädchen vor.

„Du magst doch sicher Schokoladenkekse, oder?", lud die alte Dame Julia ein, die sich schüchtern an Sabines Seite drückte.

Kurz darauf saßen sie zu dritt um den Holztisch in der Küche. Julia aß Kekse, die Frauen tranken starken Tee mit Milch und Kandiszucker.

„Was führt Sie zu mir?“ Rosa Mascheck fragte erst, als Sabine ihre Tasse schon zur Hälfte geleert hatte. „Sind Sie dienstlich hier? Ich hoffe, es gibt nicht wieder Schwierigkeiten mit meinem Neffen und der Villa. Ich dachte, die Vorwürfe hätten sich erledigt.“

„Es ist alles in Ordnung“, beschwichtigte Sabine rasch die Befürchtungen ihrer Gastgeberin. „Mein Besuch hier hat nichts mit Ihrem Neffen zu tun. Ich dachte nur schon lange, nun ja – ich würde Sie gerne noch einmal sehen und mich für Ihre Auskünfte bedanken und ...“

Sie zuckte verlegen mit den Schultern. Ganz aufrichtig war das sicher nicht. Nahezu alles hatte seit ein paar Monaten mit dem Vampir zu tun, der zeitweise in der Villa der Maschecks am Baurs Park wohnte und den Rosa Mascheck für ihren Neffen hielt.

Vermutlich hat er ihren echten Neffen umgebracht und seine Leiche verschwinden lassen, um sich dessen Identität zu bedienen, dachte Sabine.

„Da bin ich aber beruhigt. Ich habe eine Woche gebraucht, die Spuren der Durchsuchung zu beseitigen.“ Sie hob abwehrend die Hände. „Nein, Sie müssen sich nicht entschuldigen, und Sie müssen sich auch nicht bei mir bedanken. Es ging um verschwundene Kinder, und da muss man allen Spuren folgen. Es ist die Pflicht jedes Bürgers, der Polizei behilflich zu sein.“

Eine Weile saßen sie schweigend da.

„Halten Sie immer noch das Haus sauber?“, fragte Sabine.

„Aber ja. Sie wissen doch, wie Männer sind. In ein paar Wochen würde man es wahrscheinlich nicht mehr wiedererkennen." Rosa Mascheck schüttelte den Kopf. „Es geht mich ja nichts an, aber anscheinend waren Sie schon lange nicht mehr zu Besuch dort: keine Gläser, keine offene Weinflasche …"

„Nein, es ist Monate her."

Erinnerungen stiegen in Sabine hoch. Obwohl sie es nicht wollte, waren es schöne Bilder, und es kam ihr so vor, als habe sie etwas verloren.

„Schade – ich dachte, Sie und er … nun ja, ich werde Sie nicht fragen, Kommissarin Berner, so unhöflich bin ich nicht."

„Sagen Sie Sabine zu mir."

Die alte Dame lächelte. „Heißt das, ich werde Sie nun öfter sehen?"

„Wenn es Ihnen recht ist?"

Sabine und Julia saßen, bis es dunkel wurde, bei Rosa Mascheck. Julia entdeckte ein altes Puppenhaus in der Ecke der Küche und spielte, nachdem ihr die Gastgeberin aufmunternd zugenickt hatte, mit Hingabe mit der kleinen Puppenfamilie.

Die Frauen sprachen erst über Belanglosigkeiten, bald jedoch platzte Sabine mit ihrer drohenden Suspendierung heraus, und nachdem sie einmal angefangen hatte, gab es kein Halten mehr. Es kam ihr zuerst seltsam vor, dass sie hier mit einer ihr eigentlich fremden Frau saß und dieser ihre tiefsten Ängste anvertraute. Doch sie fühlte sich zu der kleinen, zerbrechlich wirkenden Frau hingezogen und genoss deren Aufmerksamkeit und die Geborgenheit, die das alte Häuschen ausstrahlte. Nur über Peter von Borgo und was er war, sprach sie nicht. So verständnisvoll die alte Dame war, etwas in Sabine warnte sie, dass ein Vampir in ihrer Familienvilla über das Begriffsvermögen von Rosa Mascheck gehen würde.

„Mama, es ist schon dunkel", unterbrach sie Julia plötzlich. „Werden bald die Feuer angezündet? Gehen wir jetzt? Ach bitte, du hast es versprochen!"

Sabine erhob sich, trat zu ihrer Tochter und strich ihr über das Haar. „Ich habe gar nichts versprochen, du Frechdachs, aber wenn wir schon einmal hier sind, können wir einen Blick zum Strand hinunter riskieren. – Rosa, kommen Sie auch mit?"

Frau Mascheck schüttelte den Kopf. „Nein, das ist nichts für mich. Dieser Trubel und Lärm und die vielen betrunkenen jungen Leute. Es ist eine Schande, wie der Strand jedes Jahr am Tag danach aussieht, am Ostersonntag!"

Rosa Mascheck brachte ihre Gäste zum Gartentor. „Also dann, bis bald, Sabine", sagte sie und reichte ihr die knochige Hand. „Seien Sie guten Mutes, Sie werden Ihren Weg finden, auch wenn Sie ihn jetzt noch nicht vor sich sehen."

Sabine fühlte sich seltsam leicht ums Herz, als sie sich mit Julia an der Hand im Menschenstrom am Ufer entlangtreiben ließ. Es war eine klare Nacht, unzählige beleuchtete Schiffe fuhren den Fluss hinauf oder hinunter, und die Flammen der mehrere Meter hohen Scheiterhaufen schlugen in den dunklen Himmel. Julia sagte kein Wort. Sie blieb nur immer wieder stehen und starrte die riesigen Fackeln an.

Sabine hing ihren eigenen Gedanken nach und ließ die Gesprächsfetzen, die sie erfassen konnte, an sich vorbeiziehen. Drei junge Mädchen schlenderten an ihnen vorüber.

„Schrecklich", sagte die eine gerade, „ich hab in der *BILD* gelesen, die haben den Kleinen tagelang ans Bett gefesselt und ihn in seiner Scheiße liegen lassen."

„Ja, und immer wenn er geschrien hat, haben sie ihn mit dem Kopf gegen die Wand geschlagen", sagte die zweite.

Schnell ging Sabine weiter. An zu Tode misshandelte Kinder wollte sie heute nicht denken.

„Sexy, sexy, die Kleine dort drüben“, wehten die Worte eines jungen Mannes zu ihr herüber.

„Ein Königreich für einen Busch, hinter den wir sie zerren können“, lamentierte sein Begleiter. Die anderen drei Männer lachten und hoben ihre Bierdosen. Sie pfiffen, als die Frau in ihrer engen Jeans und dem bauchfreien Top näher kam.

„Besoffene Idioten“, zischte sie und wich den nach ihr greifenden Händen aus.

Sabine legte ihren Arm um Julias Schulter und schob sie von der Gruppe weg auf den Weg zurück. Es wurde Zeit, dass sie nach Blankenese zurückkehrten und einen Bus nach Hause nahmen!

Eine zierliche junge Frau überholte sie mit schnellem Schritt. Sie hatte die Schultern hochgezogen, als wäre ihr kalt. Dünnes, dunkelblondes Haar hing ihr ins Gesicht und verdeckte ihre Züge. Sie strebte auf das reetgedeckte Häuschen am Fuß des Baurs Parks zu, neben dem der Weg hinauf auf den Geestrücken führte.

„Was tust du denn hier?“, begrüßte sie eine andere Frau, ganz in Schwarz gekleidet, mit langem schwarzem Haar, die rauchend vor der Gartentür gestanden hatte. Sie warf ihre erst zur Hälfte gerauchte Zigarette auf den Weg, lief der Blonden entgegen und legte schützend einen Arm um sie.

„Was soll denn das?“, fragte sie. Die Schultern der anderen bebten.

„Nun komm mal herein. Hier draußen herrscht ja wieder der blanke Wahnsinn.“ Sie zog die kleinere Frau durch das Tor, schob es mit dem Fuß hinter sich zu und führte sie den Weg entlang zum Haus, das man zwischen den Bäumen und wuchernden Sträuchern nur erahnen konnte.

„Mama, ich will aber noch nicht nach Hause, ich bin gar nicht müde“, protestierte Julia, als eine halbe Stunde später der Schnellbus am Fuß der Elbgangtreppe hielt. Doch noch während der Bus seinen großen Bogen um den Süllberg schlug, schlief sie ein und war kaum mehr wach zu bekommen, als sie am Bahnhof in die S-Bahn umsteigen mussten.

Private Ermittlungen

Die Tage schlichen dahin. Nachdem ihr Exmann Julia und Leila am Ostermontag wieder abgeholt hatte, fühlte sich Sabine noch einsamer und nutzloser. Immer wieder ertappte sie sich dabei, auf dem Weg nach Blankenese zu sein, mit der Fähre, dem Wagen oder der S-Bahn – auch wenn sie ursprünglich ein ganz anderes Ziel gehabt hatte.

Wenn wenigstens Ingrid da wäre! Sie vermisste ihre Freundin, die sich mit ihrem neuen Lover für einige Wochen nach Bali abgesetzt hatte. Sie könnte ihr im „Ragazza" helfen. Nicht dass sich Sabine danach sehnte, Sozialarbeiterin für drogenabhängige Prostituierte zu werden. Dennoch wäre das wenigstens eine sinnvolle Beschäftigung, und sie würde von den sich im Kreis drehenden Gedanken abgelenkt werden.

Wieder einmal stand sie am Baurs Park vor dem geschlossenen Eisentor und sah die Auffahrt entlang zu der achtseitigen, weißen Villa, die im hellen Sonnenlicht vor ihr lag. Jedes Detail war ihr inzwischen vertraut: die runden Säulen, die verspielten Gitter der Balkonbrüstung, die umlaufende Balustrade, hinter der sich das flache Dach verbarg. Der Wind wisperte in den Blättern der Bäume. Das Tor war nicht verschlossen. Die Hand auf der Klinke, stand Sabine da.

Dort drinnen lag er irgendwo in einem dunklen Raum, sein Atem war verstummt, der Körper erstarrt. Er konnte sie nicht beobachten, würde nicht plötzlich hinter ihr stehen und sie überraschen. Dennoch war ihr, als flüstere seine Stimme in ihrem Kopf: Ja, komm zu mir, genieße die Kühle des Gartens, berausche dich an dem weiten Blick über die Elbe, und dann tritt ein und lass dich nieder. Schlafe, bis die Sonne versinkt, dann werde ich dich wecken.

Sabine schüttelte energisch den Kopf und ließ die Klinke los, als habe sie sich die Finger verbrannt.

Er war ein Teufel, ein Dämon, wie sie in mittelalterlichen Geschichten beschrieben wurden. Und nun saß er in ihrem Kopf und zerstörte ihren Verstand. Sie hatte ein ganz normales Leben geführt, bis ihr der Vampir bei ihrem letzten Fall in die Quere gekommen war. Er hatte sich in ihr Leben eingemischt und ihren Geist in vergangene Zeiten entführt. Immer wieder fand sie sich plötzlich an anderen Orten wieder und konnte sich nicht erinnern, wie sie dorthin gekommen war. Ganze Abende waren wie ausgelöscht. Nur nebelhafte, verwirrende Erinnerungen, die nicht ihre eigenen sein konnten, blieben zurück. Eine Weile hatte sie der unheimliche Verdacht bedrängt, sie würde langsam verrückt. Inzwischen glaubte sie das Unglaubliche. Aber wie konnte sie es zulassen, dass ein Psychiater in ihren Erinnerungen herumstocherte? Was würde er mit ihr machen, wenn er diese Gedanken fand?

Vielleicht war es richtig, dass Tieze sie von den Kollegen fernhielt. War sie denn noch eine Kriminalbeamtin, auf deren Urteilsvermögen man sich verlassen konnte? Würde sie in kritischen Situationen einen kühlen Kopf bewahren und richtig entscheiden, oder war sie zu einer Gefahr für die ganze Gruppe geworden?

Panik stieg in ihr auf. Sie sah sich in einem Bett mit Gittern, die Arme an die Stäbe gefesselt. Auch vor dem Fenster unterbrachen dicke Streben das Tageslicht. Sabine fuhr herum und rannte los. Sie überlegte nicht, wohin, sie wusste nur, dass sie weit weg von diesen unheilvollen Gedanken wollte. Ohne innezuhalten, lief sie den Weg den Geesthang hinunter, bis der düstere Wald am Strandweg hinter ihr zurückblieb.

Es war ein ganz normaler Frühlingstag. Wolken jagten über den Himmel, die Sonne blitzte immer wieder zwischen ihnen hindurch, ein paar Segel glitten über die Elbe, Spaziergänger mit Hunden schlenderten den Strandweg entlang.

Sabine schämte sich ein wenig. Was sollte sie nun tun? Und so landete sie zum dritten Mal in dieser Woche an Rosa Maschecks Küchentisch. Heute hatte die alte Dame Sandkuchen gebacken, von dem sie ein Stück mit eingekochten Kirschen und einem Berg Schlagsahne auf Sabines Teller legte.

„Sie machen mir Sorgen", sagte Frau Mascheck und runzelte die ansonsten noch glatte Stirn. „Es fühlt sich an, als gäbe es eine finstere Kammer tief in Ihnen, die Ihnen großen Kummer bereitet. Statt sich dem Schmerz zu stellen und ihn zu überwinden, vergraben Sie ihn immer tiefer. Doch wir können nicht vor uns selbst davonlaufen. Wenn wir die dunklen Kammern nicht finden und sie erhellen, zerstören sie uns von innen heraus."

Sabine schwieg und stocherte in ihrem Kuchen herum.

Rosa Mascheck presste die Lippen zusammen. Ihr Blick huschte zwischen ihrem Teller und Sabine hin und her. Offensichtlich rang sie mit einer Entscheidung, aber erst als Tassen und Teller geleert waren, sprach sie wieder.

„Es ist nun schon so viele Jahre her, dass mein Sohn von seiner Ausfahrt nicht zurückkam, aber ich vermisse ihn noch immer. Oft macht es mir nichts aus, allein zu sein, doch dann wird es mir wieder schmerzlich bewusst, dass von der Familie kaum jemand geblieben ist. – Außer Peter, aber der ist ein Einzelgänger, der sich nichts aus seiner alten Tante macht. Das soll jetzt kein Vorwurf sein", fuhr sie schnell fort. Sabine betrachtete sie aufmerksam. „Nur manches Mal wünsche ich mir jemanden, den ich um Rat fragen kann, der mir zur Seite steht und mir hilft. Ich meine jetzt nicht jemanden, der mir im Haushalt zur Hand geht. Seit Tagen trage ich eine Sorge mit mir herum, die mich quält. Ich würde so gern helfen, weiß aber nicht, was tun." Sie warf Sabine einen schnellen Blick zu.

„Wollen Sie mir nicht von Ihrer Sorge erzählen?", reagierte die Kommissarin wie erwartet und fühlte sich dabei, als wäre sie blindlings in einen trüben Tümpel gesprungen, ohne vorher zu erkunden, wie tief das Wasser war. Sie wunderte sich über dieses seltsame Gefühl. Ging es nicht nur darum, einer einsamen, alten Dame, für die sie freundschaftliche Gefühle entwickelte, zuzuhören, Mitgefühl zu zeigen und ein paar Erinnerungen mit ihr zu teilen?

„Meine Nachbarin von schräg gegenüber ist außer sich, und ich teile ihre Sorgen", begann Rosa Mascheck. „Irene lebt schon eine Ewigkeit hier, und vor ein paar Jahren sind ihre Enkelinnen Maike und Iris zu ihr gezogen. Sie bewohnen die beiden Kammern unter dem Dach, für die Irene sowieso keine Verwendung mehr hat. Seit sie sich vor fünf Jahren die Hüfte gebrochen hat, kommt sie die steile Treppe unters Dach nicht mehr hinauf. Die Mädchen erledigen nun ihre Einkäufe und halten das Haus sauber – soweit sie es selbst nicht mehr schafft."

Sabine nickte. Die Wachsamkeit in ihrem Blick verebbte. Sollte sie Wasserkisten die Treppen der Panzerstraße hochtragen oder die Nachbarin zum Arzt fahren, weil die Mädchen genug davon hatten, ihre gebrechliche Großmutter zu umsorgen?

„Vor fünf Tagen, am Ostersonntag, ist Iris, die Zweitgeborene der Zwillinge, verschwunden, und Irene hat seitdem nichts mehr von ihr gehört."

„Wie alt ist das Mädchen?“, fragte die Kommissarin und versuchte, das mulmige Gefühl in ihrem Magen zu ignorieren. Es war der Fluch ihrer Arbeit, immer gleich die schlimmsten Bilder vor sich zu sehen.

„Vierundzwanzig.“

„Sie ist eine erwachsene Frau! Könnte es sein, dass sie weggefahren ist? Mit einem Freund? Dass sie vergessen hat, es ihrer Großmutter zu sagen? Oder dass Ihre Nachbarin sich nicht mehr daran erinnert?“

Rosa Mascheck seufzte. „Solche Fragen hat der Polizist ihr auch gestellt. Ich verstehe ja, dass das zu der üblichen Vorgehensweise gehört, aber wenn Sie Iris kennen würden, dann kämen auch Ihnen diese Fragen lächerlich vor.“

„Der Polizist? Dann hat Ihre Nachbarin sie also als vermisst gemeldet?“

Die alte Dame nickte nachdrücklich. „Aber natürlich! Noch am Sonntag, nachdem sie bis zehn Uhr nicht nach Hause gekommen war. An diesem Tag wollte die Polizei die Meldung noch nicht entgegennehmen, und auch am nächsten Tag nicht. Erst vorgestern haben sie einen Beamten vorbeigeschickt, der die Aussage aufgeschrieben hat. Ja, und seitdem wartet Irene auf ein Lebenszeichen ihrer Enkelin.“

Sabine griff nach der knochigen Hand. „Ich kann es ihr nachfühlen. Nichts ist schrecklicher als die Angst um ein Kind. Aber wie könnte ich ihr helfen? Sie wissen doch, dass ich nicht im Dienst bin. Ich rufe natürlich gern die Kollegen bei der Vermisstenstelle an und frage, ob es schon irgendwelche Hinweise gibt, aber mehr kann ich nicht tun.“

Enttäuschung zeichnete sich auf dem Gesicht der alten Dame ab. „Könnten Sie sich nicht ein wenig umhören? Leute befragen, die Iris zuletzt gesehen haben, und was man in solch einem Fall alles macht?“

„Ich bin kein privater Ermittler!"

„Nein, aber Sie würden bestimmt eine gute Detektivin abgeben", sagte die Alte sofort.

„Sie lesen zu viele Romane. Im richtigen Leben ist das Aufgabe der Polizei."

Doch so schnell gab die alte Dame nicht auf. „Sie könnten sich mit Peter besprechen. Haben nicht Sie mir erzählt, er würde als Privatdetektiv arbeiten?"

„Nein", rief Sabine so schnell, dass Rosa Mascheck erstaunt die Augenbrauen hob.

„Würden Sie mir wenigstens den Gefallen tun und einmal mit Irene sprechen?", bat sie und sah mit einem solch flehenden Blick über den Tisch, dass Sabine nicht ablehnen konnte.

„Kommen Sie herein. Sie sind Kommissarin Berner, nicht?"

Sabine kam der Verdacht, dass sie sich gegen ihren Willen zu etwas überreden ließ, das andere über ihren Kopf hinweg bereits beschlossen hatten. Dennoch lächelte sie Irene Jacobson an und nickte.

Die Frau in der Tür war einen Kopf kleiner als Sabine und korpulent. Allerdings sprachen die schlaffen Hautfalten und die Schatten unter den Augen davon, dass sie in den vergangenen Tagen abgenommen und nicht viel Schlaf genossen hatte. Auf zwei Krücken gestützt, humpelte sie durch den engen Flur voraus und führte Sabine in ein vollgestopftes Wohnzimmer. „Setzen Sie sich doch", forderte Frau Jacobson die Kommissarin auf und deutete auf ein durchgesessenes Sofa. „Darf ich Ihnen etwas anbieten?"

Sabine lehnte ab. „Keine Umstände. Rosa hat mich bereits den ganzen Nachmittag gemästet. Ich werde bald eine neue Garderobe brauchen, wenn ich sie noch öfter besuche."

Ein kurzes Lächeln huschte über das faltige Gesicht, dann schienen ihre Ängste sie wieder einzuholen. Schwerfällig ließ sich die Frau in einen uralten Ohrensessel sinken.

„Erzählen Sie mir von Iris. Wann haben Sie sie das letzte Mal gesehen?"

„Ostersonntag, zum Mittagessen. Ich dachte, sie wäre nach oben gegangen, um sich hinzulegen, aber als ich Maike gegen sieben hinaufschickte, um Iris zum Abendessen zu holen, war sie nicht da. Ich hatte gleich ein seltsames Gefühl, und als es immer später wurde und sie nicht zurückkam, da wusste ich, dass ihr etwas zugestoßen ist."

„An was denken Sie?"

Die Alte hob die Hände. „Erst dachte ich, sie wäre vielleicht in einen Unfall verwickelt worden, doch dann hätte ich längst schon Nachricht aus einem Krankenhaus bekommen oder so. Nein, ich fürchte, sie ist in die Hände böser Menschen geraten. Ich will es mir gar nicht ausmalen, was meiner Kleinen zugestoßen ist." Tränen rannen über ihre Wangen. Hektisch wühlte sie in den Taschen ihrer Kittelschürze und nahm dann das Papiertaschentuch, das Sabine ihr reichte.

Die Kleine? Hatte Rosa nicht gesagt, Iris sei vierundzwanzig? Nun ja, ältere Menschen machten sich zuweilen ein verzerrtes Bild von ihrer Umwelt.

„Könnte es nicht doch sein, dass sie mit einem Freund oder einer Freundin weggegangen ist? Oder allein? So etwas kommt vor. Ihre Enkelin ist kein kleines Kind mehr."

„Das würden Sie nicht sagen, wenn Sie sie kennen würden", schluchzte Irene Jacobson.

Wieder dieser Satz. Warum nicht?

„Einen Freund hat sie nicht – hat sie noch nie gehabt. Sie war schon in der Schule stets mit ihrer Schwester Maike und ihren Freundinnen Carmen und Aletta zusammen – ich meine, als sie noch gemeinsam zur Schule gingen. Sie können die drei fragen. Sie haben Iris seit vergangenem Sonntag auch nicht mehr gesehen und machen sich mindestens so große Sorgen wie ich."

„Und Iris' Eltern?"

„Was soll mit ihnen sein?"

„Wo leben die Eltern? Haben Sie mit ihnen gesprochen? Wissen Sie auch nichts?"

„Ach so. Sie wohnen hier in Blankenese in der Schenefelder Landstraße 14 A. Das heißt, Barbara wohnt dort vor allem, Nils ist meist unterwegs. Er ist Kapitän auf einem Containerschiff der Hapag."

Sabine kaute auf ihrer Lippe. „Und warum wohnen die Zwillinge dann seit Jahren schon bei Ihnen?"

Irene Jacobsons Blick wanderte durch den Raum. „Warum denn nicht? Wir verstehen uns gut. Ich bin nicht mehr so allein. Barbara ist mit ihrer Gemeindearbeit ausgefüllt, und die Mädchen genießen es, ein wenig mehr Freiheit zu haben." Ihre Miene verdüsterte sich. „Vielleicht war es ein Fehler." Wieder traten ihr Tränen in die Augen. „Ich weiß, dass sie mir die Schuld dafür geben wird. Ich habe die Mädchen ermutigt, ihr Elternhaus zu verlassen, und nun muss ich es verantworten, dass meine süße Kleine in die Hände von Verbrechern gefallen ist, die sie quälen. Oh, bitte, finden Sie sie und retten Sie mein Kind!"

Sie brach in Tränen aus. In Sabines Kopf schwirrten die Gedanken herum.

„Warum sind Sie sich sicher, dass Iris in der Gewalt eines Verbrechers ist? Könnte es vielleicht sein, dass sie sich selbst etwas angetan hat? Gab es irgendwelche Anzeichen?"

Irene Jacobsons nasses Gesicht tauchte hinter dem zerknüllten Taschentuch auf. „Nein! Völlig ausgeschlossen. Sie wurde katholisch erzogen und hatte doch auch gar keinen Grund für so etwas! Sie ist von den vier Mädchen immer die Ruhigste und Folgsamste gewesen. Nie hat sie – wie Maike manches Mal – rumgeschrien und getobt oder auch nur eine Bitte abgeschlagen. Ich kann mir nichts anderes vorstellen, als dass ein furchtbares Verbrechen geschehen ist."

Bevor sie wieder hinter ihrem Taschentuch abtauchte, bat Sabine sie um ein Foto von Iris. „Es sollte nicht zu alt sein", fügte sie hinzu, als der Blick der alten Frau zu dem massiven Büfett wanderte, auf dem, hinter staubigem Glas, kleine Mädchen in Rüschenkleidern in die Kamera lächelten.

„Aber ja." Schwerfällig stemmte sie sich hoch und humpelte mit ihren Krücken auf einen blauen Bauernschrank zu, der mit weißen Blumen bemalt war. Sie zog eine Schublade nach der anderen heraus und kam dann schließlich mit dem Gewünschten zurück.

„Das letzte Foto, auf dem sie allein drauf ist, habe ich leider schon dem Polizisten mitgegeben", keuchte sie, schob das Bild über den Tisch und ließ sich wieder in ihren Sessel fallen.

„Iris ist das Mädchen ganz links. Neben ihr sehen Sie ihre Zwillingsschwester Maike, dann kommt Aletta, und rechts steht Carmen."

Schweigend betrachtete Sabine das Foto. Vier junge Frauen, wie sie kaum unterschiedlicher hätten sein können: Iris war die Kleinste, schmächtig gebaut, ihr Gesicht war blass und halb hinter den Haarsträhnen verborgen. Sie sah nicht in die Kamera, sondern hatte den Blick auf ihre Schwester gerichtet.

Eineiige Zwillinge konnten die beiden jedenfalls nicht sein! Nicht nur, dass Maike einen halben Kopf größer war, sie war auch mindestens doppelt so breit. Ihr Gesicht war aufgeschwemmt, und statt des dunkelblonden, dünnen Haars, das ihrer Schwester vom Kopf hing, standen bei ihr leuchtend blaue Stacheln in alle Richtungen. Sie hatte den Arm um Iris gelegt, sah sie jedoch nicht an.

Die Frau am rechten Bildrand war groß und schlank. Das blonde Haar hatte sie zu einem nachlässigen Zopf zusammengebunden. Sie hätte hübsch gewirkt, doch der dicke, schwarze Rahmen ihrer Brille verlieh ihrem Gesicht eine krankhafte Blässe, und die Augen wurden durch die Gläser verzerrt.

Obwohl sie nicht die Größte war, wurde das Foto von Alettas Persönlichkeit beherrscht. Sie hatte die Arme um die Schultern der Freundinnen zu beiden Seiten gelegt und war die Einzige, die direkt in die Kamera sah – herausfordernd und ein wenig spöttisch. Ihre dunklen Augen hatte sie dick mit Kajal umrandet und die Lippen ebenfalls geschwärzt. Schwarz schien auch nicht die natürliche Farbe ihres langen Haars zu sein. Selbst ihre Kleidung war vollkommen schwarz. Um den Hals hing an einem Lederband ein metallenes Symbol, das Sabine nicht kannte.

„Darf ich das Foto mitnehmen?“

Frau Jacobson nickte. „Werden Sie mir helfen, Iris wiederzufinden?“

Die Kommissarin erhob sich. „Ich werde tun, was in meiner Macht liegt, aber ich will Ihnen nicht zu viele Hoffnungen machen. Mir stehen nicht die Mittel zur Verfügung, die die Polizei hat. Vertrauen Sie ihr!“

Frau Jacobson schnaubte durch die Nase und murmelte etwas Unverständliches. Sabine erkundigte sich lieber nicht, was sie gesagt hatte.

„Wo finde ich Iris’ Mutter?“, fragte sie stattdessen.

„In der Kirche oder im Gemeindehaus von Maria Grün. Zu Hause ist sie nur noch selten.“

Sabine tippte auf das Foto. „Und Maike und die beiden Freundinnen?“

„Maike arbeitet bei ‚Burger King‘ in der Davidstraße. Und wenn sie nicht arbeitet, ist sie natürlich hier. Aletta hat irgendwo in St. Pauli ein Zimmer. Ich weiß die Adresse nicht, aber sie ist noch immer oft bei ihren Eltern. Sie kennen sicher das alte Haus am Strandweg, das mit dem Reetdach, dort unten beim Zugang zum Baurs Park.“

Sabine nickte.

„Alettas Vater ist Lotse, ihre Mutter arbeitet in der Apotheke in der Blankeneser Bahnhofstraße. Und Carmen wohnt in Hoheluft Ost in der Neumünsterschen Straße. Im alten Pfarrhaus St. Markus. Die Gemeinde hat dort eine Wohngruppe für Jugendliche aus schwierigen Verhältnissen eingerichtet. Carmen arbeitet und wohnt dort. Freitagabends allerdings sind die Mädchen immer hier. Sie spielen Karten, meist bis spät in die Nacht, und schlafen dann oben. Sie können ja morgen zum Frühstück kommen, wenn Sie mit ihnen reden möchten. Aber nicht vor zehn. Die Mädchen sind keine Frühaufsteher, und ich fürchte, sie trinken bei ihrem Kartenspiel oft mehr Alkohol, als ich es gut finden kann.“

Sabine reichte der alten Frau die Hand. „Nein, bleiben Sie sitzen, ich finde allein raus. Dann komme ich morgen gegen halb elf. Falls ich vorher etwas erfahre, melde ich mich sofort.“

Freitagnacht. Eine Woche war es her, dass die Kommissarin Peter von Borgo aus ihrer Wohnung gewiesen hatte, und er war seitdem nicht mehr dort gewesen. Ab und zu führte ihn sein Weg wie von selbst nach St. Georg, doch spätestens wenn er die Lange Reihe betrat, machte er kehrt.

Die ersten beiden Nächte brodelte der Zorn in ihm hoch, und er nahm sich ungewohnt brutal die abendlichen Spaziergänger, Nachtschwärmer und die ersten Frühaufsteher. Dann wieder verlangte es ihn nach frischer, unverdorbener Luft und Weite. Er schwang sich auf sein schweres Motorrad und raste nach Norden, bis er das flache Land, begrenzt durch den endlosen Deich, erreichte. Dann ließ er sich auf die Knie fallen, sein Körper zuckte, sein Gesicht zog sich in die Länge, Fell brach durch die Haut. Kilometerweit rannte er als Wolf über saftige Wiesen, riss ein paar Schafe und kehrte erst im Morgengrauen zu seiner Villa am Baurs Park zurück. Dort saß er bis zum Sonnenaufgang an seinem Flügel und spielte wie besessen, während sich die Schatten aufhellten. Nur Augenblicke, bevor die Sonne sich auf der anderen Seite über den Horizont erhob, zog er sich in sein Kellergemach zurück und klappte den Sargdeckel über sich zu.

An diesem Abend war er schon wieder auf dem Weg zur Garage, um mit der Hayabusa in die Stadt zu brausen, als er unvermittelt stehen blieb.

„Nein", stieß er hervor. „Ich werde nicht wie ein liebeskranker Wolf in den Gassen heulen. Du hast mich weggeschickt, also werde ich mich anderswo umsehen."

Er beschloss, durch den Baurs Park zu wandern, dann am Witthus vorbei den Hirschpark entlang und durch die Gärten der Elbchaussee-Villen bis zum Jenischpark. Oder ein Abstecher in den Botanischen Garten von Flottbek? Doch zuallererst musste er seinen großen Hunger stillen.

Der Vampir hatte Glück. Bereits am Fuß des Leuchtfeuers auf dem Kanonenberg traf er auf ein verliebtes Pärchen, das sich vorzüglich als Opfer eignete. Beschwingt querte er den Mühlenberg und schritt zwischen Rosen und gepflegten Rasenflächen am reetgedeckten Teehaus des Hirschparks vorbei. Noch hatten die Kletterrosen keine Knospen angesetzt, in zwei Monaten jedoch würden sie in voller Blüte stehen.

Peter von Borgo strich durch nächtliche Parks und Gärten und raubte sich hier und da noch einen Schluck Blut. Der Jenischpark rief Erinnerungen an längst vergangene Zeiten wach. Fast fühlte er etwas wie Wehmut, als er sich dem Platz von Caspar Voghts Landhaus näherte.

Die Villa war ihm gleich ins Auge gefallen, als er sie nach seiner Ankunft in Hamburg zum ersten Mal sah: eine kühne Mischung aus heimatlicher Bauweise und klassizistischem Stil, mit einem schönen, zweigeschossigen Säulenumgang um das abgewalmte Giebeldach. Während seiner ersten Jahre in Hamburg hatte Peter von Borgo viel Zeit auf dem riesigen Parkgelände zugebracht, von dem der heutige Jenischpark nur noch ein kläglicher Rest war. Häuser und Straßen und eine lärmende S-Bahn hatten verschlungen, was vor zweihundert Jahren noch Wiesen und anmutige Gehölze waren, wo früher Quellen brodelnd aufkochten und das Wasser im weißen Sand ins Tal rann. In den Hainen und an den Ufern stiller Weiher fand man Tafeln mit allerlei Dichtersprüchen von Horaz und Vergil.

Voght war ein Mann gewesen, der selbst bei Peter von Borgo ein ungewöhnliches Interesse hervorrief. Es waren nicht das kaufmännische oder landwirtschaftliche Geschick des klugen, weit gereisten Mannes oder sein Einsatz für mehr soziale Gerechtigkeit – selbst König Friedrich Wilhelm und Königin Luise von Preußen ließen sich von ihm in dieser Sache beraten. Nein, es war die Seele des Wissenschaftlers und des Liebhabers der schönen Künste, die den Vampir anzogen. Sein Haus war stets voller Gäste, und in den riesigen Parkanlagen traf man auf alle geistigen Größen Europas. An langen Winterabenden fand man sich im großen Festsaal des Hauses ein, neben dem Voght eine Instrumentenstube einrichten ließ, oder man führte wissenschaftliche Gespräche in seinem chemischen Laboratorium, bewunderte physikalische Instrumente oder die Sammlung von Mineralien und exotischen Pflanzen.

Ja, der Vampir hatte es fast als Verlust empfunden, als der große Mann in einem – für Menschen – hohen Alter starb. Senator Jenisch erhielt das Gelände, unter seinen Erben jedoch begann man das Anwesen zu zerstückeln. Um die Jahrhundertwende wurde ein Poloplatz gebaut, und man fing an, dort Golf zu spielen. Rings umher wuchsen Häuser empor. Die Parzellen wurden kleiner, die Gebäude hässlicher. Zum Glück konnte der Schöngeist Voght das scheußliche Schulungetüm nicht mehr sehen, das sich „Christianeum" nannte und sich als eines der besten Gymnasien Hamburgs rühmte.

Noch immer in seine Erinnerungen versunken, passierte der Vampir gerade eine Schönheitsklinik in der Jürgensallee, als er unvermittelt stehen blieb.

Es war der Geruch des Todes, der ihm in die Nase stieg. Für ein Krankenhaus nicht ungewöhnlich, doch für eine Privatklinik mit gerade mal dreißig Betten, die ihre Aufgabe darin sah, reichen Hamburger Damen den Busen zu vergrößern, Fett abzusaugen oder ihnen zu einer geraden Nase zu verhelfen, sicher nicht alltäglich. Außerdem roch der Vampir Blut. Viel frisches Blut.

Was konnte das bedeuten? Es war bereits nach Mitternacht. Wurde so spät noch operiert? War dort drinnen bei einer Patientin etwas schiefgegangen?

Peter von Borgos Neugierde erwachte. Er stieg über das Tor und umrundete die alte Villa mit den beiden neuen, flachen Anbauten. Im rechten Flügel lagen die Labore und der OP. Die Patienten wurden im Haupthaus untergebracht, in dem sie nicht nur geräumige Einzelzimmer vorfanden, sondern auch ein Kaminzimmer, den Salon mit dem großen Plasmabildschirm-Fernseher und eine großzügige Bibliothek. Der linke Flügel beherbergte den Empfang, die Sprechzimmer und privaten Büros der beiden Ärzte und einige Büroräume, in denen eine Sekretärin die üppigen Rechnungen an die verschönerten Damen ausstellte und den Eingang der Gelder überwachte.

Peter von Borgo wandte sich nach rechts zu den Untersuchungsräumen und dem OP, aber der Geruch wurde schwächer. Lautlos glitt er an der zartrosa gestrichenen Hauswand der dreistöckigen Villa entlang, all seine Sinne auf die Quelle dieses Geruchs gerichtet.

Hatte seine Nase recht? Ein Mann? Vielleicht um die dreißig?

Der Vampir folgte der Witterung hinüber zu dem Büroanbau, den ein kurzer, gläserner Korridor mit einer Seitentür der Villa verband. Peter von Borgo konnte keinen lebenden Menschen riechen, immer deutlicher jedoch den frischen Tod. Das wurde immer seltsamer. Was hatte ein Toter ausgerechnet in diesem Teil der Klinik zu suchen?

Der Vampir umrundete das Gebäude, bis er sich sicher war, hinter welchem Fenster die Quelle des Geruchs lag. Er spähte durch das verspiegelte Glas, konnte aber nur vage Umrisse von Bücherregalen an den Wänden, einer dunklen Ledersitzgruppe und eines Schreibtisches nahe dem Fenster erkennen. Peter von Borgo strich mit dem Finger über den Rahmen. Er schien neu und wies keine Risse oder Spalten auf. Dann eben durch die Tür. Er schlenderte zum Kiesweg zurück und näherte sich der Eingangstür, neben der ein goldgeprägtes Schild mit dem Wort „Empfang" und eine Klingel mit Gegensprechanlage angebracht waren. Der Vampir überprüfte die Tür. Auch sie war neu und schloss dicht ab. Er würde sich wohl über das Haupthaus Zutritt verschaffen müssen. Peter von Borgo wollte sich gerade abwenden, als er Schritte auf dem Kies vernahm. Er schob sich in den Schatten einer alten Eibe und beobachtete den Mann, der sich der Eingangstür näherte. Er war von bulliger Gestalt, trug graue Hosen, eine schwarze Jacke und eine Schirmmütze auf dem Kopf. In der linken Hand hielt er eine Stablampe, mit der rechten zog er einen Schlüsselbund aus der Hosentasche. Etwas beulte seine Jacke aus. Ein Schlagstock? Eine Pistole?

Der Wächter schloss die Tür auf, und Peter von Borgo schlüpfte hinter ihm ins Haus. Wenn er nicht gesehen werden wollte, dann wurde er auch nicht entdeckt. Die Menschen gingen so nachlässig mit ihren Sinnesorganen um! Und was es ihrer Meinung nach nicht geben konnte, darauf achtete man auch nicht.

Der Wachmann wandte sich nach rechts, dem Glaskorridor zu. Peter von Borgo dagegen schritt an der verwaisten Empfangstheke aus Chrom und Glas vorbei den Gang hinunter, bis zu der Bürotür, hinter der das Objekt seines Interesses lag.

Die Tür war abgeschlossen, der Schlüssel fehlte, doch der Schlitz zwischen Teppich und Holz war so breit, dass er mit Leichtigkeit als Nebel darunter hindurchfließen konnte. Auf der anderen Seite materialisierte er sich wieder. Ohne sich zu rühren, blieb er hinter der Tür stehen. Nur sein Brustkorb bewegte sich, und seine Nasenflügel zitterten. Er verließ sich gern auf den ersten Eindruck durch die Wahrnehmung der Gerüche, um die Lage genauer einschätzen zu können, ehe er die Situation in Augenschein nahm.

Seine Nase hatte ihn nicht getäuscht. Der Tote war ein Mann um die dreißig Jahre – und es war Blut geflossen. Peter von Borgo trat zu der schwarzen Ledercouch, auf der der Mann gesessen hatte. Er war mit dem Oberkörper auf die Seite gekippt, die Füße noch auf dem Perserteppich. Der Vampir konnte das Einschussloch oberhalb der Schläfe sehen. Auf der anderen Seite hatte das Geschoss wohl ein Stück des Schädels aufgerissen. Ehe der Mann zur Seite gesunken war, waren Blut und Hirnmasse über das Polster gespritzt. Es war nicht viel davon zu sehen, dafür aber deutlich zu riechen.

Peter von Borgo fuhr leicht mit den Fingerspitzen über den Hals des Mannes und über die Ränder des Einschussloches. Er konnte nicht länger als eine Stunde tot sein! Seine Haut fühlte sich zwar kühl an, aber sein Blut hatte sich kaum um ein Grad abgekühlt. Er hob den Kopf an und beschnüffelte die Wunde, die das austretende Projektil geschlagen hatte.

Nein, lange hatte er nicht mehr zu leben gehabt, nachdem das Metall durch sein Gehirn gedrungen war. Konnte er sich selbst getötet haben, oder war er ermordet worden? Peter von Borgo sah sich nach der Waffe um, konnte sie jedoch nicht entdecken. Zur Sicherheit roch er an den Fingerkuppen des Toten. Diese Hände hatten in den letzten Stunden keine Waffe abgeschossen. Also Mord!

Das Interesse des Vampirs war geweckt. Die Abgründe der menschlichen Seele stellten ein interessantes Studienobjekt dar. Sie lenkten ihn von seiner Langeweile ab und würden nun helfen, seine Gedanken wenigstens für kurze Zeit von Sabine zu lösen.

Peter von Borgo trat an den Glastisch vor der Couch und betrachtete die bauchige Flasche mit ihrem bräunlichen Inhalt und das benutzte Glas daneben. Einige Papiere lagen auf dem Tisch, zwei Blätter waren zu Boden geflattert. Er überflog die Texte. Als er die ersten Seiten gerade wieder zurücklegte, streifte ein Hauch seine Sinne, der ihn ablenkte. Er richtete sich auf und schloss die Augen.

Ja, er konnte es riechen. Trotz der starken Präsenz der

Leiche gelang es ihm, die Witterung von anderen Personen aufzunehmen, die vor nicht sehr langer Zeit in diesem Büro gewesen waren. Ob es ihm gelang, den Mörder aus dieser Komposition herauszufiltern?

Er roch an der Schreibtischplatte, an den Sitzkissen der Sessel und den Armlehnen.

Ein Geräusch auf dem Flur ließ ihn innehalten. Schritte näherten sich. Er hörte das Klirren eines Schlüsselbundes. Ohne Hast trat der Vampir an die Wand, sodass die sich öffnende Tür ihn verbergen würde, und wartete, während ein Schlüssel ins Schloss geschoben wurde.

Um ein Uhr vierundzwanzig ging in der Polizeileitzentrale der Anruf eines aufgeregten Wachmanns der Privatklinik von Everheest ein. Bereits fünfunddreißig Minuten später fuhr der Wagen von Hauptkommissar Thomas Ohlendorf von der 4. Mordbereitschaft vor. Zehn Minuten später erschien der Jüngste des Teams, Robert Gerret, und kurz darauf Uwe Mestern und Sönke Lodering und der Polizeifotograf. Er parkte hinter dem mintgrünen Golf der Ärztin, die heute in der Rechtsmedizin Bereitschaft hatte. Auch die Herren von der Spurensicherung waren bereits zur Stelle. Sie warteten, bis der Fotograf seine Nummerntafeln verteilt und ein paar Dutzend Fotos geschossen hatte. In ihre weißen Overalls gekleidet, suchten die beiden Männer das Büro systematisch nach sichtbaren Spuren ab, stäubten schwarzes Pulver auf Flasche und Glas, auf den Türgriff und die bis dahin glänzende Schreibtischoberfläche. Mit Klebestreifen nahmen sie Faserproben, während die Ärztin den Toten untersuchte und die Ergebnisse in ihr Diktiergerät sprach.

Unsichtbar in einer Ecke schwebend, beobachtete Peter von Borgo den Trubel. Vor allem die junge Ärztin gefiel ihm.

Sie war nur mittelgroß und von zierlichem Körperbau, mit schmaler Taille und kleinen, festen Brüsten. Ihre Augen waren dunkel. Das rötlich braune Haar hatte sie zu einem lockeren Knoten geschlungen. „Dr. Renate Lichtenberg“ las er an einem Schild auf ihrer Brusttasche. Den Namen würde er sich merken. Vielleicht sollte er ihr in dem Eppendorfer Institut mal einen Besuch abstatten?

Zwei Stunden verstrichen. Der Vampir begann sich zu langweilen. Als der Leichenwagen eintraf und die Männer den Toten auf eine Bahre hoben, nutzte Peter von Borgo die Gelegenheit, unbemerkt zu verschwinden. Es war ihm danach, zu seiner Villa zu eilen, die großen Flügeltüren zum Garten zu öffnen und, während die Nachtluft ihn umwehte, die Finger über die Tasten seines Flügels gleiten zu lassen.

Sabine konnte nicht schlafen. Ruhelos schritt sie in ihrer Wohnung auf und ab, obwohl es schon auf zwei Uhr zuging. Das Gespräch mit Iris' Mutter ging ihr nicht aus dem Kopf. Was waren das für seltsame Schwingungen, die sie wahrgenommen hatte, die sie aber nicht genau beschreiben konnte? Barbara Stoever war nicht sehr erfreut gewesen über ihren Besuch. Lag Ärger in ihrer Stimme, Wut oder Enttäuschung? Jedenfalls waren es weder Angst noch Verzweiflung!

Es war nicht einfach gewesen, Auskünfte von ihr zu bekommen, auch hatte sie es vermieden, der Kommissarin ins Gesicht zu sehen. Sie hatte ihr den Rücken zugewandt und weiterhin Blumen in Vasen auf dem Altar verteilt.

„Haben Sie seit Ostern etwas von Iris gehört?“

Frau Stoever schob zwei rosafarbene Tulpen in die mit kitschigen Engeln bemalte Vase. „Nein. Warum fragen Sie nicht meine Mutter? Meine Töchter wohnen seit fast sechs Jahren bei ihr!“

„Ich komme gerade von ihr und hoffe, dass Sie mir einen Hinweis geben können, wo ich meine Suche fortsetzen soll."

„Ich habe mich wirklich bemüht!", stieß die Frau nach drei weiteren Tulpen aus. „Sie war schon immer ein falsches Luder, hat gelogen und sich herumgetrieben, und wenn man sie zur Rede stellte, sah sie einen nur schweigend an. Ich habe wirklich alles versucht, um einen anständigen Menschen aus ihr zu machen. Aber natürlich wird nun wieder der Mutter die Schuld für alles gegeben", stieß sie bitter hervor.

„Es geht hier nicht um Schuld, Frau Stoever. Es geht darum, Ihre Tochter zu finden, die seit fast einer Woche verschwunden ist."

„Sie wird wieder auftauchen, wenn sie in Schwierigkeiten ist, ihr Freund sie verlassen hat oder ihr das Geld ausgeht, und dann dürfen ihr Vater und ich zusehen, wie wir alles richten."

„Sie glauben also, dass sie freiwillig weggegangen ist, ohne jemandem etwas zu sagen?", fragte Sabine überrascht, obwohl sie vor kaum zwei Stunden in dem kleinen Häuschen in der Panzerstraße ähnliche Vermutungen angestellt hatte. „Ihre Mutter schließt das aus. Und sie glaubt auch nicht an Selbstmord. Sie ist überzeugt, dass Iris einem Verbrechen zum Opfer gefallen ist."

Einen Bund Gerbera in der Hand, drehte sich Barbara Stoever langsam um. „Meine Mutter hatte schon immer ein völlig falsches Bild von den Kindern, aber da kann man reden, wie man will. Sie müssen selber wissen, wem Sie glauben. Vielleicht ist ihr wirklich etwas passiert – was ich nicht wünsche –, doch dann nur deshalb, weil sie sich leichtsinnig in Gefahr begeben hat."

Sabine fiel nichts ein, was sie darauf hätte sagen können. Barbara Stoever senkte den Blick. „Sie denken jetzt, ich wäre kalt und hart, doch Sie sollten sich vielleicht auch fragen, warum ich so geworden bin. Ich war auch einmal eine Mutter, die stolz auf ihre Mädchen war und große Pläne für ihre Zukunft hegte."

Diese Worte gingen Sabine nicht aus dem Sinn, während sie in ihrem grün karierten Schlafanzug im Wohnzimmer auf und ab lief.

Was für ein Bild würde Maike von ihrer Schwester zeichnen? Was die Freundinnen erzählen? Jedenfalls würde sie morgen zuallererst Sönke anrufen. Er hatte dieses Wochenende Bereitschaft und würde vielleicht im Büro sein. Dann musste er ihr alles besorgen, was es im Präsidium über das Verschwinden von Iris Stoever zu finden gab. Zwar hatte es Sabine am späten Nachmittag schon selbst bei der Zentrale der Vermisstenstelle versucht, aber die Sekretärin konnte oder wollte ihr keine Auskunft geben. Sabine gähnte herzhaft. Vielleicht sollte sie doch versuchen, noch ein paar Stunden zu schlafen. Vor neun durfte sie Sönke sowieso nicht stören. Das Samstagsfrühstück mit seiner Frau war heilig, und wenn man ihn um einen Gefallen bitten wollte, war es ratsam, ihn vorher nicht zu verstimmen.

„Guten Morgen, Sönke, deine Frau sagte mir, wo ich dich erreiche. Was tust du an einem Samstag so früh im Präsidium? Was ist mit deinem heiligen Frühstück?"

„Dammi noch mol, red mich nich so von der Seite an, mien Deern. Ich bin fertig mit Jack un Büx."

„Was ist los? Habt ihr einen neuen Kunden?"

Sönke grunzte zustimmend. „Hier is vielleicht ein Kuddelmuddel."

„Ja nun, erzähl schon", drängte Sabine. „Lass dir nicht jedes Wort aus der Nase ziehen."

„Wir haben einen dieser Fälle, die es laut Statistik gar nicht gibt. Kommt eigentlich nur im ‚Tatort' oder sonstigem Krimizeug vor: junger, angesehener Schönheitschirurg in seinem Büro erschossen!"

Die Kommissarin pfiff durch die Zähne. „Das ist doch mal was! Keine Messie-Wohnung, bei der man durch Müll und Ungeziefer waten muss, keine ungewaschenen Verdächtigen, keine unflätigen Beschimpfungen bei der Befragung. Wahrscheinlich bekommt ihr überall Kaviarhäppchen und Champagner angeboten."

„Sabbelbüddel", schimpfte Sönke, doch Sabine kam es so vor, als würde sie eine gewisse Zufriedenheit in seiner Stimme vernehmen.

„Und, habt ihr schon was rausbekommen?"

„Ne, nich viel. Dr. Lichtenberg – du weißt, die junge Brünette – sagte, der Herr Juniorchefarzt wäre kaum mal zwei bis drei Stunden tot – also wohl zwischen elf Uhr und Mitternacht erschossen. Die Waffe war nicht da, aber wir haben im Tresor Munition gefunden. Könnte noch von seinem Vater stammen. Der hatte einen Waffenschein. Allerdings wurde die Pistole nach dem Tod des Alten von Everheest als verloren gemeldet."

„Wer hat die Leiche gefunden?"

„Ein Kerl vom Wachdienst. Soweit wir es bisher überblicken können, kamen der oder die Täter ungesehen herein. Einbruchspuren gibt es keine." Er gähnte herzhaft.

„Jedenfalls habe ich, seit mich Thomas heute Nacht angerufen hat, den Heimathafen nicht mehr gesehen. Aber es ist gut, dass ich dich gerade an der Strippe habe. Thomas hat mir da eine Liste mit Vernehmungen auf den Tisch gelegt, bei der's mir ganz übel wird. Und dann soll ich auch noch Robert mitnehmen! Dabei braucht man bei den Leuten ein bisschen Fingerspitzengefühl und nicht so einen unerfahrenen Schlaumeier, der sein Abzeichen auf der Fachhochschule gekriegt hat." Er stöhnte, und Sabine konnte geradezu sehen, wie er die Augen verdrehte.

„Ich brauche dich! Kannst du nicht einfach mitkommen? Zumindest bei den ganz schweren Geldsäcken?"

Sabine fühlte sich geschmeichelt und hätte gern sofort Ja gesagt, doch die Kommissarin in ihr hob die Hand. „Sönke, du weißt, dass es nicht geht. Thomas würde das nicht erlauben, und der Tieze würde einen Herzinfarkt bekommen, wenn er es erführe."

„Na, das wäre einen Versuch wert", erwiderte der Kollege. „Du brauchst die Protokolle ja nicht zu unterschreiben. Sieh es einfach so, dass der Grünschnabel in Sachen Vernehmung und Befragung ein bisschen von dir lernen kann – und außerdem kennst du dich als Einzige mit dieser Sorte Leute aus. Ist dein Ex nicht immer auf diesen vornehmen Partys rumgesprungen und kennt jeden, der in Hamburg goldene Wasserhähne hat?"

Sabine zögerte. Konnte es ihre Lage verschlimmern, wenn sie sich darauf einließ? Ja! Ganz sicher. Der Kriminaloberrat wäre nicht erfreut von solchen Aktionen – aber wie schön wäre es, wieder gebraucht zu werden! Der Gedanke war verlockend, in diesen Fall eingebunden zu sein und nicht mehr gelangweilt daheim zu sitzen, während die Kollegen jeden Tag Überstunden schoben.

„Und? Bist du noch dran?"

„Ja und ja. Ich bin noch dran, und ich helfe dir, aber sorge dafür, dass Robert sich nicht verplappert."

„Mien Deern, lass dich an mein Herz drücken!", jubelte Sönke.

„Später, später. Zuerst musst auch du mir einen Gefallen

tun." Sie erzählte ihm von der vermissten jungen Frau und ihren Gesprächen mit deren Großmutter und der Mutter. „Bitte such mir alles zusammen, was du über den Fall finden kannst."

„Mook wi!"

„Was?"

„Wird sofort erledigt! Bist du daheim? Kann ich dich abholen, wenn's losgeht?"

„Nein, ich muss jetzt nach Blankenese, um mit Frau Jacobson und den drei ‚Mädchen' zu frühstücken. Du kannst mich auf dem Handy erreichen."

Maike, Carmen und Aletta

Die Frauen saßen schon um den Esszimmertisch, als Sabine eintrat. Allerdings sahen sie so aus, als seien sie gerade erst aus dem Bett gekrochen. Maike – die Zwillingsschwester der Verschwundenen – trug nur ein verwaschenes Riesenshirt, das ihr bis zu den Knien reichte, Carmen hatte sich in einen alten, rosafarbenen Frotteebademantel gehüllt. Maikes blaues Haar stand in alle Richtungen ab und hatte heute sicher noch keine Bürste gesehen. Nur Aletta war vollständig angezogen. Wie auf dem Foto trug sie Schwarz: ein langes Shirtkleid und eine Strickjacke, deren Ärmel sie über die Ellbogen geschoben hatte. Ihren Hals zierte ein silbernes Pentagramm, das mit einer Spitze an einem Lederband befestigt war. Im Gegensatz zu den anderen war ihr langes Haar gekämmt, und ihre Augen und Lippen waren schwarz geschminkt.

Der Blick der Kommissarin wanderte von einem Gesicht zum anderen. Sie sahen alle ernst und mitgenommen aus, und das kam sicher nicht nur von einer Nacht Kartenspiel und zu viel Alkohol. Nein, sie schienen sich wie Irene Jacobson Sorgen um Iris zu machen.

Dankend nahm Sabine einen Milchkaffee entgegen und setzte sich auf den Stuhl, den Aletta ihr zwischen Maikes Platz und den ihrer Großmutter geschoben hatte.

„Haben Sie schon etwas herausgefunden?“, fragte Aletta und hielt der Kommissarin den Brotkorb hin. Sabine nahm sich ein Franzbrötchen mit vielen Rosinen. Es schien natürlich, dass Aletta das Wort ergriff. Ihre Persönlichkeit überstrahlte alle anderen Anwesenden. Obwohl es um Maikes Schwester ging, starrte Maike auf ihr Brötchen hinab und schien sich nicht für die Kommissarin zu interessieren. Sabine betrachtete den gesenkten blauen Haarschopf. Die unförmige Frau stieß sie ab. Sie rügte sich selbst, keine Vorurteile wegen Maikes Aussehen zu entwickeln, dennoch konnte sie gegen das Gefühl in ihr nichts tun. Sie wandte sich an Aletta, die den Gast aufmerksam betrachtete.

„Der bisher letzte Zeuge, der Iris am Sonntag gesehen hat, ist einer der Kellner im Strandhotel. Er stand um vierzehn Uhr fünfzehn an der Bushaltestelle in der Blankeneser Hauptstraße, als sie vorbeiging. Er hat nicht genau darauf geachtet, glaubt aber, dass sie zur Krögers- oder Mitteltreppe abbog. Einige Beamte haben die Anwohner nach ihr gefragt, doch sie hat keinen von den Befragten aufgesucht. Fällt Ihnen jemand ein, den sie in dieser Gegend besucht haben könnte?“

Die Großmutter und die drei jungen Frauen schüttelten die Köpfe. Nun blickte Maike kurz auf. Anscheinend hörte sie doch zu.

„Ich werde mich trotzdem noch einmal umhören“, fuhr die Kommissarin fort. „Jedenfalls kann kein Busfahrer sich an sie erinnern, und bei den Fähren hatten die Kollegen auch kein Glück. Oben an der S-Bahn und an einigen anderen Stellen hängen nun Plakate, noch ist jedoch keine verwertbare Reaktion eingegangen.“ Sabine hob entschuldigend die Hände. „Es tut mir sehr leid. Mehr kann ich Ihnen noch nicht berichten.“

Sabine bestrich ihre Brötchenhälften mit Butter und der von Frau Jacobson selbst gekochten Holunder-Kirsch-Marmelade. Ihr Blick glitt über die Frauen, die um den Tisch saßen.

Aletta kaute noch an ihrem ersten Hörnchen, trank aber bereits die dritte Tasse schwarzen Kaffee. Maike hatte in der gleichen Zeit zwei Brötchen mit einem Berg an Schinken und Käse verschlungen und ein Hörnchen mit Nussnougatcreme. Gerade schaufelte sie sich eine Portion Rühreier mit Speck aus der Pfanne, die Frau Jacobson ihr reichte. Neben ihrem Platz lag eine aufgeschlagene Zeitschrift. Es ging um den zu Tode misshandelten Hamburger Jungen, wie die Kommissarin der fetten Überschrift entnahm.

Carmens Teller war noch immer unberührt. Sie nippte nur an ihrer Teetasse und starrte stumm vor sich hin.

„Das geht aber nicht, mein Kind", rief Irene Jacobson, der dies wohl gerade ebenfalls aufgefallen war. „Wir alle machen uns Sorgen und haben Angst um Iris, doch es nützt ihr gar nichts, wenn du dich zu Tode hungerst. Du isst jetzt ein Rundstück und ein bisschen Rührei. Vorher lasse ich dich nicht vom Tisch aufstehen!"

Carmen protestierte schwach, doch da war ihr Teller auch schon gefüllt. Gehorsam griff sie nach der Gabel. Erst schien es, als müsse sie sich zu jedem Bissen zwingen, dann aber schlang sie Ei und Brötchen in Windeseile hinunter und nahm sogar noch eine Portion.

„Erzählen Sie mir von Iris", forderte die Kommissarin die Frauen auf.

„Sie ist ein so liebes Kind", sagte Frau Jacobson mit zitternder Stimme. „Immer verständnisvoll und hilfsbereit. Mit ihrem Feingefühl spürt sie sofort, wenn es jemandem schlecht geht. Sie ist mir eine große Stütze." Maike zog die Lippe schmollend hoch, aber Frau Jacobson schien das nicht zu bemerken.

„Was macht Iris beruflich? Wie sieht ihr Tagesablauf aus?"

„Sie hat keinen festen Beruf. Sie ist einfach zu sensibel für diese harte Arbeitswelt dort draußen, diesen Kampf mit den Ellbogen", sagte die Großmutter. Maike schnaubte durch die Nase und griff nach einem weiteren Brötchen.

„Nach der Schule hat sie eine Lehre als Floristin angefangen und es dann in einem Frisörgeschäft probiert, aber das war nichts für sie. Das Arbeitsamt bietet ihr immer wieder verschiedene Kurse an, so mit Computer und einem Praktikum in einer Firma. Sie wollen einfach nicht einsehen, dass diese harten Jobs sie überfordern."

„Überfordern? Wie meinen Sie das?"

Frau Jacobson hob die Hände. „Es liegt nicht an ihrer Intelligenz. Sie ist klug und hat eine rasche Auffassungsgabe, aber sie hat eine schwache Konstitution. Immer wieder ist sie krank. Jede Erkältung, jede Darmgrippe nimmt sie mit, und dann diese Hautausschläge. Wie heißt das Wort, Maike?"

„Neurodermitis", erwiderte Maike undeutlich mit vollem Mund.

„Oh, ja, daran leidet sie schon seit vielen Jahren."

„Das heißt, sie hat zurzeit keine Arbeit und ist meist bei Ihnen zu Hause?"

Frau Jacobson schüttelte den Kopf. „Sie arbeitet seit acht Wochen in dem Geschäft in der Hauptstraße, in dem Spielzeug und Schreibwaren verkauft werden. Allerdings nur dreimal die Woche – so ein Minijob ist das, für vierhundert Euro."

In Sabines Handtasche klingelte das Handy, sich entschuldigend nahm sie das Gespräch an.

„Sönke? Nein, ich bin hier in Blankenese. Das hat keinen Sinn. Wo ist es denn? Ich kann mit meinem Wagen vorbeikommen. Elbchaussee 547", wiederholte sie die Adresse. „Das muss noch vor der Einmündung des Mühlenbergs sein. Ich werde es finden und bin in zehn Minuten da."

Irene Jacobson hob den Kopf. „547? Ist das nicht die Villa von Dr. von Everheest, dem Schönheitschirurgen?"

Sabine nickte. „Kennen Sie ihn?"

„Ja, wie man sich halt so kennt, wenn man im gleichen Ort wohnt. Nicht dass wir in der gleichen Gesellschaft verkehrt hätten, aber man spricht natürlich über die Dinge, die in der Zeitung stehen – gute wie schlechte! Er hat in den Siebzigerjahren große Erfolge gefeiert, aber dann kam der Skandal um den verpfuschten Busen, der ihm beinahe das Genick gebrochen hätte. War natürlich Pech, dass es ausgerechnet eine von diesen Schauspielerinnen war, die in jedem Klatschblättchen abgelichtet werden. Es wurde getuschelt, er müsse für die Entschädigung seine Villa verkaufen, aber dann hat er sich wieder gefangen, und die Reichen und Schönen strömten wieder in seine Klinik, um sich von ihrem teuer angefressenen Fett befreien zu lassen. Seine Frau allerdings hat den Skandal nie überwunden. Manche sagen, sie ist deshalb nur Monate später gestorben, aber das ist Unsinn. Sie hatte irgendeine schwere Krankheit. War es Leukämie? So genau weiß ich das nicht mehr. Tja, und bei ihm war es wohl das Herz, das vergangenes Jahr nicht mehr wollte."

Sabine blinzelte verwirrt. „Ich glaube, Sie verwechseln etwas. Dr. von Everheest wurde heute Nacht tot in seiner Klinik aufgefunden."

„Nein!" Die Alte stieß einen Schrei aus und sah die Freundinnen an. Aletta zog die schwarz nachgezogenen Augenbrauen hoch. „Was? Der ist doch noch nicht mal dreißig!" Carmen ließ ihre Gabel fallen und tauchte unter den Tisch, um sie wieder aufzuheben, nur Maike reagierte nicht. Sie war noch immer mit Rührei und Speck beschäftigt.

„Dann muss es Sven von Everheest sein, der Sohn, der vor einigen Jahren bei seinem Vater in der Klinik angefangen und sie nach seinem Tod weitergeführt hat", sagte die Alte. „Nein, was für ein Unglück! – Was um alles in der Welt ist ihm denn zugestoßen?"

„Jedenfalls ist er keines natürlichen Todes gestorben", antwortete die Kommissarin. „Mehr darf ich Ihnen nicht sagen, und viel mehr weiß ich auch noch nicht. Das müssen die Ermittlungen des LKA klären. Deshalb muss ich mich jetzt auch verabschieden. Mein Kollege wartet. Darf ich morgen wiederkommen und mich in Iris' Zimmer umsehen?"

„Aber ja." Irene Jacobson stemmte sich in ihrem Stuhl hoch und griff nach den Krücken. „Ach, Frau Berner, mir ist etwas eingefallen. Sie haben vorhin gefragt, wen Iris besucht haben könnte. Nun ja, es ist nicht sehr wahrscheinlich, aber vielleicht eine Möglichkeit: Clara Hofberger. Sie wohnt im Brandts Weg. Wenn man vom Anleger oder vom Strandweg kommt, wäre die Krögerstreppe der schnellste Weg."

„Clara Hofberger?" Sabine sah die Gastgeberin fragend an.

„Sie war Iris' Grundschullehrerin, und auch in den Jahren danach, als sie schon ins Gymnasium ging, hat Iris sie häufig besucht."

Die Kommissarin nickte. „Einen Versuch ist es wert. Ich danke Ihnen und werde nicht versäumen, der Spur nachzugehen."

Sie sah nicht, wie die drei Freundinnen Blicke austauschten.

Kaum hatte die Kommissarin das Haus verlassen, schob Carmen ihren Teller von sich, sprang auf und rannte die Treppe hinauf. Maike belud sich ihre Brötchenhälfte mit dem Rest des Rühreis und vertilgte beides. „Ich muss gehen", stieß sie mit vollem Mund hervor. „Ich habe heute die zweite

Schicht.“ Sie verzog das Gesicht. „Samstage sind echt ätzend. Diese Tourimassen schon am Nachmittag!“

Aletta tupfte sich mit ihrer Serviette vorsichtig den Mund ab, damit die schwarze Umrandung nicht verwischte, und warf ihr schwarzes Haar zurück. „Ich kann dich mitnehmen, wenn du willst. Ich muss eh in Richtung Kiez.“

„Bin gleich fertig. Muss nur noch aufs Klo und meine Jacke holen“, erwiderte Maike mit vollem Mund und erklomm schwerfällig die steile Treppe. Frau Jacobson begann den Tisch abzuräumen.

„Nein, lassen Sie das! Ich kann das machen.“ Aletta sprang auf, stellte Teller, Tassen und Essensreste auf ein Tablett und trug es in die Küche. Während das Wasser in die Spüle lief, hörte sie Maike oben fluchen und an einer Tür rütteln. Kurz darauf kam sie mit missmutigem Gesicht in die Küche.

„So eine Scheiße“, sagte sie, griff nach der Butter und einem Marmeladenglas und stellte sie unsanft in den Kühlschrank. „Sie kotzt sich dort oben wieder die Seele aus dem Leib.“

Aletta warf ihr einen warnenden Blick zu, aber Frau Jacobson kramte in einer Schublade im Wohnzimmer und hatte die Worte ihrer Enkelin nicht gehört.

„Das war nicht anders zu erwarten, oder? Jedenfalls vermute ich, dass es eine Weile dauern wird, bis sie wieder auftaucht. Ich denke, wir sollten los, damit du nicht zu spät kommst.“

Maike nickte und schob sich drei Stückchen Schokolade in den Mund. „Ja, das wäre nicht wirklich gut. Noch mehr Ärger kann ich echt nicht gebrauchen!“

Die beiden verabschiedeten sich von Frau Jacobson und gingen zum Ende der Panzerstraße hinunter, wo der alte Volvo von Alettas Mutter stand. Meist durfte sie ihn benutzen, wenn die Mutter ihn nicht gerade selbst brauchte.

„Kannst du mich heute Abend abholen?“, fragte Maike, als sie sich auf den Beifahrersitz zwängte.

Aletta schüttelte den Kopf. „Nein, der Coven trifft sich heute Abend.“

Maike schnaubte durch die Nase. „Ach, wieder dein Hexenkram. Muss das sein? Ich will nicht mit der S-Bahn fahren.“

Aletta presste die Lippen kurz aufeinander und startete den Motor. Sie gab etwas mehr Gas, als nötig gewesen wäre, sodass die Reifen beim Anfahren quietschten.

„Ja, das muss sein. Ich bin eine Wicca und gehöre zu meinem Coven. Es ist Esbat-Vollmond! Da bleib man nicht einfach wegen einer Lappalie weg!“

„Lappalie?“, ereiferte sich Maike. „Ich muss bis um elf arbeiten und weiß nicht, wie ich dann nach Hause komme!“

Aletta fasste nach dem Pentagramm um ihren Hals und hielt es so fest, dass die Spitzen schmerzhaft in ihre Hand stachen.

„Also gut. Ich hole dich um elf ab und fahre anschließend zu unserem Treffen. Bitte sieh zu, dass du pünktlich bist! Ich will wenigstens zu unserem Ritual um Mitternacht da sein!“

„Als ob das so wichtig wäre“, murrte Maike und packte einen Schokoriegel aus.

Aletta antwortete nicht. Es wäre sinnlos, Maike zu sagen, wie wichtig die Treffen ihres Covens und die gemeinsamen Rituale für sie waren. Vor allem Esther gab ihr die Kraft, weiterzumachen und alles zu ertragen. Tag um Tag.

Sabine parkte ihren Passat hinter Sönkes altem weinrotem Daimler. Der Kollege stand vor dem stabilen Gittertor, das zwischen zwei gemauerten weißen Pfeilern Unbefugten den Zutritt zu der Villa verwehrte. Der Kriminalobermeister hatte sich nach vorn gebeugt, als versuche er, zwischen dem dichten Grün einen Blick auf das Haus zu erhaschen. Neben ihm stand ein Mann, den Sabine nicht kannte. Zögernd trat sie auf die beiden zu.

„Wo ist Robert?“

„Der Dösbaddel hat sich gestern beim Basketball das Handgelenk gebrochen“, knurrte Sönke.

„Dann war er heute Nacht gar nicht dabei?“

„Doch, schon“, gab der Kriminalobermeister Auskunft, „mit dick verbundenem Arm. Rumgejammert hat er. War zu nichts zu gebrauchen. Da hat ihn Thomas heute Morgen erst mal zum Arzt geschickt, und der sagt: glatt durch. Drei Wochen hat er ihn krankgeschrieben – vorläufig!“ Sönke schnaubte durch die Nase. „Immer wenn's drauf ankommt. Ich hab's ja schon immer gesagt, ist halt 'n Quiddje!“

Sabine unterdrückte ein Grinsen. Sönke und Robert waren seit dem ersten Tag im Präsidium wie Hund und Katze, doch vermutlich nahmen sie ihren täglichen Kleinkrieg nicht einmal mehr selbst ernst. Daher verzichtete sie, Sönke darauf hinzuweisen, dass sich Robert vermutlich nicht absichtlich das Handgelenk gebrochen hatte. Stattdessen sah sie den Mann an Sönkes Seite fragend an.

„Michael Merz.“ Er kam einen Schritt näher und schüttelte ihr die Hand. „Und Sie sind Sabine Berner?“

Sie nickte und zog die Augenbrauen ein wenig zusammen. „Und was haben Sie mit dem Fall zu tun?“

„Er ist Oberkommissar, kommt vom fünfzehnten Revier. Hat sich bei uns beworben, und da kam Thomas die Idee, er könnte uns unterstützen, vor allem jetzt, da Robert auch noch ausfällt.“

Die Augenbrauen wanderten ein Stück weiter nach oben. „Und das hat Thomas heute Morgen so schnell organisiert?“

Sönke trat verlegen von einem Fuß auf den anderen. „Ja,

nein, also, er hat ihn vorhin angerufen, ob er für Robert einspringen kann, aber die Gespräche laufen seit ein paar Tagen – vielleicht auch schon zwei oder drei Wochen." Er verstummte und sah zu Boden.

„Ach so, Sie sind also mein Ersatz", sagte Sabine und musterte den Kripomann von Kopf bis Fuß. Er war etwa Mitte dreißig, einen halben Kopf größer als sie, hatte braunes Haar, grüne Augen und ein kantiges Gesicht. Wangen und Kinn waren mit einem Dreitagebart bedeckt, was bei ihm eher attraktiv als ungepflegt aussah.

„Nur solange Sie nicht da sind. Ihre Kollegen vermissen Sie sehr und sehnen den Tag herbei, an dem Sie wieder voll einsatzfähig sind." Er sah sie an und lachte.

Er hatte eine wirklich charmante Art zu lachen. Sie beschloss, ihn zu hassen.

„Also, dann lasst uns reingehen", drängte Sönke. „Die warten schon seit einer halben Stunde auf uns."

Sabine hob abwehrend die Hände und trat einen Schritt zurück. „Ohne mich. Das könnt ihr sicher auch allein. Ich fahre nach Hause."

„He, was soll das?", protestierte Sönke. „Das war ausgemacht!"

„Ja, aber nicht so!", zischte die Kommissarin. „Du weißt, dass ich nicht hier sein darf."

„Ja, und? Mike wird Thomas schon nichts erzählen, nicht wahr?"

„Bitte, Frau Berner, lassen Sie uns nicht im Stich", mischte sich der Neue ein. „Ein Greenhorn, das vor einer Stunde unerwartet in seinen ersten Mordfall geworfen wurde, fleht Sie um Hilfe an. Und ich habe Sie hier selbstverständlich nicht gesehen!"

„Tötungsdelikt", verbesserte Sabine ihn spitz. „Wir wissen

noch nicht, ob es Mord war. Das zu klären wird Aufgabe der Staatsanwaltschaft sein!"

„Tötungsdelikt", wiederholte er lächelnd. „Ich werde es mir merken." Seine Augen waren wirklich verdammt grün.

„Also, worauf warten wir?", fragte die Kommissarin kühl und wandte sich ab, um auf die Klingel zu drücken.

„Ja, bitte?"

„Kripo Hamburg vom LKA 41, mein Name ist Berner. Dürfen wir hereinkommen?"

Sönke hatte recht gehabt! Das war die bessere Gesellschaft, deren Villen normalerweise nur die Kollegen vom Einbruchsdezernat zu Gesicht bekamen, aber nicht die Mordbereitschaft! Eine Frau mit grauem Haar, in dunklem Kleid und weißer Schürze, öffnete und bat die Beamten einzutreten. Sie führte sie durch eine großzügige Halle mit einzelnen antiken Möbelstücken zum Salon – wie sie es nannte –, in dem die Herrschaft die Kriminalpolizei bereits erwartete.

Ein älterer Mann erhob sich, als sie eintraten, und schüttelte erst Sönke, dann Sabine und zum Schluss dem Neuen die Hand. Aha, immer noch die alte Denkweise: Der älteste Kollege musste derjenige sein, der am meisten zu sagen hat! Na ja, in gewisser Weise war das heute ja auch so, musste Sabine mit Bedauern zugeben.

„Ich habe all meine Arbeit liegen lassen und bin sofort hierhergeeilt, als ich von dem Vorfall hörte. Sie wundern sich sicher nicht, mich hier zu sehen."

Er ist überzeugt, dass man ihn kennen muss. Sabine sah zu Sönke und Michael hinüber, aber die beiden tauschten nur ratlose Blicke aus. Verdammt, wer war der Kerl? Eine unangenehme Pause entstand, während Sabine mit ihrem Gedächtnis haderte.

Komm schon, du hast ihn schon öfter gesehen. Aber wo? Wahlplakate! Ja, das war es. Und der Name?

„Van Lohsen!“, half er ihr weiter, verbarg aber nicht, dass er ihr diese Bildungslücke zum Vorwurf machte.

Endlich machte es klick! „Oh, Herr Senator. Entschuldigen Sie, in dieser Umgebung hätte ich Sie nicht erwartet.“

„Cathrin ist die Schwester meines Schwiegersohnes – Alexander Sandemann, der Gynäkologe! Sie hat mich sofort angerufen, als sie es erfahren hat.“

Sabine folgte seinem Blick zu der Frau im schwarzen Kostüm, die steif wie eine Puppe auf dem Sofa aus weißem Leder saß. Verloren, einsam, geschockt. Sie sah nur kurz zu den Kripoleuten hinüber und nickte kaum merklich zur Begrüßung, ihre Miene blieb jedoch unbeweglich. Die Frau neben ihr, die ihre Hand hielt, musterte die Besucher interessiert, sagte aber nichts. Sie wickelte eine kastanienbraune Haarsträhne um den Finger und rückte dann das moderne Collier um ihren Hals zurecht, das aus unregelmäßigen, mattsilbrigen Plättchen bestand. Vermutlich Platin, dachte die Kommissarin. Die Frau durfte etwa im gleichen Alter sein wie die Witwe. Eine Freundin, die sie zum Trost zu sich gebeten hatte? Eine Familienähnlichkeit mit Cathrin von Everheest konnte Sabine jedenfalls nicht feststellen.

Der Senator führte die Kripoleute zu der großzügigen Sitzecke und forderte sie auf, Platz zu nehmen. Die Hausdame, die ihnen die Haustür geöffnet hatte, brachte Kaffee und Tee auf einem silbernen Tablett, stellte Streuzucker und Kandis, Sahne, Milch und Zitrone dazu und kam dann noch einmal mit einer Platte Kekse und Muffins.

„Danke, Frau Gerstner.“ Erst als die Hausdame die Tür hinter sich geschlossen hatte, ergriff der Senator wieder das Wort.

„Ich habe Hauptkommissar Ohlendorf erwartet“, sagte er und ließ seinen Blick über die Besucher schweifen.

Aha, noch ein Pluspunkt, zählte Sabine und zwang sich zu einem Lächeln. Der Herr ist so wichtig, dass er nur mit dem Chef persönlich spricht. Fußvolk bitte zur Putzfrau in die Küche.

„Wir teilen uns die Befragungen bei einem Fall immer auf, damit die Ermittlungen so schnell wie möglich vorangehen. Sie müssen schon mit uns auskommen.“ Sie hielt Senator van Lohsens Blick stand. Nach einer Weile nickte er, beugte sich vor, goss sich Kaffee in eine der goldgeränderten Porzellantassen und trank einen Schluck.

„Nun, dann berichten Sie uns bitte, was gestern – oder heute Nacht – geschehen ist!“, forderte der Senator.

So schnell war ein Mann der Politik nicht bereit, das Zepter aus der Hand zu geben. Er war der Prototyp des Hanseaten: groß, kräftig, das blonde Haar ergraut, die Haut vom Segeln oder Tennisspielen – oder was solche Herren in ihrer Freizeit sonst noch trieben – gebräunt.

Sabine warf Sönke einen Blick zu, der nur widerwillig ihrer stummen Aufforderung nachkam und das Wort übernahm.

„Wir vermuten, dass Herr Sven von Everheest gestern Nacht in seinem Büro in der Klinik in der Jürgensallee zu Tode kam. Wahrscheinliche Todesursache ist ein Projektil, das ihm durch den Kopf geschossen wurde. Mehr kann ich Ihnen nicht sagen. Wir dürfen Ihnen zurzeit keine weiteren Auskünfte erteilen. Bitte haben Sie dafür Verständnis. Wir sind heute zu Ihnen gekommen, um Fragen zu stellen und Sie zu bitten, uns bei den Ermittlungen behilflich zu sein.“ Er rieb seine Handflächen gegeneinander. Sabine spürte, wie unwohl sich der Kollege fühlte. Er sah zu der Witwe hinüber, die auf einen undefinierten Punkt auf der Wand gegenüber starrte und vielleicht nicht einmal zugehört hatte. Sönke wandte sich wieder an den Senator. Seine Stimme ließ die übliche Selbstsicherheit vermissen.

„Herr Senator, dürfte ich Sie bitte, uns mit Frau von Everheest allein zu lassen? Bleiben Sie aber bitte in der Nähe. Ich möchte auch an Sie und alle anderen, die sich im Haus aufhalten, ein paar Fragen stellen."

„Du solltest Kai anrufen", sagte der Senator. Die Witwe reagierte nicht. „Herr Reeder von Reeder & Carst ist Svens Anwalt – war, meine ich", fügte er an den Kripobeamten gewandt hinzu, „falls der Tote wirklich Sven ist, wovon ja auszugehen ist."

„Warum sollte Frau von Everheest das tun? Meinen Sie, sie könnte uns etwas berichten, das sie selbst belastet?"

„Aber nein!", brauste Senator van Lohsen auf. „Was soll diese Unterstellung?"

„Lass es gut sein", erklang eine müde Stimme von dem Zweisitzer gegenüber. „Die Kripo will mir doch nur die üblichen Fragen stellen."

Der Senator zögerte noch einen Augenblick, dann erhob er sich und winkte der Freundin, die bis dahin stumm die Hand der jungen Witwe gehalten hatte.

„Tanja, komm!"

Die Frau, die kaum Mitte zwanzig sein konnte, erhob sich und strich ihren roten Minirock glatt. Sie war sehr groß und sehr schlank, und der tief ausgeschnittene Spitzenbody enthüllte ein ansehnliches Dekolleté.

„Entschuldigen Sie bitte", hielt Michael Merz sie auf, der unaufgefordert begonnen hatte, Protokoll zu schreiben. „Würden Sie mir bitte Ihren Namen sagen?"

„Tanja Sandemann, geborene van Lohsen. Ich bin ihre Schwägerin – die Frau ihres Bruders Alexander."

Der Kommissar dankte und notierte sich den Namen. „Dann ist der Herr Senator Ihr Vater?"

„Gut kombiniert", antwortete Frau Sandemann mit einem spöttischen Lächeln.

Sabine, die Merz beobachtet hatte, registrierte, dass er seinen Blick weder in den tiefen Ausschnitt versenkte noch ihn die langen Beine zu den roten Pumps hinabwandern ließ. Vielleicht war er ja doch kein Widerling?

Unter der Tür drehte sich der Senator noch einmal um. „Cathrin, wenn du mich brauchst, wir sind in der Bibliothek."

Die Kommissarin wartete, bis sich die Tür geschlossen hatte, und wandte sich dann der Witwe zu.

Sechsundzwanzig Jahre alt war sie und vier Jahre mit Sven von Everheest verheiratet – gewesen, fügte sie nach einer kleinen Pause hinzu. Aufrecht, mit durchgedrücktem Rücken saß sie da, die Füße ordentlich nebeneinander gestellt, die Hände im Schoß gefaltet. Sie trug ein perfekt geschnittenes, schwarzes Seidenkostüm, das sicher aus einem der sündhaft teuren Designershops am Neuen Wall stammte. Einziger Schmuck war eine kurze Perlenkette um ihren Hals. Einen Ehering konnte Sabine nicht sehen. Ihr blondes Haar war streng zurückgekämmt und zu einem Knoten gedreht, das Gesicht sorgfältig geschminkt. Schade, so konnte Sabine nicht sehen, ob sie blass war oder sich Schatten des Kummers unter ihren Augen gebildet hatten. Seit sie das Make-up aufgelegt hatte, hatte sie jedenfalls nicht geweint.

Viel Interessantes brachte dieser Samstagvormittag nicht zutage. Cathrin von Everheest, geborene Sandemann, war gut erzogen, gebildet und hatte ihre Gefühlsregungen vorzüglich im Griff. Bereitwillig gab sie über die Daten ihres Lebens

Auskunft: aufgewachsen an der Elbchaussee, ein paar hundert Meter weiter nach Nienstedten runter, in einer weißen Jugendstilvilla mit Säulenportal.

Ihr Vater hatte sich in der Gynäkologie einen Namen gemacht und eine bei reichen Paaren sehr begehrte Praxis aufgebaut. Seine Erfolge bei problematischen Schwangerschaften und bis dahin unerfülltem Kinderwunsch waren unumstritten. Nun hatte der alte Doktor sich zurückgezogen, um die schönsten Golfplätze der Welt zu bespielen, und seine Praxis dem Sohn Alexander überlassen. Cathrins Mutter hatte sich der Erziehung der beiden Kinder gewidmet, ihren Wohltätigkeitsveranstaltungen und der Bildhauerei, für die der Rest der Familie kein Verständnis aufbringen konnte.

Während Cathrins Bruder Alexander wie viele Kinder aus der Nachbarschaft das Gymnasium in Blankenese besuchte, hatte sie darauf bestanden, ihre Ausbildung im berühmten Johanneum in Winterhude zu absolvieren. „Latein, Englisch, Griechisch“, zählte sie auf, als würde das zu den üblichen Grundlagen jeder Schulbildung gehören. Dort habe sie Tanja, die spätere Frau ihres Bruders, kennengelernt.

„Wir besuchten gemeinsam einige Fächer und die Literatur-AG. Sie kam öfter zu uns zu Besuch, und so hat sich das zwischen den beiden entwickelt“, erzählte sie mit einem Schulterzucken. „So wie bei Sven und mir auch“, fügte sie hinzu. „Alexander und er waren Schulfreunde und gingen in dieselbe Klasse.“

Sie hatte in Hamburg Literaturwissenschaften und Anglistik und ein wenig Kunstgeschichte studiert, das Studium nach ihrer Hochzeit jedoch vor dem Abschluss abgebrochen.

„Warum?“, wollte Sabine wissen. „Hat es Ihnen nicht gefallen?“

Frau von Everheest zögerte einen Moment. Zum ersten

Mal sah sie der Kommissarin in die Augen. „Doch, sehr! Und meine Professoren haben es bedauert, dass ich ging, aber Sven brauchte meine Unterstützung. Er musste sich in der Klinik gegen seinen Vater behaupten, und das war nicht einfach. Sein Vater war der Maßstab aller Dinge und Sven der Assistenzarzt ohne Erfahrung, dessen neue Methoden sein Vater – ohne jemals richtig zuzuhören – vom Tisch wischte. Erst nach seinem Tod wurde es für Sven in der Klinik erträglicher, und er konnte bestimmen, was getan wurde!“ Das erste Lächeln huschte über ihr Gesicht, doch es war kein Lächeln der Freude. War es Triumph?

„Dies ist das Haus Ihrer Schwiegereltern, nicht? Haben Sie zu Lebzeiten Ihres Schwiegervaters auch schon hier gewohnt?“

Sie seufzte leise. „Ja. Meine Schwiegermutter starb noch vor unserer Hochzeit, und Vater und Sohn waren sich einig, dass das Haus wieder eine Frau bräuchte. Ich habe gehofft, wir würden uns ein eigenes Haus an der Alster kaufen, doch trotz der Differenzen in der Klinik hing Sven sehr an seinem Vater und wollte nichts davon wissen.“

„Dann war der Tod Ihres Schwiegervaters eine Erleichterung für Sie?“

Ihre Fassade bekam einen Riss. „Was unterstellen Sie mir?“, rief sie, fing sich jedoch gleich wieder. „Ja“, fügte sie ruhig hinzu.

„Was werden Sie jetzt machen?“, fragte Sabine.

Die Frau zuckte mit den Schultern. „Erst einmal meine Angelegenheiten regeln. Unsere Zukunft sichern.“ Sie strich sich über den flachen Bauch. „Ich bin im fünften Monat“, verriet sie der Kommissarin und warf ihr einen schnellen Blick zu. „Vielleicht werde ich mein Studium wieder aufnehmen. Ich weiß es noch nicht. In den wenigen Stunden, seit man mir gesagt hat, dass Sven tot ist, habe ich mir darüber noch keine Gedanken gemacht.“

Nach ihrem Gespräch mit der Witwe befragte Sabine den Senator und die Schwägerin. Anscheinend hatten die beiden Väter die Verbindung von Anfang an gefördert und auf eine schnelle Hochzeit gedrängt. Die Freundschaft der beiden Frauen schien – wie eng sie auch zu Schulzeiten einmal gewesen sein mochte – inzwischen eher abgekühlt. Zumindest von Seiten Cathrin von Everheests, die der Schwägerin ab und zu abschätzende Blicke zuwarf.

„Der Senator erwähnte vorhin einen Anwalt – Kai Reeder, von Reeder & Carst“, sagte Sönke, als die Witwe ihm zum Abschied zunickte.

„Ja, er ist seit dem Tod meines Schwiegervaters für die Klinik und für unsere privaten Angelegenheiten zuständig“, bestätigte Frau von Everheest. „Brauchen Sie seine Adresse?“

„Nicht nötig, die haben wir. Er ist übrigens seit zwei Tagen nicht mehr Ihr Anwalt. Wussten Sie das nicht?“

Der Senator und die Witwe sahen sich überrascht an, Tanja dagegen schien das Thema nicht zu interessieren. Sie betrachtete ihre langen, leuchtend rot lackierten Fingernägel.

„Nicht mehr ihr Anwalt? Aber wie kommen Sie denn darauf?“, rief der Senator aus. Auch Sabine sah Sönke fragend an. Diese Details hatte er ihr noch nicht erzählt.

„Wir haben ein entsprechendes Schreiben im Büro in der Klinik gefunden.“

„Peer, dann solltest du mir einen anderen Rechtsbeistand empfehlen, der meine Angelegenheiten regelt“, sagte Frau von Everheest, reichte Sabine zum Abschied die Hand und öffnete die Haustür.

„Ja, aber – nun gut, das besprechen wir später. Einen schönen Tag, die Herrschaften!“

„Warum hast du mir das nicht gesagt?“, wollte Sabine Berner wissen, als sie zwischen Blumenbeeten und kurz geschnittenen Rasenflächen die Auffahrt zum Tor zurückgingen.

Sönke zuckte mit den Schultern. „An das habe ich heute Morgen nicht gedacht. Ist mir erst wieder eingefallen, als der Herr Senator ihn erwähnte – und offensichtlich nichts davon wusste, dass die beiden nicht mehr miteinander wollten. Da dachte ich, es gibt vielleicht 'ne interessante Reaktion.“

Sabine nickte. „Ja, so könnte man das sagen. Du solltest dir den Knaben so schnell wie möglich ansehen. Was macht eigentlich Thomas heute?“

„Stöbert mit Uwe in der Klinik rum. Kunstfehler, unzufriedene Patientinnen, überhöhte Rechnungen und so …“

Sabine zog eine Grimasse. „Alles gute Gründe, einem Arzt das Gehirn rauszupusten!“

Michael sah auf seine Uhr. „Sollen wir uns den Anwalt noch vornehmen oder erst etwas essen?“

„Essen!“, entschied Sönke. „Ich bin ja schon ganz maddelig.“ Und zu Sabine gewandt: „Du fährst uns nachher einfach hinterher. Der Kerl wohnt in Nienstedten, Elbhöhe, letztes Haus. Aber erst gehen wir ins *Pantry*, nech? Das ist gleich dort vorn, gegenüber den Dockenhuder Arkaden. Ich nehm Sauerfleisch mit Bratkartoffeln und Remoulade.“ Er leckte sich die Lippen. „Da können wir alles noch mal in Ruhe bei 'nem Bier bekakeln.“

„Dann geht ihr Männer mal ‚bekakeln‘ und euch den Bauch vollschlagen. Ich habe hier in Blankenese noch was zu erledigen“, wehrte Sabine das Angebot ab und stieg in ihren Wagen. „Wann treffen wir uns an der Elbhöhe? Um drei?“

Sie wendete mit quietschenden Reifen und folgte der engen, gewundenen Einbahnstraße den Hang hinab, an der zu beiden Seiten Treppengassen einmündeten und sich Häuser an den Berg schmiegten.

Cathrin von Everheest sah den Kripoleuten durch das Fenster im Windfang nach.

„Das hätte ich nicht gedacht, dass er den Mut für so was aufbringt“, sagte Tanja Sandemann hinter ihr.

Die Witwe fuhr herum. „Wer? Was meinst du damit?“

Die Schwägerin zuckte mit den Schultern. „Ist doch eine ziemlich drastische Reaktion, nicht? Hat sie es ihm gesagt, oder hat er es endlich allein herausgefunden?“

Cathrin starrte sie mit offenem Mund an.

„Nun behaupte nicht, du hättest es nicht gewusst. Alle haben es gewusst!“

Die Blonde war unter ihrem Make-up blass geworden. „Nein, ich weiß es seit zwei Wochen.“ Ihre Stimme wurde bitter. „Natürlich nicht so lange wie du und die anderen! Aber Kai, glaube ich, ahnte nichts.“

Tanja schnaubte durch die Nase. „Männer! Sie sind so dumm und so leicht zu belügen! Doch dass er dann gleich so reagiert!“ Sie pfiff durch die Zähne.

„Du glaubst, er hat Sven erschossen?“ Cathrin schüttelte den Kopf. „Du bist verrückt. Wie kannst du so etwas denken?“

Tanja blieb ungerührt. „Wenn nicht er, wer dann?“ Ihr Gesichtsausdruck veränderte sich. Der Mund öffnete sich ungläubig bei dem ungeheuerlichen Gedanken, der ihr plötzlich durch den Kopf schoss. „Cathrin!“, stieß sie hervor und wich einen Schritt zurück.

„Ich glaube, du solltest jetzt gehen“, sagte die Witwe kühl und reichte der Schwägerin ihren teuren Ledermantel.

Sabine parkte gegenüber der Mitteltreppe und ging dann den Brandts Weg hinunter. Der Weg wand sich zwischen kleinen, farbigen Häusern mit ihren liebevoll gepflegten Gärten hindurch. Er war so schmal, dass die Kommissarin mit ausgestreckten Armen die Zäune zu beiden Seiten berühren konnte. Vor dem Gartentor der ihr genannten Adresse blieb sie stehen und klingelte. Nichts rührte sich. Sabine beugte sich über das Tor und sah die Treppe zu dem schmalen Hof hinunter. Eine getigerte Katze erhob sich von der Schwelle und schlenderte um die Ecke in den Garten davon. Sabine drückte noch einmal den Klingelknopf.

„Wollen Sie zu mir?"

Eine hochgewachsene Dame in den Sechzigern kam langsam den Weg entlang, eine Reisetasche in jeder Hand. „Da haben Sie aber Glück. Ich komme gerade aus Paris."

Sie stellte die Taschen ab und griff sich mit der Rechten an den Rücken. „Ach, es ist nichts, wenn man alt wird." Sie lächelte, zog einen Schlüssel aus ihrer Jackentasche und schloss das Gartentor auf.

„Wie kann ich Ihnen helfen?", fragte sie Sabine, die die schweren Reisetaschen aufgenommen hatte und hinter der Frau die Treppen zur Haustür hinunterstieg.

Die Kommissarin stellte sich vor. Wie sie es schon oft erlebt hatte, verschwand das Lächeln in dem Gesicht ihres Gegenübers.

„Ist denn etwas passiert?", stieß die Frau ängstlich hervor. Ihre Hand zitterte so, dass der Schlüssel nicht ins Schloss fand.

„Das weiß ich noch nicht. Ich möchte Ihnen ein paar Fragen zu einer ehemaligen Schülerin stellen. – Darf ich?" Sabine schloss auf und stellte die Reisetaschen im Windfang ab.

„Du meine Güte." Clara Hofberger fing sich schnell wieder. Sie strich sich eine graue Strähne aus dem Gesicht und bat die Kommissarin herein.

„Ich kann uns Tee machen. Eine Dose mit Keksen müsste auch noch da sein. Mehr kann ich Ihnen leider nicht anbieten. Ich war fast eine Woche weg!"

Sabine behauptete, sie sei nicht hungrig, doch Frau Hofberger bestand darauf, dass sie zumindest einen Becher Tee mit ihr trank.

„Über welches Mädchen wollten Sie mit mir sprechen?"

„Iris Stoever. Ich weiß nicht, ob Sie sich an sie erinnern. Es ist schon ein paar Jahre her, dass sie zu Ihnen in die Grundschule ging. Heute ist sie vierundzwanzig. Ich wollte Sie fragen, ob Sie sie in letzter Zeit gesehen haben."

„Ja, sie war hier, bevor ich in den Urlaub fuhr." Frau Hofberger runzelte die Stirn. „Es muss Sonntag gewesen sein. Ja, am Ostersonntag! Ich habe gerade meine Taschen gepackt und darauf gewartet, dass meine Tochter kommt, um mich zum Bahnhof zu fahren, da stand Iris vor der Tür. Ich war überrascht. Es muss Jahre her sein, dass ich mit ihr gesprochen habe – außer die paar Worte, die man sich zuwirft, wenn man einander auf der Straße begegnet."

„Was wollte sie?"

Die Frau schüttelte langsam den Kopf. „Ich weiß es nicht. Sie sagte, sie sei zufällig vorbeigekommen, und da habe sie sich an ihre alte Lehrerin erinnert und an die schöne Schulzeit, als alles noch so leicht gewesen sei. Warum?"

„Iris ist seit Ostersonntag verschwunden, und bisher sind Sie die Letzte, die mit ihr gesprochen hat."

„Oh Gott!", rief Clara Hofberger und griff sich ans Herz. „Ihr wird doch nichts zugestoßen sein?"

„Das versuchen wir herauszufinden."

Die Lehrerin nickte, griff fahrig nach dem Teller mit den

Keksen und hielt ihn der Kommissarin entgegen. Eines der Gebäckstücke fiel auf den Tisch und zerbrach. Mit zitternden Händen hob sie die einzelnen Stücke auf und legte sie auf ihren Unterteller.

„Bitte erzählen Sie mir von ihr, wie sie früher war, wie Sie sie in Erinnerung haben“, bat Sabine.

Die alte Lehrerin trank einige Schlucke und starrte über ihre Tasse hinweg ins Leere. Dann entspannte sich ihre Miene, und sie lächelte versonnen. „Ach ja, Iris. Ich weiß, dass das nicht richtig ist, aber sie war von Anfang an mein Liebling. Natürlich habe ich mich bemüht, es die anderen Kinder nicht merken zu lassen. Sie war so ein herzliches, sonniges Kind, immer so strahlend und offen. Ich glaube, auch sie hat mich sehr gern gemocht, obwohl sie zu allen Kindern und Lehrern freundlich war. Am meisten hing sie natürlich an Maike, ihrer Zwillingsschwester. Die beiden waren wie zwei Kletten – eine nie ohne die andere. Wobei ich denke, Iris brauchte Maike mehr als andersherum. Sie stand ein wenig in ihrem Schatten. Maike war eben die Schöne, die stets Bewunderte – und deshalb vielleicht auch immer ein wenig eingebildet und überheblich. Das angenehmere Wesen hatte Iris!“

„Maike, die Schöne?“, hakte Sabine ungläubig nach.

„Oh ja, ich habe kein anmutigeres Kind gekannt. Sie wurde von allen bewundert. Selbst die Lehrer hatten einen Narren an ihr gefressen – wenn ich das so sagen darf. Ich habe ein Bild von den Zwillingen und ihren beiden Freundinnen. Möchten Sie es sehen?“

Sabine nickte. Clara Hofberger erhob sich und ging hinaus. Es dauerte eine Weile, bis sie mit einem verblichenen Foto zurückkam, das sicher schon mehr als ein Dutzend Jahre alt war.

„Iris, Maike, Aletta und Carmen.“

Die Kommissarin starrte das Foto an. „Dürfte ich es für eine Weile behalten?"

Die alte Lehrerin nickte widerstrebend. „Was glauben Sie, ist ihr zugestoßen?", fragte sie nach einer Weile leise.

„Was glauben Sie?", gab Sabine die Frage zurück. „Ist sie weggelaufen? Mit einem Freund durchgebrannt?" Die Lehrerin schüttelte den Kopf.

„Ist sie überfallen worden? Entführt? Hat sie sich das Leben genommen?"

„Ich weiß es nicht", sagte Clara Hofberger, „aber wenn ich in mich hineinhöre, dann sagt mir eine Stimme, dass sie sich etwas angetan hat. Ich habe so eine tiefe Verzweiflung gespürt."

Sabine sah noch einmal auf das Foto hinab und betrachtete die strahlenden Kindergesichter. „Sie sind noch immer Freundinnen."

„Ja, sie waren schon immer unzertrennlich und sind nach der vierten Klasse alle ins Gymnasium Blankenese gekommen. Carmen war die Gescheiteste. Sie nannten sie immer Eule. Vermutlich auch wegen ihrer Brille." Sie hielt inne, in ihre Erinnerungen versunken, und schüttelte wieder den Kopf.

„Von allen vieren hätte ich erwartet, dass sie später einmal studieren und aufregende Jobs bekommen. Aletta wollte immer Tierärztin werden und Carmen Lehrerin – oder noch besser: Professorin!" Sie lächelte.

„Und Iris?"

„Iris war sich schon immer sicher, dass ihre Schwester einmal ein berühmter Filmstar wird, und sie wollte dann mit Maike um die Welt reisen und sie zu den Dreharbeiten und tollen Partys begleiten. Andererseits aber war es ihr wichtig, einen Mann zu finden und Kinder zu bekommen. ‚Wissen Sie, Frau Hofberger', hat sie einmal ganz ernst zu mir gesagt,

‚ich werde eine Kinderfrau brauchen, denn wie soll ich sonst mit Maike reisen, solange meine Kinder noch klein sind?'"

Tief in Gedanken versunken, fuhr Sabine um den Süllberg herum, um wieder auf die Elbchaussee zu gelangen. Die Männer saßen noch immer in der etwas heruntergekommenen Kneipe über ihren Tellern. Sie schienen sich bestens zu unterhalten. Die Kommissarin lehnte es ab, sich auf ein weiteres Bier zu ihnen zu setzen. Die Hände in den Jackentaschen, blieb sie neben dem Tisch stehen, bis Sönke die Rechnung beglichen hatte.

Die beiden Wagen fuhren hintereinander die kurze Strecke zur Elbhöhe und parkten am Ende der Sackgasse. Sabine musste dreimal klingeln, ehe eine Frau ihnen öffnete. „Ja, was wollen Sie?"

„Kriminalpolizei, dürfen wir hereinkommen?"

Die Frau wollte nicht einmal ihre Ausweise sehen, sondern führte sie gleich auf die andere Seite des Hauses in ein Wohnzimmer, dessen Längsseite nach Westen hin komplett verglast war und einen überwältigenden Blick über die Elbe und das Alte Land bot.

„Sind Sie Frau Reeder?" Sie nickte. Aufmerksam betrachtete Sabine die Frau mit den üppigen Formen und dem kräftig rot gefärbten Haar. Sie hatte die dreißig bestimmt noch nicht erreicht und sah sonst vermutlich sehr attraktiv aus. Heute jedoch war ihre Wimperntusche verwischt und das Make-up fleckig. Sie trug einen fließenden, cremefarbenen Overall mit breitem Silbergürtel, der ihre Figur betonte.

„Können wir bitte Ihren Mann sprechen?"

Frau Reeder schüttelte den Kopf. „Er ist nicht da. Er ist gestern an die Nordsee gefahren und wird sicher nicht vor Ende der Woche zurückkommen."

„Können Sie uns seine Adresse geben?"

Wieder schüttelte sie den Kopf. Sie knetete ihre Hände und wandte den Blick ab. Sie sah hinaus in den Garten, dessen Büsche einen anmutigen Rahmen für den Elbblick boten. „Er ist losgefahren, ohne vorher ein Quartier zu buchen. Vielleicht ist er auf Sylt, ich kann es jedoch nicht versprechen." Sie lachte unsicher.

„Aber er hat doch sicher ein Mobiltelefon dabei!"

„Ja." Sie gab Michael die Nummer und sah dann fragend von einem zum anderen. „Ist das dann alles?"

Warum fragte sie nicht, aus welchem Grund die Kripobeamten sie an einem Samstagnachmittag daheim störten? Wusste sie es bereits? Wer hatte es ihr gesagt?

„Darf ich Ihnen noch ein paar Fragen stellen?"

„Ja." Es klang widerstrebend, doch sie entschloss sich, den Kripoleuten endlich auf den Sesseln von Le Corbusier Platz anzubieten.

„Kennen Sie einen Herrn Dr. Sven von Everheest?"

Ihre Augen verengten sich ein wenig. „Ja."

„Wie ist Ihr Verhältnis zu ihm?"

„Verhältnis?", rief sie schrill. „Wie soll ich das verstehen? Er ist ein Mandant meines Mannes."

„Nur ein Mandant?"

Sie hob die Hände. „Mandant, Bekannter, Freund – was macht das für einen Unterschied?"

„Ich denke schon, dass es einen Unterschied macht. Sind sie denn Freunde?"

Frau Reeder schien zu überlegen. „Sie sind zusammen in die Schule gegangen", sagte sie schließlich.

„Hatten die beiden – privat oder geschäftlich – Differenzen? Wissen Sie von einem Streit?"

Wieder dieser lauernde Blick. „Nein, wir sprechen nicht

über seine Mandanten. Er ist Anwalt, und da gibt es doch so etwas wie Schweigepflicht", sagte sie nach einer Weile.

Gut aus der Affäre gezogen, dachte Sabine und sah zu Michael hinüber, der etwas auf seinem Block notierte.

Sabine gab Frau Reeder eine von Sönkes Karten. „Wenn Ihr Mann sich meldet, dann rufen Sie uns bitte an. Sein Mandant Sven von Everheest wurde erschossen. Wir müssen mit Ihrem Mann sprechen."

Nur ihre Wimpern zuckten, und ihre Mundwinkel verzogen sich wie unter einem kurzen Schmerz. „Ich werde es ihm ausrichten."

Sie öffnete die Tür und wartete darauf, dass sich die Kripoleute erhoben und endlich das Haus verließen.

„Was 'n mit der los?", wunderte sich Sönke, als sie auf der Straße standen.

„Sie lügt", sagte Michael fest und sah zu Sabine hinüber. „Sie hat den Herrn Doktor besser gekannt, als sie uns weismachen will, und es hat ihr, bereits bevor wir kamen, jemand gesagt, dass er erschossen wurde."

Sabine nickte zustimmend. „Ja, das sehe ich auch so. Außerdem denke ich, dass sie von dem Streit zwischen ihm und ihrem Mann weiß – falls diese Kündigung wirklich aus einem Streit heraus entstanden ist, aber meiner Meinung nach können wir davon ausgehen. Warum sonst sollten sie sich bereits nach einem Jahr geschäftlich wieder trennen, nachdem Everheest sofort nach dem Tod seines Vaters den alten Familienanwalt durch einen Schulfreund ersetzt hat?"

Sönke gähnte. „Ich fahr nach Hause. Ich muss mich mal 'ne Nase lang hinlegen – und dann gibt es Rinderfilet mit Kartoffelgratin und frischem Spinat. Ich habe gestern schon einen Amarone aus dem Keller geholt." Er lächelte verzückt. „Und was hast du noch vor, Michael?"

„Ich würde gern bei den alten Kollegen in der Davidwache vorbeischauen. Und dann mal sehen. Vielleicht gehe ich bei *Bok* später was essen."

„Da kann dich Sabine mitnehmen und am Kiez rauslassen, nech?"

Sie presste kurz die Lippen zusammen, schloss ihr Auto auf und nickte dann. Sönke legte ihr die Hand auf die Schulter. „Dank dir, mien Deern. Hast vor den Geldsäcken 'ne gute Figur gemacht. Hab doch den rechten Riecher gehabt, dich mitzunehmen. Also, denn bis denn."

Ächzend ließ er sich auf den Sitz seines alten Daimler Diesels fallen und startete den Motor, der erst nach einigem Protest ansprang. Michael Merz ließ sich auf den Beifahrersitz des blauen Passats sinken.

„Ich danke Ihnen auch, dass Sie mir bei meinem ersten Einsatz beigestanden haben."

„Keine Ursache!", sagte Sabine kurz angebunden und bog in die Elbchaussee ein.

Eine Weile schwieg er, sah aber immer wieder zu ihr hinüber. „Ich verstehe, dass Sie sauer auf mich sind. Wäre ich an Ihrer Stelle vielleicht auch."

„Ich bin nicht sauer! Nicht auf Sie. Es ist nur vernünftig, wenn die Kollegen Verstärkung bekommen und ein wenig entlastet werden, da keiner weiß, wann oder ob ich wiederkomme." Der Kommissar nickte nur und sah aus dem Fenster.

„Es ist nur so – ich vermisse das alles sehr", fügte sie nach einer Weile leise hinzu, obwohl sie ihm das gar nicht hatte sagen wollen.

„Soll ich Ihnen eine Abschrift des Protokolls schicken?", fragte er, als sie St. Pauli erreichten.

„Sie wissen, dass das illegal ist?"

Er schien nicht im Mindesten verlegen. „Sie haben die Befragung geführt, also ist es auch Ihr Fall. Was schadet es, wenn Sie sich Gedanken darüber machen? Ziel ist es doch, den Fall so schnell wie möglich zu lösen, oder nicht?"

Sie nickte.

Aber ihr werdet dann die Früchte ernten, und ich werde weiterhin kaltgestellt. Vielleicht sollte sie zu ihrem Hausarzt gehen und ihm sagen, dass sie sich völlig in Ordnung und fit fühlte und dass seit Dezember keine Gedächtnislücken mehr aufgetreten waren? Vielleicht würde dem Tieze seine Empfehlung genügen, und er würde nicht mehr auf einer Therapie bei diesem Psychodoktor bestehen?

Sie ließ Michael in der Davidstraße aussteigen und sah ihm nach, wie er in dem schlanken Klinkerbau mit der Aufschrift „Polizei" verschwand. Er bewegte sich geschmeidig. Sicher war er sportlich, joggte jeden Morgen oder spielte Handball oder so etwas.

Du könntest ihn das nächste Mal danach fragen, forderte sie eine Stimme auf, die verdächtig nach der ihrer Mutter klang. – So ein gut aussehender, junger Mann!

Der sicher längst verheiratet ist und zwei Kinder hat – und mich außerdem überhaupt nicht interessiert! Momentan habe ich nur Hunger!

Sie stieg aus und warf die Wagentür zu. Direkt vor dem Polizeirevier im Halteverbot lange stehen zu bleiben war sicher nicht ratsam, aber zumindest einen Burger und ein paar Pommes konnte sie sich rasch von gegenüber holen. Sie lief über die Straße und betrat den Burger King, vor dem zu dieser Zeit bisher nur zwei junge Frauen standen, deren Aufmachung zeigte, welchem Gewerbe sie nachgingen. In ein paar Stunden würden sie hier den ganzen Gehweg entlang stehen!

Sabine trat zur Theke und wartete, bis der Junge vor ihr mit seinem voll beladenen Tablett auf einen Tisch zusteuerte.

„Ja bitte? – Oh, Frau Berner! Suchen Sie mich? Haben Sie etwas herausgefunden?"

Die Kommissarin starrte die dicke Frau mit den blauen Haaren an. „Maike! Nein, ich habe Sie nicht gesucht. Ich dachte nicht daran, dass Sie hier arbeiten. Es tut mir leid, viel habe ich noch nicht erfahren. Allerdings hat Iris am Ostersonntag tatsächlich ihre Grundschullehrerin aufgesucht. Von da an verliert sich ihre Spur jedoch wieder."

Das Glänzen in Maikes Augen erlosch. „Gut, dann bringe ich Ihnen etwas zu essen. Was möchten Sie? Einen Whopper, Pommes und eine Cola? Kommt sofort."

Sabine ließ sich die Sachen einpacken und fuhr nach Hause. In ihrer Wohnung über der Langen Reihe in St. Georg saß sie am Tisch, kaute auf dem lauwarmen Burger herum und trank die Cola, die ihr viel zu süß war, doch sie bemerkte es nicht einmal. Ihre Gedanken waren bei der jungen Frau, die am Ostersonntag verschwunden war. Sie holte die beiden Fotos heraus, die ihr Iris' Großmutter und die Lehrerin gegeben hatten.

„Wo bist du? Was ist aus deinen Träumen geworden?", sagte sie leise.

Der Pakt mit dem Teufel

Aletta, Carmen und Maike saßen an einem Ecktisch bei Burger King. Während Maike schon den dritten Big King in sich hineinstopfte und nebenher eine große Portion Pommes frites vertilgte, nuckelte Carmen nur an ihrem Mineralwasser. Aletta kaute an einem Chicken-Nugget-Burger.

„Und? Ich warte auf eure Kommentare. Habt ihr mir überhaupt zugehört?"

Fünf Jugendliche kamen mit beladenen Tabletts von der Theke und setzten sich an einen Tisch in ihrer Nähe. Aletta warf ihnen einen finsteren Blick zu. Sie hatte diese Ecke gewählt, um ungestört mit den beiden reden zu können. Die Jungs waren in aufgekratzter Stimmung. Vielleicht hatten sie schon ein paar Bierchen intus? Gut möglich. Erst redeten sie über Fußball, dann über Frauen. Aletta verdrehte die Augen. Diese Machosprüche! Wie sie das hasste.

Zwei weitere Gäste kamen. Auch sie waren kaum älter als die Typen am Fenster – vielleicht siebzehn oder achtzehn –, aber um Klassen gepflegter. Der eine balancierte das Tablett mit den Burgern, der andere trug zwei Becher. Sie steuerten auf die Fensterplätze zu, blieben dann aber unvermittelt stehen, als einer der Typen der Fünfergruppe laut rülpste. Die anderen lachten dröhnend.

Der Junge mit dem Polohemd von Lacoste rümpfte die Nase. Er trug sein Tablett am Tisch der Frauen vorbei und steuerte einen Platz auf der anderen Seite an. Aletta wehte der Duft von teurem Rasierwasser in die Nase.

„Also", wandte sie sich wieder den Freundinnen zu und beugte sich vor, damit sie ihre Stimme senken konnte. „Wir –" Sie verstummte. Carmen war kreidebleich geworden und drückte sich beide Hände auf den Magen. Sie öffnete tonlos den Mund wie ein Fisch auf dem Trockenen.

„Was ist?", stammelte Aletta und warf Maike einen fragenden Blick zu.

„Ich glaube, wir sollten sie rausbringen", piepste sie und ließ ihren angebissenen Big King mit einem Ausdruck des Ekels auf das Tablett fallen. Inzwischen atmete Carmen hektisch, Schweiß brach ihr auf Stirn und Schläfen aus.

Aletta und Maike packten sie unter den Armen und schoben sie so schnell wie möglich auf die Straße hinaus. Hier war es kühl. Ein böiger Wind wehte durch die Davidstraße.

„Beruhige dich, es ist nichts, ganz tief ein- und ausatmen", versuchte Aletta Carmen zu beschwichtigen, die am ganzen Körper zitterte und nun auch noch krampfhaft zu schluchzen begann. Ein paar Passanten blieben stehen und betrachteten die Frauen missbilligend.

„Was gibt es denn zu glotzen?", schrie Maike zwei junge Mädchen an. „Verschwindet!"

Carmen begann zu würgen. Aletta sprang zur Seite, und schon ergoss sich ein Gemisch aus Wasser und Magensäure über den unteren Teil des Burger-King-Schaufensters. Carmen sank auf die Knie und schluchzte heftig. Während sich Maike in ihrer ganzen Breite drohend zwischen der Freundin und den neugierigen Blicken aufbaute, redete Aletta weiter beruhigend auf Carmen ein.

„Gibt es ein Problem?"

Aletta hatte den Mann nicht kommen sehen, erkannte aber seine Stimme. Ehe sie Maike aufhalten konnte, pöbelte diese ihn bereits an und beschimpfte ihn unflätig.

„Sie meinen, mich geht das nichts an? Vielleicht haben Sie recht. Dies ist nicht mehr mein Revier." Er zog seinen Ausweis hervor. „LKA, Kriminalpolizei, Merz. Würden Sie nun ein Stück zur Seite gehen, damit ich sehen kann, was Ihrer Begleiterin fehlt?"

Aletta wandte sich um. „Hallo, Mike. Dein Talent als Frauenretter wird heute nicht gebraucht. Überhaupt, was tust du hier? Ich dachte, du hast deine alte Wache schmählich im Stich gelassen?"

„Aletta! Was ist denn los?"

Endlich gelang es Aletta, Carmen hochzuziehen. Ihr Atem ging nun ruhiger, und sie weinte nicht mehr, doch sie zitterte am ganzen Körper.

„Ich vermute, was Falsches gegessen." Sie warf einen bedeutsamen Blick auf den Burger-King-Schriftzug auf dem Fenster. „Wir bringen sie heim in ihr Bett."

„Ach, nicht zufällig etwas Unverträgliches geschluckt?" Der Kommissar zog die Brauen hoch.

„Scheiße, nein", fuhr ihn Aletta an. „Sie nimmt keine Drogen, das weiß ich genau. Und ich auch nicht! Brauchst also erst gar nicht fragen."

Er sah nicht überzeugt aus.

„He, das war ein Ausrutscher. Kann jedem mal passieren, oder? Warst du nie in einer schlechten Phase, oder kennen Bullen so was nicht?"

Michael Merz hob abwehrend die Hände. „Ist ja gut. Du musst nicht gleich ausflippen. Wollte dir nichts unterstellen. Also, dann bringt eure Freundin nach Hause – und passt auf sie auf. Wenn das mit dem Zittern nicht aufhört und sie wieder spucken muss, solltet ihr sie zum Arzt bringen. Übrigens, um deine Frage von vorhin zu beantworten: Ich habe die alten Kollegen besucht, die ich nicht schmählich im Stich gelassen habe!“ Er wandte sich ab und ging auf seinen Wagen zu, der vor der Wache im Halteverbot stand.

Am Montagmorgen um zehn Uhr stand Sabine vor dem kleinen Laden in Blankenese, in dem man Spiel- und Bastelsachen, Schreibwaren und Geschenkpapier kaufen konnte. Frau Langenmaas betrieb den Laden zusammen mit ihrem Vater, einem gehbehinderten, dürren Mann, der hinter der Kasse saß und Pfeife rauchte.

„Das tut uns natürlich sehr leid, dass Iris verschwunden ist“, sagte Frau Langenmaas zurückhaltend. „Frau Jacobson ist eine so liebe Frau. Mein Vater kennt sie schon viele Jahrzehnte. Daher haben wir ihr auch den Gefallen getan, Iris Arbeit zu geben.“

„Es scheint, als seien Sie mit ihr nicht zufrieden“, hakte die Kommissarin nach.

„Iris ist eine seltsame junge Frau. Sie kann ganz freundlich sein, vor allem zu Kindern, aber dann ist sie wieder nachlässig und kümmert sich nicht um die Kunden. Man muss sie oft dreimal ansprechen, ehe sie reagiert. Ich habe das Gefühl, es interessiert sie gar nicht, was ich ihr sage. Und dann hat sie einen Touristen geradezu beleidigend behandelt! Als ich sie zur Rede stellte, ist sie in Tränen ausgebrochen und aus dem Laden gerannt. Iris wollte nicht mehr zurückkommen, aber ihrer Großmutter zuliebe bin ich zu ihr und habe gesagt, sie solle es noch einmal versuchen.“

„Wann war das?“

Frau Langenmaas runzelte die Stirn. „Ein oder zwei Wochen vor Ostern, glaube ich.“

„Wissen Sie, ob Iris einen Freund hat? Ist sie mal nach der Arbeit von einem Mann abgeholt worden? Hat jemand sie angerufen oder besucht?“

Die Frau schüttelte den Kopf. „Nicht von einem Mann. Ihre Schwester Maike hat sie manches Mal abgeholt, oder diese Freundin, die immer so schwarz gekleidet herumläuft. Ich glaube nicht, dass Iris einen Freund hat, aber da kann man sich ja irren."

„Wann haben Sie Iris das letzte Mal gesehen?"

„Donnerstag vor Ostern. Sie hat hier bis kurz nach sieben gearbeitet. Der Laden war schon zu, und wir räumten noch ein wenig auf. Maike hat bereits auf sie gewartet, also sagte ich ihr, sie könne gehen. Sie wünschte uns ein schönes Fest und ging dann mit ihrer Schwester die Hauptstraße runter."

Die Tage schlichen zäh dahin. Sönke und Michael führten die Woche über ihre Befragungen im Präsidium durch, sodass Sabine nicht mit dabei sein konnte. Daher konzentrierte sich die Kommissarin auf ihre Suche nach Iris und dehnte ihre Befragungen aus, doch die junge Frau schien spurlos verschwunden. Jeden Abend rief Sönke an und berichtete über den Stand der Kripo-Ermittlungen im Fall des erschossenen Schönheitschirurgen von Everheest.

„Die verschwundene Waffe des Vaters ist eine Walther P5, neun Millimeter. Sie könnte die Mordwaffe sein, aber solange wir keine Vergleichsprojektile haben, ist das natürlich nicht mit Sicherheit zu sagen. Jedenfalls haben wir die gleiche Munition im Tresor gefunden."

„Hm, das würde auf einen Täter im engsten Familien- oder Bekanntenkreis hinweisen", überlegte Sabine laut.

„Es könnte aber auch jemand anders die Waffe gestohlen haben. Einer aus der Klinik beispielsweise", schlug Sönke vor.

„Ja, sicher, wenn Everheest senior die Waffe in seinem Büro in der Klinik aufbewahrt hat. Aber warum sollte der

Mörder ein Jahr warten, bis er den jungen Everheest damit erschießt?"

„Und warum sollte ein Familienmitglied so lange warten?"

Sabine kaute auf ihrer Unterlippe. „Vielleicht war die Waffe nie verschwunden. Vielleicht haben die Erben sie sich einfach genommen und gedacht, sie könnten sich den Behördenkram ersparen, wenn sie sie als verloren melden? Dafür würde auch die Munition im Safe sprechen."

„Der Täter hat ihm übrigens die Waffe fast direkt an den Schädel gehalten. Es gibt Schmauchspuren an seiner Schläfe", berichtete Sönke weiter.

„Habt ihr den entlassenen Anwalt erreicht?", wollte Sabine wissen.

„Nein, Reeder ist untergetaucht. Sein Handy ist nie eingeschaltet. Eine Mailbox hat er nicht eingerichtet. Anscheinend will er nicht gefunden werden. Seine Frau und sein Geschäftspartner versichern uns immer wieder, er sei spätestens Montag zurück, da er Termine mit Mandanten ausgemacht habe."

„War diese Urlaubswoche eigentlich schon länger geplant?", wollte die Kommissarin wissen.

„Du hast eine gute Nase", lobte Sönke. „Nein! Er hat am Freitag seinen Partner angerufen und ihm gesagt, er wolle eine Woche an die Nordsee fahren, um sich auszulüften – so hat Herr Carst das bezeichnet."

„Ich würde Frau Reeder noch einmal auf den Zahn fühlen!", schlug Sabine vor. „Mit der stimmt was nicht. Zumindest hat sie uns einiges verheimlicht."

„Schon geschehen!", rief Sönke stolz. „Michael hatte den gleichen Riecher, und so haben wir die Anwaltsgattin gestern in ihrem Kosmetikinstitut beim Klosterstern – Oderfelder Straße – besucht. Wir kamen gerade den Weg entlang, als ein junger Mann ziemlich eilig davonstürmte. Der passte nicht so ganz zu ihrer Klientel, aber sie wollte ihren ‚Kunden' nicht verraten. Ihre Empfangsdame hatte allerdings keine Skrupel und sagte uns, dass dies ein privater Termin bei der Chefin war – und dass der Kerl Alexander Sandemann heißt."

„Einen Moment", rief Sabine. „Sandemann? Dann war das der zugehörige Ehemann zu der Dame im roten Minirock, die wir im Haus von Everheest getroffen haben?"

„Ja, genau, der Bruder der trauernden Witwe von Everheest, Schwiegersohn von Senator von Lohsen. Alexander Sandemann ist Gynäkologe, wie sein Vater früher. Seine Praxis ist im Jungfrauenthal – und er nimmt natürlich nur gut betuchte Privatpatientinnen –"

„– und diese Praxis ist keine drei Minuten von Frau Reeders Kosmetikinstitut entfernt, nicht wahr?"

„Du bist ein wandelnder Stadtplan!"

Sabine kaute auf ihrer Unterlippe. „Lass mich das noch mal zusammenfassen, dass ich da nichts durcheinanderbringe: Also, wir haben die beiden Sandemann-Geschwister: Alexander und Cathrin. Alexander ist mit der Senatorentochter Tanja verheiratet, Cathrin mit Sven von Everheest. Sein Anwalt ist Kai Reeder, der von ihm entlassen wird. Zwei Tage später erschießt jemand von Everheest. Reeder ist vorläufig nicht auffindbar, und seine Frau bekommt Besuch vom Schwager des Erschossenen. Hm, das kann alles ganz harmlos sein. Man kennt sich untereinander."

„Kann harmlos sein", knurrte Sönke, „muss aber nicht!"

Auch Hauptkommissar Thomas Ohlendorf rief in dieser Woche zweimal bei Sabine an, allerdings nicht, um ihr Details des Falls zu berichten, und Sabine hütete sich, ihn auf diese anzusprechen.

„Ich habe gehört, ihr habt einen Neuen?“, ließ sie bei einem der Telefonate wie zufällig fallen.

„Stimmt. Michael Merz, vom fünfzehnten Revier, hat sich bei uns beworben. Was ich so mitkriege, macht er sich gut. Hat ein Gespür für die Leute und eine gute Nase dafür, wenn etwas nicht ganz astrein ist. Ich habe ihn bei zwei Vernehmungen beobachtet. Ausnahmsweise scheint der Tieze uns was Brauchbares geschickt zu haben. Und die Kollegen mögen ihn auch.“

„Wie schön für euch“, presste sie hervor.

„Verdammt, Sabine, das ist kein Grund, die Gekränkte zu spielen“, brauste der Hauptkommissar auf. „Wir vermissen dich und hoffen, dass du bald wiederkommst, aber bis dahin können wir nicht mit einer gelichteten Mannschaft weitermachen. Jetzt ist auch noch Robert krankgeschrieben, danach fängt die Urlaubszeit an. Es geht so nicht weiter. Wenn du wirklich zurückkommen willst, dann suche dir endlich einen Arzt, der dir deine geistige Gesundheit bescheinigt, an der hier in der Gruppe sowieso keiner zweifelt!“

Am Mittwoch rief Michel Merz bei ihr an. Sie war sofort auf der Hut. Was wollte der Kerl von ihr?

„Wie geht es Ihnen? Ich möchte Ihnen zwei interessante Dinge erzählen, die die Sekretärin der Klinik bei ihrer zweiten Vernehmung erwähnte.“

„Und die wären?“

Er überhörte ihren abweisenden Ton. „Ich habe sie alle Besucher aufzählen lassen, die in der Woche vor dem Mord zu ihr an die Rezeption kamen – und sieh mal einer an, es war auch eine Frau Friederike Reeder dabei, die am Dienstagabend zur Klinik kam und an der Rezeption klingelte, weil sie ihren Schlüssel nicht finden konnte!“

Gegen ihren Willen lauschte Sabine gebannt. „Das ja 'n Ding!“, ahmte sie Sönkes Tonfall nach. Im Geist zog sie eine weitere Verbindungslinie in das Geflecht der drei Paare. Also hatte Frau Reeder auch etwas mit von Everheest zu tun – und zwar so intensiv, dass sie sogar einen Schlüssel zur Klinik besaß! Dabei hatte sie bei ihrer ersten Befragung so getan, als wäre der Doktor nur ein Mandant ihres Mannes.

„Und Nummer zwei?“

„In von Everheests Büro wurde eingebrochen – beziehungsweise sein Büro wurde durchsucht! Er hat einen riesigen Aufstand gemacht. Die Sekretärin musste wohl böse Worte einstecken. Sie war nicht bereit, diese Ausdrücke zu wiederholen, und konnte leider auch nicht sagen, ob etwas fehlte.“

„Lassen Sie mich raten: Eine Anzeige wegen Einbruchs liegt nicht vor!“

„Bingo! Und es gab keine Einbruchspuren, was unseren Kreis der Verdächtigen wieder auf die Angehörigen und Personen rund um die Klinik einengt.“

„Könnte man als Fremder tagsüber ungesehen an die Büros rankommen?“, fragte Sabine.

„Nein, eigentlich nicht. Der Trakt ist verschlossen, und vorn an der Rezeption sitzt die Sekretärin. Die Haupttür wird nach siebzehn Uhr abgeschlossen.“

„Und was haben Sie nun weiter vor?“

„Ich würde Sie gern zum Essen einladen“, sagte der Kommissar.

Das kam so unerwartet, dass Sabine einige Atemzüge lang nichts erwiderte. Was sollte das? War das eine Taktik, sie auszubooten, die sie nur noch nicht durchschaute? Was sonst könnte er damit bezwecken?

„Ich habe keine Zeit“, stieß sie hervor.

„Ich habe ja noch gar keinen Termin vorgeschlagen", sagte er sanft. „Aber gut, streichen wir die letzten Sätze aus dem Protokoll. Ich werde mir als Nächstes Frau Reeder noch einmal vornehmen, um ihr Verhältnis zu unserem Doktor genau zu klären."

„Gut, und fragen Sie sie, ob ihr Schlüssel wieder aufgetaucht ist!"

Samstagabend. Peter von Borgo erhob sich aus seinem Sarg. Die Sonne war gerade erst untergegangen, und es würde noch eine Weile dauern, bis es völlig dunkel war. So setzte er sich an seinen Flügel und spielte ein wenig Schubert und Beethoven, bis das letzte Rosa am Himmel erlosch. Er wechselte zum „Marche funèbre" von Chopin. Seine langen, schlanken Finger glitten über die elfenbeinfarbenen und schwarzen Tasten und entlockten den Saiten noch die Etude Op. 10 No. 4. Die letzten Töne mischten sich mit dem milden Abendhauch, der zu den geöffneten Flügeltüren hereindrang. Der Vampir ließ die Hände sinken und atmete tief durch. Es wurde Zeit für den ersten Imbiss. Sorgfältig schloss er den schwarz glänzenden Deckel über den Tasten, zog die Glastüren zu und verließ das Haus. Eine ungewohnte Erregung pulsierte durch seine Adern, die er sich nicht recht erklären konnte. Er folgte den Waldwegen des Baurs Parks hinunter bis fast an den Strand und dann hinauf zum Leuchtturm am Kanonenberg. Er gönnte sich die Ruhe, einige Atemzüge lang über die nächtliche Elbe zu blicken, obwohl der Hunger in ihm immer stärker wurde. Mit großen Schritten passierte er die gepflegten Rasenflächen zum Nordrand des Parks hin, wo in einst prächtigen Villen nun die Bücherei und ein Teil der örtlichen Verwaltung untergebracht waren. Je näher man den Gebäuden kam, desto mehr verblasste die Illusion von altem Glanz. Nur die prächtige Hängebuche hatte die Zeiten unbeschadet überstanden.

Wie der Vampir erwartet hatte, waren hier im lichten, weitläufigen Teil des Parks noch einige Spaziergänger unterwegs. Unter den bis zum Boden fallenden Zweigen der Buche wartete er, bis sich ein junger Mann mit zwei Border Collies näherte. Die beiden Hunde liefen voraus und balgten sich freundschaftlich, bis der Vampir einen leisen Pfiff ausstieß. Mitten im Lauf stoppten die Tiere abrupt. Sie reckten ihre Schnauzen in die Höhe und winselten leise. Peter von Borgo begann einen Singsang, dem die Tiere offensichtlich nicht widerstehen konnten. Langsam kamen sie auf die Buche zu, das Fell gesträubt, die Lefzen in die Höhe gezogen.

„Ja, kommt zu mir!“, lockte der Vampir. Die Hunde setzten sich zu seinen Füßen hin und sahen verwirrt zu ihm auf.

Wie zu erwarten, vermisste der junge Mann seine Hunde schon bald, rief nach ihnen und folgte dem unterdrückten Winseln bis unter die Zweige des Baumes. Er hatte nur kurz Gelegenheit, sich über das seltsame Verhalten seiner Tiere und über den schwarz gekleideten Mann zu wundern, der ihn mit einem Lächeln begrüßte.

Den Mühlenberger Weg hinunter erfrischte sich der Vampir an zwei weiteren Spaziergängern. Dann bog er in die Panzerstraße ab und schlenderte den Treppenweg hinunter. Plötzlich blieb er wie angewurzelt stehen. Der Duft traf ihn wie ein Schlag. Narrten ihn seine Sinne? War seine Sehnsucht nach ihr so übergroß geworden, dass sein Geruchssinn ihm etwas vorzugaukeln begann, das nicht sein konnte?

Langsam sog Peter von Borgo die Luft ein. Kein Zweifel. Vor nicht allzu langer Zeit war sie diesen Weg entlanggekommen. Erregung durchströmte seinen Körper und brachte das fremde Blut in Wallung.

Was hatte sie hier zu suchen? Warum schickte sie ihn erst weg und drang dann in sein Revier ein? Alle seine Sinne in Alarmbereitschaft, nahm er die Spur auf und folgte ihr, doch schon nach wenigen Schritten blieb er stehen.

Sie hatte ihm verboten, sich ihr wieder zu nähern. Sie wollte ihn nicht, verabscheute ihn gar. Was würde er erreichen, wenn er ihr dennoch folgte? Sie würde ihn hassen, und die Hoffnung, ihre Meinung würde sich jemals ändern, bevor sie verblühte, wäre dahin. War er nicht auf dem Weg der Besserung? Gelang es ihm nicht ab und zu, ein Opfer zu greifen, eine Ader zu öffnen und das Blut zu trinken, ohne vor Sehnsucht nach ihr wahnsinnig zu werden? Nun ja, nicht wirklich, aber es würde mit den Jahren einfacher werden.

Er zwang sich, den Weg zurückzugehen, den er gekommen war. Es war besser so. Warum sollte er sich weiter quälen, wenn sie ihm nicht folgen wollte? Gab es nicht genug Blut in Hamburg, das sich ihm leichtsinnig darbot?

Oh ja, Blut gab es genug, um seinen Hunger zu stillen. Diesem Duft jedoch würde er vielleicht erst wieder in Hunderten von Jahren begegnen.

Warum wehrte sie sich gegen ihn? Warum versagten seine Waffen? Konnte er nicht jeden Menschen und jedes Tier mit seinem Blick bezwingen und seinen Wünschen gefügig machen?

Sie muss freiwillig zu dir kommen und von deinem Blut trinken!

Ja, das war das Problem. Zerstören war einfach, doch die Gefährtin, die er erwählt hatte, auf den Weg in die Dunkelheit zu führen, offensichtlich nicht.

Wieder hielt er inne. Würde sie ihre Meinung jemals ändern, wenn er sich von ihr fernhielt? Waren die Menschen nicht schwach in ihren Entscheidungen? Noch klammerte sie sich an die Reste ihres alten Lebens und an das Kind, das sie kaum sehen durfte. Vielleicht war der Tag nicht mehr fern, an dem sie gern alle Fesseln hinter sich lassen wollte. Dann musste er bereit sein! Dann musste er die Gelegenheit ergreifen!

„Sabine, ich werde dein Schatten sein und dich auf den Weg führen, der für dich bestimmt ist!"

Er schloss die Augen und nahm die Witterung auf. Geräuschlos machte er sich auf den Weg.

Es war schon dunkel, als Aletta und Sabine Berner aus dem reetgedeckten Fachwerkhaus von Irene Jacobson traten. Wie üblich war Aletta in Schwarz gekleidet, die Augen dick mit Kajal umrandet, die Lippen schwarz geschminkt. Ein silberner Halbmond hing heute zusammen mit dem Pentagramm um ihren Hals.

Unter dem Rosenbogen blieb die Kommissarin stehen. „Kann ich Sie in die Stadt mitnehmen? Mein Wagen ist unten am Mühlenberg geparkt."

Aletta schloss das weiß gestrichene Gartentor. „Danke, aber das ist nicht nötig. Ich werde bei meinen Eltern vorbeisehen."

Die beiden Frauen schlenderten schweigend die lang gezogene Treppe hinunter. An der Einmündung zum Mühlenberg blieb Sabine plötzlich stehen. In ihrem Nacken prickelte es. Sie hatte wieder einmal das Gefühl, beobachtet zu werden. Mit einem Ruck fuhr sie herum und ließ den Blick über die gelblichen Lichtkegel der Straßenlampen und die Schatten der Gärten wandern. War er hier irgendwo im Schutz der Nacht und wartete auf sie?

„Können Sie das auch fühlen?", flüsterte Aletta und zog die Schultern hoch, als wäre ihr kalt.

Sabine blieb nicht viel Zeit, sich über Alettas Worte zu

wundern, da tauchte seine Gestalt wie aus dem Nichts auf. Er verbeugte sich höflich.

„Sie!“, rief Aletta und wich ein Stück zurück.

„Guten Abend, Peter“, sagte Sabine gepresst.

„Sie kennen diesen Mann?“, vergewisserte sich Aletta, und ihre dunklen Augen wanderten hektisch zwischen der Kommissarin und dem Vampir hin und her.

„Ja“, bestätigte Sabine. „Er ist ein – Freund.“ Das hatte sie eigentlich nicht sagen wollen, aber das Wort hatte sich geformt, ehe sie ein anderes finden konnte.

Die Anspannung wich aus Alettas Gliedern, und sie trat wieder einen Schritt näher. „Und Ihr Name ist?“

„Peter von Borgo, mein Fräulein. Es ist mir ein Vergnügen!“ Er nahm ihre Hand in die seine und hauchte einen Kuss auf den Handrücken.

Aletta entzog ihm ihre Hand. „Sie haben – interessante – Freunde“, sagte sie und sah die Kommissarin fragend an. Vermutlich hatte sie an ein anderes Adjektiv gedacht.

„Ja, das stimmt. Er ist im Ausland aufgewachsen“, fügte sie schwach hinzu, wie um sein seltsames Verhalten zu rechtfertigen.

Die drei setzten gemeinsam ihren Weg Richtung Strandweg fort, bis sie Sabines alten Passat erreichten, der am Straßenrand parkte.

„Ich begleite Fräulein Aletta gern zum Haus ihrer Eltern“, bot der Vampir an und öffnete Sabine die Fahrertür.

Hatte sie vergessen, ihr Auto abzuschließen? Wie nachlässig! – Und überhaupt. Woher kannte er Alettas Namen? Sie hatte ihm die junge Frau nicht vorgestellt. Und woher wusste er, dass sie zu ihren Eltern wollte und wo diese wohnten? Sabine sah ihn misstrauisch an. Aletta jedoch schien nichts bemerkt zu haben.

„Wenn er ein Freund von Ihnen ist und Sie ihm vertrauen, dann geht das schon in Ordnung“, sagte Aletta zögernd. Der Vampir lächelte sie mit ungewöhnlich rosigen Lippen an. Sabine fühlte, wie ihr übel wurde. Es war, als setze man eine Maus in den Fressnapf der Katze und versichere dem kleinen Nager, die Katze wäre ein Freund.

Sabine schüttelte den Kopf. „Vertrauen ist trügerisch. Wer kann schon von einem anderen Menschen sagen, dass er ihn kennt?“

Alettas Miene verdüsterte sich. Es war, als würden ihre Augen den Glanz verlieren. „Ja, da haben Sie recht.“

Zu dritt gingen sie den Strandweg entlang, bis sie das im Grün versteckte Häuschen erreichten, in dem Aletta aufgewachsen war. Während die Frauen schwiegen und ihren Gedanken nachhingen, erzählte Peter von Borgo ihnen von Blankenese, wie es in alten Zeiten gewesen war.

„Kaum zwei Dutzend Häuser verteilten sich um 1800 am Fuß des Süllberges, der mit seiner kahlen Kuppe über ihnen aufragte. Von den alten Burgen waren nur noch Reste der Ringmauern zu sehen. Erst siebenunddreißig Jahre später eröffnete der Hansen einen Milchausschank auf dem Berg. Ich sage Ihnen, das war die Attraktion! Die feinen Hamburger kamen am Sonntag mit ihren Kutschen nach Blankenese herausgefahren, schlenderten am Strand entlang oder stiegen auf den Berg, um Hansens frische Milch zu trinken.“ Er lachte. „Manch einer der Herren hätte etwas Kräftigeres vorgezogen, aber die Damen liebten sie. Die Herren konnten es kaum erwarten, die Grube bis zum Fährhaus hinunterzusteigen und dort den eigenen Branntwein oder das selbst gebraute Bier zu probieren.“

„Wenn man Sie so reden hört, könnte man fast glauben, Sie hätten diese Zeiten miterlebt. Dafür haben Sie sich aber gut gehalten“, spottete Aletta. Sabine versuchte, ihm stumm Zeichen zu geben, doch er ignorierte sie.

„Frau Berner sagte, Sie seien im Ausland aufgewachsen. Wann sind Sie nach Hamburg gekommen?“

„Im Jahr 1800. Wie könnte ich Ihnen sonst von diesen Zeiten berichten?“, antwortete er höflich.

Aletta verdrehte die Augen. Der Spaß ging ihr anscheinend zu weit. „Jedenfalls sind Sie schon mehr als zehn Jahre hier, oder etwa nicht?“ Sie sah ihn herausfordernd an.

„Wie könnte ich es wagen, Ihnen zu widersprechen!“ Der Vampir nickte.

Nun war es an Sabine, verwirrt von einem zum anderen zu sehen. Was ging hier vor sich? Gab es etwas, das sie wissen sollte? Sie erreichten Alettas Elternhaus.

„Gehen Sie gleich hinein“, drängte Sabine. „Ihre Eltern erwarten Sie bestimmt schon.“

Aletta schüttelte den Kopf. „Sie wissen nicht, dass ich komme.“ Sie rieb sich die Augen, sodass der Kajalstrich verwischte und sich bizarre Streifen bis zu den Schläfen zogen. Die junge Frau zog eine Schachtel Zigaretten aus der Tasche und zündete sich eine an. „Ich muss noch ein wenig rauchen und nachdenken“, sagte sie. „Danke für die Begleitung und gute Nacht.“

Sabine beobachtete den glimmenden Punkt, der im Garten auf und ab wanderte.

„Darf ich dir Gesellschaft leisten, oder wirst du mich wieder wegschicken?“

Die Stimme des Vampirs riss sie aus ihren Überlegungen. Wie konnte sie ihn jetzt abwimmeln? Würde er dann nicht ohne Umschweife Aletta folgen und sie um ihr Blut bringen? Das durfte sie nicht zulassen! Sie wollte nicht daran denken, dass es nicht in ihrer Macht stand, sie auf Dauer davor zu bewahren. Wut stieg in ihr auf. Nein, es war keine Eifersucht, es war ihr Pflichtbewusstsein, das sie zwang, den Vampir von der jungen Frau abzulenken, die, nichts von der Gefahr ahnend, hinter den Büschen rauchend auf und ab ging.

„Ein schwerer Konflikt“, sagte Peter von Borgo liebenswürdig, als habe er ihre Gedanken gelesen.

„Dann komm!“, stieß Sabine hervor und wandte sich ab. Mit großen Schritten marschierte sie den Weg am Rand der Elbe zurück. Der Vampir blieb mühelos an ihrer Seite und wirkte dabei immer noch so, als würde er gemütlich dahinschlendern.

„Das ist nicht gut“, fuhr er fort.

„Was?“

„Deine Stimmung. Sie sperrt deine Seele in eine dunkle Kammer und verschließt dir den Blick für die Schönheit der Nacht.“

„Hm.“

„Warum verbarrikadierst du dich? Ist deine Angst so groß, etwas könnte deine Seele berühren?“

„Quatsch!“, fauchte sie, obwohl sie wusste, dass er nicht unrecht hatte. Im Sturmschritt eilte sie weiter, lief an ihrem Wagen vorbei und folgte stattdessen dem Elbuferweg. Schweigend passierten sie den Jollenhafen.

„Du kennst Aletta!“, stieß Sabine nach einer Weile hervor.

„Ja, ich hatte das Vergnügen, ihr vor einigen Jahren – sagen wir – behilflich zu sein.“

„Behilflich?“, wiederholte Sabine verdutzt.

„Ja, auch wenn ich zugeben muss, dass das nicht meiner Absicht entsprach“, gestand er.

„Natürlich, denn du hattest es auf ihr Blut abgesehen.“

„Nein. Ich jage selten so nah an meinem Domizil. Es ist unerträglich, wenn die Kripo in mein Refugium eindringt, wie ich erst vor einigen Monaten schmerzlich erfahren musste." Er seufzte tief, wandte seine roten Augen jedoch nicht von Sabine ab, die nachdenklich auf ihrer Unterlippe kaute.

„Warum nur habe ich den Verdacht, dass du mir nicht sagen willst, wie du ihr begegnet bist?"

Der Vampir zuckte mit den Schultern. „Vielleicht ist es das Gefühl der Eifersucht, das tief in dir schlummert, auch wenn du es nicht wahrhaben willst? Deshalb lässt du dich auch auf diesen Spaziergang mit mir ein, obwohl du sagtest, du wolltest nichts mehr mit mir zu tun haben. Aber dies ist der einzige Weg, sicherzugehen, dass ich nicht zu ihr zurückeile, um ihr ein wenig Gesellschaft zu leisten."

„So ein Blödsinn!", rief die Kommissarin laut. „Ich will sie nur vor deiner Blutgier bewahren."

Peter von Borgo wiegte den Kopf hin und her. „Mag sein. Es könnte aber auch die Furcht sein, dass ich mich für mehr als nur ihr Blut interessiere."

„Hat dir schon mal jemand gesagt, dass du verdammt eingebildet bist?"

Der Vampir überlegte. „Nicht in den vergangenen hundert Jahren."

„Dann wird es höchste Zeit, dass ich es jetzt tue!", fauchte Sabine.

Er reagierte nicht auf ihren aggressiven Ton und blieb ihr auch die Antwort auf ihre Frage schuldig. Stattdessen wandte er sich ihr zu und näherte seine glühenden Augen den ihren. Seine Arme umschlangen sie, sodass jede Gegenwehr zwecklos erschien.

„Du bist hinreißend! Wie habe ich das vermisst! Komm mit mir. Wir überlassen uns dem Zauber der Nacht. Wir können dem Klang der Dunkelheit lauschen oder reden oder streiten, ganz wie du möchtest." Er küsste sie. Sabine schmeckte Blut auf ihren Lippen. Sie wollte den Blick abwenden, aber es gelang ihr nicht. Sie fühlte, wie jeder Widerstand schwand.

„Ich dachte, diese Mittel wolltest du bei mir nicht einsetzen", hauchte sie, während ihre Knie nachgaben.

„Das wollte ich auch nie, aber habe ich eine andere Wahl? Lass dich eine Nacht lang fallen. Komm einfach mit und atme den Zauber ein – und dann sage mir noch einmal, ob ich für immer von dir gehen soll!"

Die Welt um sie verschwand. Sie sah nur noch seine Augen. Sabine fühlte, wie sie zu Boden sackte, doch bevor sie aufschlug, hoben seine Arme sie hoch und drückten sie an seine in Seide gehüllte Brust. Sie schloss die Augen. Wind rauschte in ihren Ohren. Gerüche und Bilder huschten vorbei. Sie flog, der Wind wurde kühler – oder bildete sie sich das nur ein? War das feuchtes Gras, das ihre Beine streifte? Sie konnte ihre Umgebung nicht klar erkennen. Erinnerungen mischten sich unter die Wirklichkeit und waren bald nicht mehr von ihr zu unterscheiden. Waren da auch Töne? Sie fühlte etwas Weiches an ihrer Wange und merkte, dass sie auf der Seite lag. Sabine lauschte. Das Klicken einer Tür. Etwas knarrte, und nun konnte sie die Nacht wieder riechen. Ein Vogel rief. In der Ferne tuckerte ein Boot. Sabine versuchte, die Augen zu öffnen. Es war dunkel um sie her, und dennoch wusste sie: Sie war in seinem Haus. Dort vorn musste irgendwo der Flügel stehen. Die offenen Glastüren zum Garten hoben sich als graue Rechtecke von der Schwärze ab.

Wo war er? Sie konnte ihn nicht mehr spüren. Was würde er als Nächstes mit ihr tun? Ein Funke glomm in ihrem Bauch, eine Flamme flackerte, wuchs und breitete sich aus. Hitze strömte durch ihren Leib. Sie fühlte keine Angst, keine Abscheu, keinen Hass – nur Verlangen!

Die Musik begann mit einem Donnerschlag, der ihren Körper erbeben ließ und in ihrem Bauch dröhnte. Ihre Fingerspitzen vibrierten. Mächtige Akkorde in schnellem Lauf, eine Spannung, immer weiter getrieben, bis sich ihr Körper dagegen aufbäumte. Endlich die Erlösung in der Harmonie. Sanfte Läufe, Sprünge und Dreiklänge, die in eine Walzermelodie mündeten. Doch so schnell gaben sich die tosenden Elemente nicht zufrieden. In Moll griffen sie nach der Heiterkeit. Erst kaum merklich, dann immer drängender, bis sie die Herrschaft wieder an sich rissen. Seine Stimme kam aus dem Nichts.

„Die Sonne tönt nach alter Weise
In Brudersphären Wettgesang,
Und ihre vorgeschriebne Reise
Vollendet sie mit Donnerklang.
Ihr Anblick gibt den Engeln Stärke,
Wenn keiner sie ergründen mag;
Die unbegreiflich hohen Werke
Sind herrlich wie am ersten Tag.“

Sabine schloss die Augen und lauschte Goethes Worten. Welch Irrwitz, dass es ein Vampir war, der den Engeln im Himmel eine Stimme gab. Ohne dass ein Geräusch verraten hätte, dass Peter von Borgo seinen Platz verändert hatte, erklang seine Stimme, nachdem der Engel Raphael geendet hatte und Gabriel zu sprechen begann, nun von der anderen Zimmerecke her. Der dritte Engel stand in der Mitte. Danach würde Mephisto auftreten und Gott herausfordern. Sie sah ihn vor sich, mit Gustaf Gründgens’ weiß geschminktem Gesicht, und hörte seine schnarrende Stimme.

„Da du, o Herr, dich einmal wieder nahst
Und fragst, wie alles sich befinde,
Und du mich sonst gewöhnlich gerne sahst,
So siehst du mich auch unter dem Gesinde.
Verzeih, ich kann nicht hohe Worte machen,
Und wenn mich auch der ganze Kreis verhöhnt;
Mein Pathos brächte dich gewiss zum Lachen,
Hättest du dir nicht das Lachen abgewöhnt.“

Sie hätte ihm die ganze Nacht lauschen können. Er lebte diese Zeilen. Er spielte die Gefühle, dass sie in ihrem Innersten brannten.

„Wie geht es weiter?“, riss er sie aus ihrer träumerischen Stimmung. „Was sagt Gott zu Mephisto?“

Sabine überlegte. Es war lange her, dass sie in dem kleinen, gelben Heftchen gelesen hatte, das schon sehr zerfleddert in ihrer Nachttischschublade lag. Sie ließ Mephistos letzte Worte noch einmal in sich erklingen, und plötzlich waren die Sätze da:

„Hast du mir weiter nichts zu sagen?
Kommst du nur immer anzuklagen?
Ist auf der Erde ewig dir nichts recht?“

„Gut!“, rief Peter von Borgo begeistert und stürzte sich erneut in seine Rolle als Mephisto. Nun begann er wieder sein Wechselspiel zwischen den Akteuren, deren Stimmen er von verschiedenen Richtungen her erklingen ließ.

Und dann kam Faust mit seinem berühmten Monolog. Mit seinen Fragen und seinen Zweifeln an der Welt, die ihn zu vernichten drohten, doch die Glocken der Osternacht hielten ihn zurück, die Welt feige mit einem Schluck Gift zu verlassen, und so bekam Mephisto seine Chance, dem Doktor einen Pakt vorzuschlagen.

„Nun rasch, sage mir, wie lautet Fausts berühmte Antwort?“, rief der Vampir. Seine Stimme hatte schon lange die kühle Distanz verloren, die er sonst immer bewahrte. „Was ist es, das Faust den Pakt mit dem Teufel eingehen lässt?“

In diesem Fall musste Sabine nicht lange überlegen:

„Werd ich zum Augenblicke sagen:
Verweile doch, du bist so schön!“

Der Vampir übernahm wieder:

„Dann magst du mich in Fesseln schlagen,
dann will ich gern zugrunde gehn!“

Ein Schimmer begann in der Ecke zu glimmen, breitete sich aus und wurde immer heller, bis der ganze Raum in warmes Licht getaucht war. Die Wangen seltsam rosig, die Augen rot blitzend, stand Peter von Borgo vor ihr und sah sie an. Er schien auf etwas zu warten. „Nun?“, drängte er, als Sabine ihn nur schweigend musterte.

„Was heißt hier nun? Was erwartest du? Sage nicht, dass du Faust und Mephisto mit mir spielen willst! Ich soll den Pakt mit dir schließen, und wenn mir leichtsinnig die falschen Worte entschlüpfen, dann willst du zuschlagen und mich in deine Fesseln legen. Doch bedenke – auch Mephisto hat am Ende den Kürzeren gezogen!“

Er wirkte enttäuscht. „Nein! So ist es nicht. Ich will kein albernes Spiel. Ich will dich nicht übertölpeln, und es geht auch nicht darum, wer gewinnt. Ich will nur, dass du mir die Chance gibst, dir meine Welt zu zeigen, die auch die deine sein könnte. Dass du offen dafür bist und dich nicht hinter Abscheu und Hass verbarrikadierst. Dass ich nicht als Sündenbock herhalten muss für alles, was in deinem Leben falsch läuft."

Sabine seufzte, ließ sich wieder auf die Polster sinken und verbarg das Gesicht in den Händen. Peter von Borgo ging zurück zum Flügel und spielte ganz leise Chopins Regentropfenpräludium. Als er geendet hatte, schwieg sie noch immer. Er blieb auf dem Hocker sitzen, die Hände im Schoß verschränkt.

„Was kann ich für dich tun? Möchtest du ein Glas Wein?"

Sabine erhob sich schwerfällig. Sie wankte und musste sich an der Bücherwand abstützen. „Ich bin müde. Ich werde jetzt nach Hause fahren."

Der Vampir wirkte enttäuscht. „Warum die Eile? Willst du heute noch auf Mörderjagd gehen? Es ist Sonntag! Lassen dich deine Kollegen denn wieder mitmachen? Sind sie wegen des toten Anwalts unterwegs?"

Sabine runzelte die Stirn. „Welcher tote Anwalt? Der Tote in Kleinflottbek war Arzt!"

Peter von Borgo machte eine wegwerfende Handbewegung. „Den meine ich nicht. Ich spreche von dem Toten am Neuen Wall, in seinem Büro – über den Ladenräumen von ‚Escada'."

Einige Augenblicke sagte die Kommissarin nichts, doch die Verwirrung stand ihr ins Gesicht geschrieben. Irgendetwas regte sich in ihrem Gedächtnis, aber sie konnte es nicht zuordnen.

„Oh, hat noch niemand die Leiche entdeckt? Sie liegt dort seit Freitagnacht! Ich kam vorbei und habe sie gewittert."

„Du nimmst mich auf den Arm!", vermutete Sabine misstrauisch.

Peter von Borgo zuckte mit den Schultern. Die blasierte Selbstsicherheit war wieder da. „Was für einen Grund könnte ich haben, Leichen zu erfinden, die es nicht gibt?"

„Dann werde ich mir den Toten jetzt ansehen!", sagte Sabine und blickte sich suchend nach ihrer Tasche mit dem Autoschlüssel um. „Hast du meine Handtasche gesehen?"

Der Vampir schüttelte gelangweilt den Kopf. „Sie wird wohl irgendwo im Park heruntergefallen sein."

„Na super!", rief Sabine sarkastisch. „Auto-, Haus- und Präsidiumsschlüssel, Handy und Geldbeutel mit EC- und Kreditkarten, Führerschein, Ausweis …"

„Ich kann sie später holen, wenn sie dir so wichtig ist", unterbrach er ihre Aufzählung. „Erst fahren wir zu dem Toten – oder ist er jetzt plötzlich nicht mehr so dringend?"

„Ja, gut", stimmte sie zögernd zu.

Eine beschwingte Melodie summend, verließ der Vampir die Bibliothek, durchquerte die Halle und schritt zu dem flachen Nebengebäude, in dem sein Jaguar und das schwere Motorrad standen. „Eine flotte Fahrt mit der Hayabusa und eine Leiche – welch reizender Ausklang dieses Abends", sagte er mit einem liebenswürdigen Lächeln, als er Sabine seine Lederjacke reichte.

Die Kommissarin erwiderte nichts, schlüpfte in die Jacke und schwang sich hinter ihm auf den Sitz. Der Motor heulte auf. Das eiserne Tor schwang zur Seite, und die Maschine jagte die schmale Lindenallee zum Baurs Park entlang. Sabine blieb nur, sich an ihn zu klammern und ihr Gesicht an seinen Rücken zu pressen. Schon raste er auf die Elbchaussee hinaus. Sabine unterdrückte einen Schrei. Der Vampir warf den Kopf in den Nacken und lachte. Sein schwarzes Haar flatterte im Fahrtwind.

„Ist das nicht herrlich?", rief er, aber Sabine antwortete

nicht. Sie kniff die Augen zusammen, während er in einem irrsinnigen Tempo einen Wagen nach dem anderen überholte. Die entgegenkommenden Fahrzeuge hupten oder blinkten mit Fernlicht. Zum Glück war es schon nach zwei Uhr nachts, und der stetige Strom an Autos auf Hamburgs Straßen war lichter geworden. Schneller, als sie es sich je hätte vorstellen können, erreichten sie den Neuen Wall. Vor „Louis Vuitton" trat der Vampir in die Bremsen. Das Motorrad kam so abrupt zum Stehen, dass Sabine sich in einem hohen Bogen über den Fahrer fliegen sah, doch schon einen Wimpernschlag später stand sie sicher neben ihm auf der Straße. Der Vampir deutete zu einem Fenster in dem Haus schräg gegenüber.

„Dort drüben liegt er. Vergiftet. Ich bin mir nicht sicher, wie. Außer Zigarettenrauch konnte ich nichts Erkennbares herausfiltern. Muss ziemlich schnell gegangen sein. Als er merkte, was mit ihm los ist, hat er es nicht einmal mehr zur Tür oder zum Telefon geschafft."

„Hat er es überhaupt gemerkt?"

Der Vampir nickte. „Ich glaube schon." Er verbeugte sich und bot Sabine den Arm. „Wollen wir? Du willst ihn dir doch sicher ansehen!"

Sie ließ sich über die Straße führen. Ein hysterisches Lachen lauerte in ihrer Kehle. Was passierte hier eigentlich? Eine nächtliche Spritzfahrt mit dem Motorrad, um eine Leiche zu besuchen?

Zu Sabines Überraschung ließ sich die Eingangstür widerstandslos aufschieben. Sie wunderte sich über den Leichtsinn in dieser teuren Gegend, bis der Vampir sich bückte und ihr ein kleines Hölzchen zeigte, das verhinderte, dass die Sperre der Tür einrastete.

„Hast du das hier befestigt?" Er schüttelte den Kopf. „Dann war es wohl der Mörder!"

Sie folgte ihm die Treppen hinauf, bis sie die Tür mit der Aufschrift „Kanzlei Reeder & Carst“ erreichten.

„Reeder!“, stieß Sabine hervor. Das war es gewesen. Sönke hatte von der Adresse der Kanzlei gesprochen, in der Sven von Everheests Anwalt – Exanwalt – arbeitete. War er das nächste Mordopfer?

Die Tür zur Kanzlei war verschlossen. Zum ersten Mal konnte die Kommissarin beobachten, wie der Vampir sich in Nebel auflöste. Ihr Gehirn schien sich weigern zu wollen, so etwas zu glauben. Da stand sie, im hellen Licht der Flurbeleuchtung, und der Mann vor ihr verblasste einfach. Das Schwarz seines Haares und seiner Kleidung wurde zu Grau, das Bild an der Wand hinter ihm begann durch seinen Körper zu schimmern, bis nur noch formlose Nebelschwaden zwischen Sabine und der Wand schwebten. Er schillerte leicht grünlich, begann einen Wirbel zu bilden und floss dann unter dem Türspalt hindurch in die Kanzlei. Sabine lief ein Schauder über den Rücken. Tiezes Psychiater würde sie in eine geschlossene Anstalt einweisen, wenn sie ihm Einblick in ihre Erinnerungen geben würde!

Der Tote lag auf dem Boden. Es schien, als habe er noch mit letzter Kraft versucht, zum Schreibtisch zu kriechen und per Telefon Hilfe zu rufen, als der Tod ihn einholte. Sein rechter Arm war ausgestreckt, die Hand in den Teppich gekrallt, der linke Fuß drückte gegen das verchromte Bein des niederen Glastisches, um den sich vier bequeme Besuchersessel gruppierten.

„Weißt du, ob das Kai Reeder ist?“

„Er war es“, sagte der Vampir.

Sabine kniete nieder, um das Gesicht des Toten zu betrachten. Das Haar war zerzaust, sein Mund schmerzverzerrt, die Augen weit aufgerissen. Seine letzten Momente mussten qualvoll gewesen sein.

Die Kommissarin atmete langsam aus und betrachtete die Leiche mit berufsmäßiger Distanz: Klein, nicht über eins siebzig, untersetzt, notierte sie sich in Gedanken. Obwohl er kaum dreißig Jahre alt sein durfte, zeigte sich schon eine Neigung zur Glatze. Der Haaransatz wies über der Stirn zwei tiefe Furchen auf, am Hinterkopf schimmerten lichte Stellen in dem dunkelbraunen Haar. Nacken, Stirn, Nase und Wangen waren sonnenverbrannt, das konnte man trotz der Leichenblässe erkennen. Offensichtlich war seine Urlaubswoche an der Nordsee keine Erfindung gewesen. Nur, wann hatte er sie angetreten? War er am vergangenen Freitag noch in Hamburg gewesen und erst nach dem Mord an Dr. von Everheest gen Norden gefahren?

Der Vampir stand reglos vor den zugezogenen Vorhängen am Fenster und beobachtete Sabine.

Die Kommissarin beugte sich noch ein wenig tiefer und roch an dem Toten. Zigarettenrauch und der Beginn von Verwesung.

„Wie kommst du darauf, dass er vergiftet wurde?“, fragte sie und hob den Kopf, um Peter von Borgo anzusehen. „Ich weiß, es ist in seinem Alter nicht sehr wahrscheinlich, aber könnte es nicht ein Herzinfarkt gewesen sein?“

Der Vampir trat zu ihr. „Ich kann das Gift wittern. Nein, ich würde nicht auf Herzinfarkt tippen.“ Er deutete mit der Schuhspitze auf ein Glas, das in den Schatten einer der Sessel gerollt war. „Im Labor der Rechtsmedizin werden sie es herausfinden.“

Sabine beugte sich noch einmal über den Toten. Was war das an seinem Hals? Sie zog ein Papiertaschentuch aus ihrer Hose, wickelte es um den Finger und schob den Kragen des

Polohemds ein Stück zur Seite. Die Kommissarin sog scharf die Luft ein.

„Peter!“, fauchte sie. „Verflucht noch mal. Kann es sein, dass es weder ein Herzinfarkt noch Gift war? Ist es möglich, dass dieser Mann an zu wenig Blut in seinem Körper gestorben ist?“

„Nein, das halte ich nicht für möglich.“

„Ach nein? Wie viele Möglichkeiten gibt es denn, sich solch eine Wunde zuzuziehen? Wie viele Vampire laufen denn durch Hamburgs Straßen und saugen nachts Menschen aus?“

„Soweit ich informiert bin, bin ich der Einzige“, gab er ruhig Auskunft.

„Du machst mich wahnsinnig!“, schrie sie. „Du hast hier vielleicht einen wichtigen Zeugen in einem Mordfall oder gar den Mörder selbst umgebracht. Das ist Behinderung der Justiz!“

Der Vampir lächelte amüsiert. „Du solltest deine Lautstärke zügeln. Wer weiß, ob es hier einen Nachtwächter gibt. Das wäre sicher eine peinliche Situation, morgens um drei mit einem Ermordeten angetroffen zu werden.“

„Lenk nicht ab“, fauchte sie schon viel leiser.

„Ich finde es sehr interessant, dass du dich in deinen falschen Anschuldigungen nur über die Behinderung der Justiz ereiferst, nicht über die Tatsache des Todes an sich.“

„Ach, nerv mich nicht. Natürlich ist der Tod an sich immer schlimm, aber das ist nicht das Thema: Hast du diesen Mann getötet?“

„Ich sagte dir bereits, er wurde vergiftet, und das gehört nicht zu meinen Methoden, Menschen aus dem Leben zu reißen“, erklärte er höflich. „Weder Gift noch Schusswaffen“, fügte er hinzu. Er nahm Sabine das Taschentuch aus der

Hand, trat hinter den Schreibtisch, bückte sich und hob einen Gegenstand hoch, der dort auf dem Boden gelegen hatte. Er schlenderte zu der Kommissarin zurück und drückte ihr eine Pistole in die Hand.

„Walther P5, neun Millimeter. Ich denke, es ist die Mordwaffe zu dem Fall von Everheest."

„Das ist gut möglich, doch deshalb wissen wir immer noch nicht, wer den Abzug bedient hat. Ich vermute, wir werden keine Fingerabdrücke finden?"

Der Vampir nickte. „Ja, das vermute ich auch."

„Und wer sagt mir, dass nicht du sie dorthin gelegt hast? Wie kommt es überhaupt, dass du diesen Toten – wie du sagst – entdeckt hast? Willst du mir nicht auch noch ein paar Einzelheiten über den toten Doktor berichten? Es würde mich nicht wundern, wenn du auch ihn ganz zufällig gefunden hättest!"

Peter von Borgo ließ sich in einen der Sessel sinken und verschränkte lässig die Hände hinter dem Kopf. „Höre ich da einen gewissen Sarkasmus in deiner Stimme?" Seine Mundwinkel wanderten nach oben. „Aber ja! Ich habe den toten Doktor ganz zufällig gefunden, noch bevor deine Kollegen den Ort des Verbrechens in ein Tollhaus verwandelten. Ich drehte meine nächtliche Runde, als ich das frische Blut roch. Nun, ich bin ein neugieriges Wesen und gern bereit, mich aus meiner Langeweile reißen zu lassen, daher sah ich nach, warum in einer Schönheitsklinik nachts so viel frisches Blut floss."

„Aha. Und der Neue Wall lag gestern auch ganz zufällig auf deinem Weg?"

„Warum nur steigt in mir der Verdacht auf, dass du mir nicht glaubst?", murmelte der Vampir und schüttelte den Kopf. „Aber um deine Frage zu beantworten: Nein, es war kein Zufall, der mich in den vergangenen Nächten immer wieder in den Neuen Wall führte – und übrigens auch in die Elbhöhe und in die Oderfelder Straße. Ich fand das Kündigungsschreiben zwischen Anwalt und Mandant, das vor unserem toten Doktor lag, sehr interessant!"

Sabine erhob sich und legte die Pistole auf den Schreibtisch. „Gut", sagte sie und begann im Büro auf und ab zu gehen. „Nehmen wir einmal an, du hast weder den Doktor noch seinen Anwalt getötet." Der Vampir neigte zustimmend den Kopf. „Dann ergeben sich zwei Möglichkeiten. Erstens: Wir haben einen oder mehrere Mörder, die erst den Doktor erschossen und dann den Anwalt vergiftet haben, oder Sven von Everheest hat Streit mit seinem Anwalt, er kündigt seine Mandantenschaft, Kai Reeder erschießt ihn, und irgendjemand – der den Doktor gemocht hat – erfährt von dem Mord und vergiftet daraufhin aus Rache den Anwalt."

„Eine schöne Theorie", bestätigte Peter von Borgo. „Es fehlen nur noch der Grund des Streits und die Nemesis, die den Mörder gerichtet hat."

„Du denkst an eine Frau, nicht? An eine der Ehefrauen?" Der Vampir nickte. „Schon möglich."

Sabine öffnete den Mund, um ihrer Theorie ein weiteres Detail hinzuzufügen, als der Vampir vorschnellte und ihr seine Hand auf die Lippen legte.

„Still! Ich höre Schritte auf der Treppe."

Panik wallte in der Kommissarin auf. Der Wachdienst! Sicher hatte er das Licht bemerkt und kam nun nachsehen, was das zu bedeuten hatte. Verflucht! Wo konnte sie sich verstecken? Ihr Blick huschte über die Aktenschränke. Hier im Büro bot sich keine Möglichkeit, sich zu verbergen. Dann draußen am Empfang? Es gab doch sicher einen Garderobenschrank! Oder eine Küche oder Abstellkammer?

Ein Schlüssel knirschte im Schloss. Sabine hörte zwei Männerstimmen.

„Bleib hier. Ich erledige das“, gebot ihr der Vampir, trat in den Gang hinaus und schloss die Tür. Oh nein, was würde er den beiden antun? Sie musste es verhindern. Es war ihre Pflicht als Bürgerin und Mitglied der Polizei. Dennoch blieb die Kommissarin wie erstarrt hinter der geschlossenen Tür stehen und lauschte nur. Die Stimmen der Männer waren verstummt. Es war still. Unheimlich still. Obwohl nur ein paar Minuten verstrichen, kam es ihr wie eine Ewigkeit vor, bis der Vampir die Bürotür wieder öffnete. Seine Lippen waren prall und rosig. In seinem Mundwinkel glänzte ein Tropfen Blut. Sabine wich vor ihm zurück.

„Komm, meine Liebe, wir sollten gehen. Es ist spät geworden.“

Er griff nach ihrem Handgelenk und zog sie hinter sich her den mit dicken Teppichen belegten Gang entlang bis vor zum Empfang. Sie ließ es geschehen. Was würde es nützen, sich gegen ihn zu wehren? Und doch blieb sie stehen, als er die Tür zum Treppenhaus öffnete, und entzog ihm ihre Hand.

„Wir können den Toten nicht einfach bis Montag hier liegen lassen! Je später man ihn findet, desto schwieriger werden die Ermittlungen. Und was ist mit den Wachmännern? Man muss etwas für sie tun!“

Der Vampir schob Sabine die Treppe hinunter. „Meine Liebe, glaub mir, es würde die Arbeit deiner Kollegen noch viel mehr erschweren, wenn du die Polizei verständigen würdest. Wie wolltest du ihnen das alles erklären? Und auch ich bin nicht sehr erpicht darauf, schon wieder in den Fokus polizeilicher Ermittlung zu geraten. Und was für eine Theorie sollten sie erst für die bewusstlosen Wachmänner entwickeln?“

„Werden sie überleben?“, fragte Sabine zaghaft.

„Aber ja“, wischte der Vampir ihre Bedenken beiseite. „Ich werde deinen Kollegen nicht noch zwei zusätzliche Leichen präsentieren. Sollen sie erst einmal das Rätsel von Doktor und Anwalt lösen.“ Er schmunzelte, und Sabine konnte sich des Gefühls nicht erwehren, dass er viel mehr darüber wusste, als er bereit war, ihr zu sagen.

Verräterische Spuren

Sabine verschlief den Sonntagvormittag. Selbst das Mittagsläuten vom Mariendom konnte ihren Schlaf nicht stören. Erst als um ein Uhr das Telefon neben ihrem Bett klingelte, schreckte sie hoch. Sie meldete sich zwar und sagte an den passenden Stellen „Ja“ und „Nein“, ihr Gehirn brauchte jedoch noch einige Minuten, ehe sie begriff, was Sönke ihr erzählte.

„Seine Frau hat ihn heute Vormittag gegen zehn gefunden, aber die Lichtenberg sagt, er ist schon mehr als vierundzwanzig Stunden tot. Vielleicht schon seit Freitag. Genaueres kann sie uns erst später sagen. Über die Todesursache hat sie sich noch nicht ausgelassen. Die Obduktion ist gleich auf Montag früh festgesetzt worden, dann wissen wir mehr.“

„Es war also doch kein Traum“, murmelte Sabine und rieb sich energisch die Augen. Konnte das sein? Hatte Peter von Borgo sie heute Nacht zu einer Leiche geführt? Oder waren das Visionen, die durch ihr Hirn spukten, für die kein normaler Mensch eine Erklärung finden konnte?

„Was sagst du?“

„Ach nichts, ich bin noch nicht ganz wach“, wiegelte Sabine ab und gähnte. Neben ihrem Nachttisch lag ihre Handtasche, und anscheinend war alles drin: Geldbeutel, Schlüsselbund, Handy.

„Allen Deern“, rief Sönke. „Es ist nach eins! Du bist mir ja ’n Drömel! Bis du von gestern noch angetütert? Düwel ok!“

„Was denn? Hast du noch nie eine lange Nacht gehabt?

Außerdem bin ich nicht betrunken!" Sabine eilte hinüber ins Wohnzimmer ans Fenster und sah auf die Lange Gasse hinunter. Ihr Wagen parkte genau gegenüber. Und dennoch war sie sicher, dass sie sich nichts von alldem eingebildet hatte.

„Das is schon lange her", gab Sönke zu, und ein wenig Neid schwang in seiner Stimme. „Der Mike hat vorhin auch nur rumgegähnt. Das hat nich zufällig was miteinander zu tun?"

„Nein! Wie kommst du auf diesen absurden Gedanken?"

„Nu reiß mir mal nich gleich den Kop ab", wehrte sich ihr Kollege. „War ja nur so 'n Gedanke."

Am späten Nachmittag fuhr Sabine noch einmal nach Blankenese hinaus und klopfte an die Tür des rot und weiß gestrichenen Fachwerkhäuschens.

„Ich danke Ihnen, Frau Jacobson, dass ich mir das Zimmer noch mal ansehen darf. Ja, ich melde mich, wenn ich etwas brauche."

Sabine stieg die enge Treppe hinauf und ließ die alte Frau unten zurück, die sich mit ihren Krücken schwerfällig zu ihrem Sessel bewegte und sich in das Polster sinken ließ.

Oben war es noch stickiger als beim ersten Mal. Kein Wunder, die Sonne brannte auf das Reetdach herab, und obwohl die kleinen Fenster offen standen, spürte Sabine keinen Lufthauch.

Die Kommissarin blieb in dem engen Flur stehen und versuchte, den Ort auf sich wirken zu lassen. Fünf Türen unterbrachen die mit Rosen gemusterte Tapete. Die erste links führte in eine Abstellkammer, in der Putzutensilien und allerlei Gerümpel aufbewahrt wurden. Daneben lag das Badezimmer. Sabine blieb in der Tür stehen. Ihr Blick schweifte über das alte Waschbecken und den Spiegel mit der abgeschlagenen Ecke, über die Badewanne auf ihren vier Metallfüßen und die Toilettenschüssel mit dem vom Alter grau gewordenen Sitz. Nur der Duschvorhang mit seinen tropischen Fischen, der um den oberen Teil der Wanne hing, gab dem kleinen Raum etwas Farbe. An der Wand rechts und links des Waschbeckens standen zwei Rattanregale. Das eine war sauber, die Fläschchen und Tuben nach der Größe sortiert, im nächsten Fach Bürste, Haarbänder und Spangen, darunter Zahnbürste, Waschlotion, Shampoo. Auf dem anderen Regal herrschte Chaos. Alles lag wild durcheinander, dazwischen angetrocknete Zahnpastaflecken, kurze, blaue Haare und viel Staub. Ein ehemals weißes Handtuch, jetzt mit blauen Schlieren bedeckt, lag zusammengeknüllt auf dem Boden.

Die Türen gegenüber führten in die Zimmer der beiden Frauen. Zuerst warf sie einen Blick in Maikes Zimmer. Das große Fenster blickte in Richtung Elbe, die kleinen, geschwungenen in der Schräge führten zur Panzerstraße hinaus. In der Mitte standen ein runder Esstisch und vier Stühle, unter dem Fenster war ein Schreibtisch. Das Bett stieß an die niedere Wand, die in die Dachschräge überging. Neben der Tür standen der Kleiderschrank und ein Regal, das sich unter zerfledderten Taschenbüchern bog. Krimis, wie Sabine schon wusste: Agatha Christie, Edgar Wallace, Elizabeth George, P. D. James, Minette Walters, Val McDermid und andere. In Maikes Zimmer herrschte die gleiche Unordnung wie auf ihrer Seite im Bad: Kleidungsstücke lagen achtlos auf dem Boden und auf dem ungemachten Bett, CDs und Kassetten türmten sich neben einer alten Stereoanlage, die Schranktüren standen offen, Schokoladenpapiere und Kekskrümel tummelten sich auf dem überladenen Schreibtisch. Dazwischen lagen zwei Zeitschriften, die mit dem Kindesmisshandlungsfall ihre Leser anzulocken versuchten. Auf dem Tisch fand sie die Spielkarten vom Freitag, zwei leere Chipstüten, drei Gläser mit Getränkeresten und den Spielblock, auf dem ordentlich das Datum und die Punkte notiert waren. Sabine reckte den Hals. Anscheinend hatte Aletta an diesem Abend gewonnen, nachdem Carmen kurz vor Schluss in einem Spiel über zweihundert Punkte verloren hatte. Vergangene Woche war Maike die Siegerin gewesen.

Die Kommissarin schloss die Tür hinter sich und betrat Iris' Zimmer, das um einiges kleiner war. Eine eigene Welt, ging es Sabine durch den Kopf. Weiß und rosa, mit Rüschen und Schleifen, Teddybären und Porzellanpuppen. Acht Stofftiere saßen auf der mit Rosen bestickten Tagesdecke. Die Puppen hatten in einem etwas ramponierten weißen Rattansessel Platz genommen. Getrocknete Blumensträuße waren an der Wand befestigt und zwei Poster mit Sonnenuntergängen, vor denen sich die Schattenrisse von Liebespaaren abzeichneten. Es war das Zimmer einer Vierzehnjährigen, nicht das einer vierundzwanzigjährigen Frau! Das passte alles nicht!

In ihren Gedanken sah Iris wie auf dem alten Schülerfoto aus: ein Kind, klein, schmächtig, unauffällig, dabei war sie erwachsen und inzwischen fast so groß wie Aletta! Warum fiel es ihr so schwer, sich Iris so vorzustellen? Weil sie unauffällig war? Weil sie ihr Zimmer wie ein Kind eingerichtet hatte? Oder lag es an der Art, wie die Menschen, die sie kannten, über sie sprachen? Jeder entwarf ein anderes Bild, als würden sie von verschiedenen Menschen sprechen. Es war, als sehe Sabine in einen Zerrspiegel. Wenn sie den Fokus nur ein wenig veränderte, entstand eine ganz neue Person. Selbst in diesem Zimmer gab es Unstimmigkeiten, die nicht in das Gesamtbild passen wollten.

Sabine trat an den billigen Kieferschreibtisch, der neben

der Tür stand. Die Schublade war schief hineingeschoben worden, die rechte Tür stand ein wenig offen, und auch die Schiebetür des halbhohen Schränkchens an der Wand daneben war nicht ganz geschlossen. Papiere, Briefe und Bücher lagen unordentlich auf der Schreibunterlage. Sabine schob den Haufen ein wenig zur Seite. Das oberste Blatt der Schreibunterlage war mit roten Herzen und kleinen Figuren verziert. Es waren Kinder, Mädchen in Rüschenkleidern und Jungen in ordentlichen Anzügen. Sie hielten einander an den Händen. Die Gesichtszüge konnte Sabine nicht erkennen, denn die Zeichnungen waren mit einem schwarzen Filzstift übermalt worden. Zerstörerisch begruben die gezackten Linien die rosarote Idylle.

Sabine wandte sich wieder dem Bett zu. Auf dem Nachttisch standen zwei Fotos in Silberrahmen. Auf einem war Maike zu sehen, auf dem anderen die vier Freundinnen zusammen. Beide Aufnahmen mussten zehn oder zwölf Jahre alt sein. Vier hübsche, strahlende Mädchen, an der Schwelle zur Frau.

Schritte erklangen auf der Treppe, die Tür flog auf. „Großmutter sagte, Sie wären hier“, begrüßte Maike die Kommissarin. „Was gibt es noch? Sie haben Iris’ Zimmer doch schon einmal untersucht. Glauben Sie, Sie finden hier etwas, das Ihnen sagen kann, wo meine Schwester ist?“

„Ich versuche, Ihre Schwester kennenzulernen, sie zu verstehen, mich in sie hineinzudenken, um dann vielleicht auch ihre Handlungen nachvollziehen zu können.“

Maike schnaubte abfällig, und Sabine war sich sicher, das Wort „Blödsinn“ gehört zu haben.

Die Kommissarin deutete auf die Schreibtischecke. „Haben Sie dort etwas gesucht oder weggenommen?“

„Ich? Nein, was sollte ich mit Iris’ Sachen?“

„Vielleicht haben Sie ebenfalls versucht, nach ihrem Verschwinden einen Hinweis zu finden, wo sie sein könnte?"

„Quatsch. Das hieße ja, dass sie sich freiwillig davongemacht hat." Sie stemmte die Hände in die Hüften und sah die Kommissarin herausfordernd an.

„Und Ihre Freundinnen? Aletta oder Carmen? Könnten die hier etwas verändert haben?"

„Nein!", sagte Maike fest. „Sie sind auf dem falschen Dampfer." Sie wandte sich ab, stapfte in ihr Zimmer und warf die Tür hinter sich zu. Kurz darauf schallten die Stimmen einer Girlieband aus der Stereoanlage.

Die Kommissarin sah sich noch einmal um. Sie hätte ihre Kamera mitnehmen sollen, um Fotos zu machen, dachte sie. Noch einmal ließ sie den Blick umherwandern, bis er an einer schmalen, tapezierten Tür hängen blieb. Sie hatte noch nicht in den Einbauschrank gesehen! Der vermeintliche Schrank erwies sich als eine Abstellkammer mit Kisten voller alter Bücher und Körben mit muffig riechenden Kleidungsstücken. Deshalb war das Zimmer kleiner! Sabine klopfte gegen die dünne Wand, die offensichtlich irgendwann später eingezogen worden war. Ein Fenster führte auf das Dach des Schuppens im hinteren Hof hinaus, in dem sich, wie Sabine bereits wusste, die Fahrräder der jungen Frauen, allerlei alte Gartengeräte und die Mülleimer befanden. Sabine zog die beiden Fensterflügel auf und sah über das moosbewachsene Dach in das dichte Grün eines Ahornbaumes hinüber, der seine Zweige dem Mauerwerk entgegenreckte. In Gedanken war sie weit weg.

Was war Iris zugestoßen? Sie rief sich noch einmal die verschiedenen Aussagen der Menschen ins Gedächtnis, mit denen sie gesprochen hatte, und fragte sich, ob überhaupt jemand Iris richtig gekannt hatte. Wie sehen wir die Menschen, die wir lieben? Zeichnen wir uns nur ein Bild unserer eigenen Wünsche und Vorstellungen?

Sie lief durch einen Wald. Es war dunkel, und sie konnte nichts sehen. Immer wieder stolperte sie über Wurzeln, Ranken schienen nach ihren Beinen zu greifen. Sie riss sich los. Sie musste schneller laufen! Ihre Brust schmerzte, in ihrer Seite stach es bei jedem Schritt, aber sie musste weiterlaufen! Sie konnte die Stimmen hinter sich hören und sah das Licht der Taschenlampen zwischen den Stämmen tanzen. Noch immer waren sie hinter ihr her. Sie glichen Spürhunden, die, wenn sie die Fährte des Wildes einmal gewittert hatten, diese nicht mehr aufgaben. Ein Heulen drang durch die Nacht. Schnelle Pfoten trommelten über den Boden. Wieder fasste eine Ranke nach ihren Knöcheln und umschlang sie so fest, dass sie stolperte. Sie versuchte zu schreien, doch kein Laut kam aus ihrem Mund. Um sie herum raschelte und knisterte es. Schleimige Tentakel krochen aus dem Unterholz und schlangen sich um ihre Beine, um die Arme und ihre Brust. Sie konnte nicht mehr atmen. Voller Entsetzen sah sie, dass aus den Enden der Tentakel Menschenhände wuchsen, die sich immer tiefer in ihre nackte Haut krallten. Und dann hörte sie wieder den Wolf heulen. Er war ganz nah. Gleich würde sie seinen heißen Atem spüren und in seinen Rachen sehen. Noch einmal zerrte sie vergeblich an ihren Fesseln. Ein eisiger Hauch wehte über ihren Körper und ließ sie erzittern. Sie schmeckte Blut auf ihrer Zunge. Immer mehr Blut sammelte sich in ihrem Mund und drohte sie zu ersticken. Sie begann zu schlucken. Immer hastiger. Eine seltsame Gier überkam sie. Sie wollte mehr! Es würde ihr Kraft geben und sie befreien. Sie würde ihre Fesseln zerreißen und endlich fliehen können. Doch da war der Wolf plötzlich über ihr, und sie sah in seine roten Augen. Das Maul öffnete sich. Die scharfen Reißzähne blitzten. Ein Tropfen Speichel fiel ihr ins Gesicht und rann an ihrer Wange herab.

Aletta fuhr hoch und riss die Augen auf. Ihr Herz raste, und ihr Atem ging stoßweise, als sei sie wirklich durch die Nacht gerannt. Sie sah sich im Zimmer um. Es war dunkel. Sehr dunkel. Weder Straßenlaternen noch Leuchtreklamen malten ihr Licht an die Wände. Und es war still. Keine Motoren, kein Hupen, kein Gegröle. Alles war vertraut. Sie sog die Luft ein, ihr Herzschlag beruhigte sich. Es roch nach Kindheit, nach Frieden und Unschuld. Und dennoch war da etwas, das den Frieden störte. War das nicht nur einer dieser stets wiederkehrenden Albträume gewesen? Alettas Hand zuckte zu ihrer Wange und wischte ein wenig Feuchtigkeit ab. Wieder begann sie zu zittern, dieses Mal vor Kälte. Sie zog sich das Deckbett bis unters Kinn. Langsam gewöhnten sich ihre Augen an die Dunkelheit: Kein Wunder, dass ihr kalt war. Das Fenster stand weit offen. Sie konnte sich nicht daran erinnern, es aufgemacht zu haben. Aletta stieg aus dem Bett, tappte zum Fenster und schloss es. Sie spürte, wie sich die Härchen an ihren Beinen und an den Armen aufstellten. Rasch huschte sie ins Bett zurück. So empfindlich war sie normalerweise nicht. Bekam sie eine Erkältung? Wundern würde es sie nicht, nach all dem, was in den vergangenen Wochen geschehen war. Noch einmal überlief sie ein Schauder. Sie überlegte, ob sie hinuntergehen und sich einen Kakao kochen oder eine der alten Wärmflaschen mit heißem Wasser füllen sollte. Ihre Hände griffen schon nach der Decke, um sie zurückzuschlagen, als sie innehielt. Das war keine normale Kälte und auch nicht der Beginn eines Schnupfens! Ihr Blick huschte durch das Zimmer, und sie lauschte angestrengt, konnte aber weder etwas Ungewöhnliches hören noch sehen. Und dennoch war sie sicher, dass da etwas war! Sie schloss die Augen und konzentrierte ihre Sinne auf das, was sie beunruhigte. Nun konnte sie es ganz deutlich spüren. Eine Gestalt war dort drüben in der Ecke zwischen dem alten Schreibtisch und ihrem Kleiderschrank. ER war es. Er, der viele Jahre keinen Namen gehabt hatte. Ein Wesen, das sie nicht benennen konnte und das für andere nicht existierte. Aber Aletta wusste, seit sie ein kleines Mädchen war: Es gab ihn, jenseits der wissenschaftlichen Bezeichnungen.

„Verschwinden Sie", sagte sie laut. „Sie haben hier nichts zu suchen. Gehen Sie! Ich will nichts mit Ihnen zu tun haben."

Sie spürte, wie er an ihrem Bett vorbeiglitt. Der Riegel des Fensters knirschte, und ein kalter Luftschwall strömte ins Zimmer. Obwohl nun die Nachtluft wieder um sie strich, fühlte sie, dass er fort war.

Montagabend.

„Wir haben eine Spur!", klang Sönkes triumphierende Stimme an ihr Ohr, noch ehe sie Zeit hatte, sich zu melden.

„Im Fall Everheest oder Reeder?"

„Vermutlich in beiden. Aber das muss sich zeigen. Pass mal auf, mien Deern: Thomas hat ja gleich die Vermutung angestellt, dass das Gift unserem Anwalt von einer Lady verabreicht wurde, und nun hat er uns ein wunderschönes, langes Haar präsentiert – dunkelblond am Ansatz und ab da blond gefärbt. Na, ist das was?"

Sabine ging wie üblich mit dem Telefon am Ohr in ihrer Wohnung auf und ab. „Wo hat er das Haar denn gefunden?"

„An seinem toten Hals! Thomas sagt, die Holde hat sich neben ihn hingekniet und nachgesehen, ob er auch wirklich tot ist, ehe sie sich vom Acker machte."

Sabine blieb vor ihrem Garderobenspiegel im Flur stehen

und starrte ihr Spiegelbild an. Mit zitternden Händen strich sie sich über ihr schulterlanges, dunkelblondes Haar mit den blondierten Strähnchen.

Scheiße! Scheiße! Scheiße!

Sie sah sich über der Leiche knien und die kleine Bisswunde untersuchen, die Peter von Borgos Zähne am Hals des Mannes zurückgelassen hatten.

„Na und, klingelt's bei dir? Meine Favoritin wäre zwar die Reeder gewesen – und ich gehe noch immer jede Wette ein, dass die Dreck am Stecken hat –, aber mit ihren roten Haaren ist sie jetzt erst mal aus der Schusslinie. Aber die Kleine von unserem Doktor hat eindeutig blond gefärbtes, langes Haar!"

„Nun ja, es gibt in Hamburg sicher noch ein paar mehr Frauen mit blondem Haar, und außerdem kann das Haar ja auch vor seinem Tod dorthin gekommen sein."

„So wie das über seinem Hals lag? Unwahrscheinlich! Ich habe es am Tatort nicht gesehen. Thomas hat es entdeckt, aber selbst auf den Fotos, die er mir vorhin gezeigt hat, ist es zu erkennen."

„Hat sie denn kein Alibi? Was ist mit dem Motiv?", versuchte die Kommissarin weiter, den Verdacht zu zerstreuen.

„Alibi hat sie keines, und wenn Reeder beispielsweise ihren Mann umgelegt hat, dann ist Rache für eine schwangere Ehefrau schon ein Motiv, oder etwa nicht? Jetzt müssen die Jungs im Labor erst mal eine DNA-Analyse machen, dann wissen wir es genau."

„Ja, das ist natürlich sinnvoll", ächzte Sabine und strich sich eine Strähne aus der Stirn. „Das wird zeigen, ob ihr auf der richtigen Spur seid." Sie legte auf. Aus allen Poren brach ihr der Schweiß aus und bildete kleine Perlen auf ihrer Stirn. Ihre Gedanken rasten. Würden sie auf die Idee kommen, die

Daten auch mit denen der Kripoleute abzugleichen? Trotz der Handschuhe und weißen Overalls, die die Beamten normalerweise trugen, kam es immer wieder einmal vor, dass jemand unabsichtlich Spuren hinterließ, und so wurden im Verdachtsfall auch mal die Daten der Kripoleute zum Vergleich herangezogen. Das wäre nicht weiter tragisch, wenn die Kommissarin bei der offiziellen Untersuchung dabei gewesen wäre, aber so? Wie sollte sie eine überzeugende Erklärung dafür finden, wie ihr Haar auf den Hals des Toten gelangt sein könnte? Sie sah sogar Thomas Ohlendorf, der stets zu ihr gehalten hatte, ungläubig die Stirn runzeln und sich dann enttäuscht von ihr abwenden. Panik stieg in ihr auf. Was konnte sie tun? Sollte sie Sönke einweihen? Aber was würde das nützen? Er konnte nicht so weit gehen, Beweismaterial verschwinden zu lassen. So etwas durfte sie nicht von ihm verlangen. Er würde seinen Job verlieren, wenn jemand davon Wind bekäme. Ein bitteres Lächeln verzerrte ihre Lippen. Alles hing an einem Haar. Sagte man nicht so? Um Haaresbreite wäre sie entkommen – ist sie aber nicht!

Ihr Blick wanderte zu ihrem Schlüsselbund. Verflucht! Ihre Zugangskarte funktionierte vermutlich noch, doch damit wurde auch gespeichert, wer wann gekommen und gegangen war – und zu welchen Abteilungen man sich Zugang verschafft hatte. Nein, da könnte sie es gleich ans schwarze Brett schreiben: Exoberkommissarin Berner ist gekommen, um Beweismaterial zu vernichten!

Und wenn sie morgen die Kollegen besuchen würde – ganz harmlos? Ein wenig mit den Leuten in der Technik klönen – und dann wäre das Haar plötzlich weg? Nein. Sie konnte sich nicht vorstellen, wie sie das unbemerkt hinbekommen sollte.

Die Panik ließ ihr Herz rasen. Gab es denn keinen Ausweg?

Natürlich gab es ihn! Für einen Moment schloss Sabine die Augen und lauschte ihrem ruhiger werdenden Herzschlag. Warum war sie nicht gleich darauf gekommen? Er würde ihr helfen. Er würde ihr diese Bitte nicht abschlagen. Was aber wäre die Gegenleistung, die er dafür verlangen würde?, fragte sie sich bang.

Jetzt war nicht die Zeit zu zaudern! Sie griff nach ihrem Schlüsselbund und war schon auf dem Weg zur Tür, als ihr Blick auf ihr Spiegelbild fiel: das Gesicht ungeschminkt, mit hektischen Flecken auf den Wangen, das Haar unordentlich mit einem Band zurückgebunden, ein verwaschenes T-Shirt – mindestens zwei Nummern zu groß – über einer Leggins mit ausgebeulten Knien.

„Ach was", knurrte sie, „du gehst ja nicht zu einem Vorstellungsgespräch."

Sabine hatte die Haustür schon aufgezogen, als die Stimme ihrer Mutter sie zurückhielt: Kleider machen Leute, mein Kind, das ist leider so. Nun, bei Männern kann man darüber streiten, aber bei Frauen trifft das leider in allen Lebenslagen zu. Wenn du etwas erreichen willst, musst du dem Anlass entsprechend auftreten. Männer bevorzugen einen gefälligen Anblick!

Und Vampire?

Darauf wusste ihre Mutter keine Antwort.

Mit einem Seufzer schob Sabine die Wohnungstür wieder zu und lief ins Schlafzimmer. Die Sonne ging gerade erst unter. Wahrscheinlich war er noch nicht einmal wach, tröstete sie sich, während sie in Blusen und Tops, Hosen und Röcken wühlte. Was einem normalen Mann gefiel, konnte sie sich so ungefähr denken, aber welche Aufmachung würde Peter bevorzugen?

Sie hob einen engen Minirock in die Höhe, schob ihn aber

wieder zurück in den hintersten Winkel des Schranks. Man musste ja nicht gleich übertreiben!

Zwanzig Minuten später eilte Sabine die Treppe hinunter: Das Haar gebürstet und an den Spitzen in Form geföhnt, die Wimpern getuscht – eine Schicht Puder verdeckte die roten Flecken auf den Wangen. Sie trug ein schwarzes Korsagentop und darüber eine durchscheinende Chiffonbluse. Der Rest musste allerdings praktisch sein – oder sollte sie im Präsidium etwa in Pumps die Treppen hinaufklappern? Sie hatte sich für ihre elegante schwarze Stretchlederhose und die weinroten Sneakers entschieden. Damit war sie zumindest beweglich und konnte auf der Hayabusa mitfahren, statt sich in einem engen Kostümrock lächerlich zu machen.

„Peter?“ Sie klopfte zum dritten Mal an die Mahagonitür. Nichts rührte sich. Verdammt! Hatte sie ihn verpasst? Es war doch noch nicht einmal richtig dunkel! Sabine umrundete das Haus und presste ihre Nase an die Scheibe, um in die dunkle Bibliothek zu sehen. Nichts. Der Flügel war geschlossen und abgedeckt, alle Bücher standen ordentlich in den raumhohen Regalen. Alles strahlte eine Leere aus, als sei hier schon lange niemand mehr gewesen. Er war nicht da. Ja, vielleicht nicht einmal in Blankenese. Vermutlich hatte er heute in einem anderen Unterschlupf geschlafen. Sie kannte sein Versteck in der Speicherstadt, wie konnte sie jedoch sicher sein, dass er nicht noch andere Domizile benutzte?

„So ein verfluchter Mist!“

„Du magst mich für altmodisch halten, aber ich finde, Fluchen steht einer Dame nicht gut zu Gesicht.“

Sabine fuhr herum. Da stand er unter den Zweigen der Eiche und lächelte.

„Du hast mich beobachtet!“

Mit einem Nicken trat er näher. „Ja, das will ich nicht leugnen. Du hättest mich bemerkt, wenn du auf deine Sinne geachtet hättest. Aber dazu warst du zu erregt." Er ließ seinen Blick an ihr herabschweifen und sah ihr dann wieder ins Gesicht. Seine rosigen Lippen zuckten. „Was verschafft mir die Ehre? Womit soll und kann ich dir helfen?"

Sabine fühlte, wie ihre Wangen sich röteten. Es war beschämend, so durchschaut zu werden, als seien ihr ihre Gedanken auf die Stirn geschrieben. Was würde es jetzt noch für einen Sinn haben, Konversation zu betreiben, um dann vorsichtig auf ihr Anliegen zu sprechen zu kommen? Also sagte sie, mit so viel Haltung wie möglich: „Du hast recht. Ich bin hier, um dich um einen Gefallen zu bitten."

„Dann komm doch erst einmal mit hinein. Ich habe einen schönen Faustino, den musst du probieren."

Wie konnte sie sich jetzt ruhig zu ihm setzen und Wein trinken, da ihre Zukunft vielleicht an diesem einen Haar hing? Dennoch zwang sie sich zu einem Lächeln und folgte ihm ins Haus. Er entzündete die Kerzen der beiden eisernen Leuchter, rückte ihr ein Kissen zurecht und reichte ihr dann ein Weinglas aus schwerem Kristall.

„Ich frage mich, was für ein Gefallen das sein könnte, von dem du glaubst, ich würde ihm nur nachkommen, wenn du dich mir in einer – äh – sonst bei dir nicht üblichen Aufmachung präsentierst", sagte er, während er ihr Glas füllte.

Zum zweiten Mal fühlte sich Sabine ertappt und spürte, wie ihre Wangen unter dem Puder heiß wurden.

„Männer schätzen es nicht, wenn Frauen sie in ihrem alltäglichen Schlabberlook aufsuchen", verteidigte sie sich.

„Aha, und da dachtest du dir, ich war ja zumindest einmal ein Mann oder bin vielleicht noch ein bisschen einer oder so ähnlich, und daher könnte das bei mir auch funktionieren."

„Ja – nein – so ist das nicht. Ich habe nie angenommen, dass ich dich mit anderen Klamotten oder ein wenig Make-up zu etwas zwingen könnte, das du nicht tun willst. Aber ist es denn falsch, wenn man gefallen möchte?“

Peter von Borgo kniete nieder, nahm ihre Hand und küsste sie zart.

Seine Hände fühlten sich nicht so eisig an wie sonst. Er musste an diesem Abend schon eine Menge Blut getrunken haben. Sabine versuchte, nicht daran zu denken und sich die Opfer nicht vorzustellen, die nun irgendwo geschwächt und verwirrt dem nächsten Morgen entgegendämmerten.

„Mein Herzblut! Solche Worte von deinen Lippen! Du möchtest mir gefallen? Dafür hole ich dir die Sterne vom Himmel!“

„Ganz so dramatisch muss es nicht sein“, murmelte Sabine und entzog ihm ihre Hand. „Ein Haar tut's auch – und es ist nicht einmal so weit weg.“

Peter von Borgo erhob sich und zog fragend die Augenbrauen hoch. „Ein Haar?“

„Ja, genauer gesagt: mein Haar, das gerade in einem Labor liegt und schon morgen für große Verwirrung sorgen kann.“

Der Vampir warf den Kopf in den Nacken und lachte. „Meine Liebe, du warst doch nicht etwa so unvorsichtig, dein Haar an einem Tatort zurückzulassen, den du offiziell nie betreten hast?“

„Doch, genau das“, bestätigte Sabine zerknirscht.

„Und nun soll ich diese verräterische Spur beseitigen?“

Die Kommissarin nickte heftig. „Ja, das wäre sehr lieb von dir. Ich komme ohne deine Hilfe nicht ins Präsidium – oder zumindest nicht, ohne dass hinterher jeder weiß, dass ich drin war.“

„Du willst mitkommen?“

„Nun, ja, ich dachte mir, ich könnte bei der Gelegenheit mal einen Blick in die Akten werfen?“ Sie sah ihn bittend an.

Der Vampir verbeugte sich mit einem altertümlichen Kratzfuß vor ihr. „Madame, es ist mir eine Ehre, Ihnen zu Hilfe zu eilen“, sagte er ernst, doch sie konnte sich des Eindrucks nicht erwehren, dass er sie verspottete.

Der Vampir ließ den Motor der Hayabusa aufheulen und jagte über die breiten Straßen nach Hamburg. Sabine war froh über ihre Lederhose und die Jacke, die Peter von Borgo ihr gegeben hatte. Er trug, trotz des kalten Nachtwindes, wie üblich nur ein schwarzes Seidenhemd und eine Stoffhose. Als sie sich Alsterdorf näherten, stellte Sabine erleichtert fest, wie sich die Maschine verlangsamte, bis nur noch die erlaubte Geschwindigkeit auf dem Tacho angezeigt wurde. Es war sicher nicht ratsam, mit Vollgas auf das Polizeigelände zu rasen.

Als Erstes kam der runde Turm der Polizeigewerkschaft in Sicht und gleich dahinter das zehnstrahlige Präsidium, das mit seinem runden Innenhof – aus der Luft betrachtet – wie eine stilisierte Sonne aussah. Dahinter erstreckte sich die Polizeikaserne, in der die Hundertschaften der meist noch sehr jungen Polizeimeister auf ihre Einsätze warteten: Demos, Fußballspiele, Staatsbesuche.

Sabine versuchte, nicht daran zu denken, dass nur fünfzig Meter entfernt die Bereitschaften beisammensaßen, um bei Alarm sofort loszustürmen. Sie konnten, sollte es nötig sein, das ganze Gelände innerhalb weniger Minuten umstellen.

„Sei unbesorgt“, beruhigte sie der Vampir, als er die Maschine in den Schutz einer Esche schob, „wir werden ungesehen rein- und wieder rauskommen.“

Wider Willen war sie nun, da sie vor dem gut gesicherten

Gebäude des LKA standen, nervös. „Willst du durch den Haupteingang? Die Sicherheitsschleusen sind auch nachts bewacht."

Peter von Borgo schüttelte den Kopf. „Nein, auch wenn das kein großes Problem wäre. Aber ich denke, es ist einfacher, wenn wir von unten eindringen."

„Von unten?", fragte Sabine verständnislos.

„Ja, wie die alten Ritter: durch den Burggraben."

Sabine schüttelte ungläubig den Kopf und sah zu dem Ring aus Garagen hinunter, der das Präsidium umgab. Er hatte wirklich etwas von einem Burggraben, nur dass sein Grund nicht schlammig, sondern mit Betonsteinen bedeckt war. Unter dem Gebäude und auf der anderen Seite verteilte sich, ringförmig unter den Außenanlagen, der Fuhrpark des LKA. Die Kommissarin wusste, dass von dort unten Stahltüren ins Gebäude führten, bei denen man an keinem menschlichen Wächter vorbeimusste – allerdings war die erste Hürde, unverletzt dort hinunterzukommen!

„Ist dir vielleicht entgangen, dass die Mauern mindestens vier oder fünf Meter hoch sind? Willst du dich an einem Bettlaken herunterlassen oder so?"

Der Vampir lächelte liebenswürdig. „Ein Bettlaken wäre originell, leider haben wir keines zur Hand, und es dürfte schwierig werden, es an der glatten Betonmauer zu befestigen. Nein, ich fürchte, wir werden ganz trivial springen."

„Springen?", keuchte Sabine. „Das kann nicht dein Ernst sein!"

„Vertraue mir." Er griff nach ihrer Hand und führte sie im Schatten der Bäume so weit um das Gebäude herum, dass sie von der Zugangsbrücke nicht mehr gesehen werden konnten. „Darf ich?" Ehe Sabine reagieren konnte, hatte er sich gebückt und sie in seine Arme gehoben. Zum Glück unterdrückte sie den Aufschrei. Der Vampir sprang auf die Betonbrüstung und dann mit einem Satz in den Graben hinunter. Er landete federnd, richtete sich auf und setzte Sabine behutsam ab.

„Das war doch nicht so schwierig, oder?"

Die Kommissarin nickte ein wenig benommen. „Und wie kommen wir wieder hinauf?"

„Sich das zu überlegen ist Zeit, wenn wir das Gebäude verlassen wollen. Jetzt ist unser Ziel, erst einmal hineinzugelangen, oder?"

Sehr beruhigend fand die Kommissarin diese Antwort nicht, aber es waren nicht die Zeit und der Ort, mit ihm einen Streit anzufangen. Sie huschten durch den Graben in den Schutz eines Betonpfeilers.

„Du solltest dicht hinter mir bleiben. Ich versuche den Kameras auszuweichen, wann immer es möglich ist. Sollte uns doch eine erfassen, ist es besser, wenn nur mein Schatten zu sehen ist und nicht dein Gesicht."

Die Überwachungskameras! Daran hatte sie gar nicht gedacht. Die Kommissarin schalt sich für ihren Leichtsinn. Was hatte sie nur geritten, unbedingt mitkommen zu wollen? Peter würde das Haar sicher auch ohne sie finden. Jetzt war es jedenfalls nicht mehr zu ändern, und so konnte sie die Gelegenheit auch nutzen, sich die Akten zu besorgen, die sie interessierten.

Durch den Schlitz eines gekippten Fensters, das von außen mit einem Eisengitter gesichert war, floss der Vampir in das Gebäude. Er verschob die Überwachungskameras ein wenig, sodass sie nur als Schatten am Rand auftauchen würden, dann erst ließ er die Kommissarin ein, die vor der Stahltür bereits ungeduldig von einem Fuß auf den anderen trat.

Sabine staunte, wie sicher er sich hier in dem Gebäude bewegte. Sie brauchte ihm nicht zu sagen, welche Treppen und Gänge er nehmen musste. Er schien genau zu wissen, wo die Abteilungen untergebracht waren, und führte sie zielstrebig in den richtigen „Finger“ – wie die einzelnen Strahlen offiziell hießen – und ins richtige Stockwerk. Die Kommissarin nahm sich vor, ihn bei Gelegenheit darauf anzusprechen. Sie konnte sich des Eindrucks nicht erwehren, dass das nicht das erste Mal war, dass er das LKA aufsuchte.

Das Haar vom Tatort am Neuen Wall zu finden war schwieriger, als sie sich das gedacht hatte, aber schließlich wurden sie in einem Labor der Kriminaltechnik fündig. Noch hatten die Kollegen die aufwendige DNA-Bestimmung nicht durchgeführt. Mit Erleichterung sah Sabine das Beweisstück in einem Abfluss verschwinden.

Sie mieden den Bereich der Abteilung 7 – organisierte Kriminalität –, in dem in einigen Zimmern Licht brannte. Sabine folgte Peter von Borgo zu den Büros der Mordbereitschaften im dritten Stock des Fingers B. Er öffnete ihr die Tür zu ihrem Büro. Die deutlichen Spuren eines fremden Benutzers auf ihrem Schreibtisch versetzten ihr einen Stich. Sicher saß Michael jeden Tag hier, bereitete sich auf Verhöre vor, wälzte Akten, besprach mit Sönke die nächsten Schritte. Ein paar ihrer Sachen hatte er in einem Karton auf ein Sideboard geschoben. Sie widerstand der Versuchung, wenigstens das Foto von Julia und Leila vom letzten Sommer wieder auf ihren Schreibtisch zu stellen.

„So leicht lasse ich mich nicht vertreiben“, stieß sie hervor und warf die Akte mit der Aufschrift „von Everheest“ heftiger auf den Tisch, als es nötig gewesen wäre. Die Kommissarin zog ihre Digitalkamera aus der Tasche und begann die einzelnen Seiten mit Gesprächsprotokollen, Personalien, Aktenvermerken und Fotos vom Tatort abzufotografieren.

Hoffentlich wurden die Bilder so scharf, dass sie die Texte an ihrem Computer zu Hause entziffern konnte. Ein paar Eintragungen überflog sie sofort. Dann nahm sie sich die Akte „Reeder" vor. Der Bericht der Rechtsmedizin war noch nicht abgeheftet. Vermutlich war Kai Reeder heute seziert worden, und die Bänder lagen noch bei einer Sekretärin im Institut zum Abtippen. Schade. Sie hätte gerne gewusst, welches Gift den Anwalt getötet hatte.

Zum Schluss stattete sie der „Leichen- und Vermisstenstelle" noch einen Besuch ab, um die Unterlagen über die vermisste Iris durchzusehen. Die Befragung von Busfahrern und dem Personal der S-Bahnen hatte nichts ergeben, dafür glaubten gleich zwei Angestellte der Fähren nach Wittenbergen sich an die junge Frau erinnern zu können. Der erste behauptete, sie sei auf der Fahrt um 18:55 Uhr in Blankenese zugestiegen – er habe die Taue am Op'n Bull'n festgemacht und ihr, als sie strauchelte, die Hand gereicht –, der zweite wollte sie gegen einundzwanzig Uhr auf der gleichen Strecke gesehen haben. Sabine vergewisserte sich, dass sie sich nicht verlesen hatte. Nein, es konnte sich nicht um die Rückfahrt handeln. Da stand eindeutig: von Blankenese nach Wittenbergen. Merkwürdig! Sie würde sich rund um den Anleger in Wittenbergen umhören müssen. Irrte sich einer der Männer, oder war Iris an diesem Tag wirklich zweimal dieselbe Strecke mit der Fähre gefahren? Wenn ja, warum?

„Es beginnt bald zu dämmern", teilte ihr Peter von Borgo mit. „Wenn du dir keine weiteren Fälle ansehen möchtest, dann würde ich vorschlagen, wir machen uns auf den Weg." Seine Stimme klang seltsam gepresst. Sabine sah auf und musterte ihn. Eine unterdrückte Unruhe ging von ihm aus.

„Ich bin gleich so weit. Zehn Minuten", sagte sie und wandte sich wieder dem Schreiben zu, das sie gerade in der Hand hielt. Als sie ein paar Minuten später wieder aufsah, war Peter von Borgo nicht mehr im Zimmer. Die Kommissarin gähnte und rieb sich die Augen. Sie fühlte sich erschöpft und ausgelaugt. Ein Blick auf ihre Uhr bestätigte, dass bereits Stunden vergangen waren, seit sie Blankenese verlassen hatten.

„Du hast recht. Lass uns gehen."

Keine Antwort. Sabine hastete zur Tür und sah den Gang entlang, konnte Peter von Borgo aber nirgends entdecken. Die Minuten verstrichen. Sie schaute auf ihre Uhr. Fünf Minuten, dann zehn, und noch immer blieb er verschwunden.

Was war nur in ihn gefahren? Ein Vampir musste nicht plötzlich aufs Klo oder lechzte nach einer Zigarette, wie es bei den lieben Kollegen stets der Fall war. Sie schlug sich mit der Hand an die Stirn. Verflucht! Sie hatte seine Unruhe gespürt und das Drängen in seiner Stimme gehört, aber ihr Verstand hatte nicht reagiert. Sabine stöhnte und ließ sich wieder auf den Schreibtischstuhl fallen. Sie versuchte sich nicht vorzustellen, wie der Vampir gerade seine Blutgier an einem Wachmann oder einem der Kollegen von der Siebten stillte. Sie hätte das bedenken und viel früher mit ihm von hier verschwinden müssen. Schließlich war der Grund für ihren Einbruch schon seit Stunden vernichtet.

Ich bin kein Vampirexperte, verteidigte sie sich vor sich selbst. Woher soll ich wissen, wie schnell er seine nächste Blutration benötigt? Eine absurde Szene lief in ihrem Kopf ab. Sie stand am Informationsschalter der Unibibliothek und fragte nach wissenschaftlichen Erkenntnissen über die Ernährungsgewohnheiten von Vampiren. Das würde ein Spaß werden! Sabine barg ihr Gesicht in den Händen. Wenn er nicht bald zurückkam, dann könnte sie demnächst die Kollegen begrüßen, die zur Frühschicht eintrafen!

„Wollen wir gehen?"

Sabine fuhr in die Höhe. Da stand er, kaum zwei Schritte vor ihr entfernt, und lächelte sie an.

„Was hast du getan?“, fauchte sie.

Er hob überrascht die Augenbrauen. „Mich für den Rückweg gestärkt. Du sagtest, du würdest noch ein paar Minuten brauchen.“

„Aber ich habe nicht gesagt, dass du meine Kollegen aussaugen sollst!“

Der Vampir zuckte mit den Schultern. „Es waren ja nur zwei aus einer anderen Abteilung. Außerdem war ich in Eile und hatte nicht viel Zeit. Sie werden sich bis in ein paar Stunden sicher erholen.“

„Es ist mir völlig egal, aus welcher Abteilung sie sind, das ist einfach …“

„Ja?“

Sie brach ab und ließ die Hände sinken. Was sollte sie ihm sagen? Dass es unrecht war, Menschen in den Hals zu beißen und ihr Blut zu trinken? Dass er sich nur noch an Leuten vergreifen durfte, die sie nicht kannte? Oder dass er vorsichtig vorgehen sollte, um keinen Verdacht zu erregen?

„Komm, wir gehen.“ Sie packte ihre Kamera ein und löschte das Licht. Erst im Treppenhaus fiel Sabine ein, dass sie noch immer nicht wusste, wie sie das Gelände wieder verlassen konnten, ohne dass sie die mit hoch entwickelter Technik gespickte Eingangshalle passieren mussten, doch sie fragte ihn nicht. Er nahm zielstrebig den Weg in die Tiefgarage, huschte zwischen einigen Dienstwagen und den beiden weißen Transportern der Spurensicherung hindurch und blieb erst stehen, als sie den Ringgraben hinter sich gelassen hatten. Vor ihnen wuchs die mehrere Meter hohe und breite Betonmauer empor, über der der Nachthimmel langsam verblasste. Rechts und links öffneten sich, von Betonpfeilern unterteilt, Carports.

„Und nun? Ziehst du jetzt eine Leiter aus dem Ärmel?“

„Nein, das wird nicht nötig sein“, erwiderte er, ohne auf ihren sarkastischen Ton einzugehen. „Ich werde an dieser Betonstrebe hinaufklettern. Du musst dich nur an meinen Schultern festhalten. Schaffst du das?“

Sie schluckte ihre ungläubige Erwiderung hinunter, denn ganz in der Nähe heulte ein Motor auf. Peter von Borgo schob Sabine in eine der Parkbuchten, in der ein grüner VW-Bus stand. Lichter flammten auf, und ein Wagen fuhr durch den Graben auf die Ausfahrt an der anderen Seite zu.

„Komm jetzt. Wir sollten keine Zeit mehr verlieren.“ Er trat vor sie, kehrte ihr den Rücken zu und zog ihre Arme um seine Schultern. „Halte dich fest!“

Das konnte nicht wirklich geschehen! Das war einer dieser absurden Träume! Aber war es nicht mindestens genauso absurd, einen Vampir zu kennen und mit ihm durch die Nacht zu ziehen?

Langsam und gleichmäßig stieg Peter von Borgo höher. Seine Finger pressten sich rechts und links der Säule gegen den glatten Beton. Sie konnten eigentlich keinen Halt finden, und dennoch rutschte er nicht ein Mal ab. Seine Knie und Füße schoben von unten nach. Sabine klammerte sich an seine Brust. Längst schon hatte sie den Boden unter den Füßen verloren. Sie fühlte, wie sie an seinem Rücken tiefer glitt, bis sich ihre Hände in seinen Hals krallten. Konnte man einen Vampir erwürgen? Sie wagte nicht zu fragen. Er atmete völlig ruhig und schob sich Stück für Stück den Pfeiler hinauf, bis dieser an einem breiten Betonband endete.

Oh Gott! Bis zur Kante hinauf war es sicher mehr als ein Meter! Drunten erklang wieder das Geräusch eines startenden Wagens. Der Vampir stieg vorsichtig höher – reckte sich und schob seine sehnigen Arme nach oben, bis er mit den

Fingerkuppen die Betonkante erreichte. Schaudernd schloss Sabine die Augen. Wenn er jetzt abrutschte, dann war alles vorbei. Das würde eine Schlagzeile geben! Doch der Vampir stürzte nicht ab. Genauso ruhig und gleichmäßig, wie er den Pfeiler erklommen hatte, zog er sich zur Brüstung hinauf, bis er ein Bein darüberschwingen konnte.

„Du kannst jetzt loslassen", sagte er sanft.

Es fiel Sabine schwer, ihre verkrampften Hände von seinem Hals zu lösen.

„Entschuldige", krächzte sie. Ihr Mund war völlig ausgetrocknet. „Ich wollte dich nicht erwürgen."

Abwehrend hob er die Hände. „Mach dir keine Gedanken."

Er schob seine Hand unter ihren Ellbogen und führte sie zu seinem Motorrad, das unberührt am Stamm der Esche lehnte. Sabine wehrte sich nicht. Ihre Knie fühlten sich seltsam weich an.

Das ist nur die Erschöpfung, es war eine lange Nacht, verteidigte sie sich im Stillen.

„Ich fahre dich direkt nach Hause", schlug er vor. „Deinen Wagen bringe ich dir morgen, wenn du nichts dagegen hast. Es war eine lange Nacht." Wie immer schien er ihre Gedanken zu erraten. Dass für ihn die Zeit knapp werden könnte, erwähnte er nicht. Im Gegensatz zu vorhin im Büro waren keine Anzeichen von Unruhe oder Nervosität zu spüren.

Peter von Borgo schob die Hayabusa auf den Gehweg hinunter. Er reichte Sabine die Lederjacke und wartete geduldig, bis sie sie geschlossen und hinter ihm Platz genommen hatte. Der Himmel wurde bereits gläsern, Sabine war jedoch zu sehr in ihren vor Müdigkeit trüben Gedanken versunken, um zu erkennen, was dies bedeutete.

Peter von Borgo reihte sich in den beginnenden Morgenverkehr ein. Er nahm zwar den kürzesten Weg nach St. Georg, fuhr jedoch nicht so halsbrecherisch wie sonst. Vor dem weißen Mietshaus aus der Gründerzeit, in dem Sabine wohnte, brachte er die Maschine zum Stehen.

„Es war mir ein Vergnügen", sagte er mit einem Lächeln und wartete, bis sich die Haustür hinter ihr geschlossen hatte. Erst dann gestattete er sich einen schnellen Blick nach oben. Zwischen den Häuserreihen war nur ein Streifen bleicher Himmel zu sehen, doch auch so wusste er: Es war spät! Zu spät? Wie viel Zeit blieb ihm noch? Zehn Minuten? Egal, wie schnell er seine Maschine treiben würde, seine Villa in Blankenese würde er nicht mehr rechtzeitig vor Sonnenaufgang erreichen, aber zum Wandrahm könnte er es schaffen!

Der Motor heulte auf. Die schwere Maschine schoss den Glockengießerwall hinunter, am Bahnhof und an den Deichtorhallen vorbei. Er fühlte ein Brennen in der Brust, seine Augen schmerzten im heller werdenden Licht des Morgens. Er musste sich nicht umsehen, um zu wissen, dass sich die Sonne jeden Augenblick über den Horizont schieben würde. Er raste über die Brücke zur Speicherstadt hinüber. Das Motorrad flog geradezu über das Kopfsteinpflaster an den alten Speichern entlang, deren Dächer und Backsteinwände nun zu glühen begannen. Viel zu schnell wanderte der Rand des Schattens nach unten.

Der Vampir gab noch einmal Gas und ließ die Hayabusa vor dem Speicher P in eine Lücke zwischen zwei Autos gleiten. Der Lärm des Motors war noch nicht verhallt, da hatte Peter von Borgo schon die Tür aufgerissen und war in das düstere Treppenhaus geglitten. Einen Moment taumelte er gegen die mit vergilbten Kacheln bedeckte Wand. Er war müde. Er musste die Augen schließen und schlafen. Warum nicht einfach hier am Fuß der Treppe in sich zusammensinken und sich der Finsternis ergeben? Dem Schmerz entfliehen, der in seinen Augen brannte und seine Lungen fast zum Bersten brachte.

Nein! Das würde sein Ende bedeuten! Er griff nach dem Treppengeländer und zog sich hoch. Eine Stufe und noch eine. Noch nie war ihm die Treppe so endlos erschienen. Er roch den Staub der Teppiche, die auf den untersten beiden Böden lagerten. Noch ein paar Stufen, vorbei an der Rohseide. Der Duft von getrockneten Chilischoten und Sternanis, von Pfeffer und Nelken wurde stärker. Vor seinen Augen waberten rote Schlieren. Sein Körper schien in Flammen zu stehen. Noch eine Treppe. Der Geruch von Kakao hüllte ihn ein, aber er konnte schon den Geschmack von Tee auf seiner Zunge spüren. Die Rettung war ganz nah. Nur noch ein Absatz. Nur noch diese wenigen Stufen. Er wankte und fiel gegen die Tür, die sich leise knarrend öffnete.

Daheim! Er hatte es geschafft. Inzwischen konnte er nichts mehr sehen, und er war auch nicht mehr in der Lage, sich aufzurichten, doch sein Wille reichte aus, das Bedürfnis, auf der Stelle einzuschlafen, noch einmal zurückzudrängen und auf allen vieren zwischen den Teekisten über den Boden zu kriechen. Seine Hand ertastete das lose Brett und schob es zur Seite, und dann ließ er sich in den Hohlraum gleiten. Seine lange Holzkiste, deren Deckel einladend offen stand, erreichte er nicht mehr. Kaum schloss sich die verborgene Tür hinter ihm, schwanden ihm die Sinne. Die Lider sanken herab. Sein Atem stockte. Das Blut hörte auf zu kreisen. Steif und regungslos lag er auf dem Boden des lichtlosen Verschlages. Erst wenn die letzten Strahlen der Sonne hinter dem Hafen verschwunden sein würden, konnte das Leben in seinen Körper zurückkehren, und der Durst nach Blut würde ihn wieder in die Stadt treiben.

Auch Sabine verschlief den Tag, traumlos und fast so erstarrt wie der Vampir – zumindest bis um zwölf Uhr ihr Telefon klingelte. Sie kroch aus dem Bett und tappte in den Flur. Es war Sönke. Es verging eine Weile, bis seine Worte in ihrem Gehirn ankamen. Beweisstück verschwunden? Thomas sauer, Tieze tobt? Seltsamer Zusammenbruch zweier Kommissare in der 7. Abteilung?

„Und was gibt es sonst Neues?", gähnte sie. „Was ist mit den verpfuschten OPs? Habt ihr die Patientinnen, an die die Zahlungen gingen, schon gefunden?"

Überraschtes Schweigen auf der anderen Seite. „Woher weißt du das denn? Das haben wir erst gestern herausbekommen, und ich wollte dir gerade von unserer neuesten Spur erzählen."

Sabine biss sich auf die Lippen. So ein Mist. Man sollte nicht telefonieren, wenn sich eine Gehirnhälfte noch im Tiefschlaf befand.

„Hat Mike dich etwa gestern noch angerufen?"

„Hm." Sie sagte weder Ja noch Nein. Was, wenn er ihn darauf ansprechen würde?

„Also: ja! Nachtigall, ich hör dir trapsen! War mir gleich klar, da er einem dauernd Löcher nach dir in den Bauch fragt."

„Du sagst aber nichts zu ihm", bat Sabine. Vielleicht gelang es ihr ja doch noch, sich aus der Affäre zu ziehen.

„Ich schweige wie ein Grab!", versprach Sönke. „Obwohl ich dem Jung die Ohren lang ziehen sollte."

„Moment mal", wehrte sich die Kommissarin. „Das letzte Mal hast du ihm gesagt, er soll mich anrufen – hat er zumindest behauptet."

„Ist schon richtig. Aber nun scheint sich das zu verselbständigen."

Sabine musste grinsen. „Ach, und es passt dir nicht, wenn du nicht mehr alles im Griff hast?"

„Sabbelbüddel", knurrte Sönke und legte auf.

Bei Tee und einer Tüte Gebäck vom „Persischen Haus", ein Stück die Straße runter, saß Sabine den ganzen Nachmittag vor ihrem Rechner und mühte sich, die in der Nacht fotografierten Unterlagen zu entziffern. Bei den meisten Seiten ging es problemlos. Aber bei einigen musste sie die Bilder stark vergrößern, um die Schrift lesen zu können.

Es wurde bereits dunkel, als sie den Stuhl zurückschob und sich die brennenden Augen rieb. Das Knurren ihres Magens war nun nicht mehr zu ignorieren, daher ging sie in die Küche, setzte einen Topf mit Wasser auf, goss Olivenöl in eine Pfanne und begann Knoblauch und rote Peperoni zu schneiden. Morgen würde sie zwar nach Knoblauch stinken, aber wen würde das stören? Wer würde das überhaupt bemerken?

Nun, einen Vorteil muss die Zwangspause ja haben, dachte sie grimmig und schnitt noch zwei Knoblauchzehen klein, ehe sie die Nudeln ins kochende Wasser warf. Sabine öffnete eine Flasche Rotwein und deckte den Tisch. Die Nudeln waren weich und konnten abgegossen werden. Sie warf sie in das heiße Knoblauchöl und ließ sie kurz anbraten, ehe sie sie auf ihren Teller gleiten ließ. Jetzt noch viel frischen Parmesan darüber! Das tat gut. Während sie aß, wanderten ihre Gedanken durch die eben gelesenen Akten. Irgendetwas berührte sie unangenehm. Etwas hätte ihr auffallen müssen. Tief in ihrem Gedächtnis kratzte etwas und versuchte sich bemerkbar zu machen, aber sie konnte es nicht erkennen. Es war zu nebelig. Nebelig? Das erinnerte sie an Peter von Borgo. War es etwas, das er gesagt oder getan hatte? Sie stellte das leere Weinglas ab und schloss die Augen. Er führte sie zu Kai Reeders Leiche. Sie beugte sich darüber und entdeckte die kleine Wunde an seinem Hals. Er hatte ihr immer noch nicht gesagt, wann er Gelegenheit gefunden hatte, das Blut des Anwalts zu saugen – aber das war es nicht. Er trat zu ihr und reichte ihr die Waffe …

Das war es! Die Pistole!

Sabine sprang so hastig auf, dass das Weinglas umkippte und ein paar Tropfen auf das Tischtuch rannen. Sie kümmerte sich nicht darum, eilte in ihr Arbeitszimmer zurück und rief noch einmal die Bilder zu der Akte „Reeder" auf. Hastig blätterte sie durch die Unterlagen. Nichts! Die Pistole wurde mit keinem Wort erwähnt. Sie setzte sich und las alles noch einmal sorgfältig durch, doch es blieb dabei. Es war keine Waffe unter den am Tatort aufgenommenen Gegenständen. Die Pistole war verschwunden!

Sabine lehnte sich in ihrem Schreibtischstuhl zurück und kaute auf ihrem Daumen. Das konnte zweierlei bedeuten: Entweder war nach ihnen noch jemand an den Tatort gekommen, ohne den Mord zu melden, und hatte die Waffe an sich genommen – konnte der Mörder zurückgekehrt sein? –, oder Peter von Borgo hatte die Pistole eingesteckt.

Die Kommissarin seufzte. Sie musste ihn fragen. Würde er bereit sein, ihr die Wahrheit zu sagen?

Schritte knirschten auf dem Kies. Eine Gestalt näherte sich der Haustür. Es war spät. Der Schatten taumelte gegen die Wand, fing sich aber gleich wieder und klopfte sich den Staub vom Ärmel des Trenchcoats. Den Hut tief ins Gesicht gezogen, kramte er in seiner Manteltasche nach dem Hausschlüssel, öffnete die Tür und trat in die düstere Diele. Ohne Licht zu machen, stieg er die Treppe zum Schlafzimmer hinauf. Die Gestalt trat ans Fenster, um die Vorhänge zuzuziehen, als sie mitten in der Bewegung innehielt. Etwas hatte sich seit heute Nachmittag verändert. Jemand war da gewesen!

Die Hände krallten sich in den Vorhangstoff, während der Blick hektisch zwischen den Schatten der Möbel umherhuschte, bis er an einem Gegenstand auf dem Nachttisch hängen blieb, der dort nicht hingehörte: eine Pistole. Sie wirkte so unschuldig, wie sie da matt schimmernd neben ein paar Zeitschriften und einem halb vollen Kaffeebecher lag. Die Gestalt rührte sich nicht. Sie konnte vom Fenster her die Aufschrift auf dem Lauf nicht erkennen, doch sie war sich sicher, dass es eine Walther P5, 9 Millimeter, war, die noch fünf Projektile im Magazin hatte. Was hatte das zu bedeuten? Wer konnte ins Haus eingedrungen sein und die Waffe zurückgelassen haben? Und warum? Sollte das ein Erpressungsversuch sein?

Eines war jedenfalls klar: Wer immer es auch gewesen war, wusste entschieden zu viel!

Noch immer in Mantel und Hut gekleidet, trat die Gestalt an den Tisch. Jetzt erst fiel ihr das Schreiben auf, das unter dem Lauf klemmte.

Ich erlaube mir, Ihnen etwas zurückzugeben, das Sie leichtfertig an einem Ort zurückgelassen haben, den ich jetzt nicht nennen möchte. Ich urteile nicht über das, was Sie tun. Ich gebe Ihnen die Waffe zurück, denn es wäre möglich, dass Sie sie noch einmal brauchen, ehe es zu Ende ist.

Es war teures Papier, mit einem Füllfederhalter und Tinte beschrieben, nicht mit einem billigen Kugelschreiber. Der erste Verdacht, der beim Anblick der Pistole aufgeblitzt war, zerfiel. Nein, das passte nicht. Aber wer dann und warum? Von einer Geldforderung stand nichts in dem Brief. Würde diese noch folgen? Wie konnte man einem Gegner entgegentreten, den man nicht kannte?

Wäre es besser, der Sache ein Ende zu bereiten? Nein! Jetzt aufzuhören ergab keinen Sinn. Es war zu spät. Der Fels war ins Rollen geraten, und er würde nicht eher wieder zur Ruhe kommen, bis er den Grund erreicht hatte. Und was in seinem Weg lag, würde ohne Gnade zermalmt werden.

Frisches Blut

„Aletta, bitte, ich muss es wissen!" Maike sah die Freundin flehend an, doch diese brummte nur und wandte den Blick nicht von ihrer Lektüre ab.

„Aletta! Scheiße noch mal, ich rede mit dir!" Sie schlug ihr den Krimi aus der Hand, dass er in hohem Bogen gegen die Wand klatschte.

Aletta ließ die Hände sinken und sah in das aufgeschwemmte Gesicht, das von den bei jedem Waschen bleicher werdenden blauen Strähnen umrahmt wurde. Heute trug Maike ein zeltartiges Etwas von undefinierbarer Farbe über einer Hose mit Gummizug, in die Aletta und Carmen gemeinsam gepasst hätten, die Maike nun aber schon wieder zu eng war. Maike ließ sich in den abgewetzten Sessel in der Ecke von Alettas Zimmer fallen und brach in Tränen aus. Sie zog eine Tüte Erdnüsse aus ihrem Rucksack und stopfte sich eine Handvoll nach der anderen in den Mund.

Aletta seufzte. „Warum willst du es unbedingt wissen? Was wird sich dadurch ändern?"

Hektisch wühlte Maike in ihrem Rucksack und zog einen Packen Zeitungsausschnitte hervor. Es waren Artikel aus Tageszeitungen, aber auch Seiten von Illustrierten, mit schreienden Überschriften und unscharfen Fotos, die mit der grausigen Sensation um Leser warben. „Hier, lies das! Ich habe alles gesammelt."

Sie schleuderte das Bündel auf den Tisch, dass es bis zu der Freundin hinüberschlitterte. Aletta warf nicht einmal einen Blick darauf. Sie fixierte weiterhin Maike, die die Tüte Erdnüsse geleert und mit einer Dose Cola hinuntergespült hatte und nun einen Schokoriegel auspackte.

„Du sollst das lesen", schrie Maike mit vollem Mund.

„Ich habe mir einige Artikel über den Fall angesehen", antwortete Aletta ruhig. „Es ist furchtbar, ein Kind so zu misshandeln, aber es ist weder deine noch meine Schuld, und ändern können wir auch nichts daran. Das Kind ist tot, seine Mörder werden verurteilt."

„Ich muss es aber wissen!", beharrte Maike.

„Und was ändert sich, wenn sich ihr Verdacht bestätigt? Ob es so ist oder anders, ob wir es wissen oder nicht, keiner wird davon wieder lebendig!"

Eine zweite Tränenspur zog sich über Maikes Wange. „Aber dann weiß ich wenigstens, ob ein Sinn dahintersteckt."

„Sinn?", schrie Aletta. Sie griff nach einem Brief, der auf dem Bücherstapel neben ihr gelegen hatte. „Gibt es irgendetwas auf dieser Welt, das dem hier einen Sinn gibt?"

„Ich möchte auch Klarheit", meldete sich Carmen zu Wort, die bisher schweigend auf Alettas Bett gekauert hatte, die Knie ans Kinn gezogen. „Ich finde, wir sollten Bescheid wissen – auch wenn das alles vielleicht noch schwerer macht."

„Ich habe mich erkundigt", übernahm Maike nun wieder das Wort. „Die Adoptionsvermittlung ist in der Feuerbergstraße. Das ist in der Nähe vom Friedhof Ohlsdorf. Man muss ganz ans Ende, über die S-Bahn rüber. Dort sind das Jugendheim und die Jugendpsychiatriestelle."

„Ich weiß!", stieß Carmen bitter hervor, doch Maike achtete nicht auf die Unterbrechung.

„Im Haus A, hinter dem Sportplatz, ist die Adoptionsbehörde. Die Unterlagen lagern sie im Keller!"

„Sie werden uns keine Auskunft geben, das wisst ihr." Die

beiden Freundinnen nickten. Aletta stöhnte und barg das Gesicht in den Händen. „Ich werde dort keine Scheiben einwerfen oder so, vergesst es! Wenn wir uns die Unterlagen ansehen, dann so, dass es keiner mitbekommt. Carmen, wohnt jemand in deinem Pfarrhaus, der uns helfen könnte?“

Die blasse, dünne Frau kaute auf ihrer Unterlippe. „Ja, da gibt es ein paar Kandidaten, die das könnten, aber es wäre nicht gut für sie, wenn wir sie da mit reinziehen. Sie bekommen ernsthafte Schwierigkeiten, wenn sie noch einmal bei einem Einbruch erwischt werden.“

Aletta winkte ab. „Es muss ja keiner mit hineingehen. Wir brauchen nur jemanden, der uns die Tür aufmacht, und zwar so, dass man hinterher nicht merkt, dass jemand drin war.“

„Rick“, schlug Carmen zögernd vor. „Ich denke, er würde es machen – aber natürlich nicht umsonst.“ Maike und Carmen sahen sich voller Unbehagen an.

„Das werden wir schon hinbekommen“, wischte Aletta die Bedenken beiseite. „Frag ihn, ob er heute Nacht Zeit hat.“

„Schon heute Nacht?“, rief Carmen und fuhr vom Bett auf. Ihre Hände zitterten plötzlich.

Aletta zuckte mit den Schultern. „Ihr wollt es wissen. Also, wenn wir es schon machen müssen, wozu dann noch warten? Wir treffen uns um halb eins am Haupteingang zum Friedhof. Wenn etwas dazwischenkommt, machen wir einen Handyrundruf.“

Carmen trat zu Maike. Auf ihrem Gesicht zeichneten sich die unterschiedlichsten Gefühle ab. „Gut, ich werde mit Rick reden, wenn er von der Schule kommt. Ich glaube, er hat heute bis vier Uhr Unterricht und dann noch eine Stunde Tischtennis.“ Sie wühlte in Maikes Rucksack und zog drei Schokoriegel mit Nüssen und Karamell hervor. Fragend sah sie die Freundin an.

„Nimm ruhig“, sagte Maike und öffnete eine Tüte Chips.

Hastig riss Carmen die bunte Plastikverpackung auf und stopfte sich den halben Riegel in den Mund. Die zweite Hälfte folgte kaum einen Augenblick später.

Aletta sprang auf und stemmte die Hände in die Hüften. „Ja, macht euch nur weiter kaputt! Echt super. Das ist das Einzige, was ihr könnt.“

Die beiden sahen zu ihr hoch, den Mund voller Schokolade. Carmen begann zu weinen, doch Maike funkelte Aletta wütend an. „Lass uns in Ruhe! Du hast ja keine Ahnung!“

Aletta starrte die Freundinnen noch einen Moment an, dann wandte sie sich ab, griff nach ihrem Rucksack und stürmte aus der kleinen Wohnung. Die Tür bebte, als sie sie hinter sich zuschlug. Erst als sie in dem düsteren Treppenhaus stand, in dem es wie üblich nach Bier und der ungeputzten Toilette der Kneipe unten stank, erlaubte sie sich, in Tränen auszubrechen.

„Verdammt, verdammt, verdammt“, schluchzte sie und schlug mit der Faust gegen die Wand. Dunkelgrauer Verputz rieselte auf das Linoleum. Zwei Betrunkene torkelten die Treppe herauf.

„Das Klo ist einen Stock tiefer“, fauchte Aletta, drückte sich an den beiden vorbei und rannte die Treppe hinunter. Urindunst hüllte sie ein. Sie hielt die Luft an, lief den letzten Treppenabsatz hinab und an der Tür zur Kneipe vorbei ins Freie. Trüber Nieselregen empfing sie. Trotzdem war es immer noch hell genug, um die Schäbigkeit der Läden und Kneipen in den Straßen um den Hans-Albers-Platz gnadenlos zu enthüllen. Nachts und mit ein paar Bierchen intus mochte der Kiez in diesen Ecken noch ein wenig düsteren Charme verströmen, bei Tageslicht sah alles nur heruntergekommen und schäbig aus.

Wie mein Leben, dachte Aletta und musste schon wieder die Tränen von ihrer Wange wischen. Sie zündete sich eine Zigarette an und ging die Reeperbahn entlang. Sie hätte ihr Abitur machen und Tiermedizin studieren können, so wie sie es schon als Kind geplant hatte. Oder sie hätte zumindest die Lehrstelle als Tierpflegerin annehmen sollen, die sie bei Hagenbeck bekommen hätte.

Aletta stürmte die Stufen zur U-Bahn-Station St. Pauli hinunter, nahm den ersten Zug bis zum Schlump und stieg dort in die U2 um. Der silberrote Wagen ratterte über die Schienen. Aletta lehnte ihre Wange an das kühle Fenster und sah hinaus. Sie war auf das falsche Gleis abgebogen, aber hatte sie die letzte Abzweigung tatsächlich schon verpasst? War es zu spät, einen anderen Weg zu versuchen? Konnte sie ihrem Leben noch einmal eine neue Richtung geben?

An der Haltestelle Tierpark Hagenbeck stieg sie aus und zündete sich wieder eine Zigarette an. Die Frau an der Kasse nickte ihr freundlich zu. Kein Wunder, so oft, wie Aletta den Zoo besuchte. Sie liebte es, die Tiere zu beobachten. Das gab ihr Ruhe und Kraft. Doch heute, merkte sie bald, war sie zu aufgewühlt, als dass die Tiere ihr hätten helfen können. Sie zog ihr Handy aus der Jackentasche und wählte den ersten gespeicherten Namen. Es klingelte dreimal.

„Hallo, Artemis, kann ich dir helfen?"

Sie nannte sie bei ihrem Hexennamen, den nur die Mitglieder des Covens kannten. Schon allein ihre Stimme gab Aletta neuen Mut.

„Ja, das kannst du", stieß Aletta hervor. „Können wir uns sehen? Heute? Gegen Abend?"

„Wir beide oder der Zirkel?", fragte die kräftige Altstimme. Aletta war, als könnte sie sie lächeln sehen, denn wie immer wusste Esther die Antwort bereits.

„Der Zirkel. Ich fühle mich so schwach und ausgelaugt. Ich brauche euch."

„Du weißt, dass wir dir deine Entscheidungen nicht abnehmen können, aber unsere Kraft werden wir dir geben. Ich versuche, die anderen zu erreichen, und rufe dich dann zurück."

Aletta fühlte sich schon viel besser, als sie sich zu den Gehegen der Bären aufmachte.

Am frühen Abend klingelte Sabines Telefon. Es war Michael Merz!

„Ja, was wollen Sie?" Sabine war auf der Hut. Gab es etwas Neues in den Mordfällen von Everheest und Reeder, oder war dies nur ein Vorwand, um noch einmal den Versuch zu starten, sie zu einem gemeinsamen Essen zu überreden?

„Hallo, Frau Berner. Sönke sagte, Sie würden sich für eine vermisste Frau interessieren."

Nun war sie hellwach. Ihr Magen begann seltsam zu schlingern. „Ja! Was haben Sie erfahren?"

„Wir haben gerade die Meldung reinbekommen, dass eine weibliche Leiche an der Elbe entdeckt wurde. Die Bereitschaft der Leichen- und Vermisstenstelle fährt mit der Wasserschutzpolizei raus, um sich die Sache anzusehen."

Die Übelkeit verstärkte sich. „Wo wurde die Leiche gefunden?"

„Irgendwo am Neßsand." Das würde passen. Die Naturschutzinsel lag von Blankenese nur ein Stück elbabwärts. „Genau weiß ich es nicht. Ein Pärchen war mit seiner Segeljacht in der Nebenelbe unterwegs und wollte auf dem Rückweg am Schweinesand anlegen, und da haben sie die Tote anscheinend entdeckt. Mehr weiß ich leider noch nicht. Es ist nur – Sönke meinte, ich solle Ihnen gleich Bescheid sagen."

Das leichte Misstrauen regte sich wieder in ihr, doch das hatte Zeit bis später. „Gut, dann halten Sie mich bitte auf dem Laufenden. Am besten sagen Sie mir Bescheid, wenn die Leiche in Eppendorf eingetroffen ist."

Michael versprach dranzubleiben, verabschiedete sich und legte auf.

Sabine stand noch eine Weile reglos da, den Telefonhörer in der Hand. Ihr Gefühl sagte ihr, dass die Tote Iris war, doch sie wusste aus Erfahrung, dass Stunden oder Tage vergehen konnten, ehe sie Gewissheit haben würde. Wie sollte sie das aushalten, hier in ihrer Wohnung zwischen den engen Wänden, gefangen wie ein Tier? Sabine sah auf die Uhr. Kurz nach sechs. Sie beschloss, nach Ohlsdorf rauszufahren und ihrem Vater einen Blumenstrauß zu bringen. Schnell tippte sie die Nummer ihres Diensthandys ein, das nun der Neue benutzte, um Kommissar Merz einzuschärfen, sie sofort auf ihrem Mobiltelefon zurückzurufen, wenn er etwas Neues erfahren sollte.

Einen Strauß roter Rosen im Arm, wanderte Sabine die Wege des Friedhofes entlang. Sie ließ den Bus vorbeifahren, der hier in dem riesigen Parkfriedhof seine Runden drehte, und verließ den breiten Hauptweg. Ein strammer Marsch unter den alten Bäumen würde ihr helfen, ihre Gedanken zu ordnen und ihre Ungeduld zu zähmen. Sie wusste, dass die Tore um neun Uhr geschlossen wurden, aber das kümmerte sie nicht. Es wäre nicht das erste Mal, dass sie über eine Mauer oder einen Zaun klettern musste.

Sie hatte das Grab ihres Vaters am Prökelmoorteich erreicht, als das Handy klingelte. Eine alte Frau, die in der Nähe vor einem Grab kniete und verblühte Stiefmütterchen ausgrub, warf ihr einen strafenden Blick zu. Sabine legte ihren Rosenstrauß auf eine Bank und eilte ein Stück um den Teich herum außer Hörweite.

„Ja und, was haben Sie erfahren?"

Sie lauschte Michaels Worten: Leiche, weiblich, zwischen zwanzig und dreißig, soweit noch zu erkennen: schulterlanges, dunkelblondes Haar.

„Das würde passen. Gibt es schon eine Einschätzung, wie lange sie tot ist?"

„Der Doktor meint: mindestens zehn, zwölf Tage, eher länger. Die Todesursache ist vermutlich Ertrinken. Ob Unfall, Selbstmord oder Tötung, kann er so nicht sagen. Die genaue Einschätzung überlässt er der Kollegin, die die Sektion machen wird", erläuterte der Kommissar.

„Steht der Obduktionstermin schon fest?"

„Ja, Dr. Lichtenberg wird sie morgen um elf übernehmen – wenn die Leiche bis dahin identifiziert sein sollte. Soviel ich weiß, hat sich der Kollege von der Vermisstenstelle bereits mit der Mutter von Iris Stoever in Verbindung gesetzt."

„Wissen Sie, ob er auch mit Frau Jacobson gesprochen hat?"

„Nein, keine Ahnung. Wer ist das?"

„Die Großmutter der Vermissten. Sie hat die Meldung aufgegeben. Iris und ihre Zwillingsschwester wohnen bei ihr." Oder richtiger: wohnten – zumindest was Iris betrifft, korrigierte sie im Stillen, als gäbe es noch Hoffnung, solange sie es nicht laut aussprach. Beide schwiegen, während Sabine weiter um den runden Teich schritt. Ein paar Sumpfhühner, die am Ufer geschlafen hatten, rannten flatternd und fiepend ins Wasser und schwammen davon.

„Wer von uns wird morgen dabei sein?", fragte Sabine.

„Ja, also, es sind alle sehr eingespannt, und da hat Thomas

gemeint, das könnte ich den Leuten von der Leichenstelle abnehmen.“

Sabine registrierte, dass der Neue nun auch schon mit dem Hauptkommissar per du war, hörte jedoch auch, wie wenig ihm diese Aufgabe behagte.

„Das wird nicht angenehm“, sagte sie mitfühlend, „wenn die Tote lange im Wasser gelegen hat.“

„Ja, das vermute ich auch“, seufzte der Kommissar.

„Ich werde kommen“, sagte Sabine bestimmt. „Ich rufe Dr. Lichtenberg an.“

Sie verabschiedete sich, bevor der neue Kollege protestieren konnte. Schließlich war das ihr Fall! Sie wollte selbst sehen, was aus dem kleinen Zwillingsmädchen geworden war, das vor vielen Jahren so offen und unschuldig in die Kamera gelächelt hatte.

Sie ging den Weg zurück und nahm den Rosenstrauß von der Bank. Die alte Frau war nicht mehr zu sehen. Auf dem Grab wuchsen nun Margeriten und Männertreu. Sabine stieg zur zweiten Terrasse hinauf und kniete sich vor dem Grab ihres Vaters nieder.

„Ach, Papa, ich habe dir versprochen, dass ich die Sache angehe und mich nicht unterkriegen lasse, aber nun bin ich wieder hier und kann dir noch immer nicht sagen, dass alles in Ordnung ist.“

Sie nahm den vertrockneten Strauß von ihrem letzten Besuch aus der grünen Plastikvase, füllte sie mit frischem Wasser und steckte die Rosen hinein.

„Hätte ich dir früher nur öfter gesagt, wie sehr ich dich liebe. Hättest du dich über Rosen gefreut? Ich weiß nicht. Vermutlich war es dir wichtiger, mit mir Bratkartoffeln zu backen und Krabben zu pulen oder bei steifer Brise segeln zu gehen, bis man die Finger und Füße vor Kälte nicht mehr spürt." Sie kauerte sich vor das Grab und zupfte ein wenig Unkraut zwischen den immergrünen Pflanzen heraus. Die Sonne war längst schon untergegangen. Es dämmerte.

„Was kannst du jetzt noch fühlen? Riechst du das Meer? Hörst du den Wind in den Bäumen? Oder bist du nur noch das Häufchen Asche in der Urne?" Sie seufzte. „Du bist zu früh gestorben, und dennoch werde ich morgen vielleicht denken, du hast wenigstens ein Leben gehabt, und du hast es genossen. Aber die Frau dort auf dem Seziertisch? Sie hat in die Erwachsenenwelt gerade erst ein paar Jahre hineingeschnuppert. Hat jemand sie um ihr Leben betrogen? Hat sie es sich selbst genommen? Oder war es ein Unfall? Jedenfalls werden Tränen fließen und Menschen sich verzweifelt fragen: warum? Gibt es einen Gott? Wie kann er so etwas zulassen? Und wie immer werde ich keine Antwort haben. Ich werde mich schlecht fühlen und mich davonschleichen. Und dennoch muss ich dorthin gehen. Wird das Leben besser, wenn ich die Augen vor den Schattenseiten verschließe? Als Kommissarin kann ich wenigstens dafür sorgen, dass die Wahrheit ans Licht kommt und dass so manch einer keine Gelegenheit mehr bekommt, weiteres Unheil über die Menschen zu bringen. Dafür lohnt es sich zu kämpfen. Ich werde nicht aufgeben, und bald werde ich zu dir kommen und dir berichten, dass ich wieder im Dienst bin. Papa, ich verspreche es!"

Da war sie wieder, diese Kälte und Einsamkeit, diese Angst, dass ihr alles entglitt. Sie fühlte, wie Tränen in ihr aufstiegen, aber ihre Sinne registrierten noch etwas anderes: dieses Gefühl, beobachtet zu werden, dieses Prickeln auf der Haut. Sabine schloss die Augen und versuchte sich auf ihre Wahrnehmung zu konzentrieren. Er war ganz in ihrer Nähe und beobachtete sie. Vermutlich würde sie ihn nicht sehen, wenn sie sich umdrehte, aber sie fühlte ihn!

„Warum belauschst du mich in meiner Trauer?“, fragte sie in die Dämmerung. „Ich weiß, dass du links hinter mir stehst, keine zehn Schritte entfernt.“

„Du lernst, deinen Sinnen zu vertrauen“, lobte seine Stimme, die sie zu umrunden begann. „Das ist gut so und wird dir in deinem Beruf nützlich sein. Wie viele Menschen ignorieren ihre Instinkte. Schämen sich gar für diese Ahnungen, die sie vor mancher Gefahr behüten könnten.“ Sie öffnete die Augen und sah ihn direkt hinter dem Grabstein mit den verblassten Goldlettern stehen. Wie immer in Schwarz gekleidet. Das bleiche Gesicht schimmerte gegen das dunkle Grün der Eibe hinter ihm. Er beugte sich vor und reichte Sabine seine kalte Hand, um ihr aufzuhelfen, schreckte dann aber zurück.

„Ist das ein Versuch, mich von dir fernzuhalten?“, keuchte er.

Sabine sah ihn verwirrt an. „Was meinst du?“

„Knoblauch!“

Sie lächelte. „Nein, das war ein Versuch, mir meinen Tag mit einem guten Essen zu verschönern.“ Sie musterte ihn interessiert. „Wäre das denn eine Möglichkeit?“

Peter von Borgo trat näher. „Nein! Die Zeiten sind vorbei, da ich mich von Knoblauch und Kreuzen vertreiben ließ. Aber ich muss zugeben, ich kann weder das eine noch das andere leiden.“

„Dann will ich dich nicht aufhalten“, meinte Sabine und wandte sich zum Gehen, doch er blieb an ihrer Seite.

„Lass uns von anderen Dingen reden“, schlug er vor. Sie gingen schweigend um den See herum, ehe Sabine sagte: „Du bist früh dran, und ich sehe keine Zeichen der Erschöpfung in deinem Gesicht. Mir macht die lange Dienstagnacht noch immer zu schaffen!“

Er dachte kurz daran, ihr zu sagen, wie knapp er am vergangenen Morgen seiner Vernichtung entkommen und dass ihm so etwas seit mehr als zweihundert Jahren nicht mehr passiert war, verwarf den Gedanken jedoch. Ein Vampir war ein Einzelgänger. Vielleicht hatte er sich dieser Menschenfrau schon zu sehr geöffnet. Er machte sich von ihr abhängig und brachte sich dadurch in Gefahr. War es Zeit, ein wenig Abstand zu gewinnen?

„Nun, was treibt dich auf den Friedhof?", fragte Sabine. „Du weißt, ich weile gern in der Gesellschaft der Toten und lausche ihren Geschichten, aber heute war es wohl dein Schmerz, der mich hierhergetrieben hat, sobald ich mich von meinem Lager in der Speicherstadt erhoben hatte." Er reichte ihr den Arm, und sie ließ sich einen schmalen Weg nach Westen führen.

Für einen Moment von ihren Gedanken abgelenkt, fragte sie verwundert: „Du benutzt jetzt den Speicher wieder? Warum?"

Menschen! Hatte sie gestern nicht bemerkt, wie kurz der Sonnenaufgang bevorstand, als er sich von ihr verabschiedet hatte? Noch einmal widerstand er der Versuchung, ihr von seinem Wettlauf mit der Zeit zu erzählen, von dem Gefühl, das ihn überflutet hatte – etwas, das er in seinem Leben als Mensch vielleicht Angst genannt hätte. Von dem Schmerz und der überwältigenden Schwäche, die über ihn gekommen war, als das erste Sonnenlicht auf den Spitzen der Dächer erschien.

„Nur eine alte Gewohnheit, ab und zu den Schlafplatz und das Jagdrevier zu wechseln", sagte er mit einem Schulterzucken. „Ich liebe den Speicher mit seinen Gerüchen. Er gibt mir Ruhe, wenn ich aufgewühlt bin, und die Illusion, die Welt würde sich nicht so schnell verändern."

Ihre Schritte fanden vertraulich zueinander. Er führte sie

sicher durch die Dunkelheit, sodass sie nicht ein einziges Mal strauchelte. Der Vorsatz, Abstand zu gewinnen, verwehte in der jungen Nacht.

„Möchtest du mitkommen? Ich habe den Wagen vorn am Tor. Wir könnten miteinander plaudern, uns von der Musik bezaubern lassen, uns an der Nacht berauschen."

Sabine nickte. „Ja, danke. Es wäre sehr nett, wenn du mich nach Blankenese mitnehmen könntest. Mein Auto steht noch immer vor deiner Tür. Ich bin mit der S-Bahn hergefahren und muss unbedingt in die Panzerstraße. Ich möchte noch heute mit Frau Jacobson und mit Maike reden. Ich weiß nicht einmal, ob die Vermisstenstelle sie angerufen und ihnen vom Fund der Leiche berichtet hat."

Peter von Borgo neigte den Kopf. Kein Wimpernzucken verriet seine Enttäuschung. Er führte Sabine auf dem kürzesten Weg zum Ausgang und zu seinem Wagen. Mit einer Verbeugung hielt er ihr die Tür des Jaguars auf und ließ sie einsteigen. Die Kommissarin staunte wieder einmal, wie schnell sich der Vampir mit einem Fahrzeug durch Hamburg bewegen konnte.

„Hast du eigentlich noch nie einen Strafzettel bekommen?", fragte sie und klammerte sich an ihrem Sitz fest.

„Nein", sagte er kühl. „Wenn ich angehalten werde, besinnen sich deine Kollegen von der Schutzpolizei immer wieder und lassen mich weiterfahren."

Sabine wollte gar nicht hören, durch welche Mittel er diesen plötzlichen Sinneswandel erreichte.

Allein der Geruch, der ihr entgegenschlug, brachte ihr mehr Ruhe und Sicherheit, als es ihre lange Wanderung durch den Zoo erreicht hatte. Esther, die Hohepriesterin, empfing sie an der Tür und umarmte sie herzlich. Sie hatte den Deckenscheinwerfer in der Diele gedimmt und über die Stehlampe im Wohnzimmer ein rotes Tuch geworfen, sodass dieser Teil des alten Bauernhauses in ein sanftes, warmes Licht gehüllt war. In den restlichen Räumen herrschte die Dämmerung des schwindenden Tages.

„Artemis, komm herein, die anderen sind schon da."

Aletta begrüßte die fünf Männer und sechs Frauen, die alle ihrer Bitte gefolgt waren. Rainer, der Hohepriester, der sich im Kreis der Wicca Bel nennen ließ, nahm Aletta mit zu dem niederen Tischchen, das an der Nordwand des Zimmers stand.

„Willst du mit uns den Altar vorbereiten?" Sie nickte. Zusammen mit Esther und Rainer richtete sie die Symbole für die vier Elemente nach den Himmelsrichtungen aus: Wasser nach Westen, eine brennende Kerze im Süden, eine Schale mit Räucherwerk im Osten und ein Häufchen Erde im Norden. Ein Horn und eine Muschel symbolisierten den Gott und die Göttin.

Esther nahm zwei Schalen mit Wasser und Salz für die rituelle Reinigung und gab mit ihrem Ritualmesser dreimal Salz ins Wasser. Sie schritt den Kreis, den sie mit Kreide auf den Holzboden gemalt hatte, im Uhrzeigersinn ab und verspritzte für jedes Element ein wenig Wasser in die vier Himmelsrichtungen. Bel begann im Osten den Hüter der Luft anzurufen, Aletta übernahm das Feuer, zwei andere Mitglieder Wasser und Erde, dann traten Bel und Esther in die Mitte und beschworen Gott und Göttin. Die Mitglieder des Covens zündeten Teelichter an und stellten sie auf die Kreislinie, dann fassten sie sich bei den Händen und schlossen die Augen. Esther und Bel sprachen im Wechsel die Worte, die Aletta schon bei so vielen Zusammenkünften gehört hatte. War die Kraft der Götter wirklich mit ihr? Sie spürte die Ruhe, die in ihrem Körper aufstieg. Der Rauch aus der Schale am Altar vernebelte ihren Sinn und vertrieb die Angst. Sie war sich sicher: Sie konnte alles schaffen, wenn sie es nur wollte. Die Götter waren um sie!

Es war bereits Mitternacht, als die Mitglieder sich bei Gott und Göttin bedankten und die Wächter der Himmelsrichtungen entließen. Der magische Kreis löste sich auf, die Kerzen erloschen. Im Garten draußen brachten sie wie üblich den letzten Schluck Wein aus dem Kelch am Stamm der Weide als Opfer dar, dann verabschiedeten sich die Männer und Frauen des Zirkels voneinander.

Esther küsste Aletta auf die Stirn. „Wir sehen uns am Freitag."

Aletta nickte. „Ja, sicher. Allerdings könnte es bei mir etwas später werden. Du weißt, die Skatrunde."

Esther hob erstaunt die Brauen. „Artemis, wir feiern Beltane!"

Aletta mied ihren bohrenden Blick. Bei keinem anderen Menschen auf der Welt hatte sie jemals dieses gläserne Gefühl gehabt. „Ich weiß, und es ist mir wirklich wichtig, aber ich kann sie nicht enttäuschen. Nicht jetzt, nach dem, was mit Iris passiert ist."

„Wenn du meinst", erwiderte Esther und musterte sie noch immer.

„Ich bin auf alle Fälle bis Mitternacht da. Versprochen!"

„Du musst mir nichts versprechen. Du solltest für dich selbst zum Fest kommen, um Kraft für das zu schöpfen, was auf dich zukommt. Du wirst sie brauchen!"

Aletta rann ein Schauder über den Rücken. Sie hatte jeden ausgelacht, der in ihrer Gegenwart so dreist war, zu behaupten, es gäbe so etwas wie das zweite Gesicht, Visionen und Ahnungen, was die Zukunft bringt oder was einem anderen zustoßen wird, aber seit sie Esther begegnet war, lachte sie nicht mehr.

„Ich werde da sein", sagte sie hastig und mied Esthers Blick. Sie sah auf ihre Uhr. Sie musste sich beeilen, wenn sie rechtzeitig um halb eins am Eingang des Friedhofs sein wollte.

Es war bereits nach zehn, als die Kommissarin an der Tür des rot und weiß gestrichenen Häuschens klingelte. Eine Weile geschah nichts. Dann hörte sie schlurfende Schritte und das Klacken von Krücken.

„Maike? Bist du das? Hast du deinen Schlüssel vergessen?", drang die Stimme von Irene Jacobson durch die Tür.

„Nein, ich bin es – Sabine Berner."

Die alte Frau zögerte, dann erklang das Geräusch eines zurückgezogenen Riegels, und die Tür schwang auf. Mit weit aufgerissenen Augen starrte sie die späte Besucherin an.

„Kommissarin Berner, ist etwas geschehen?" Ihre Stimme zitterte. „Ist etwas mit Maike oder ihren Freundinnen?"

Sabine schüttelte den Kopf. „Nicht, dass ich wüsste. Beruhigen Sie sich. Darf ich hereinkommen?"

Die Alte nickte und humpelte zu ihrem Sessel im Wohnzimmer zurück.

„Ich hoffte, auch Maike anzutreffen", sagte Sabine, als sie sich aufs Sofa sinken ließ. „Sie haben sie schon früher erwartet?"

Irene Jacobson nickte. „Ja, ich dachte, sie hätte heute um acht Uhr Schluss, aber vielleicht habe ich mich geirrt, oder sie hat vergessen, es mir zu sagen. Manchmal übernimmt sie noch eine Schicht für eine Kollegin. Aber vielleicht ist sie noch zu Aletta oder Carmen gegangen."

Ihre Hände zerknüllten ein spitzenbesetztes Taschentuch.

Ihr Blick huschte zu der alten Standuhr in der Ecke, deren Pendel mit hypnotischer Gleichmäßigkeit hin und her schwang.

„Früher war ich nicht so gluckenhaft“, verteidigte sich die Alte und riss mit Mühe ihren Blick von der Uhr los. „Sie sind ja eigentlich alt genug. Aber seit Iris verschwunden ist, lässt mich diese Angst nicht mehr los.“ Ihre Augen füllten sich mit Tränen, und sie drückte schnell das zerknüllte Tuch an die Lider. „Ich liebe meine Mädchen so sehr. Was habe ich denn sonst noch in diesem Leben zu suchen, wenn ich nicht mehr für sie da sein kann? Ach, wenn Iris nur zurückkommen würde! Vielleicht hat ihre Mutter doch recht, und sie ist davongelaufen. Aber warum jetzt? Warum nicht in den Jahren vorher, als sie in diese schreckliche Schule musste?“

Sabine fühlte einen Druck in der Kehle. Sie räusperte sich. Nun musste sie von der Leiche sprechen, die in Sichtweite von Blankenese am Ufer der Insel gestrandet war. Sie spürte den Blick von Irene Jacobson auf sich ruhen, die auf eine Erklärung für Sabines Besuch wartete.

„Sie wollten mit mir und Maike sprechen?“, half sie zaghaft nach. Die Kommissarin nickte schwerfällig.

„Dann gibt es etwas Neues?“ Sie atmete geräuschvoll aus. „Ich sehe es Ihnen an. Es ist nichts Gutes.“

Sabine räusperte sich noch einmal. Der Druck im Hals ließ nicht nach.

„Hat die Polizei Sie heute Abend angerufen?“ Die alte Frau schüttelte stumm den Kopf.

„Es ist – wir – ich meine – es wurde eine Leiche gefunden.“ Irene Jacobson drückte das Tuch gegen den Mund. Es dauerte eine Weile, ehe sie hauchte: „Iris?“

„Das können wir noch nicht sicher sagen, solange sie nicht von einem Familienmitglied identifiziert wurde, aber es gibt Anzeichen, die dafür sprechen.“

„Was ist mit ihr passiert?“, flüsterte die alte Frau. „Wo haben sie sie gefunden?“

Die Kommissarin berichtete die wenigen Tatsachen, die sie erfahren hatte. „Wir können also erst nach der Obduktion sagen, wie sie zu Tode gekommen ist. Die Kollegen haben Ihre Tochter angerufen und sie informiert. Sie wird morgen zum Institut für Rechtsmedizin nach Eppendorf kommen müssen, um zu sehen, ob es Iris ist.“

Irene Jacobson fuhr hoch. „Barbara weiß es? Sind Sie sicher?“

Sie stemmte sich aus ihrem Sessel und schlurfte, so schnell sie konnte, zum Telefon – einem uralten, grauen Ungetüm mit Wählscheibe. Es klingelte ziemlich lange.

„Du hast geschlafen?“, fauchte Irene Jacobson in den Hörer, als sich endlich jemand meldete. „Hat die Polizei dich nicht erreicht? … Doch? Und da gehst du ins Bett und schläfst? Deine Tochter liegt vermutlich tot in diesem Institut in Eppendorf!“ Ihre Stimme überschlug sich.

„Nein, ich melde mich nicht nur, um dir Vorwürfe zu machen. Aber wenn wir schon dabei sind: Warum hast du mich nicht angerufen? … Du wolltest mich nicht beunruhigen? Was glaubst du, was ich seit Ostersonntag bin? … Ich habe gehört, du musst sie identifizieren. Ich werde mitkommen! Nein, egal, was du sagst, ich werde mitkommen. … Was soll das heißen, man kann sie vielleicht gar nicht mehr erkennen?“ Die Alte schluckte und warf Sabine einen Hilfe suchenden Blick zu. „Nein, ich weiß nicht, wie eine Leiche aussieht, die zwei Wochen im Wasser gelegen hat!“ Wieder sprach Barbara Stoever am anderen Ende der Leitung. Frau Jacobson versuchte ein paarmal, sie zu unterbrechen, doch erst beim dritten Versuch gelang es ihr, und sie rief: „Nein, ich beruhige mich nicht, und ich gehe jetzt auch nicht ins

Bett! Mag sein, dass ihr das auch nicht hilft, aber ich bin ein Mensch mit einem Herzen und mehr Liebe in mir als du mit deinem heuchlerischen katholischen Getue! Iris hat dich enttäuscht, na und? Hat dir dein Pfarrer nicht beigebracht, dass wir verzeihen müssen? Es gibt nichts, wofür es ein Kind verdient hätte, so gestraft zu werden! … Ach, ich weiß nicht, wovon ich rede? Da hast du recht, denn du hast es ja nie für nötig gehalten, mir etwas zu sagen oder meinen Rat einzuholen!“ Sie knallte den Hörer auf die Gabel. Die Standuhr schlug elf.

„Wenn Maike auch noch etwas passiert ist, will ich nicht mehr leben“, schluchzte sie.

Sabine stand auf und legte ihr behutsam den Arm um die Schultern. „Vielleicht sollten Sie doch ein wenig ruhen? Ich kann hier im Wohnzimmer bleiben, wenn Sie es möchten.“

„Aber Sie wollen doch auch nach Hause“, wehrte Frau Jacobson ab.

„Nein“, sagte Sabine. „Auf mich wartet keiner. Ich leiste Ihnen gern Gesellschaft, wenn Sie möchten.“

Nachdem er Sabine in die Panzerstraße gebracht hatte, fuhr Peter von Borgo seinen Wagen zurück in die Garage. Er setzte sich an den Flügel und spielte ein paar Passagen – das Intermezzo in e-Moll von Johannes Brahms und die Suite in A-Dur von Telemann –, doch die Musik konnte ihm heute keine Ruhe geben. Obwohl er bereits zwei kräftige Männer um ihr Blut gebracht hatte, brannte die Gier in ihm so stark, dass er sich auf nichts anderes konzentrieren konnte. Er musste noch einmal losziehen und sich satt trinken. Satt – er wusste, dass der Gedanke eine Illusion war. Ein Vampir konnte sich nicht satt trinken. Das Verlangen war manches Mal stärker und manches Mal schwächer. Es konnte auch übermächtig werden und die Vernunft besiegen, aber es würde niemals auch nur für einen Augenblick völlig verschwinden. Die Gier nach Blut war sein Herzschlag, sein Antrieb am Abend, die Augen zu öffnen, und am Morgen, sich eine Ruhestätte zu suchen, um Kräfte für die nächste Jagd zu sammeln.

Peter von Borgo strich durch die weitläufigen Falkensteiner Parkanlagen, vorbei am Golfplatz bis zur Wittenberger Heide. Er griff sich hier und da einen Spaziergänger, ließ ihn aber nach einigen Schlucken wieder achtlos fallen. Er wusste, was ihn quälte, zögerte jedoch, es sich einzugestehen. Peter von Borgo lehnte sich an die raue Rinde eines Baumes und schloss die Augen: Er war verrückt nach ihrem Geruch, nach dem berauschenden Duft ihres Blutes. Eine ganze Nacht in ihrer Nähe hatte die Schutzmauer der Vernunft, die er so sorgsam um sich errichtet hatte, brüchig werden lassen. Er konnte sich nicht länger selbst betrügen. Die Welt war öde, solange sie nicht in seiner Nähe war. Warum war sie so stark und so eigensinnig? Weshalb ergab sie sich ihm nicht und folgte ihm in seine Welt? Er konnte sie nicht zwingen. Sicher, es wäre ihm ein Leichtes, sie auszusaugen und sich an ihrem herrlichen Blut zu berauschen, alles zu geben für den einen Augenblick. Und dann? Dann würde sie vergehen, in nur wenigen Tagen verwesen, und der Duft wäre für immer dahin. Vielleicht war er ihr verfallen, weil sie so stark und eigensinnig war? Er barg das Gesicht in den Händen und stöhnte. Gab es denn kein Entrinnen? Keine Ablenkung? Keine Heilung?

Wenn er etwas hätte, das ihren Duft trüge! Er sah sie vor sich, wie sie am Grab ihres Vaters kniete, den Rosenstrauß in der Hand.

Der Vampir lief zum Baurs Park zurück. Er fühlte solch eine drängende Eile in sich, dass er sich zu Boden warf und sich reckte und wand. Aus seiner Haut spross dichter, silbergrauer Pelz, und sein Gesicht verwandelte sich zu einer Schnauze mit langen Reißzähnen. Nur die Augen leuchteten weiterhin rot glühend durch die Nacht. Vier kräftige Läufe trugen ihn durch die Parkanlagen und die Gärten Blankeneses, bis er durch eine Lücke im Drahtgitter zwischen alten Rhododendren in den Garten seiner Villa schlüpfte. Hier erst verwandelte er sich zurück, lief zur Auffahrt und schob die Hayabusa auf die Straße. Sicher würde er den Friedhof als Wolf schneller erreichen, doch die hell erleuchteten Straßen Hamburgs waren kein guter Platz für ein Tier, das es in der Stadt außerhalb der Gehege von Hagenbeck nicht geben durfte.

Obwohl er von Norden her näher an den Teil des Friedhofs herankommen könnte, in dem Sabines Vater in seinem Grab ruhte, fuhr Peter von Borgo nur bis zum Haupteingang, stellte die Maschine ab und schlüpfte durch die Gitter in den Parkfriedhof. Er flog geradezu zwischen den Gräbern hindurch, bis er den Prökelmoorteich erreichte. Mit zitternden Fingern zog er eine der dunkelroten Rosen aus der Vase und hob sie an seine Nase. Er roch die Süße der Blüte, die die Menschen so mochten, doch darüber hatte sich ein Geruch gelegt, der sein Herz aus dem Rhythmus brachte: Er ließ seine Nase über den Stiel wandern, bis er die Stelle erreichte, wo ein winziger Blutstropfen an einem der gebogenen Stacheln klebte. Die Rose wie einen Schatz an seine Brust gedrückt, machte sich Peter von Borgo auf den Rückweg. Die quälende Unruhe verebbte. Er lauschte auf die Laute der Nacht und versuchte die fernen Motorengeräusche jenseits der Parkmauern auszublenden. Von den Gräbern wehte Blumenduft herüber, aber auch der Geruch von Moder und Verfall. Er konnte die frische Asche in einer Urne riechen und die Fäulnis der

Leichen in ihren Särgen. Noch einmal hob er die Rose an sein Gesicht, schloss die Augen und genoss ihren Geruch, ehe er den Frieden des Totenparks hinter sich ließ.

Gemächlich schlenderte er auf die Hayabusa zu, während er in seiner Erinnerung den Duft von Sabines nacktem Körper genoss. Etwas ließ ihn innehalten. Seine Instinkte verdrängten die verlockenden Träume und schärften die Sinne für seine Umgebung. Drohte Gefahr? Nein. Es war etwas, das ihn neugierig machte, das ihn lockte, es näher zu erkunden. Sein Blick huschte umher, seine Nasenflügel blähten sich und nahmen die Witterung auf. Sie! Was tat sie um diese Uhrzeit an diesem Ort? Meist waren die Handlungen der Menschen überaus berechenbar, doch das überraschte ihn. Der Vampir legte die Rose auf den Sitz der Hayabusa und näherte sich dem Objekt, das seine Aufmerksamkeit erregt hatte.

Irgendwo schlug eine Uhr halb eins. Aletta schaltete den Motor aus und schob ihr angerostetes Moped auf den Eingang des Friedhofs zu. Sie lehnte die alte Maschine gegen ein grünes Schild, das den Besuchern mitteilte, was auf dem Friedhof erlaubt und was verboten war. Aletta öffnete den Riemen ihres Helms und wischte sich den Schweiß von der Stirn. Gerade noch pünktlich, aber wo waren die anderen? Das war wieder einmal typisch. Mit Maike konnte man in dieser Hinsicht ja eh nicht rechnen, aber Carmen war sonst immer zuverlässig. Vielleicht hatte sich Rick verspätet oder einen Rückzieher gemacht. Aber warum rief Carmen sie dann nicht an? Oder hatte sie das Klingeln und Vibrieren nicht bemerkt, während sie hierhergefahren war? Sie zog das Handy aus der Tasche ihrer Lederjacke: Es war eingeschaltet und der Akku noch voll. Kein Anruf war in der Zeit eingegangen, seit sie das letzte Mal auf das Display gesehen hatte.

„Sei ruhig", sagte sie leise zu sich selbst. „Sie werden schon kommen. Und wenn nicht, ist es auch gut. Dann können wir uns diese sinnlose Aktion sparen." Sie zündete sich eine Zigarette an und sog den Rauch tief in die Lunge. Ihre Hände zitterten, als sie die Zigarettenschachtel und das Feuerzeug in die Tasche schob. Das Feuerzeug fiel herab und schlitterte ein Stück über den Asphalt.

Als Aletta sich nach dem billigen Plastikteil bückte, spürte sie ihn kommen. Sie konnte das Gefühl nicht beschreiben. Esther hätte es vielleicht als die Aura des Bösen bezeichnet. Wäre Aletta eine überzeugte Christin, würde sie ihn Teufel nennen oder Dämon der Hölle, doch an solche Dinge glaubte sie schon lange nicht mehr. Weniger wegen des Teufels, der sie als Kind sehr beeindruckt hatte. Nein, die Erfahrung, dass der gütige Gottvater im Himmel sich keinen Deut um seine Schöpfungswesen kümmerte, sondern gleichgültig hinnahm, wie sie sich gegenseitig grausam verletzten und zerstörten, hatte ihr den Kinderglauben geraubt.

Langsam erhob sich Aletta und ließ das Feuerzeug in die Tasche gleiten. „Sie schon wieder!", sagte sie und ließ den Blick über den Mann wandern, der plötzlich vor ihr stand. Nur mühsam widerstand sie dem Impuls, vor ihm zurückzuweichen.

„Was wollen Sie? Ich weiß nicht, wie Sie es machen, die Gefühle der Leute zu übertölpeln und ihnen etwas vorzugaukeln. Selbst die Kommissarin fällt ja offensichtlich auf Ihre Maskerade herein. Aber ich habe es schon immer gespürt – sogar als ich noch ein kleines Mädchen war."

„Du kannst dich noch an unsere erste Begegnung erinnern? Das ist außergewöhnlich", wunderte sich der Vampir.

Sie ging um ihn herum und betrachtete ihn aufmerksam. „Ich weiß nicht, was es ist – es lässt sich nicht in Worte fassen. Sie lösen seltsame Regungen in mir aus, wie ich sie bei keinem Menschen, aber auch bei keinem Tier spüre."

Der Vampir verriet mit keiner Reaktion seine Verwunderung. Er merkte voll Freude, dass Sabine anfing, ihre Sinne zu sensibilisieren und mehr wahrzunehmen als andere Menschen. Sie wusste allerdings, was er war, und hatte schon viel Zeit in seiner Nähe verbracht. Diese junge Frau jedoch schien eine Fähigkeit zu haben, die er schon lange bei keinem Menschen mehr angetroffen hatte. Jedenfalls nicht in diesem oder dem vergangenen Jahrhundert.

„Es sind zwei widerstreitende Gefühle, die in mir kämpfen. Ein Sog, der mich anzieht, und eine tiefe Furcht, die mich warnt, Ihnen zu nahe zu kommen." Sie blieb wieder vor ihm stehen und stemmte die Hände in die Hüften. „Was sind Sie?", fragte sie leise, und ihre Stimme zitterte.

Für einige Augenblicke war der Vampir um eine Antwort verlegen. Es war neu und faszinierend, einem Menschen zu begegnen, der sein Wesen spüren konnte und seinem hypnotischen Blick widerstand – und doch war ihm die Gefahr, die dadurch von Aletta ausging, sehr wohl bewusst. Einen Augenblick spielte er mit dem Gedanken, ihr die Wahrheit zu sagen – einfach so, um zu sehen, wie sie darauf reagierte. Würde sie ihm glauben? Würde ihr Verstand das Unmögliche akzeptieren? Oder würde sie sich in die Normalität der anerkannten Wissenschaft zurückziehen?

Nein, dies war weder der rechte Ort noch die rechte Zeit für solch ein Spiel. Vielleicht würde er sie eines Tages zu sich in sein Haus holen, ihr seine Musik präsentieren und seine Leidenschaft zeigen. Der Augenblick verstrich, und noch immer starrte sie ihn an und wartete auf eine Antwort. Ein Windhauch hüllte ihn in ihren Duft. Es war eine Mischung aus verschwitzten Kleidern, in denen sich der Zigarettenrauch verfangen hatte, der betäubende Dunst von Räucherstäbchen, vermischt mit dem Geruch ihres Blutes, das durch die Erregung von Hormonen aufgepeitscht durch ihre Adern pulsierte.

Etwas geschah mit ihm, und sicherlich waren die vergangenen Nächte nicht unschuldig daran. Sabines intensive Nähe, die Anstrengung, seine Triebe zu beherrschen, und die Tatsache, der drohenden Vernichtung so knapp entkommen zu sein. Die über Jahrhunderte antrainierte Selbstbeherrschung fiel in sich zusammen. Das Verlangen loderte in ihm auf wie eine Stichflamme, die nicht zu löschen war. Er umschlang Alettas Taille, hob sie hoch, als wäre sie eine Puppe, und zog sie in den Schatten eines Busches am Rande der Parkmauer. Er konnte nicht mehr darüber nachdenken, ob es klug war, was er tat, er musste seinen Instinkten folgen. Seine Zähne brachen mit solcher Gewalt hervor, dass der Schmerz ihn aufstöhnen ließ. Er bog Alettas Kopf zurück und stieß zu.

Welche Lust! Das frische Blut schoss ihm in den Mund. Es prickelte auf der Zunge und sandte Wellen der Erregung durch seinen Körper. Wie öde waren seine Nächte doch geworden! Nacht für Nacht trank er Blut von Wesen, die ihm nichts bedeuteten, die zwar seine Existenz sicherten und den brennenden Hunger dämpften, die jedoch nichts hatten, um seine Sinne anzuregen. Aletta war etwas Besonderes, und obwohl sie nicht dazu taugen würde, ihn in höchste Ekstase zu versetzen, bereitete ihr Blut ihm mehr Lust, als er lange verspürt hatte. Er versuchte langsam zu schlucken. Schmeckte mit der Zungenspitze, mit den Lippen, mit dem ganzen Mund. Welche Lust!

Schritte und gedämpfte Stimmen näherten sich von der S-Bahn-Station her. Sofort versetzten seine Sinne ihn in Alarmbereitschaft, und plötzlich funktionierte auch sein kühler

Verstand wieder. Was tat er da? Er war im Begriff, sie völlig leer zu trinken. Mit Bedauern löste er seine Zähne aus ihrem Hals und stellte sie auf den Boden. Aletta taumelte und fiel gegen seine Brust. Ihre Augen waren geöffnet und starrten ihn mit einer Mischung aus Ungläubigkeit und Entsetzen an.

„Es ist schon kurz vor eins", sagte eine Frauenstimme. „Was hetzt du mich so", beklagte sich ein Junge. „Sie ist ja noch nicht mal da!"

„Doch", widersprach eine zweite Frauenstimme, „da drüben steht ihre Maschine."

„Wow, die Hayabusa? Echt stark!"

„Quatsch, die Rostlaube an dem Schild."

„Ach so", sagte der Junge enttäuscht. „Sonst hätte sie mich mal fahren lassen müssen. Das wäre auf den Preis noch draufgekommen."

Aletta achtete nicht auf ihre Freunde. Sie konnte ihren Blick nicht von den roten Augen lösen.

„Sie – Sie haben mich gebissen und Blut getrunken", stotterte sie.

„Vergiss es", hauchte er. „Du fühlst dich ein wenig schwach, aber das wird bald vergehen. Denk nicht darüber nach. Vergiss, dass wir uns begegnet sind!"

„Nein!", widersprach sie und fasste sich an den Hals. „Ich will das nicht vergessen."

„Aletta?", erklang die halblaute Stimme der Frau, die zuerst gesprochen hatte. „Verdammt, wo bist du? He, nun sei nicht kindisch, nur weil wir ein bisschen spät dran sind."

„Wenn sie nicht da ist, kann ich ja wieder gehen", schimpfte der Junge. „Eine Nacht um die Ohren schlagen, für nichts! Das könnte euch so passen! Dafür ist mindestens die Hälfte fällig."

„He, Rick, cool down und mach dir nicht ins Hemd."

„ALETTA!"

„Geh! Lass sie nicht länger warten." Er gab ihr einen kleinen Schubs, der sie aus dem Schatten des Gebüschs auf den Platz hinaustorkeln ließ.

Die Leiche aus der Elbe

Ein Geräusch schreckte sie aus dem Schlaf. Sabine fuhr hoch. Ihr Rücken schmerzte. Um sie herum war es dunkel. Sie lauschte. Eine Uhr tickte ganz in der Nähe und schlug dann zweimal so durchdringend, dass sie erschreckt zusammenzuckte. Wo war sie? In ihrer Wohnung, wo sie zu dieser Zeit hingehörte, jedenfalls nicht.

Sie schüttelte den Kopf, um die Verwirrung zu vertreiben. Sie lauschte wieder. Was hatte sie geweckt? Ein Schlüssel knirschte im Schloss, eine Tür quietschte. Schritte klangen auf den Dielenbrettern. Plötzlich flammte die Deckenlampe auf und stach der Kommissarin in die Augen, sodass sie die Lider schützend zukniff.

Nun war sie richtig wach, und sie wusste auch wieder, wo sie sich befand.

„Was, um alles in der Welt, tun Sie hier?"

„Maike!", sagte sie und öffnete die Augen einen Spalt. „Ihre Großmutter hat sich große Sorgen um Sie gemacht."

Das aufgedunsene Gesicht bleich, das blaue Haar fettig an den Schädel geklebt, stand Maike in der Zimmertür. Das T-Shirt spannte über ihrem mächtigen Busen und dem Bauch, der in mehreren Ringen zu den enormen Schenkeln abfiel. Nur in ihren Augen war das schlanke, schöne Mädchen noch zu finden, das Sabine von dem Foto anlächelte, sobald sie es aus ihrer Tasche zog.

„Das wollte ich nicht", stotterte sie. „Ich habe länger gearbeitet – ja –, eine Kollegin ist krank geworden, und da habe ich ihre Schicht übernommen, und dann war Carmen da, und wir haben geredet. Ich habe einfach vergessen anzurufen." Außer Atem verstummte sie. Die Kommissarin erwiderte nichts. Sie sah Maike nur an und überlegte, ob sie die Wahrheit sagte. Vermutlich nicht.

„Er tut mir leid!", fügte Maike kläglich hinzu. Sabine glaubte ihr.

„Sie müssen sich nicht bei mir entschuldigen", wehrte sie ab. „Ihre Großmutter haben Sie in Angst versetzt. Verständlich, nachdem Ihre Schwester verschwunden ist."

Maike ließ sich auf einen Stuhl fallen, der gefährlich knackte. Tränen traten ihr in die Augen. „Es ist alles so sinnlos", schluchzte sie und barg das Gesicht in den Händen. „Jeder Tag ist eine Qual, und es wird niemals enden."

„Manchmal ist die Ungewissheit am schlimmsten", sagte Sabine vorsichtig. „Wenn man Gewissheit hat – mag sie auch noch so schrecklich sein –, dann kann man anfangen, zu trauern und den Schmerz zu verarbeiten."

Langsam ließ Maike die Hände sinken. „Was wollen Sie damit sagen?"

Die Kommissarin holte tief Luft. „Die Polizei hat" – ihr Blick wanderte zu der Standuhr – „gestern Abend drüben am Neßsand eine Leiche geborgen. Nach der ersten Beschreibung könnte es Iris sein."

Maike starrte auf ihre Hände. Sie zitterten. „Wann werden wir es genau wissen?" Das Sprechen fiel ihr sichtlich schwer.

„Ihre Mutter wird sie heute Morgen identifizieren."

Maike sprang so hastig auf, dass der Stuhl mit einem Krachen nach hinten fiel. „Barbara will zu ihr? Nein! Ich werde zu Iris gehen. Das bin ich ihr schuldig."

„Maike? Bist du das?", ertönte Frau Jacobsons Stimme aus dem Schlafzimmer.

Maike eilte zu ihr. „Ja, Großmutter. Verzeih mir. Ich war gedankenlos. Ich hätte dich anrufen und dir sagen sollen, dass es heute spät wird."

Sabine folgte ihr langsam und blieb dann in der Tür stehen. Maike kniete vor dem Bett der alten Frau, das Gesicht in der Decke vergraben. Weinte sie? Frau Jacobson warf Sabine einen Hilfe suchenden Blick zu.

„Wir werden beide zu Iris gehen, um sie zu identifizieren. Können Sie mir sagen, wohin wir genau müssen? Ich werde ein Taxi bestellen", fügte sie bestimmt hinzu, als wolle sie jeden Widerspruch gegen diese unglaubliche Geldverschwendung von vornherein ausschließen.

Die Kommissarin schüttelte den Kopf. „Nein, das ist nicht nötig", sagte sie und fuhr schnell fort, ehe Frau Jacobson ihren Protest loswerden konnte. „Ich bringe Sie hin. Ich werde Sie um neun Uhr mit meinem Wagen abholen. Versuchen Sie zu schlafen. Ich fahre jetzt nach Hause und lege mich auch noch ein paar Stunden ins Bett."

„Muss wirklich ich fahren? Du weißt, dass ich das nicht gerne tue! Ich habe keinen Führerschein und will keinen Ärger bekommen."

„Jammer nicht rum, sondern sieh zu, dass wir Land gewinnen. Es ist bald halb drei. Wer soll denn da noch kontrollieren?"

„Gerade um diese Uhrzeit suchen sie nach Besoffenen", widersprach Carmen, schwang aber ihr Bein über den Sitz und startete den Motor. Aletta ließ sich schwerfällig hinter ihr auf das Kunstleder sinken. Sie legte ihre Arme um Carmens Leib und schloss die Augen. Sie spürte, wie das Motorrad schlingerte, als Carmen auf die Straße zusteuerte, aber sie war zu erschöpft, um sich zu ängstigen. Die Eindrücke der vergangenen Stunden wirbelten durch ihren Kopf: der Einbruch bei der Adoptionsbehörde, die meterlangen Aktenschränke im Keller, die verzweifelte Suche nach dem richtigen Ordner. Es war ihr, als könne sie noch immer den Staub riechen. Jetzt wussten sie es also. Sie hatten sich geirrt! Machte diese Tatsache es besser? Oder noch schlimmer? Oder war es egal? Aletta konnte es nicht sagen. Sie war müde, unendlich müde und wollte nur noch schlafen, sich fallen lassen. Es wurde dunkel um sie. Zwei Arme hielten sie fest. Sie fühlte einen schmerzhaften Stich an ihrem Hals, und dann einen Hitzestrahl, der durch ihre Adern zu rinnen schien. Diese roten Augen ließen sie nicht los. Was passierte hier? Sie hatte keine Drogen genommen, woher, zum Henker, kamen dann die Halluzinationen? Eine dünne Stimme sagte ihr, dass das alles kein Gespinst ihres Gehirns war. Nein! Sie hatte es erlebt! Es gab nicht nur die Dinge auf dieser Welt, die die Wissenschaftler erklären konnten, davon war sie überzeugt – spätestens seit sie Esther kennengelernt hatte. Aber ein Mensch – nein ein Wesen, das Blut saugte –, ein Vampir? Sie schüttelte abwehrend den Kopf. Wenn sie doch nur vergessen und in die lockende Dunkelheit sinken könnte!

„Aletta, he! Du fällst ja gleich runter. Setz dich richtig hin!", brüllte Carmen und drosselte den Motor. „Was ist mit dir? So habe ich dich ja noch nie erlebt!"

Sie fuhr am Eppendorfer Baum vorbei, querte den Kanal und folgte dann dem Lehmweg. „Vielleicht ist es am besten, wenn du bei mir pennst. Dann kannst du deine Maschine morgen gleich wieder mitnehmen."

Sie tuckerte auf die Kirche zu und hielt an der alten Backsteinvilla gegenüber an, die über Jahrzehnte als Pfarrhaus gedient hatte.

„Verdammt, mach dich nicht so schwer. Ich kann dich nicht tragen!“

Alettas Augen öffneten sich einen Spalt. Sie ließ sich von Carmen die wenigen Stufen hinauf in ihr Zimmer im Erdgeschoss schleppen. Bevor Carmen die Gelegenheit hatte, ihre Schlafcouch auszuziehen, war Aletta auf dem Teppich zusammengesunken und so fest eingeschlafen, dass es der Freundin nicht mehr gelang, sie wach zu rütteln. Mit einem Schulterzucken schob sie ihr ein Kissen unter den Kopf und deckte sie zu.

„Ich möchte mal wissen, was du heute genommen hast“, schimpfte sie leise, während sie ihre Kleider über den Schreibtischstuhl legte. Sie schlüpfte in ein Maxishirt, legte sich ins Bett und zog die Decke hoch. „Aber uns Vorhaltungen machen, von wegen das Leben in den Griff bekommen!“

Sie öffnete ihre Nachttischschublade und wählte unter den zahlreichen Pillendosen die mit den Schlaftabletten aus. Drei weiße Kapseln lagen auf ihrer Hand, die sie mit einem Schluck Wasser hinunterspülte. Dennoch lag sie noch eine ganze Weile wach. Sie fühlte sich erschöpft und todmüde, die Gedanken in ihrem Kopf ließen sie jedoch nicht zur Ruhe kommen. Fast beneidete sie Aletta, die mit leicht geöffnetem Mund auf dem Rücken lag und ab und zu ein grunzendes Geräusch von sich gab.

Sie hatte sich geirrt! Wie konnte einen sein Gefühl in solch einer Sache betrügen? Wäre es anders gekommen, wenn sie diese Sache schon früher überprüft hätten?

Vielleicht wäre sie heute noch am Leben, überlegte Carmen.

Es war der Auslöser, nicht die Ursache, erinnerte sich Carmen. Das, was man an der Oberfläche erkennen konnte. Die giftigen Beeren, das Kraut, das bei günstiger Witterung in die

Höhe schießt. Das Hauptgift jedoch steckte in der Wurzel, die alt und kräftig war. Man musste tief graben, wenn man sie ausrotten wollte. Nein, mit bloßen Händen oder einer kleinen Schaufel war dem nicht beizukommen. Nur mit Spaten und Hacke konnte man das Unkraut bis in seine Wurzelspitze erreichen, um es für immer zu vertilgen.

Was nützt es, das Unkraut zu vernichten, wenn es die Blumen bereits erstickt hat?, dachte sie. Tränen rannen ihr über die Wangen und tropften in ihr Kissen. Sie tastete noch einmal nach der Pillendose und schluckte zwei weitere Schlaftabletten. Nun endlich erlöste sie der Schlaf von ihren Gedanken.

Ohne nachzudenken, folgte Sabine dem Weg, der in den Baurs Park führte. Der Mond schien vom fast wolkenlosen Himmel und erhellte den Waldpfad, der am Leuchtturm vorbei den Hang hinunterführte. Sie begegnete nicht einem Menschen. Kein Wunder, es war bereits nach drei Uhr früh.

Früher hätte ich das nicht gemacht, überlegte sie. Sie wäre an der hell erleuchteten Straße entlanggegangen, wäre ab und zu stehen geblieben, um auf fremde Schritte zu lauschen, oder hätte sich immer wieder furchtsam umgesehen.

War sie mutiger geworden, oder sah sie diesen Park als sein Revier an, in dem ihr nichts geschehen konnte?

Außer dass der Vampir seinen Appetit nicht zügeln kann und dich aussaugt, meldete sich eine scharfe Stimme in ihrem Inneren.

Nein! Das würde er nicht tun. Er hat mir bisher keinen Schaden zugefügt. Er schützt mich und wacht über mich!

Keinen Schaden? Er hat dein Leben zerstört, und er spielt mit dir. Du bist in seine Falle getappt und merkst es nicht einmal! Obwohl du ihn weggeschickt hast, obwohl er eine

Gefahr für das Seelenheil und das Leben deiner Tochter darstellt, wünschst du ihn dir herbei!

Das ist nicht wahr, protestierte sie, und doch lauschten ihre Sinne in die Nacht, ob sie ihn nicht irgendwo erahnen konnte. War es Enttäuschung, die sie empfand, als sie ihren Wagen erreichte, der vor seinem Haus stand, ohne dass er sich blicken ließ?

Unsinn. Sie war nur müde und musste in ein paar Stunden zu der Obduktion einer jungen Frau, die zwei Wochen lang im Fluss gelegen hatte!

Sie warf noch einen sehnsuchtsvollen Blick über das Tor und ließ ihn über den Garten und die dunklen Fenster schweifen. Dann erst stieg sie in ihren Wagen und fuhr nach Hamburg zurück – nach St. Georg, nach Hause.

Um halb zehn versammelten sich auf dem gepflasterten Vorplatz des Instituts für Rechtsmedizin nicht nur Maike und Irene Jacobson, die mit Sabine gekommen waren, sowie die Mutter des Opfers, Barbara Stoever. Auch Aletta und Carmen gesellten sich zu den Wartenden. Frau Stoever musterte die beiden Frauen mit unverhohlener Abneigung, Maike jedoch ging den Freundinnen mit ausgestreckten Armen entgegen.

„Ich bin froh, dass ihr gekommen seid“, sagte sie.

Aletta legte ihr den Arm um die Schultern. „Ist doch klar, dass wir bei dir sind. Haben wir es uns nicht geschworen?“ Maike nickte.

„Und nachdem ich Aletta endlich wach bekommen habe, waren keine weiteren Hindernisse zu überwinden“, fügte Carmen hinzu.

„Bist du krank?“, fragte Maike erschrocken und sah Aletta von oben bis unten an. Auch die Kommissarin betrachtete sie nachdenklich. Sie war noch bleicher, als man es unter diesen Umständen erwarten konnte, ihr Kleid war zerknittert und fleckig, und ihre Lippen waren ausnahmsweise ungeschminkt. Nur die Augen waren mit dem üblichen Kajalstrich umrandet und ließen ihr Gesicht noch kränker wirken. Um den Hals hatte sie einen grau gemusterten Schal geschlungen.

In Sabines Bewusstsein regte sich etwas. Es lag ganz nahe. Sie musste nur danach greifen.

Aletta hustete trocken. „Kein Grund zur Panik. Habt ihr noch nie eine lange Nacht gehabt?" Sie schwankte ein wenig, als sie die beiden Stufen hochstieg, und musste sich an einem der Eisenträger festhalten, die das Vordach stützten.

„Sie sehen wirklich nicht gut aus", murmelte die Kommissarin.

„Danke für das Kompliment."

Etwas klickte in ihr. Sie starrte den Schal an. „Haben Sie sich am Hals verletzt?", stieß Sabine hervor.

Alettas Hand schnellte hoch. Ihre Finger berührten eine Sabine wohlbekannte Stelle. „Verletzt? Nein! Wie kommen Sie denn darauf?" Ihr Blick schien sie zu durchbohren.

Sabine musste die beiden kleinen Einstichwunden eigentlich nicht mehr sehen, um Gewissheit zu haben, und dennoch schob ihr Zeigefinger den Schal beiseite. Verstehen huschte über Alettas Gesicht. Sie begriff, dass die Kommissarin um das Geheimnis ihres Freundes wusste.

Schweigend starrten sich die beiden Frauen an. Voller Entsetzen wurde Sabine klar, dass sie keines der Opfer vor sich hatte, die sich am anderen Tag an nichts mehr erinnern konnten. War Peter ein Fehler unterlaufen, oder hatte er sich absichtlich offenbart? Es traf sie wie ein Faustschlag. Er war in Gefahr – sie war es –, eine unvorstellbare Jagd würde eröffnet werden. Es lag in Alettas Hand!

„Sie kennen die ‚Krankheit', an der ich leide?", fragte die junge Frau und hob die gefärbten Augenbrauen.

„Sie müssen sich nicht ängstigen", sagte Sabine gepresst. „Die Schwäche wird bald vergehen, und Sie werden keinen Schaden davontragen."

Aletta hob den Blick und starrte durch die Glastür. Sie antwortete nicht, sondern richtete ihre Aufmerksamkeit auf die beiden Personen, die den Vorraum durchquerten: der Pförtner, der hinter seiner Theke hervorgetreten war und einer Frau die Tür öffnete. Sie war mittelgroß und schlank, ihr kastanienbraunes Haar hatte sie zu einem Knoten aufgesteckt. Sie trug Jeans und eine luftige Bluse, die sie über einem roten Top zusammengeknotet hatte. Nach einem kurzen Blick zu der Ansammlung auf dem Vorplatz ging sie auf Sabine zu und streckte der Kommissarin die Hand hin.

„Hallo, Frau Berner. Sie sind wieder im Dienst? Das freut mich!" Dr. Renate Lichtenberg lächelte sie offen an.

Für einen Moment war die Kommissarin in Versuchung, sie in dem Glauben zu lassen, doch wie lange würde das gut gehen? Das Einzige, was sie damit erreichen würde, wäre, ihre Glaubwürdigkeit zu untergraben. Sie schüttelte den Kopf. „Nein, leider nicht. Ich bin – privat – in den Fall verwickelt. Ich habe die Großmutter und die Schwester der Toten hergebracht – falls es sich wirklich um Iris Stoever handelt. Ich wollte Sie gestern noch anrufen, habe Sie aber nicht erreicht."

Dr. Lichtenberg ließ den Blick über die fünf Frauen wandern, die näher getreten waren und sie mit einer Mischung aus Angst und Spannung ansahen.

„Sie sind aber nicht alle mit der Vermissten verwandt?"

„Nein." Sabine stellte die Frauen vor.

Renate Lichtenberg sah in die Gesichter. „Man sagte mir, Frau Barbara Stoever würde die Identifikation vornehmen?"

Iris' Mutter trat vor. „Ja", sagte sie mit fester Stimme, aber zum ersten Mal konnte Sabine Furcht in ihren Augen sehen, und ihre Fingernägel gruben sich in ihre Handflächen.

„Ich will wissen, was meiner Schwester passiert ist", rief Maike und trat neben ihre Mutter. Sie vermied es, sie anzusehen. „Gibt es einen Aufzug?", verlangte Irene Jacobson zu wissen. „Dann komme ich auch mit."

„Gut, dann folgen Sie mir. Ihre Freundinnen können in der Eingangshalle warten."

Sabine half der alten Frau die beiden Stufen hinauf in die lichtgraue Eingangshalle, deren Strenge nur durch ein paar rote und blaue Farbstreifen an Pfeilern und Decke unterbrochen wurde.

Sie fuhren ein Geschoss nach unten und folgten dann dem Flur bis zur Schleuse. Ein Sektionshelfer im grünen Kittel kam auf sie zu.

„Frau Lichtenberg, ich habe sie in die Kühlung gebracht." Die Rechtsmedizinerin nickte. Sabine sah die Ärztin fragend an.

„Die Leiche hat zu lange draußen gelegen", sagte die Medizinerin leise. „Es tut mir leid. Ich kann sie so nicht in den Trauerraum bringen. Wir müssen die Identifizierung dort, wo wir die Leichen sammeln, durchziehen. Es ist kühler, und es gibt eine bessere Lüftungsanlage. Die Kommissarin nickte und schluckte trocken.

Der Helfer reichte den Frauen grüne Baumwollkittel und führte sie – nachdem sie sich gegenseitig die Bänder auf dem Rücken zugeschnürt hatten – in einen Vorraum, in dem es bereits deutlich kühler war. Ein junger Mann schob eine Leichenwanne mit einem in ein weißes Tuch gehüllten Körper an ihnen vorbei. An der anderen Wand stand eine zweite, auf der eine wächserne Gestalt mit faltiger Haut und einem in mehreren Fettwulsten hervorquellenden Bauch lag. Ein Arzt stand mit dem Diktiergerät neben dem Toten und sprach leise in das Mikrofon.

Während Barbara Stoever und ihre Mutter ihre Blicke auf den Rücken der Ärztin richteten und ihr in den Raum mit der Aufschrift „Kühlraum" folgten, blieb Maike stehen und starrte den Toten an.

„Ich dachte, das würden die nur im ‚Tatort' so machen", murmelte sie und deutete auf den nackten Fuß der Leiche, an dessen großer Zehe eine längliche Plastikhülle mit einem beschrifteten Zettel darin befestigt war.

Sabine schob Maike hinter den anderen in den Kühlraum. Der Geruch nach Desinfektionsmitteln vermischte sich mit dem Gestank von Verwesung. Maike griff nach der Hand ihrer Großmutter. Eine Leichenwanne stand in der Mitte des nahezu quadratischen Raums, dessen weiße Wände von keinem Fenster unterbrochen wurden. Ein Körper zeichnete sich ab – noch verhüllt. Dr. Lichtenberg trat an das Kopfende und griff nach dem Tuch. Sie sah Frau Stoever an, die nun so blass war wie die Leiche im Vorraum. Wie unter Zwang nickte sie. Die Ärztin entblößte einen Kopf, zwei Schultern und ein Stück des nackten Oberkörpers.

Der Kopf war bläulich verfärbt, der Körper dagegen blässlich. Das Haar hatte sich teilweise mit ganzen Stücken der Kopfhaut gelöst. Ein Teil der Unterlippe und der Wange fehlten, und auch am Hals und am Ohr hatte ein Tier Stücke herausgefressen. Maike erstarrte, ihre Augen weiteten sich. Dann fing sie an zu zittern. Ihr massiger Körper bebte, aber sie gab keinen Laut von sich. Irene Jacobson stand stocksteif da, schüttelte langsam den Kopf und bewegte lautlos die Lippen. Ein Schluchzen zu ihrer Rechten ließ Sabine herumfahren. Barbara Stoever hatte sich die Hände vors Gesicht geschlagen.

„Oh Gott, oh Gott, oh Gott", wimmerte sie. Ihr Oberkörper klappte nach vorn, und sie sank auf die Knie, doch da war Dr. Lichtenberg schon an ihrer Seite. „Warum? Warum? Vergib mir", schluchzte Frau Stoever, „ich habe doch immer nur das Beste gewollt."

Die Ärztin zog sie hoch. Der Sektionsassistent kam mit einem Stuhl hereingeeilt, auf den Frau Stoever niedersank. Dr. Lichtenberg stellte die Frage nur noch für das Protokoll, denn die Antwort war klar, seit sie das Tuch aufgeschlagen hatte.

„Frau Stoever, ist das Ihre Tochter Iris?"

Ihr Blick flatterte noch einmal zu der Bahre hinüber, dann schloss sie die Augen. „Ja", hauchte sie.

Aletta reichte Maike einen Schokoriegel, aber sie schüttelte den Kopf. Dafür griff Carmen zu und kaute hastig.

„Hast du eine Zigarette?", stieß Maike hervor und ließ sich neben ihr auf die Steinstufe sinken.

„Weißt du, es zu wissen ist anders, als sie so zu sehen und zu riechen", sagte Maike, während sie sich vergeblich bemühte, die Zigarette anzuzünden. Aletta nahm sie ihr aus dem Mund und schob ihr ihre bereits brennende zwischen die Lippen.

„Das ist doch klar. Nun beruhige dich erst mal." Sie warf der Kommissarin einen schnellen Blick zu.

„Kann man schon sagen, wie sie gestorben ist?"

Sabine schüttelte den Kopf. „Da müssen wir erst das Ergebnis der Obduktion abwarten."

„Wieso?", wandte Maike ein. „Es ist doch klar, dass sie in der Elbe ertrunken ist."

„Das wäre die offensichtliche Erklärung, aber nicht immer ist sie auch die richtige. Außerdem muss geklärt werden, wie es zu ihrem Tod kam. Ob die Kripo einen Mörder suchen muss oder nicht."

Zwei Männer näherten sich von der Schranke her, die die Zufahrt zum Uniklinikgelände für Unbefugte verschloss. Der eine war der neue Kripomann Michael Merz, der andere Hauptkommissar Thomas Ohlendorf, Leiter der 4. Mordbereitschaft. Während Michael nicht mit der Wimper zuckte, sah der Hauptkommissar Sabine erstaunt an.

„Was tust du denn hier?"

„Hallo, Thomas. Ich wurde von der Familie gebeten, die vermisste Iris Stoever zu suchen", gab sie in würdevollem Tonfall Auskunft. „Und da sich der Verdacht, dass sie tot ist, ja nun leider bestätigt hat, werde ich bei der Obduktion dabei sein ... Dr. Lichtenberg hat nichts dagegen", fügte sie schnell hinzu.

Der Hauptkommissar zog sie von der Gruppe weg. „Aber ich habe etwas dagegen. Sabine, ich glaube, dir ist nicht klar, wie ernst deine Lage ist. Du kannst nicht einfach, während du krankgeschrieben bist, Detektiv spielen und dich in unsere Ermittlungen einmischen!"

„Es war bis jetzt ja gar nicht euer Fall – und wenn es kein Mord ist, dann wird er das auch nie werden!", brauste sie auf, doch Thomas Ohlendorf brachte sie mit einer Handbewegung zum Schweigen.

„Sabine, ich schätze dich als Kommissarin und als Mensch, und ich hätte dich sehr gern in unserem Team zurück, aber wenn du so weitermachst, dann ist es bald endgültig vorbei. Deine Suspendierung ist nur noch eine Frage von Tagen! Dieser Seelendoktor, der das Gutachten über dich geschrieben hat, ist ein sehr guter Freund von Tieze. Sie segeln zusammen und spielen Golf oder so ein Zeug. Er wird das tun, was der Doktor ihm empfiehlt. Herrgott noch mal, nun reiß dich zusammen und lass die Untersuchungen durchführen, die er verlangt. Geh in diese Therapie, das kann doch nicht so kompliziert sein – oder hattest du in letzter Zeit wieder Gedächtnisausfälle?", fügte er misstrauisch hinzu.

Sabine schüttelte den Kopf.

„Dann verstehe ich dein Problem nicht!"

Und ich kann es dir nicht erklären, dachte sie, sagte aber nichts. Vielleicht war es gut, dass in diesem Moment Dr. Lichtenberg durch die Tür trat und Frau Stoever hinausführte.

„Sind Sie sicher, dass Sie allein nach Hause fahren können? Sie sollten sich an Ihren Hausarzt wenden."

Die Mutter der Zwillinge schüttelte energisch den Kopf. „Nein, danke", sagte sie mit fester Stimme. „Es geht schon wieder." Sie hatte sich wieder im Griff. Ohne sich von Maike oder Frau Jacobson zu verabschieden, ging sie steifbeinig davon.

„Wollen wir?", wandte sich die Rechtsmedizinerin an die Kripoleute. Der Hauptkommissar nickte. „Herr Merz wird bei der Sektion dabei sein, ich muss mit Professor von Kernen noch ein paar Dinge abklären."

„Geht es um die Morde von Everheest und Reeder?", fragte die Ärztin. Thomas Ohlendorf nickte. „Ja, es gibt noch ein paar Details im Bericht, die ich mit ihm besprechen möchte. Das verabreichte Gift, der Zeitablauf der körperlichen Reaktionen – und dann noch die beiden seltsamen kleinen Wunden an seinem Hals!"

„Hatte der Arzt nicht auch Einstiche an dieser Stelle?", fragte Renate Lichtenberg. „Aber sie waren bereits abgeheilt, nicht?"

Thomas Ohlendorf nickte. Sabine biss sich auf die Lippen. Na großartig! Diese Spur würde die Ermittlungen nicht gerade erleichtern.

Die Männer folgten der Medizinerin zur Tür. Dr. Lichtenberg blieb auf der Treppe stehen. „Frau Berner? Sie wollten doch mitkommen."

Sabine spürte Thomas' warnenden Blick. „Danke", sagte sie, ohne die Ärztin anzusehen. „Ich muss Frau Jacobson und Maike heimfahren, und ich denke, es ist ratsam, wenn ich eine Weile bei ihnen bleibe."

Dr. Lichtenberg zuckte mit den Schultern. „Also dann, bis bald hoffentlich." Sie folgte dem Hauptkommissar in die Eingangshalle, Michael Merz jedoch trat zu Sabine.

„Wie wäre es mit einem Essen heute Abend?" Er warf einen bedeutsamen Blick zur Tür des Instituts. „Um acht bei *Bok* am Schulterblatt?" Er wartete kaum Sabines Nicken ab, eilte die Stufen hoch und verschwand hinter der Glastür.

War das klug?, fragte sie sich, während sie Großmutter und Enkelin nach Blankenese zurückchauffierte.

Die Kommissarin sah auf ihre Uhr: Sie war zu früh, obwohl es wie üblich in der Schanze einige Runden gekostet hatte, bis der Passat auf einem halbwegs legalen Parkplatz stand. Sabine blieb im Wagen sitzen und sah dem Zeiger zu, wie er träge seine Runden drehte. Es schlug acht, aber noch immer machte sie keine Anstalten auszusteigen.

Wie viel zu spät sollte sie kommen? Fünf Minuten? Zehn? Eine Viertelstunde? Sie entschied sich für zehn.

Michael Merz war schon da und hatte einen Tisch etwas abseits der bereits besetzten Plätze gewählt. Er erhob sich, als Sabine zu ihm trat.

„Wie schön, dass Sie kommen. Ich hatte schon befürchtet, Sie wären dabei, es sich anders zu überlegen." Er lächelte sie offen an, aber ihr kam der Verdacht, er habe sie in ihrem Wagen sitzen sehen. Sie konnte ihn allerdings nicht danach fragen, ohne ihre lächerliche Taktik zu entlarven. Also nickte sie ihm nur zu und setzte sich so, dass sie die Wand im Rücken hatte und den gesamten Raum überblicken konnte.

„Eine kluge Wahl", sagte er ernst. „Nie einem möglichen Gegner den Rücken zukehren. Das wusste schon der alte John Wayne."

Wollte er sie verarschen? Sie kniff die Augen zusammen und sah ihn misstrauisch an, doch er schaute immer noch offen und freundlich zu ihr herüber und hielt geduldig die Speisekarte in der Hand, bis sie nach viel zu langem Zögern endlich danach griff. Da ihre Jeans schon wieder am Bauch spannte, verzichtete sie auf eine Vorspeise und wählte Chop Suey mit Hühnerfleisch, obwohl sie gebratene Ente eigentlich lieber mochte. „Jasmintee und ein Wasser", beendete sie ihre Bestellung. Michael entschied sich für Frühlingsrolle und Schweinefleisch Kung Pao. „Für mich auch Wasser und eine Flasche Pflaumenwein. Sie trinken doch mit, oder?"

Sabine nickte dem sie erwartungsvoll ansehenden Kellner zu, der sich verbeugte und davoneilte.

„Ich bezahle selbst!", sagte sie fest, sobald der Kellner außer Hörweite war.

Michael legte den Kopf schief und sah sie an. „Habe ich gesagt, dass ich Sie einlade? Nein, ich glaube nicht, dass mir dieser Fehler unterlaufen ist. Ein Fehler in den Augen einer emanzipierten Frau – das möchte ich hier ausdrücklich betonen. Ich sehe das ein wenig altmodischer."

Schon wieder ein Fettnapf! Es war ihr zu peinlich, ihn anzusehen. Warum gab er sich überhaupt mit ihr ab? Er musste sie für eine blöde Emanzenzicke halten, so wie sie sich verhielt. Bevor sich weitere Gelegenheiten boten, sich danebenzubenehmen, steuerte sie direkt das Ziel an, weswegen sie sich überhaupt darauf eingelassen hatte, mit diesem – Kerl – essen zu gehen.

„Was ist bei der Sektion herausgekommen?“

„Müssen wir schon vor dem Essen über Wasserleichen sprechen?“

Der Kellner stellte das Tablett mit Tee, Wasser und Wein ab und warf dem Kommissar einen entsetzten Blick zu, der deutlich zeigte, dass er den letzten Satz gehört hatte. Michael wartete, bis der Mann Gläser, Kanne und Tasse verteilt und den Wein eingeschenkt hatte. Er hob sein Weinglas und trank einen Schluck, ohne Sabine aus den Augen zu lassen. „Es war nicht gerade angenehm.“

„Was haben Sie erwartet? Natürlich ist es nicht schön, aber es ist notwendig und gehört zu unserem Job. Das muss man sich vorher überlegen, ehe man sich zur Mordbereitschaft meldet“, fügte sie patzig hinzu. Seine grünen Augen, die noch immer auf ihr ruhten, machten sie nervös. Sie griff nach ihrem Wasserglas und trank hastig.

„Ich glaube Ihnen, dass Sie das besser können. Sie haben Erfahrung, und die Kollegen loben Sie in den höchsten Tönen.“

Für einen Moment lag ihr eine hochmütige Erwiderung auf der Zunge, dann schob sich Iris’ aufgequollene Leiche in Sabines Gedanken. Sie ließ das Glas sinken und sah Michael in die Augen.

„Nein, ich kann es nicht besser, und ich werde es auch nie als normal empfinden, Menschen, die gewaltsam zu Tode gekommen sind, auf einem Seziertisch zu sehen. Natürlich stumpft man mit der Zeit ein wenig ab, aber dann erwischt es einen wieder ohne Vorwarnung.“

Sie nahm das Weinglas und drehte es in ihren Händen.

„Was ist für Sie das Schlimmste?“, fragte Michael.

„Brutale Gewalt gegen die ganz Unschuldigen – die Kinder, wie beispielsweise der kleine Tobi, der vor Ostern zu

Tode gequält wurde, oder junge Mädchen. Ich habe bei der Obduktion immer das Gefühl, dass ihrem Körper noch einmal Gewalt angetan wird. Ich bin froh, dass ich bei Tobi nicht dabei sein musste."

„Ja, der einzige Trost ist, dass man seiner Seele keinen Schaden mehr zufügen kann."

Sabine blickte überrascht auf Michael Merz. Er sah sie ernst an, ohne jeden Spott in seinen Augen. Welch anziehendes Gesicht. Das Haar war zerzaust, die Wangen wieder einmal ein paar Tage nicht rasiert. Er hatte einen sympathischen Mund. Der Kellner, der Michaels Frühlingsrolle brachte, unterbrach ihre Studie. Michael sah rechtzeitig weg, sodass er die Röte nicht bemerkte, die ihr plötzlich heiß in die Wange stieg. Rasch leerte sie ihr Weinglas und ließ es sich noch einmal füllen. Sie schwiegen, während er seine Vorspeise aß.

„Glauben Sie, wir könnten miteinander auskommen? Ich meine, als Kollegen", fügte er rasch hinzu.

„Warum? Wie kommen Sie darauf?", erwiderte Sabine und zog sich ein Stückchen weiter zur Wand zurück.

„Es wurde in der Gruppe beratschlagt. Uwes Frau hat sich anscheinend nach München beworben, und er überlegt, ob er nun zur Münchner Kripo wechseln soll. Das würde bedeuten, dass ich diese Stelle vielleicht behalten kann – und wenn Sie zurückkommen, dann wäre die Gruppe wieder vollständig. Wobei ich natürlich nicht weiß, wie Thomas dann die Teams einteilen würde."

„Ach so", sagte sie, und ihr war plötzlich seltsam leicht zumute – was allerdings auch an dem Pflaumenwein liegen konnte, der ihr rasch zu Kopf stieg. „Um Uwe tut es mir leid. Er war immer ein verlässlicher Ruhepol zwischen den Zankhähnen Sönke und Robert. Für Sie freut es mich natürlich."

Er hob sein Glas. „Dann hoffe ich also, dass Sie bald wieder im Dienst erscheinen – Kollegin Sabine.“

Sie zögerte einen Moment, dann stieß sie mit ihrem Glas dagegen. „Kollege Michael!“

Seltsam. Sie unterhielten sich wie normale Menschen über ganz normale Dinge. Und dann schwiegen sie und aßen, ohne dass es ein beklemmendes Schweigen wurde. Sie fühlte sich wohl. Es war eine Ruhe in ihr, die sie lange nicht mehr verspürt hatte. Das Essen schmeckte gut. Sabine schaufelte sich Fleischstücke und Gemüse auf ihre Gabel. Sie war zu hungrig, um sich mit den Stäbchen abzumühen. Anders als Michael konnte sie nicht sehr gut mit ihnen umgehen. Ein Stöhnen ließ sie aufsehen. Seine Wangen waren gerötet, auf seiner Stirn und den Schläfen standen Schweißperlen.

„Puh, ich falle immer wieder darauf herein“, seufzte er. „Ich mag es ja scharf – aber so schlimm muss es nicht sein.“

„Michael, du kochst ja!“ Sabine lachte schallend. Er grinste in komischer Verzweiflung und stimmte dann in ihr Gelächter ein. „Hier, nimm.“ Sie kramte in ihrer Handtasche und zog ein riesiges, altes Herrentaschentuch hervor. „Für alle Fälle und Notfälle! Mein Vater hielt nichts von kleinen Sachen.“

Michael nahm es und wischte sich über Stirn, Schläfen und Nacken. Dann aß er seinen Teller vollends leer. Sabine, die die Segel bereits gestrichen hatte, sah ihm zu.

„Danke für deine Geduld“, sagte er, als er die nahezu saubere Platte von sich schob. „Ich will dich nicht länger hinhalten. Die Antwort auf die Frage, die dich sicher am meisten interessiert, lautet: Nein. Dr. Lichtenberg konnte keine Spuren finden, die auf einen gewaltsamen Tod durch Fremdeinwirkung hindeuten. Natürlich kann sie jemand ins Wasser gestoßen haben. Wenn das der Fall war, passierte es wohl sehr plötzlich, und sie hat sich nicht gewehrt. Aufgrund der Kieselalgen, die das Labor in Leber, Nieren und im Knochenmark gefunden hat, ist sich Dr. Lichtenberg ziemlich sicher, dass sie in der Elbe ertrunken ist. Ob Unfall, Selbsttötung oder Mord, steht aber immer noch nicht fest."

„Und wann ist sie gestorben?"

„Da Frau Hofberger sie nachmittags am Ostersonntag noch gesehen hat, ist das der früheste Todeszeitpunkt – wenn keine weiteren Zeugen gefunden werden können. Nach dem Zustand der Leiche zu urteilen, ist sie spätestens am Zwölften oder Dreizehnten gestorben."

Sabine überlegte. Das wäre dann Dienstag oder Mittwoch gewesen. Doch wo hätte sie die anderen zwei oder drei Tage ungesehen verbringen können?

Michael zuckte mit den Schultern. „Ich vermute, dass sie noch am Sonntag ertrank, aber so eng kann die Rechtsmedizin den Todeszeitraum nicht eingrenzen."

Es war schon nach elf, als er die Rechnung für beide bezahlte und sie auf die nächtliche Straße hinaustraten. Er begleitete sie zu ihrem Wagen. Umständlich kramte Sabine in ihrer Handtasche nach dem Schlüssel. Sie fühlte sich plötzlich wieder befangen.

„Gute Nacht, Sabine. Trotz unseres Gesprächsthemas war es ein sehr schöner Abend, und ich habe jede Minute genossen."

„Lügner!", widersprach sie lächelnd. „Eine Zeit lang hast du sehr leidend ausgesehen – bis du die Folgen deines Essens mit Wasser und Wein etwas runtergekühlt hast."

Er lächelte zurück. „Na ja, ein wenig Schärfe gehört doch zu einem interessanten Leben dazu."

Sie nickte. Sie musste sich von ihm verabschieden und ihre Autotüre aufschließen. Ohne abzuwägen, was er darüber denken und was das vielleicht für Folgen haben könnte, beugte sie sich vor und hauchte ihm einen Kuss auf die Wange. „Gute Nacht, Michael."

Plötzlich lagen seine Arme um ihre Taille und seine Lippen auf ihrem Mund. Seine Bartstoppeln kratzten an ihrem Kinn, und ihr wurde so heiß, als habe sie mindestens zwei Portionen Kung Pao gegessen. Der Wagenschlüssel fiel zu Boden.

Zeit verstrich, während sie umschlungen an ihrem Auto lehnten und sich küssten. Irgendwann löste er sich von ihr, hob den Autoschlüssel auf und öffnete die Wagentür.

„Gute Nacht, Sabine. Schlaf gut."

Ihre Stimme funktionierte nicht mehr, und ihr Kopf war nicht in der Lage, sinnvolle Sätze zu bilden. Daher nickte sie nur, stieg ein und startete den Motor. Langsam rollte sie davon, während sie ihn im Rückspiegel beobachtete, bis sie abbiegen musste. Noch einmal hob er die Hand zum Gruß.

Sie konnte sich nicht mehr erinnern, wie sie heimgekommen war. Anscheinend existierte in ihrem Gehirn eine Art Notprogramm, das die für die Fahrt notwendigen Befehle gegeben hatte. Der Rest ihres Körpers befand sich allerdings im Ausnahmezustand! Wann hatte sie zuletzt jemanden so geküsst? Ein Schatten drang in ihre vor Glück schwebende Seele. Wann hatte ein MANN sie zum letzten Mal so geküsst?, verbesserte sie sich rasch, während sie Jeans, Shirt und BH achtlos zu Boden fallen ließ. Sabine schlüpfte in ihr Nachthemd, kuschelte sich ins Bett und schloss die Augen. Sie lauschte dem Durcheinander in ihrem Bauch und ihrem Kopf und schlief seit langer Zeit zum ersten Mal wieder ein, ohne noch endlos Probleme zu wälzen.

Als sie aus dem Schlaf hochschreckte, war es noch tiefe Nacht, das sagten ihr die fehlenden Geräusche auf der Straße. Sie drehte sich auf die andere Seite und wollte sich gerade wieder in die männliche Umarmung ihres Traumes sinken lassen, als sie seine Anwesenheit spürte.

„Peter?“ Sie saß senkrecht im Bett. Ihr Blick huschte durch das Zimmer.

„Ja, ich warte schon eine Weile darauf, dass der Alb, der heute wohl eher in der Gestalt des Eros zu dir kam, wieder von dir ablässt.“ Er saß falsch herum auf einem Stuhl, die Arme auf die Lehne gestützt, das Kinn auf seinen Händen, und betrachtete sie.

„Was tust du hier?“, fragte sie scharf. „Ich dachte, ich hätte dir klargemacht, dass ich diese nächtlichen Überfälle nicht liebe!“

Der Vampir setzte sich gerade hin und ließ die Arme sinken. „Ich bin gekommen, um dir einen Vorschlag zu machen, von dem ich annehme, dass er dich interessiert.“

Sabine gähnte und warf einen Blick auf ihren Radiowecker. Halb drei. „Ich höre.“

„Du bist an einer gewissen Leiche interessiert, die heute noch im Kühlfach ruht – in den nächsten Tagen jedoch für immer in ihrem Grab verschwinden wird. Wenn du sie in Ruhe untersuchen und dir die Sektionsergebnisse ansehen willst, dann bringe ich dich hin.“

Eine leichte Übelkeit stieg in ihrem Magen auf und breitete sich in ihrem Körper aus. Gingen ihre Wissbegierde und ihr Engagement für den Fall, den sie Rosa Mascheck zuliebe übernommen hatte, so weit, dass sie mitten in der Nacht in die Rechtsmedizin eindringen und eine verweste Wasserleiche untersuchen wollte?

Etwas in ihr schrie: NEIN! Etwas anderes zwang sie, die Decke zurückzuschlagen und ihre Beine aus dem Bett zu schwingen.

„Ich bin gleich so weit. Warte hier!"

Der Vampir erhob sich von seinem Stuhl und verbeugte sich, während Sabine barfuß und nur mit einem kurzen Hemd bekleidet ins Bad tapste.

Eine Nacht unter Leichen

Die Ampel schaltete schon wieder auf Rot, obwohl nur drei Autos durchgefahren waren. Das lag nicht nur an der kurzen Grünphase. Der vorderste Wagen in der Reihe benötigte eine Extraeinladung, bis er seinen ersten Gang finden konnte.

„Penner!", fluchte Aletta und ballte die Fäuste. „Bleibt doch zu Hause, wenn ihr nicht Auto fahren könnt." Sie ließ den Motor aufheulen und fuhr noch ein Stückchen näher an die Stoßstange ihres Vordermanns heran. Ihr Blick huschte zum zehnten Mal zur Uhr, die ihr gnadenlos jede Minute vorzählte, die sie zu spät kam.

Das Handy klingelte, und die Ampel sprang auf Grün. Aletta klemmte sich das Telefon zwischen Ohr und Schulter, legte den Gang ein und ließ die Kupplung kommen. Trotz der schlechten Verbindung hörte sie die Panik in Maikes Stimme.

„Wo bleibst du? Ich warte schon zehn Minuten. Ich weiß nicht, was ich machen soll. Aletta, du kannst mich doch nicht im Stich lassen!"

Die blöde Ampel war schon wieder rot, doch Aletta drückte das Gaspedal durch, ignorierte das Hupkonzert von allen Seiten und jagte den alten Volvo ihrer Mutter über die Kreuzung. Sie weinte! Sie hatte Angst, und sie war nahe daran auszurasten.

„Maike, beruhige dich. Ich bin in wenigen Minuten da."

„Du bist zu spät. Du hast gesagt, du kommst um zwanzig nach. Der Bus war pünktlich, und nun stehe ich hier allein rum."

„Es tut mir leid! Es ist so viel Verkehr, und ich bin nicht rechtzeitig weggekommen, aber es dauert wirklich nur noch ein paar Minuten."

„Du hast es versprochen, und ich habe mich darauf verlassen", hörte sie Maike noch kreischen, als ihr Handy wegrutschte und in den Fußraum rollte. Aletta bückte sich, um es zwischen den Pedalen hervorzuholen. Die roten Bremslichter ihres Vordermanns flammten auf. Das Telefon in der Hand, trat sie das Pedal durch und kam mit quietschenden Reifen wenige Zentimeter hinter der Stoßstange des dunklen Mercedes zum Stehen. Ihre Wange prallte schmerzhaft gegen das Lenkrad und auf die Hupe. Ein blechernes Dröhnen erklang, und der Fahrer vor ihr hob erbost die Faust.

„Sorry, war keine Absicht", murmelte Aletta und hob das Handy wieder ans Ohr.

„Es ist so dunkel", hörte sie Maike weinen. „Aletta? Bist du noch dran?"

„Ja, Liebes, ich bin bei dir."

Der Verkehr lichtete sich. Sie fuhr an Mauern und hohen Zäunen entlang. Alte Bäume reckten ihre Äste über die Straße. Dann begann der Park. Noch eine Kurve, da tauchte das Häuschen der Bushaltestelle auf, und unter seinem Dach die massige Gestalt der Freundin. Aletta hielt vor dem Häuschen an und beugte sich auf die andere Seite, um die Beifahrertür zu öffnen. Maike ließ sich auf den Sitz plumpsen. Sie wirkte blass, nur die Augen waren vom Weinen gerötet. Einige Augenblicke sagte sie nichts, während Aletta den Wagen auf die Straße zurücksteuerte und den Weg nach Blankenese einschlug.

Ganz unvermittelt schrie Maike in solch einer Lautstärke los, dass Aletta erschreckt zusammenzuckte und der Wagen einen Satz nach vorn machte.

„Tu das nie, nie wieder, hörst du?“ Sie ballte die Fäuste und begann auf das Armaturenbrett einzutrommeln. „Ich hasse dich! Immer versprichst du etwas, und dann hältst du es nicht ein und kommst zu spät!“

Aletta biss sich auf die Lippe. Das war ungerecht, aber was würde es nützen, Maike zu widersprechen?

„Du hast geschworen, es wiedergutzumachen. Hast du das vergessen?“

Vergessen? Wie konnte sie! Dafür sorgten ihre Freundinnen Tag für Tag. Sie würde ein ganz anderes Leben führen, wenn sie diesen einen Augenblick hätte zurücknehmen können. Oder war das eine Illusion?

„Du bist an allem schuld!“

Aletta kniff die Augen zusammen und krallte die Fingernägel in das Leder des Lenkrades. Gleich würde sie losschreien. Ihr Hass lag wie ein Stein in ihrem Magen und vergiftete sie von innen. Jetzt war endgültig Schluss. Sie würde dort vorn am Straßenrand anhalten und Maike in ihr fettes Gesicht schlagen! Sie würde sie aus dem Wagen zerren und mit den Füßen treten. Immer und immer wieder, bis sie keine Kraft mehr hätte, und dann würde sie weggehen. Für immer.

Maike fiel erschöpft in den Sitz zurück. „Schnall dich an“, sagte Aletta barsch. Maike griff nach dem Gurt und ließ ihn einrasten. Tränen rannen ihr über die Wangen.

„Aletta, verzeih mir. Ich habe es nicht so gemeint. Ich sehe immer ihr Gesicht vor mir und stelle mir vor, ich müsste dort in diesem Kühlfach liegen. Ich war eingebildet und überheblich und dachte, ich hätte alles im Griff. Es wäre nicht so gekommen, wenn ich sie so geliebt hätte wie sie mich. Als ich es kapiert habe, war es zu spät. Es ist meine Schuld! Ganz allein meine Schuld!“ Sie presste die Hände aufs Gesicht und schluchzte so heftig, dass die Schultern bebten.

Aletta seufzte. Sie war sich nicht sicher, was schlimmer war: die Maike, die auf sie einschrie, oder die Maike, die sich vor Schuldgefühlen und Selbstmitleid zerfraß. Aletta parkte den Wagen am Straßenrand, zog eine Packung Taschentücher aus dem Seitenfach und reichte sie ihrer Freundin.

„Beruhige dich. Wisch dir das Gesicht trocken und putz dir die Nase. So willst du deiner Großmutter doch sicher nicht unter die Augen treten, oder?"

Maike schniefte, schnäuzte sich dröhnend in das Taschentuch und durchweichte gleich noch ein zweites. Ein Schluckauf ließ ihren Körper erbeben. Aletta wartete einige Minuten, dann erst stieg sie aus und ging um den Wagen herum, um Maike herauszuhelfen. Den Arm um ihre ausladende Mitte gelegt, führte sie sie die Panzerstraße hinauf zu Irene Jacobsons Haus.

Das war nicht die normale Welt, in die sie geboren und in der sie aufgewachsen war! Sabine fühlte sich den anderen Menschen und ihren Leben so fern und fremd. Sie rauschte mit einem Vampir durch Hamburgs Nacht, um sich sezierte Leichen anzusehen! Nein, das gehörte nicht zu den Dingen, die man seiner Mutter am Telefon berichtete, wenn diese die übliche Frage stellte, was man denn Schönes gemacht habe. Sie hatte ihre Mutter schon wieder viel zu lange nicht angerufen, dachte Sabine. Gleich heute, wenn sie ausgeschlafen hatte, würde sie sich bei ihr melden. Nach den Leichen!

Ein hysterisches Lachen stieg in ihr hoch. Das war alles so absurd. Warum ließ sie sich darauf ein? Der Fall war für sie erledigt. Sie hatte für die Familie Nachforschungen angestellt – auch wenn diese nicht den gewünschten Erfolg gebracht hatten. Und nun war Iris ohne ihre Hilfe gefunden worden – oder zumindest ihr Körper. Die Staatsanwaltschaft würde aufgrund der Ergebnisse der Rechtsmedizin und der Kripo entscheiden, ob ein Tötungsdelikt vorlag oder nicht, und dann – je nachdem, wie die Entscheidung ausfiel – würde der Fall als Selbsttötung oder Unfall abgeschlossen oder von den Kollegen weiterverfolgt werden. Warum also, um alles in der Welt, saß sie auf der Hayabusa und jagte in halsbrecherischem Tempo dem Eppendorfer Uniklinikgelände entgegen? Sie dachte an Michael. An seine Umarmung und seinen Kuss. Er war so wunderbar männlich – und so wunderbar normal! Das Gefühl flog mit dem Fahrtwind davon. Stattdessen drängte sich der Körper vor ihr, den sie fest umschlungen hielt, in ihr Bewusstsein und füllte es aus. Ihr war es, als könne sie seine Kälte durch die Lederjacke spüren – und dennoch ging etwas von diesem Wesen aus, das sie faszinierte und ihre Seele nicht mehr freigab.

Peter von Borgo drosselte den Motor und ließ die Maschine vor dem Maschendrahtzaun ausrollen, der, zusammen mit dichtem Gebüsch, die Straße Butenfeld vom Gelände der Klinik trennte. Er schob das Motorrad in eine Parkbucht und half Sabine über das Gitter eines geschlossenen Nebeneingangs. Aufmerksam betrachtete die Kommissarin das Gebäude. Die Fenster waren alle dunkel. Sie atmete auf. Normalerweise gab es hier keinen Nachtdienst, dennoch hatte stets einer der Ärzte für das Opferhilfeprogramm „Hamburger Initiative gegen Gewalt und Aggressivität" – kurz „HIGAG" genannt – Rufbereitschaft. Wenn es galt, Spuren für ein Gutachten zu sichern, das auch vor Gericht Bestand haben würde, kam – egal, ob Tag oder Nacht – ein Arzt, um das Opfer zu untersuchen, zu beraten, zu fotografieren und ein Protokoll aufzunehmen. Alle anderen Fälle, bei denen die Zeit nicht so drängte, bekamen für psychologische oder rechtliche Beratung Termine zu den regulären Arbeitszeiten zugewiesen. Die Anzahl der Fälle pro Jahr hatte längst die Tausendermarke überstiegen. Es waren Frauen, die das Angebot wahrnahmen, gedemütigte, geprügelte, vergewaltigte Frauen, und Kinder, ab und zu auch Männer.

Sabine schüttelte die Gedanken ab und folgte Peter von Borgo, der ihr eine Seitentür aufhielt. Zielstrebig ging er ihr voran die Treppe hinunter und den Gang entlang auf die Schleuse zu. War er schon einmal hier gewesen, oder roch er die toten Körper, die in den gekühlten Fächern aufbewahrt wurden, bis hierher?

Die Kommissarin trat in den leeren Vorraum. Der Geruch von Desinfektionsmittel hing in der Luft. Sie warf einen Blick in den großen Sezierraum, in dem an manchen Tagen drei Teams gleichzeitig arbeiteten. Nun jedoch war alles sauber und ruhig, die Geräte gereinigt und an ihren Plätzen verstaut. Auf einer Tafel waren die Gewichte entnommener Organe notiert.

Der Raum daneben war mit einer starken Abzugshaube ausgestattet. Hierher kamen die stark verwesten Toten, Leichen, die von aggressiven Pilzen befallen waren, oder die an ansteckenden Krankheiten Verstorbenen. Eintausendzweihundert Tote wanderten pro Jahr über diese Metalltische, die matt glänzend im gedämpften Licht vor ihr lagen. Dreißig bis vierzig Leichen davon waren Fälle für die Abteilung „Tötungsdelikte“ des LKA.

„Sie ist da hinten, ganz am Ende“, drang die Stimme ihres Begleiters in ihre Gedanken. Peter von Borgo deutete zu den letzten Metalltüren, die sich im Vorraum an der Wand entlangreihten. Klar, dies waren die Fächer, die am tiefsten heruntergekühlt wurden, damit die Verwesung ihre bereits begonnene Arbeit nicht fortsetzen konnte. Aber woher wusste das der Vampir?

Als habe er ihre Gedanken gelesen, sagte er: „Ich kann ihren Körper wittern."

„Du riechst all die vielen Toten, die hinter diesen Türen liegen, und kannst sie an ihrem Geruch unterscheiden?", wiederholte Sabine ungläubig und ein wenig entsetzt. Der Gedanke war erschreckend.

Der Vampir nickte. „Vielleicht nicht alle, aber die, die bereits einen so starken Geruch verströmen, dass er durch die Dichtungen dringt."

Die Kommissarin unterdrückte ein Schaudern und trat an die Tür mit der Aufschrift „Madenfach" heran. Wenn ihre Gedanken nicht schon auf die Tote hinter dieser Tür konzentriert gewesen wären, hätte sie sich vielleicht die Frage gestellt, wie der Vampir einen Toten erkennen konnte, den er lebendig nicht gekannt hatte.

Peter von Borgo öffnete die Tür und zog die Wanne mit der Leiche heraus. Die Kommissarin nahm das Tuch ab. Iris. Die tote Iris. Wo war das kleine, lachende Mädchen von dem Foto geblieben? Wieder war sie ein wenig erstaunt, den Körper einer erwachsenen Frau vor sich zu haben.

Schweigend standen sie nebeneinander und betrachteten den nackten, von Fäulnis aufgetriebenen Leib. Nun sah die Kommissarin auch die einzige größere Wunde am linken Bein, das bis zum Knie fast völlig zerfetzt war. Eine Schiffsschraube? Hatte Iris zu diesem Zeitpunkt noch gelebt?, fragte sie sich bang. Sabine betrachtete die Hände: weiß und verschrumpelt wie OP-Handschuhe. Es sah aus, als könne man die Haut samt den Fingernägeln in einem Stück herunterziehen.

Die Gewalt, die dem Körper bei der Sektion zugefügt worden war, fiel – bis auf die grobe Naht über Brust und Bauch – nicht so sehr ins Auge. Sabine wusste, dass man den gesamten

Rumpf in Form eines Ypsilons aufgeschnitten, die Organe entnommen und gewogen und Proben für die Histologie genommen hatte. Danach war alles wieder in die Bauchhöhle zurückgelegt und die Haut vernäht worden. Ein Sektionsassistent übernahm es, den Schädelknochen aufzusägen. Der Schnitt wurde stets hinter dem Haaransatz geführt und die Kopfschwarte nach vorn und hinten abgezogen, sodass man, nachdem das Gehirn entnommen worden war, die Gesichtshaut wieder an ihren ursprünglichen Platz ziehen konnte.

Der Vampir verschwand von ihrer Seite und kam kurz darauf mit einem schmalen Hefter zurück. Sabine las. Es tat gut, den Blick von dem zerstörten Körper auf das Papier mit seinen emotionslosen Sätzen richten zu können. Peter von Borgo legte das Tuch wieder über Iris' Leiche und schob die Wanne zurück in das Kühlfach.

Da stand es: Die Verletzung war post mortem entstanden, wahrscheinlich durch eine Schiffsschraube. Sabines Blicke huschten über die Fachbegriffe und Beschreibungen: streifige Blutungen in der Halsmuskulatur, ballonierte Lunge, subpleurale Paltauf-Flecken vor allem in den Interlobärspalten, leichte Schleifspuren an Stirn, Handrücken, Knie und Zehen. Sie blätterte weiter zu der Bestimmung der Todeszeit. Die Venenzeichnung und der aufgeblähte Zustand der Leiche zeigten, dass sie – bei 10,5 Grad Elbtemperatur – mindestens zehn Tage im Wasser gelegen hatte. Die gelockerten, aber noch nicht gelösten Nägel sprachen gar für einen Zeitraum zwischen sechzehn und fünfunddreißig Tagen. Sie las die Eintragungen in den Spalten „Ablösungszustand der Haut", „Pleuratranssudat", „Herz blutleer" und „Gehirn erweicht" und blätterte dann zu den Schlussfolgerungen der Rechtsmedizinerin weiter.

Die Kommissarin las das Protokoll zweimal durch. Keine

Anzeichen, dass Iris vor ihrem Tod Gewalt zugefügt worden war, keine Würgemale, keine Verletzungen, die auf eine Vergewaltigung hindeuteten. Und auch kein Alkohol war in ihrem Gewebe gefunden worden. Frau Jacobson hatte Sabine erzählt, dass Iris gut schwimmen konnte. Wäre sie in die Elbe gefallen, hätte sie sich dann nicht retten können? Allerdings durfte man den Fluss mit seinem Gezeitenwechsel nicht unterschätzen. Außerdem war das Wasser im April noch so kalt, dass man nicht sehr lange durchhalten würde. Die Frage wäre dann jedoch, wo war sie hineingefallen und warum? Hatte es Zeugen gegeben, die ihr nicht helfen konnten oder wollten? Oder doch Selbstmord? Wo aber war dann ihr Abschiedsbrief? Es gab Menschen, die sich davonmachten, ohne eine Erklärung abzugeben, ohne ein Abschiedswort, doch die waren selten.

Und wenn ein Brief vorhanden gewesen war? Hatte jemand ihn verschwinden lassen? Die Kommissarin kaute auf ihrer Unterlippe. Wer konnte ein Interesse daran haben, ein Abschiedsschreiben zu vernichten? Wollte jemand, dass es wie ein Unfall aussah oder wie Mord?

Wenn Iris sich selbst getötet hatte, was hatte sie zu dieser Tat getrieben? Stand in dem Brief etwas, das jemand belasten und in Schwierigkeiten bringen würde, wenn es herauskäme? Sie dachte an ihre Begegnung mit Maike in Iris' Zimmer, an Frau Jacobsons Bemerkungen über Iris, an die Freundinnen und die alte Lehrerin – und an das seltsame Verhalten der Mutter, die heute Morgen für einige Momente ihre eisige Beherrschung verloren hatte. Sie würde allen noch einmal auf den Zahn fühlen! Sie konnte es spüren. Da war etwas, etwas Wichtiges, Entscheidendes, das sie vor ihr verbargen.

Sabine las den Autopsiebericht noch einmal durch, bis sie an einem Satz hängen blieb, den sie vorher übersehen hatte.

Ihre Augenbrauen hoben sich überrascht. Warum hatte ihr das keiner gesagt? Das würde sie bei ihrem nächsten Besuch im Hause Stoever und Jacobson ansprechen!

Ohne es zu bemerken, war die Kommissarin die Treppe hinaufgestiegen und stand nun vor Dr. Lichtenbergs Büro.

„Die Akten liegen auf ihrem Schreibtisch", sagte Peter von Borgo.

Sabine sah auf den Hefter in ihrer Hand und dann verwirrt zu ihrem Begleiter. „Akten? Welche Akten?"

Er zuckte mit den Schultern. „Von Everheest und Reeder. Ich dachte, wenn du schon einmal hier bist, möchtest du vielleicht den ausführlichen Autopsiebericht lesen." Mit einer Verbeugung öffnete er die Tür und ließ sie eintreten.

Sabine blätterte erst den Bericht „Everheest" durch und griff dann nach den Sektionsergebnissen des Falls „Kai Reeder".

„Nikotin!", sagte Peter von Borgo.

„Nikotin?", wunderte sich Sabine und überflog die Seiten der Toxikologie. Ja, da stand es. Konzentriertes Nikotin, ein sehr schnell wirkendes Gift. Schon fünfzig Milligramm konnten zum Tod führen! Die Kommissarin überflog die Beschreibung des Nachweises: Festphasenextraktion, Massenspektroskopie. Kai Reeder hatte vermutlich hundertfünfzig bis zweihundert Milligramm Nikotin mit einem alkoholischen Getränk zu sich genommen. Da Nikotin das vegetative Nervensystem blockiert, trat der Tod innerhalb weniger Minuten durch Atemlähmung ein.

„Nikotin", wiederholte Sabine und ließ den Bericht sinken. „Wo bekommt man Nikotin her?"

„Tabak?", schlug Peter von Borgo vor.

„Du meinst, ein Hobbychemiker, der seine Zigaretten destilliert? Sollte man überprüfen."

„Oder ein Hobbygärtner mit einer Leidenschaft für Rosen?“, ergänzte der Vampir.

„Diese üblen Blattlausgifte, mit denen es immer wieder zu Unfällen gekommen ist?“ Die Kommissarin zögerte. „Sind die nicht schon vor Jahren vom Markt genommen worden?“

Der Vampir zuckte mit den Schultern. „Es gibt sicher noch Gärtnereien, die Nikotin einsetzen, oder Rosengärtner mit alten Restbeständen oder auch Apotheken, in deren Giftschränken manche Altlast schlummert. Ich selbst habe, glaube ich, so ein Mittel in einem meiner Schuppen gesehen. Aber nicht, dass du mich verdächtigst, den Herrn Anwalt aus dem Leben genommen zu haben.“

Sabine lächelte schwach. „Nein, ich denke nicht – vor allem nicht mit Nikotin!“

Der Vampir verbeugte sich spöttisch. „Dein Vertrauen ehrt mich!“

Wieder einmal riss das Telefon sie aus ihren Träumen. Sie war durch lange Gänge gewandelt, an denen unzählige metallene Türen schimmerten. Immer wieder schlugen einige von ihnen lärmend gegen die Wand, und halb verweste Leichen streckten ihre Arme und Köpfe heraus. Sie kannte die Gesichter! Thomas und Sönke, Michael und Robert, Iris, Maike und Aletta, Frau Jacobson und die freundliche Lehrerin, aber auch der tote Anwalt und von Everheest, von dem sie nur einige Fotos gesehen hatte. Seine Leiche war längst verbrannt oder in einem teuren Sarg im Park von Ohlsdorf verscharrt worden. Auch der tote Kai Reeder war inzwischen von der Rechtsmedizin zur Bestattung freigegeben und von einem Beerdigungsinstitut abgeholt worden. Die wichtigen Beweise – der giftdurchsetzte Mageninhalt und Proben der Organe – lagerten im Institut für Rechtsmedizin und würden dort auch noch mindestens ein Jahrzehnt verbleiben.

Das Telefon befreite sie von den Leichen und holte sie in ihre sonnendurchflutete Wohnung zurück. Während der ersten drei Klingelzeichen überlegte sie, ob sie jetzt schon bereit wäre, mit einem wachen Menschen zu reden, doch die Neugier siegte.

„Hallo, Sabine, Michael hier. Was ist mit dir? Ich habe dich doch nicht etwa geweckt?"

Sie warf einen Blick auf den Wecker. Elf vorbei. „Nein", log sie. „Was gibt es?"

„Ich wollte dich nur fragen, ob du gestern gut nach Hause gekommen bist und wie es dir geht und ob du Lust hast, heute Abend mit mir ins Kino zu gehen."

Sabine unterdrückte ein Gähnen. „Also, Antwort eins lautet: Ja, Antwort zwei: gut, und die drei …" Sie überlegte. Wollte sie ihn wiedersehen? Wollte sie sich im Schutz der Dunkelheit in einem Kino an ihn drücken? Ein Gefühl regte sich in ihrem Bauch, das ihr ein eindeutiges „Ja" zuflüsterte. Wie in früheren Zeiten, als ihre einzigen Sorgen waren, wer mit wem ging, ob das Gesicht zu sehr von Pickeln bedeckt war, um das Rendezvous zu wagen, und ob man nicht etwa vorher eine schlecht benotete Arbeit zurückbekam und deswegen zu Hausarrest verdonnert wurde.

„Drittens: Ja!"

Es kam ihr so vor, als habe Michael erwartungsvoll die Luft angehalten und als stieße er sie nun erleichtert aus. „Wunderbar. Ich hole dich um sieben ab." Er legte die Hand über den Hörer, sodass seine Worte nur noch gedämpft zu ihr drangen. „Thomas, ich habe es gehört. Ich komme sofort. Wir haben uns mit Alexander Sandemann um siebzehn Uhr im Clubhaus des NRV an der Alster verabredet. – Keine

Ahnung. Muss irgendeine wichtige Regatta am Sonntag sein. Ich kenne mich damit nicht aus. Jedenfalls sagte er, er müsse etwas an seinem Boot machen, das keinen Aufschub dulde."

„Na, dessen Sorgen möchte ich haben", hörte Sabine die Stimme von Hauptkommissar Ohlendorf im Hintergrund. Schritte entfernten sich, die Hand über dem Hörer wurde entfernt.

„Das war der wichtigste, aber nicht der einzige Grund, warum ich dich anrufe. Bei der Vermisstenstelle hat sich heute ein junger Mann gemeldet, der Iris am Ostersonntag gegen neunzehn Uhr gesehen haben will. Thomas sagt, uns geht das nichts an, da die Staatsanwaltschaft zu dem Schluss gekommen ist, dass kein Fremdverschulden vorliegt. Aber wenn du mit dem Zeugen sprechen willst? Ich meine, wenn dich der Fall immer noch interessiert. Ich kann dir die Adresse geben."

Ein schmächtiger junger Mann mit einer Menge Pickel im Gesicht öffnete ihr. Er trat zurück und bat die Kommissarin einzutreten. Für einen Studenten keine schlechte Wohnung, dachte Sabine, als sie einen Blick in die beiden hohen Räume unter dem Dach des gründerzeitlichen Stadthauses in Winterhude warf.

„Was studieren Sie?"

„Medizin, sechstes Semester", gab Martin Blessing bereitwillig Auskunft.

„Wollen Sie sich setzen?" Er räumte einen Pulli und ein zerknittertes T-Shirt vom Sofa und warf sie um die Ecke in das kleine Badezimmer.

Sabine ließ den Blick durch die Studentenbude wandern. Ein massives Regal, das sich über die ganze Wand erstreckte, war von Büchern überladen, die anscheinend nach keinem bestimmten System dort standen. So lagen auf den Regalen Thriller, Medizinbücher, Bildbände über Jagdflieger und zerfledderte Taschenbuchkrimis bunt durcheinander. Hinten an der Wand standen eine alte Couch, ein Beistelltisch und ein Sessel. Auf dem Esstisch in der Mitte des Raumes sah sie einen Teller mit einem Rest Pizza und daneben einen aufgeschlagenen Wälzer, Papier und ein paar Stifte.

„Anatomie", sagte Martin, der ihrem Blick gefolgt war. „Will im Juni die Prüfung mitschreiben." Er ließ sich in den Sessel fallen und deutete auf die Zweisitzercouch gegenüber. Er schien nervös. Immer wieder wischte er sich die Hände an seiner Jeans ab.

Sabine setzte sich auf das abgewetzte Polster. „Sie sagen, Sie hätten Iris Stoever am Sonntag, dem zehnten April, gegen neunzehn Uhr gesehen?"

Der junge Mann nickte. „Auf der Fähre."

„Und warum melden Sie sich erst jetzt?"

Diese Frage war ihm sichtlich unangenehm. „Nun ja, ich habe das Plakat ja nicht gleich gesehen. Ich bin nicht so oft in Blankenese, wissen Sie? Ich besuche nur ab und zu meinen Onkel, der an der Süllbergsterrasse wohnt. Und ich habe mich auch nicht gleich erinnert, und dann dachte ich, nun ja, es ist schon so lange her, und ich kann auch nichts richtig Spannendes erzählen." Er warf der Kommissarin einen Hilfe suchenden Blick zu.

„Was hat Sie dazu bewogen, sich dann doch noch an die Polizei zu wenden?"

Er deutete auf die *Hamburger Morgenpost*, die auf dem niederen Kieferntisch lag. Die Meldung von der noch nicht identifizierten weiblichen Leiche am Schweinesand war aufgeschlagen. „Ich hab meiner Freundin davon erzählt, und die meinte, egal, wie unwichtig mir das jetzt vorkommt, vielleicht hilft es der Kripo weiter."

Sabine nickte. Schade, dass es nicht immer vernünftige Freundinnen gab. „Und was ist das nicht Spannende, das Sie mir erzählen können?"

„Ich war auf der Fähre nach Wittenbergen – mit dem Fahrrad. Ich wollte einen Freund besuchen und dann an der Elbe entlang zurück nach Hamburg radeln. Ich hab mein Rad abgeschlossen und bin ganz nach hinten gegangen. Da stand ein Mädchen und starrte ins Wasser. Ich dachte, sie sei viel jünger. Sie sah so schmal aus und so einsam, da bin ich zu ihr rüber und hab sie angesprochen. Sie ist richtig zusammengezuckt, obwohl ich nichts Blödes zu ihr gesagt habe – ehrlich!"

Sabine nickte. Sie schob die Vergrößerung des Fotos über den Tisch, das die Vermisstenstelle auch für die Plakate verwendet hatte. „Sind Sie sich ganz sicher, dass Sie auf der Fähre mit dieser Frau gesprochen haben?"

Martin nickte. „Ja, sie trug sogar die gleichen Ohrringe." Er räusperte sich und setzte dann seinen Bericht fort.

„Als ich sie ansprach, fuhr sie herum und sah sich um, so richtig gehetzt, als ob sie jemand verfolgen würde. Außerdem merkte ich, dass sie geweint hatte. Ihre Augen und die Nase waren rot und geschwollen. Ich hab sie gefragt, ob ich ihr helfen kann, aber sie hat nur den Kopf geschüttelt. Da hab ich dann versucht, sie zu beruhigen – zu trösten. Ich weiß nicht mehr genau, was für ein Zeug ich gelabert habe, irgendwas wie: Es wird mit der Zeit alles besser oder so, und da hat sie was Seltsames gesagt. Ich muss überlegen, damit ich das richtig zusammenkriege." Er sah zu der Kommissarin hinüber, wie um sich zu vergewissern, dass sie ihm noch zuhörte, ehe er fortfuhr.

„‚Manches nicht‘, sagte sie. ‚Es gibt Dinge, die werden mit der Zeit immer schlimmer. Ich weiß nicht, ob er es nicht wusste oder ob er mich angelogen hat. Ich habe mich jedenfalls daran gehalten. Zehn Jahre sind eine verdammt lange Zeit!‘“ Er hob die Hände. „Das war's eigentlich. Ich bin zu meinem Rad zurück und habe sie nicht mehr gesehen. Ist doch seltsam, nicht? Wissen Sie, was sie damit gemeint hat?“

Die Kommissarin schüttelte den Kopf. „Nein, das kann ich Ihnen auch nicht sagen, aber es kommt mir so vor, als wäre sie in einer sehr depressiven Stimmung gewesen. Könnten Sie sich vorstellen, dass Iris – kurz nachdem Sie mit ihr gesprochen haben – ins Wasser gesprungen ist, um sich zu ertränken?“

Der Student wich erschrocken in seinem Sessel zurück. „Wollen Sie damit sagen, dass ich ...?“

„Nein! Ich will Ihnen keine Schuld geben. Wenn, dann hat sie sich umgebracht, obwohl und nicht weil Sie mit ihr gesprochen haben! Bitte sagen Sie mir, wie Sie ihre Stimmung einschätzen. Halten Sie es für möglich?“

Er senkte den Kopf. „Ja, das kann ich mir vorstellen. Der Gedanke kam mir ab und zu, und ich habe mir Vorwürfe gemacht, dass ich so schnell aufgegeben habe, dass ich nicht bei ihr geblieben bin und sie weiter in ein Gespräch verwickelt habe. Vielleicht wäre sie dann noch am Leben.“

Die Kommissarin erhob sich. „Hat Iris Ihnen erzählt, wohin sie fuhr?“

Martin schüttelte den Kopf. „Ich habe sie nicht danach gefragt. Ich bin in Wittenbergen ausgestiegen, habe eine Stunde mit meinem Freund ein Bier getrunken und geredet und bin dann mit dem Rad zurückgefahren. An sie habe ich nicht mehr gedacht – bis ich auf die Plakate stieß.“

Selten hatte Sabine so wenig von einem Kinofilm mitbekommen wie an diesem Abend. Die überlebensgroßen Figuren huschten über die Leinwand, sie liebten und sie stritten sich, aber Sabine nahm nichts davon wahr. Ihre Gedanken waren bei der Toten und ihrer Familie. Warum logen sie? Was wollten sie vertuschen? Irene Jacobsons Überraschung schien echt gewesen zu sein.

„Ein Kind? Iris soll ein Kind haben? Aber wie kommen Sie auf diese verrückte Idee? Davon müsste ich doch wissen." Maike mimte die Unschuldige, doch die Kommissarin hatte den Blick wohl bemerkt, den sie Carmen zugeworfen hatte.

„Warum gibt es keinen Abschiedsbrief? Haben Sie ihn verschwinden lassen? Maike, nun reden Sie endlich! Was wird hier gespielt? Ihre Schwester ist tot! Reicht das nicht? Ist es nicht endlich an der Zeit, dass die Wahrheit offen ausgesprochen wird?"

Maike baute ihren massigen Körper vor ihr auf. „Ja, für Iris ist es vorbei. Ende. Aus. Daran lässt sich nichts mehr ändern. Sie hat ihre Ruhe gefunden. Verschwinden Sie und jagen Sie hier nicht weiter Ihren Hirngespinsten nach. Mag sein, dass Iris so unglücklich war, dass sie von diesem verdammten Schiff gesprungen ist, aber auch das lässt sich nicht mehr rückgängig machen – ob Sie uns nun weiter auf die Nerven fallen oder nicht! Sehen Sie meine Großmutter an." Maike deutete anklagend auf die alte Frau, die in ihrem Sessel zusammengesunken war. „Hat sie nicht schon genug durchgemacht? Müssen Sie sie noch weiter quälen? Ihr Herz ist nicht mehr das stärkste, also gehen Sie endlich und treiben Sie mir nicht auch noch meine Großmutter ins Grab!"

Wortlos verließ die Kommissarin das Haus und zog die Tür hinter sich zu.

Maike stürmte in ihr Zimmer hinauf und wählte Alettas Nummer.

„Verdammt, sie hat Großmutter wegen des Kindes gefragt! Wie kann sie das herausgefunden haben? Ich habe ihr gesagt, dass sie verschwinden soll, aber ich weiß nicht, ob sie mit ihrer Schnüffelei nun endlich aufhört. Ich habe dir gleich gesagt, dass das ein idiotischer Einfall ist, den Brief verschwinden zu lassen. Nur so kam Großmutter auf die Idee, sich bei ihrer Nachbarin auszuheulen, und die hat uns diese Kommissarin eingebrockt. Was ist, wenn sie weitermacht? Sie ist bestimmt schon auf dem Weg zu Barbara, um auch sie nach dem Kind zu fragen, das es offiziell gar nicht gibt."

„Lass sie ruhig die Version deiner Mutter hören", sagte Aletta. „Es ist alles in Ordnung. Der Fall ist abgeschlossen. Sie sind zu dem Ergebnis gekommen, dass es Unfall oder Selbstmord war. Du weißt so gut wie ich, dass wir den Brief nicht in andere Hände geben konnten. Also reg dich nicht auf und pflaum mich nicht so an! Es war schließlich nicht meine Idee, eine Schnüfflerin in den alten Geschichten herumkramen zu lassen."

Auch bei Iris' Mutter stieß Sabine auf Granit. „Ich weiß nicht, wovon Sie reden."

„Es ist eine medizinische Tatsache, die Sie nicht einfach vom Tisch wischen können."

„So? Dann sage ich Ihnen mal etwas", erwiderte Barbara Stoever mit schriller Stimme. „Meine Tochter ist tödlich verunglückt. Damit muss ich mich abfinden. Aber ich muss mich nicht mit unverschämten Unterstellungen belästigen lassen. Die Untersuchung ist abgeschlossen, daher fordere ich Sie auf, mein Haus sofort zu verlassen und sich in Zukunft von mir fernzuhalten."

Die Kommissarin trat den Rückzug an. „Zwei Fragen noch: Wer soll Ihnen was vergeben? Gott oder Ihre Tochter? Was haben Sie getan, was Sie für ihr Bestes hielten?"

Frau Stoever wurde weiß. „Sie machen sich über meinen Schmerz lustig – und darüber, dass ich beim Anblick meiner toten Tochter zusammengebrochen bin. Raus!"

Es blieb der Kommissarin nichts anderes übrig, als das Feld zu räumen.

„Wie fandest du den Film?", fragte Michael, als sie mit den anderen Besuchern das Kino verließen.

„Ich habe nicht viel mitbekommen", gestand Sabine. „Es treibt sich noch zu viel in meinem Kopf herum."

Michael nickte. „Ja, so geht es mir auch." Er hatte den Arm um sie gelegt und führte sie um die Leute herum, die sich für die Spätvorstellung angestellt hatten. „Wir haben heute mit einer Patientin unseres guten Doktors von Everheest gesprochen. Er hat ihre Oberschenkel verpfuscht und sich mit zwanzigtausend Euro Schmerzensgeld freigekauft."

„Glaubst du, es war eine Patientin, die sich für eine schiefgegangene Operation rächen wollte?"

„Nein, eigentlich nicht. Warum stirbt sein Anwalt genau eine Woche später? Warum haben sie ihre Zusammenarbeit beendet? Das sind zu viele Zufälle." Sie schlenderten in Richtung Alster. Trotz der späten Stunde war hier am Wasser noch viel los. Endlich ein milder Frühlingsabend und noch dazu Wochenende! Das lockte die Menschen zu Tausenden aus ihren Häusern.

„Die Haushälterin – Frau Gerstner – hat uns berichtet, dass sich am Sonntag vorher einige Freunde im Haus von Everheest getroffen haben: die Eheleute Reeder, Sandemann und noch ein Ehepaar von Raitzen."

„Ich bin überzeugt, dass Frau von Everheest ein Verhältnis mit Kai Reeder hatte und dass ihr Mann dahintergekommen ist."

Michael nickte. „Ja, und dann hat Reeder von Everheest erschossen, und seine Frau hat ihn vergiftet. Das würde passen, wenn ich sie für eine bessere Schauspielerin halten würde. Sie konnte ihre Trauer und Verzweiflung um von Everheests Tod nicht verbergen, aber ich fürchte, auch ihr Entsetzen war echt, als wir ihr den Mord an ihrem Mann meldeten. Ich glaube immer noch, dass die Sandemanns ihre Finger tiefer im Dreck haben, als sie sollten. Ich würde zu gern die noble gynäkologische Praxis mal auf den Kopf stellen. Ich glaube, dort ließe sich manches finden."

Sabine nickte. „Der Sandemann ist eiskalt – und seine Frau halte ich für durchtrieben. Und dazu noch der Herr Senator …"

„Ich wette, bei denen gibt's Rattengift im Keller", behauptete Michael, und seine Augen blitzten unternehmungslustig. „Man müsste sich da mal umsehen."

Sabine kicherte. „Sicher war der Mörder der Gärtner oder so. Es war allerdings kein Rattengift. Da musst du schon nach einem uralten Rosenspritzmittel oder so etwas suchen!"

„He, ich meine es ernst! Leider haben wir nichts Konkretes in der Hand. Ich bekomme nicht einmal einen Durchsuchungsbefehl für Sandemanns Villa. Bisher ist er offiziell nicht in die Morde verwickelt. Ich habe da nur so ein Gefühl …" Er brach ab und zuckte hilflos mit den Schultern.

„Ja, das kenne ich", stimmte ihm Sabine zu.

Sie ließen die Menschenansammlungen und den Straßenlärm hinter sich und schlenderten Arm in Arm am Alsterufer entlang. Es fühlte sich ganz natürlich an, und plötzlich fiel es Sabine schwer, weiter über die Toten und ihre seltsamen

Verbindungen nachzudenken. Ein paar Enten hatten sich im Gras zum Schlafen aneinandergekuschelt, die Köpfe unter die Flügel gesteckt.

„Da bekomme ich schon vom Zusehen Rückenschmerzen“, sagte Michael und deutete auf das Federvieh. „Es ist mir ein Rätsel, warum die keinen Bandscheibenschaden haben, so wie die ihren Hals verdrehen.“

Sabine kicherte. „Viel frische Luft, Bewegung und immer nur Grünfutter, das wird es sein.“

„Vermutlich“, knurrte der Kommissar. Er blieb stehen und zog Sabine näher zu sich. Sie spürte seine Beine an den ihren. Sein Bauch und seine Brust pressten sich an sie. Seine Arme umfingen sie so eng, dass sie kaum mehr atmen konnte, und doch wäre sie ihm am liebsten noch näher gewesen. Sein Atem roch ein wenig nach Knoblauch und Wein, aber nicht so stark, um unangenehm zu sein. Fast schmerzlich verlangte sie nach einem Kuss und nach mehr. Der Aufruhr in ihrem Körper überraschte sie. Was war nur in sie gefahren, diesen Mann plötzlich so zu begehren? War sie verliebt, oder wollte sie endlich wieder einmal Sex?

Sein Kuss nahm alle ihre Sinne gefangen, sodass sie keine Gedanken mehr übrig hatte, um weiterzugrübeln. Sie wusste nicht mehr, wo sie sich befand, und wollte es auch gar nicht wissen. Selbst die Zeit war unwichtig geworden. Es genügte ihr, hier mit ihm am nächtlichen Alsterufer zu stehen, ihn an sich zu pressen und ihn zu küssen.

Überraschenderweise waren doch nicht alle ihre Sinne mit dem Mann in ihren Armen beschäftigt, denn irgendwo schrillte plötzlich eine Alarmglocke und machte sie auf die Nackenhaare aufmerksam, die sich aufgestellt hatten, und die Kälte, die ihr über den Rücken kroch.

Das gehört dazu, wollte sie die Stimme zum Schweigen

bringen, aber so leicht waren die Instinkte nicht zu betrügen. Rote Augen brannten sich in ihren Sinn, und der Blick fuhr ihr bis ins Mark. Eine Welle der Übelkeit schwappte durch ihren Geist und Körper. Mit einem Ruck befreite sie sich aus Michaels Umarmung und taumelte einen Schritt zurück. Den Handrücken auf ihren Mund gepresst, sah sie sich hektisch um.

„Was ist mit dir?“ Michael hob die Hand und trat auf sie zu, doch Sabine wich vor ihm zurück. „Habe ich etwas falsch gemacht?“

Sie schüttelte den Kopf. Noch immer huschte ihr Blick über die Büsche und Bäume am Ufer. Er war da! Sie wusste es, auch wenn sie ihn nicht sehen konnte. Es war nicht seine Anwesenheit an sich, die sie beunruhigte. An die prickelnde Kälte hatte sie sich inzwischen gewöhnt. Dieses Mal jedoch schwang noch etwas anderes mit, das sie ängstigte. War es Wut oder gar Hass?

„Du liebst das Versteckspiel“, sagte sie laut und merkte, wie ihre Stimme zitterte.

Michael sah sie irritiert an. „Was meinst du?“

„Ich ziehe es vor, meinen Gesprächspartner zu sehen!“

Auf dem Gesicht des Kommissars zeichnete sich Bestürzung ab. Sicher hatte er von ihren Aussetzern gehört, von Gedächtnislücken und Überreaktionen, und nun begann er daran zu glauben, dass ihre Suspendierung vielleicht keine so abwegige Idee war. Er stellte sich vermutlich die Frage: Habe ich eben eine Verrückte geküsst?

Es tat weh, schrecklich weh. Es brannte in ihrer Brust. Eine Welle von Wut schoss in ihr hoch. Wie konnte er es wagen, ihr diesen Moment zu zerstören? „Verdammt!“, schrie sie.

Der Vampir stand so unvermittelt neben ihnen, dass der Kommissar zurückfuhr.

„Wer sagt denn, dass ich mit dir sprechen will?“, begann er mit seiner weichen Stimme. „Auch muss ich dir noch einmal sagen, dass dir Fluchen nicht gut zu Gesicht steht.“ Er trat neben Sabine und musterte den Kommissar herausfordernd. Anscheinend trug er heute die dunklen Kontaktlinsen, denn seine Augen schimmerten nur ganz leicht rötlich.

„Willst du mir den – Herrn – nicht vorstellen?“, presste Michael hervor.

Nein, sie wollte ganz und gar nicht! Und sie wollte auch nicht, dass Peter von Borgo so besitzergreifend neben ihr stand. Aber was konnte sie tun? Selbst wenn der Vampir sich von ihr wegschicken ließ – was sie bezweifelte, bei der Aggressivität, die er ausstrahlte –, Michael würde dennoch auf eine Erklärung drängen. Sabine seufzte.

„Das ist Peter von Borgo, Privatdetektiv, wohnhaft in Blankenese. Und das, lieber Peter, ist Michael Merz, Kripooberkommissar beim LKA, 4. Mordbereitschaft.“ Die Männer musterten einander feindselig.

„Ist er ein – Freund – von dir?“, fragte Michael stockend.

Hast du was mit ihm? Ist er dein Liebhaber?, wären die korrekten Fragen gewesen.

Sabine rückte etwas von dem Vampir ab. „Nein, ja – ich meine, wir kennen uns schon eine Weile und … alles ganz harmlos!“ Unter seinem sarkastischen Blick verstummte sie.

„Peter von Borgo“, wiederholte der Kommissar. „Habe ich diesen Namen nicht im Zusammenhang mit dem Fall Magnus in den Akten gelesen?“

Auch das noch! „Ja, er ist ein wenig zwischen die Fronten geraten. Seine Villa wurde durchsucht, aber dann stellte sich heraus, dass Peter nichts mit dem Fall zu tun hatte.“

„So, so“, murmelte Michael und betrachtete den Vampir mit wachsender Abneigung.

Sabine trat unruhig von einem Fuß auf den anderen. „Äh, ich denke, wir gehen jetzt weiter. Peter, wir sehen uns die Tage. Du entschuldigst uns? Wir müssen noch ein paar dienstliche Dinge besprechen."

Seine schwarzen Augenbrauen wanderten in die Höhe. „Dienstliches? Besprechen?" Allein der Tonfall war eine Unverschämtheit. Das lief nicht gut. Überhaupt nicht gut.

„Peter, bitte!" Sie sah ihn flehend an.

„Gut, dann besprecht euch mal weiter", sagte er kalt. Sein Blick ließ Sabine erschaudern. Es hätte sie nicht gewundert, wenn er sie am Hals gepackt und vor Michaels Augen erwürgt hätte. „Allerdings würde ich euch nicht empfehlen, diesen Weg fortzusetzen. Ihr wollt doch keine unliebsamen Unterbrechungen – obwohl, wenn es rein dienstlich wäre? Nur für alle Fälle: Die Kombination lautet 1989. Einen schönen Abend noch!"

Meinte er etwa das, was ihr in den Sinn kam? Oh, nein, das konnte – das durfte nicht sein. Er würde sich wieder in Schwierigkeiten bringen. Sie musste versuchen, Michael loszuwerden. Dann könnte sie noch einmal herkommen. Und dann? Wenn sich ihr Verdacht bestätigte? Dann wäre sie es, die Schwierigkeiten bekäme! Die Sache mit dem Haar lag Sabine immer noch schwer im Magen. Also die Augen schließen und den Verstand ausschalten? Mit Michael weggehen und alles vergessen? Dann würde sich das Problem von selbst lösen. Zumindest eines der Probleme.

Die Entscheidung, ob sie auf Peters Worte etwas erwidern sollte, wurde ihr abgenommen. Genauso plötzlich, wie der Vampir aufgetaucht war, verschwand er wieder.

„Was war das eben?", fragte der Kommissar verwirrt.

„Ach, nichts", winkte Sabine ab. „Nimm ihn nicht so ernst. Er ist ein bisschen seltsam. Er kommt irgendwo aus dem

Osten, Rumänien oder so, und drückt sich oft merkwürdig aus."

Sie versuchte sich an einem Lächeln und hakte sich bei ihrem Begleiter unter, doch Michael widerstand ihrem Versuch, ihn dazu zu bewegen zurückzugehen.

„Lass uns noch ein Stück weitergehen. Dann kommen wir zum Clubhaus des NRV. Sandemann hatte es ja mit seinen Ausbesserungen vor Sonntag so wichtig und wollte die ganze Nacht an seinem Boot arbeiten. Es würde mich interessieren, ob er tatsächlich noch an seinem Kahn dran ist oder ob das eine Ausrede war, um nicht ins Präsidium kommen zu müssen."

Die Kombination für die Eingangstür. Das hatte Peter gemeint! Oh, nein, das war ganz sicher keine gute Idee, wenn der Abend einen romantischen Ausklang haben sollte! Doch wie konnte sie ihn davon abhalten, ins Clubhaus zu gehen, ohne seine Aufmerksamkeit auf Peters Worte zu lenken?

Widerstrebend folgte Sabine dem Kommissar, der seine Schritte beschleunigte. Vielleicht trieb ihn die Ahnung an, der Instinkt, der den guten Polizisten ausmacht. Er zog sie weiter bis zu dem abgezäunten Gelände des „Norddeutschen Regatta Vereins", hinter dessen hoher Hecke die Segelboote der Hamburger High Society an den Stegen vertäut auf der Alster schaukelten. Michael drückte auf die Klingel neben dem Tastenfeld, auf dem die Mitglieder nur die Zahlenkombination einzugeben brauchten. Nichts rührte sich. Sabine hütete sich, die Ziffern zu wiederholen, die Peter von Borgo genannt hatte.

„Keiner da. Er hat dich zum Narren gehalten", sagte sie und wandte sich ab.

„Hat der Kerl nicht irgendetwas von 1989 gefaselt?" Sabine gab auf. Der kleine Kasten fiepte viermal, dann öffnete sich die Tür mit einem Klicken.

„Ist der hier Mitglied?", fragte Michael. Sabine antwortete nicht.

Das Clubhaus lag dunkel und verlassen rechts vor ihnen. Links, ein Stück am Ufer entlang, wo ein paar niedere Schuppen standen und ein paar Boote an Land gezogen waren, strahlte ein heller Scheinwerfer auf einen roten Rumpf. Der Mast des Seglers verlor sich in der Dunkelheit.

„Er scheint also tatsächlich noch da zu sein", meinte der Kommissar und ging auf das Licht zu.

Sabine war nicht überrascht, dass der Eigentümer des schnittigen Seglers Michaels Rufe nicht beantwortete. Sie umrundeten einen „Piraten", eine Zwei-Mann-Jolle, bei der das Schwert beschädigt war, und traten auf den Lichtschein zu.

Ein „Drache", registrierte ihr Unterbewusstsein. Sie war viel zu häufig mit dem Vater gesegelt, um so etwas nicht zu bemerken. Eine schnelle und sehr teure Kieljolle von acht Meter sechzig Länge.

Und da lag der erfolgreiche Gynäkologe, den die reichen Frauen den Arzt ihres Vertrauens nannten. Sein Körper war halb über die Bordwand geneigt, die Finger gruben sich in die rote Farbe. Es war kein Blut zu sehen, also wieder Gift? Der Gedanke, er könne einem plötzlichen Herztod erlegen sein, war zu abwegig, um überhaupt gedacht zu werden. Sabine konnte sein Gesicht nicht erkennen, doch sie war sich sicher, dass es von der Zerstörung gezeichnet war, die das Gift in seinem Körper angerichtet hatte. Viel zu spät fiel es Sabine ein, Überraschung zu mimen.

„Ich glaube es nicht!", stieß der Kommissar aus und kniete sich nieder, um seine Finger an den Hals des Arztes zu legen. „Er ist tot! Nichts mehr zu machen."

Sabine nickte. Sie hatte nichts anderes erwartet. „Dann

sollten wir mal die Kollegen anrufen", sagte sie mit belegter Stimme.

Michael nickte. „Die Zweite hat heute Bereitschaft."

Sabine stieß einen ärgerlichen Laut aus. „Das meinst du aber nicht im Ernst? Dass dieser Mord mit den Fällen von Everheest und Reeder zusammenhängt, sieht doch ein Blinder!"

„Ja, schon", zögerte der Kommissar. „Meinst du, wir sollten das übernehmen?"

„Ich rufe jetzt Thomas an", entschied Sabine und klickte auf den Namen des Hauptkommissars in der Liste auf ihrem Handydisplay. Michael schüttelte den Kopf und streckte die Hand nach ihrem Mobiltelefon aus.

„Lass mich das machen."

Es dauerte fast eine Stunde, bis alle da waren: die vier Teammitglieder der 4. Mordbereitschaft – Robert war noch immer krankgeschrieben –, der Fotograf, der Rechtsmediziner und die Männer von der Spurensicherung. Die weißen Anzüge wurden verteilt, Handschuhe übergestreift. Zwei Stative mit schweren Scheinwerfern tauchten das Gelände des NRV in blendend weißes Licht. Eine bekannte Erregung erfasste die Kommissarin. Ihre Sinne waren hellwach, und ihre Blicke glitten prüfend über die ans Ufer gezogenen Boote. Was war hier geschehen? Wer hatte Alexander Sandemann vergiftet? War dem Mörder ein Fehler unterlaufen? Jedes noch so kleine Detail würde sich in ihr Gedächtnis einprägen. Nichts konnte sie jetzt ablenken. Alles war wie früher.

Dieser Illusion wurde Sabine nur zu schnell beraubt. Gerade als sie in einen Overall schlüpfen wollte, kam Thomas Ohlendorf auf sie zu. Seine Miene verhieß nichts Gutes. Erfreut war er offensichtlich nicht, sie zu sehen.

„Ja verdammt noch mal!", stieß er hervor. „Was machst du hier?"

„Hallo!", antwortete Sabine gereizt. „Ich freue mich auch, dich zu sehen!"

„Ach, hör schon auf! Hörst du inzwischen den Polizeifunk ab oder was?"

„Nein", erwiderte sie, „ich habe mit Michael zusammen die Leiche gefunden."

„Is nich wahr", ertönte Sönkes Stimme hinter ihr. Sie drehte sich so rasch um, dass sie sein Feixen noch bemerkte.

„Ja, und? Wir waren zufällig in der Gegend, und er wollte nachsehen, ob Sandemann, wie angekündigt, noch auf dem Clubgelände ist."

„Na, das is er ja wohl", bemerkte Sönke trocken. „Dammi noch mol. Damit hätt ich nich gerechnet." Er stemmte die Hände in die Hüften und schüttelte den Kopf. Thomas Ohlendorf starrte noch immer die Kollegin an.

„Also gut, dann nehme ich das mal so zur Kenntnis. Ich will nicht hoffen, dass ihr euch trefft, um Dinge zu besprechen, die außerhalb des Präsidiums nichts zu suchen haben."

„Nein", wehrte sich Sabine. „Wir waren im Kino. Oder ist das etwa auch verboten?" Sie ignorierte den leisen Pfiff, den Sönke ausstieß.

„Rede keinen Unsinn, natürlich ist dagegen nichts einzuwenden. Ich denke, es ist das Beste, wenn dich Sönke nach Hause fährt und morgen dann auf dem Präsidium deine Aussage aufnimmt."

„He, du kannst mich doch nicht wie einen x-beliebigen Zeugen behandeln und einfach wegschicken!", protestierte die Kommissarin.

„Doch, das kann ich. Und glaube mir, es ist zu deinem Besten."

Beltane, die Nacht der Hexen

Aletta trat das Gaspedal durch und jagte den Wagen ihrer Mutter durch die Nacht. Würde sie noch rechtzeitig ankommen? Hatten die anderen schon angefangen? Sie musste am Ritual teilnehmen! Gerade heute wäre es ihr unerträglich, etwas zu versäumen.

Es gab acht Jahreskreisfeste: die Mondfeste Samhain, Imbolc, Beltane und Lughnassadh und die Sonnenfeste der Tagundnachtgleichen und der Sonnwenden im Lauf des Jahreszyklus, aber Beltane war für sie immer etwas ganz Besonderes: die Herrin der Blumen und der Herr des Tanzes, Gott und Göttin, Geliebte und Geliebter, vereinigten sich in dieser Nacht – ihr Tanz der Liebe war die Energie, die das Rad des Lebens antrieb.

Aletta fuhr nach Norden. Sie trug ihr Lieblingskleid, das sie nur an Sabbaten anzog: eine geschnürte Miederbluse mit einem langen Rock aus Pannesamt. Sie hatte sich Rosenknospen ins Haar geflochten und in die Ösen der Schnürung gesteckt. An ihrem Gürtel hingen ihr Zauberstab und das Ritualmesser. Auf dem Beifahrersitz lagen das lange, blutrote Band und eine kleine Schachtel mit dem Sabbat-Weihrauch, den sie für dieses Fest gemischt hatte: Sandelholz und Rose, Fenchel und Gartenraute, Kamille und Eisenkraut, Patschuli und Iriswurzeln – gemischt mit etwas Poleiminzeöl. Obwohl der Deckel geschlossen war, breitete sich der betörende Duft im Wagen aus und ließ ihre Sinne zum Tanzplatz vorauseilen.

Dort auf der Waldlichtung hinter der Grenze des Hamburger Landes begrüßte die Hohepriesterin Esther die Mitglieder des Covens mit einem Kuss. Der Maibaum lag innerhalb des magischen Kreises, den sie mit Mehl im Gras gezogen hatten, und das Loch in der Mitte war fertig ausgehoben. Voll freudiger Erwartung bereiteten die Männer und Frauen des Zirkels auf einem flachen Stein im Norden des Platzes den Altar vor und rückten die Symbole für die Elemente an ihren Platz.

Sie hatten den Maibaum bereits aufgestellt, mit Blumen und Bändern geschmückt und wollten gerade mit der rituellen Reinigung beginnen, als Aletta den Wagen abstellte und auf die Feiernden zueilte. Esther kam ihr gemessenen Schrittes entgegen und küsste sie. Sie legte Aletta beide Hände auf die Schultern und sah ihr in die Augen, dann wandte sie den Blick ab und griff nach ihrer Hand.

„Wie schön, dass du noch rechtzeitig kommst! Lass uns die Hüter der Elemente begrüßen und die Herrin der Blumen und den Herrn des Tanzes zu uns bitten."

Sie reichte Aletta die Schale mit Wasser und Salz. „Du wirst den Hüter des Feuers anrufen." Aletta stellte sich an den südlichsten Punkt des Kreises. Drei andere Mitglieder verteilten sich auf die anderen Himmelsrichtungen, um nacheinander die Hüter der Elemente anzurufen. Dann beschworen Bel und Esther Gott und Göttin in ihre Mitte. Aletta versuchte sie zu fühlen. Es kam ihr so vor, als wäre sie wirklich von Feuer umfangen, das an ihr emporzüngelte und sie verbrannte.

Esther trug den heiligen Kelch zum Maibaum, der Hohepriester zog sein Messer und schob es – während sie abwechselnd die Beschwörung sprachen – in den Kelch: Die symbolische Vereinigung von Gott und Göttin war vollzogen. Die anderen wiederholten die letzten Worte, dann stellten sie sich alle um den Maibaum und fassten sich an den Händen, während Esthers Stimme die Lichtung erfüllte.

„Dies ist die Feier der Ekstase und der Macht, des Safts und der Freude des Sichverliebens. Die Sonne ist warm, die Erde blüht in Schönheit, und der Tanz des Verlangens verwebt die Schicksale miteinander. Die Göttin und der Gott vereinigen sich in heiliger Ehe, und wir haben teil am Sakrament der Liebe."

Die dreizehn Männer und Frauen reckten die Arme in die Höhe und jubelten. Nun wurden die langen, bunten Bänder ausgerollt, Paare fanden sich am Maibaum, stellten sich Rücken an Rücken und banden sich die Bänder um die Handgelenke. Dann entfernten sie sich voneinander, so weit es das Band zuließ. Esther begann den Sprechgesang: „Korn und Rebe, Korn und Rebe, was da fallet, sich erhebe. Huf und Horn, Huf und Horn, was da stirbt, wird neu gebor'n." Alle fielen ein. Jedes zweite Paar begann nun im Uhrzeigersinn um den Maibaum zu tanzen, die anderen in die entgegengesetzte Richtung. Sie duckten sich unter den Bändern hindurch, während die anderen ihre Bänder hochhoben. Der Maibaum in der Mitte wurde in die farbigen Bänder gehüllt, während die Kreise der Tanzenden immer enger wurden, bis sie sich am Stamm des Baumes trafen und lachend in die Arme fielen. Der Kreis wurde erneut geschlossen, Gott und Göttin Trankopfer dargebracht, aber auch die Feiernden tranken nun, sangen und lachten. Der Duft des Sabbat-Weihrauchs hüllte die Lichtung ein, die Flammen der Feuer, die sie entzündet hatten, loderten in den Nachthimmel. Paare fanden sich und zogen sich in den Wald zurück, um in dieser Nacht, in der sie selbst Gott und Göttin waren, die heilige Liebe zu vollziehen. Auch der Priester und die Priesterin waren nicht mehr zu sehen. Die anderen lagen im Gras, tranken und lachten.

Aletta stand am Feuer und wich dem Blick des Mannes aus, der auf der anderen Seite stand und aus einem Zinnbecher trank. Auch sie spürte die Wärme in ihrem Körper und das Verlangen dieser Nacht. Oak – wie er sich im Zirkel nennen ließ – war schon lange Mitglied der Gruppe, und sie mochte ihn gern. Sie musste nur seinen Blick erwidern und seine Hand ergreifen, aber sie widerstand dem Drängen der Natur. Sie wandte sich ab und ging zu ihrem Auto. Ohne sich von Esther oder den anderen zu verabschieden, fuhr sie nach Hamburg zurück.

Sabines erster Gedanke am Samstagmorgen galt Michael. Sie grollte ihm ein wenig, weil er kein Wort gegen ihre ungerechte Verbannung vom Tatort gesagt hatte – auch wenn ihr Verstand sie darauf hinwies, dass es für ihn als Neuling weder klug noch Erfolg versprechend gewesen wäre, die Anweisungen des Gruppenleiters infrage zu stellen.

Der zweite Gedanke war die bange Frage, wie er Peter von Borgos seltsames Verhalten aufgefasst hatte. Dachte Michael, sie hätte ein Verhältnis mit ihm? Nun ja, in gewisser Weise konnte man das so sehen. Sabine griff sich an die Stelle an ihrem Hals, an der die Zähne des Vampirs eingedrungen waren. Er hatte ihr Blut getrunken und sich an ihr berauscht, bis kaum mehr Leben in ihr gewesen war. Du hast es gewollt – tief in dir hast du es dir gewünscht, erinnerte sie eine Stimme. Für einen Moment lang warst du sogar bereit, seinem Drängen nachzugeben und seine Gefährtin zu werden: untot, rastlos und hungrig nach Blut. Sabine schüttelte sich und versuchte sich einzureden, dass dieser abwegige Wunsch einer damals kurzzeitigen geistigen Verwirrung entsprungen und sehr weit weg von dem war, was sie heute begehrte.

Begehren! Bei diesem Wort fiel ihr Michael wieder ein.

Sabine tappte in ihrem Schlafanzug in die Küche, wärmte sich einen Becher Kakao und zog sich mit diesem und dem Telefon ins Bett zurück. Als sie den quietschgelben Entenbecher, den sich ihre Tochter Julia beim letzten Stadtbummel ausgesucht hatte, auf den Nachttisch stellte, fiel ihr ein zusammengefaltetes Blatt Papier ins Auge, das sicher noch nicht dort gelegen hatte, als sie zu Bett gegangen war. Sie fragte sich nicht, wie es dorthin gekommen war. Es kostete sie einige Überwindung, es nicht gleich zu nehmen und aufzuklappen.

Vielleicht sollte sie es gar nicht lesen. Vielleicht sollte sie ihm eine Lektion erteilen, da er ihren Wunsch, nicht mehr unaufgefordert in ihre Wohnung einzudringen, nach wie vor ignorierte. Sie betrachtete das teure, handgeschöpfte Papier noch einige Augenblicke, dann riss sie sich von ihm los und tippte Michaels Nummer.

Es klingelte ewig. Mist. Vermutlich war er schon im Präsidium oder unterwegs auf der Suche nach Zeugen. Ein dritter Mord in Folge an einem angesehenen und vor allem reichen Hamburger Bürger würde den Druck auf die leitenden Kripobeamten in ungekannte Sphären treiben – und damit auch den Druck auf das Team –, denn Tieze würde sich nicht scheuen, alles, was er einstecken musste, nach unten weiterzugeben und vermutlich noch selbst was draufzusetzen. Sabine dachte an den Senator und war zum ersten Mal froh, nicht an vorderster Front zu stehen, nachdem nun auch noch der Schwiegersohn des Politikers ermordet worden war. Den Kollegen standen unangenehme Gespräche bevor.

Am anderen Ende der Leitung klingelte es zum zehnten Mal, und Sabine wollte gerade auflegen, als ein Knistern und eine heisere Stimme erklangen. „Merz, ja?“

„Hallo, Michael, Sabine hier. Was ist denn mit dir los?

Habe ich dich geweckt?" Sie sah auf die Uhr. Kurz nach neun. „Sorry. Du hattest sicher eine lange Nacht. Ich dachte, du musst heute Morgen gleich wieder los."

„Moin", kiekste er. „Das stimmt zwar, aber es geht heute nicht. Irgendetwas hat mich erwischt. Ich kann mich kaum auf den Beinen halten, geschweige denn Befragungen durchführen. So eine Scheiße! Thomas hat schon vor einer Stunde angerufen, aber ich konnte nur auf allen vieren zum Telefon kriechen. So was ist mir noch nie passiert! Und das ausgerechnet bei meinem ersten Fall."

Bei den Worten „irgendetwas hat mich erwischt" durchfuhr es die Kommissarin kalt. Sie sah zu dem Blatt Papier auf ihrem Nachttisch hinüber, und ihr wurde schlecht.

„Hast du eine Darmgrippe?", fragte sie hoffnungsvoll.

„Nein", krächzte der Kommissar. „Kein Durchfall, und mir ist auch nicht übel. Ich habe auch keinen Schnupfen oder Husten, kein Fieber und keinen Ausschlag. Ich bin nur so schrecklich schwach, und der Hals tut mir weh, als hätte mich jemand gewürgt."

Die Kommissarin angelte den Brief von ihrem Nachttisch. *Ich habe dich erwählt. Du bist mein!* war alles, was in verschlungenen Lettern auf dem Blatt stand. Aber das genügte.

Sabine schloss gequält die Augen. „Du musst etwas Kräftiges essen und viel trinken. Bleib im Bett, ich komme bei dir vorbei. Nein, keine Widerrede. Das ist doch selbstverständlich! Und das Mindeste, was ich tun kann", fügte sie hinzu, als sie aufgelegt hatte. „Schließlich bin ich an deinem Zustand mitschuldig."

Eine Stunde später hielt Sabine vor dem Mietshaus in Eimsbüttel und schleppte drei Einkaufstüten in den dritten Stock. Michael brauchte lange, bis er auf ihr Klingeln hin öffnete.

Er sah erschreckend bleich aus und musste sich am Türrahmen abstützen, um nicht zu fallen. Sabine presste vor Wut die Lippen aufeinander, als sie die verräterischen Bissstellen erkannte.

„Bitte, schau mich nicht so grimmig an. Es tut mir so leid, dass ich dir dein Wochenende versaue“, stotterte er, trat einen Schritt auf sie zu, taumelte und hielt sich im letzten Moment am Garderobenständer fest. Sie legte seinen Arm über ihre Schulter und führte den Kommissar zu seinem Bett zurück.

„Ich bin doch nicht auf dich sauer“, wehrte sie ab. „Nun komm erst mal wieder zu Kräften. Die Kollegen können es sicher kaum erwarten, einen Teil der Arbeit auf dich abwälzen zu dürfen.“

„Ich auch nicht“, grummelte Michael und ließ sich von Sabine zu seinem Futon bringen. Als er sich hingelegt hatte, zog sie ihm die Decke bis ans Kinn.

„So, und nun rührst du dich nur noch, um all die guten Dinge zu essen und zu trinken, die ich dir bringe.“

„Jawohl, Commander“, murmelte er und schloss erschöpft die Augen. Innerhalb nur weniger Sekunden war er eingeschlafen. Sabine trug die Tüten zu der kompakten Ein-Mann-Küchenzeile mit integriertem Kühlschrank und Zwei-Platten-Herd. Sollte sie ihn schlafen lassen oder wieder wecken und füttern? Er musste etwas essen, sonst würde er noch schwächer werden!

Eine Viertelstunde später mühte sie sich, den Schlafenden so weit wach zu bekommen, dass sie ihm ein Müsli mit viel Obst und ein Glas Traubensaft einflößen konnte. Michael maulte und verlangte nach einem starken Kaffee, schlief danach jedoch trotzdem wieder ein. Sabine schnippelte Obst, um ihm Kompott mit viel Honig zuzubereiten. Während alles auf kleiner Flamme köchelte, hatte Sabine Zeit, sich in Michaels Wohnung umzusehen.

Viel gab es da nicht zu entdecken: eine Diele, ein kleines Bad mit Dusche und zwei Zimmer. In einem Raum befanden sich der Futon, ein Schrank, der Schreibtisch und ein Regal mit wenigen Büchern, dafür aber vielen Computerspielen und DVDs. Das andere Zimmer enthielt die Küchenzeile, einen Esstisch mit drei Stühlen, ein Dreisitzersofa mit Beistelltisch und einen großen Fernseher. Sabine ließ ihren Blick über die überschaubare Reihe Buchrücken wandern. Science-Fiction, Thriller, einige Fantasy-Titel und ein paar Computersachbücher. Sabine seufzte. Warum hatte sie sich nicht wenigstens ihre kleine Ausgabe des *Faust* in die Handtasche gesteckt? Sie nahm einen silberblauen Band von Perry Rhodan, stellte ihn jedoch bereits nach drei Seiten wieder ins Regal zurück. Nein, das war nichts für sie. Vielleicht der Crichton? *Timeline.* Sie setzte sich auf den Schreibtischstuhl und begann zu lesen. Allerdings fiel es ihr schwer, sich zu konzentrieren. Die Wut brodelte zu sehr in ihr und trieb ihre Gedanken hinaus nach Blankenese. Sie sollte sich mit einem Holzpflock und einem Schwert bewaffnen und zu seinem Versteck fahren. Dann könnte sie diesem Unwesen ein Ende bereiten!

Da jedoch weder Schwerter noch angespitzte Holzpflöcke zur Ausrüstung eines Kripobeamten gehörten und sie auch keine Waffensammlung ihr Eigen nannte, taugten diese Mordgedanken nur zur theoretischen Abkühlung ihres Zorns.

Sollte sie etwa mit dem Brotmesser auf ihn losgehen? Der Gedanke war lächerlich. Außerdem musste sie sich eingestehen, dass sie nicht genau wusste, wo er am Tag ruhte. Wäre er so leichtsinnig, einfach in einem der Keller zu liegen?

Sönke rief zweimal an und erkundigte sich nach Michaels Zustand. Er zeigte sich nur mäßig überrascht, die Kollegin ans Telefon zu bekommen.

„Wann ist er denn wieder einsatzbereit? Wir brauchen ihn! Es brennt an allen Ecken und Enden. Was glaubst du wohl, was der Senator hier für einen Tanz veranstaltet! Und dann haben wir noch eine hysterische Ehefrau und eine aufgelöste Schwester am Hals."

„Ich kann es mir vorstellen." Sabine nickte. Sönke knurrte. Er schien das zu bezweifeln. „Aber zwei oder drei Tage Ruhe wird Michael brauchen, bevor er wieder zur Verfügung steht. Nein! Da ist nichts zu machen", würgte sie Sönkes Proteste ab. „Er kann sich noch nicht einmal allein auf den Beinen halten!"

„So eine Schiete!", fluchte der Kollege. „Was hat er sich da nur eingefangen? Pass bloß auf, dass du dich nicht ansteckst."

Der Kommissarin lag auf den Lippen, dass man sich diese Schwäche nicht durch Ansteckung holte, doch sie schluckte die Worte hinunter. „Falls du mich brauchst, kannst du mich jederzeit auf meinem Handy erreichen", sagte sie stattdessen. „Ich stehe dir zur Verfügung, wenn es etwas zu tun gibt."

„Ne, ne, nu bring mal unsern Jung wieder auf die Beine, dann seh'n wir weiter", wehrte Sönke ab. „Ich bin heute mit Robert, der ollen Plaudertasche, unterwegs. Er hat zwar noch 'nen Gips, aber Thomas meint, Mund und Verstand seien nicht betroffen. Sein Wort in Gottes Gehörgang. Allerdings muss ich das Protokoll schreiben." Er grunzte. Diese ungeliebte Arbeit hätte er gern dem jüngeren Kollegen überlassen.

„Ihr habt doch das Bandgerät", erinnerte ihn die Kommissarin.

„Ne, ne, auf so'n neumodischen Kram verlasse ich mich

nich allein“, wehrte Sönke ab. Die Kommissarin lächelte. Sönke war das Original der Gruppe, und ohne ihn würde etwas fehlen.

Und ohne mich? Sie verscheuchte den Gedanken, der dazu geeignet war, sie in Depressionen zu stürzen.

„Also denn bis denn“, verabschiedete sie sich betont heiter. „Viel Spaß bei deinen Befragungen.“

„Freche Kröte“, murrte Sönke und legte auf.

Sabine nahm das Buch wieder in die Hand, legte es aber, bevor sie zehn Seiten gelesen hatte, weg und trat an den Herd. Sie kochte Nudeln, briet Filetstücke und rührte eine kräftige Sahnesauce mit viel Käse an. Michael war noch immer sehr schwach und konnte kaum die Gabel halten, doch am späten Nachmittag hatte sie den Eindruck, als kehre ein wenig Farbe in seine Wangen zurück. Bei Kompott und heißer Milch mit Honig war er sogar in der Lage, sich ein wenig mit ihr zu unterhalten. Er bestand darauf, sein Lager auf das Sofa zu verlegen.

„Wenn ich jetzt weiterschlafe, bekomme ich bestimmt die ganze Nacht kein Auge zu“, wehrte er sich gegen Sabines Versuch, ihn zu einer weiteren Ruhepause zu überreden.

„Ich bleibe hier auch ganz brav sitzen.“ Er lächelte seine Krankenschwester an, umfing sie mit den Armen und küsste sie.

„Ach, und das nennst du brav?“, scherzte Sabine, machte sich los und brachte ihm sein Kissen und das Deckbett.

„Komm zu mir. Wir können uns eine DVD ansehen. Worauf hast du Lust?“

Die Kommissarin ließ den Zeigefinger an Thrillern und Actionfilmen entlanggleiten und entschied, „Mission Impossible II“ sei das kleinste Übel. Wenigstens war Tom Cruise in diesem Film was fürs Auge und entschädigte für die Ballerei.

Nachdem sie Michael sein Abendessen serviert hatte, trat sie ans Fenster und sah hoch zu dem sich verdüsternden Himmel. Michael rief sie wieder zu sich und küsste sie.

„Willst du heute Nacht nicht dableiben? Der Futon ist breit genug. Oder hast du dir nach deinem anstrengenden Krankenschwesterntag einen ruhigen Sonntag verdient? Ich könnte es dir nicht verdenken, muss dir jedoch gestehen: Ich würde mich gern noch einen Tag in deine pflegenden Hände begeben."

Sabine spürte, wie die Unruhe an ihren Nerven zerrte. Sie warf einen nervösen Blick zum Fenster.

„Sei nicht böse. Aber ich glaube, ich schlafe lieber in meinem eigenen Bett. Außerdem brauchst du Ruhe. Ich komme morgen wieder und serviere dir dein Frühstück, versprochen!" Sie machte sich von ihm los und trat schnell zwei Schritte vom Bett weg. Er schien enttäuscht.

„Gut, dann freue ich mich auf morgen."

„Ja, tu das, und bleib schön liegen. Es dauert ein paar Tage, bis du dich vollständig erholt hast."

Michael schüttelte den Kopf. „Seltsam", murmelte er. „Ich möchte wissen, was das ist. So was Komisches habe ich noch nie gehabt."

Darauf sagte Sabine lieber nichts. Sie warf ihm eine Kusshand zu, eilte die Treppe hinunter und sprang in ihren Wagen. Sie musste sich zügeln, die Geschwindigkeitsbegrenzungen wenigstens annähernd einzuhalten.

Die Kommissarin stieß das Gartentor auf und stürmte die Auffahrt entlang zur Eingangstür. Sie ließ den Klopfer gegen das Holz fallen, dass der Ton durch das ganze Haus dröhnte. Nichts rührte sich. Sie klopfte noch einmal und umrundete dann das Haus, doch nichts ließ auf die Anwesenheit des

Vampirs schließen. War sie zu früh? Nein, die Sonne war bereits seit einer Weile untergegangen. War er etwa schon unterwegs? Oder hatte er den Tag in der Speicherstadt zugebracht? Sie fluchte laut. Sie brauchte jemanden, an dem sie ihre Wut auslassen konnte. Sie musste ihm ihren Zorn ins Gesicht schreien. Sie konnte jetzt unmöglich nach Hause fahren, sich ins Bett legen und diese Konfrontation auf den nächsten Abend verschieben. Eine Weile schritt sie unruhig auf der Terrasse auf und ab, die Hände hinter dem Rücken verschränkt. Ihre Gedanken verließen den Vampir und seinen unglaublichen Verrat und wanderten durch den Park hinüber zur Panzerstraße. Der Fall war abgeschlossen und damit für sie erledigt. Eine Welle von Bitterkeit stieg in ihr auf. Sie hatte die Umstände um Iris' Tod nicht klären können, und nun hatte die Familie sie weggeschickt und ihr untersagt, weitere Nachforschungen anzustellen! Frau Mascheck würde von ihr enttäuscht sein. Die alte Dame hatte darauf vertraut, dass sie der Nachbarin helfen könnte, aber sie hatte versagt. Am besten, sie würde Frau Mascheck nie wieder unter die Augen treten!

Feigling!, schimpfte eine Stimme in ihr. Ja, lauf weiter vor allen Schwierigkeiten davon, dann wird dir in deinem Leben gar nichts mehr gelingen!

Nun gut, es war wohl das Beste, wenn sie gleich zu ihr ging und ihr Scheitern zugab. Sie sah den Schlüsselbund in ihrer Hand an und schüttelte dann den Kopf. Nein, es war besser, wenn sie den Weg durch den Park nahm und ihren Kopf auslüftete.

„Frau Berner – Sabine –, das ist aber eine schöne Überraschung", rief Frau Mascheck aus und winkte sie wie üblich in die geräumige Küche. Sabine vermutete, dass sie ihr Wohnzimmer gar nicht benutzte.

„Den üblichen Tee, oder kann ich Ihnen etwas anderes anbieten?"

„Danke, ich nehme Tee und eines von Ihren Plätzchen", sagte Sabine und griff in die Schale, die auf dem Tisch stand.

„Ja, bedienen Sie sich." Die alte Dame musterte sie kritisch. „Sie sehen blass und dünn aus!"

Die Herzlichkeit dieser Frau hüllte sie ein, und ihre Wut fiel in sich zusammen wie ein Haufen ausgeglühter Scheite. Sabine rutschte auf die Eckbank und sah den faltigen Händen zu, die mit Kessel und Teekanne hantierten. Wie hatte sie es so lange ohne diesen Anblick aushalten können? Welch einen Frieden dieser Ort verbreitete!

„Hier zu sitzen ist wie heimkommen", sagte sie, selbst ein wenig erstaunt.

„Das freut mich, meine Liebe." Rosa Mascheck holte eine bunt bemalte Blechdose vom Wandbord und stellte sie geöffnet auf den Tisch. „Die habe ich erst gestern gebacken", sagte sie und schob Sabine dick mit Schokolade bestrichene Haselnussplätzchen hin.

„Weihnachtsgebäck im Frühling", seufzte die Kommissarin und nahm sich zwei heraus. „Sie sind ein Engel!"

„Was nützt ein Engel ohne Menschen, die er glücklich machen kann?" Sabine sah den wehmütigen Zug um den Mund der älteren Frau und fühlte sich schuldig.

„Ich hätte viel früher kommen sollen, um Ihnen zu berichten. Leider gab es nicht viel, das ich Ihnen hätte erzählen können. Ich habe Passanten, Nachbarn und Bekannte befragt, aber jeder hat nur seine eigene, oberflächliche Sichtweise. Keiner weiß etwas, das mir in diesem Fall weiterhelfen könnte, und bei denen, die etwas wissen müssten – die Familie und die Freundinnen –, bin ich auf eine Mauer des Schweigens gestoßen. Ja, und dann wurde Iris' Leiche aus der Elbe gezogen." Sie hob hilflos die Hände.

Frau Mascheck nickte. „Davon habe ich gehört."

„Und nun ist der Fall abgeschlossen, aber nicht gelöst. Die Frage bleibt: Unfall oder Selbstmord? Und wenn es Selbstmord war, warum? Kein Abschiedsbrief! Hat ihn jemand verschwinden lassen, oder ist sie wirklich ohne ein Wort gegangen? Sie hören, in mir türmen sich die Fragen, die nun niemals beantwortet werden. Die Familie will ihre Tote begraben und die Sache auf sich beruhen lassen. Sie haben mir die Tür gewiesen!"

Sabine grinste kläglich. Frau Mascheck goss die beiden Becher noch einmal voll und umschloss den heißen Ton mit beiden Händen. Die Stirn in Falten gelegt, nickte sie bedächtig.

„Unbequeme Fragen sind niemals nutzlos. Vielleicht zeigen sie jetzt noch keine Wirkung, aber der Stachel ist gesetzt, und er bohrt! Vermutlich ist Irene wirklich so ahnungslos, wie sie uns erscheint, aber all die anderen verwickeln sich immer mehr in ihrem Lügengespinst. Es wird Zeit, dass das Netz zerreißt!"

Sabine sah die alte Dame mit offenem Mund an.

„Ich kenne die Einzelheiten der dunklen Geschichte nicht, meine Liebe, Sie brauchen mich nicht danach zu fragen, aber ich spüre schon lange, dass es sie gibt. Lassen Sie sich nicht so schnell entmutigen. Da ist etwas" – sie runzelte die Stirn –, „etwas Finsteres, das sich nicht fassen lässt. Ich kann es spüren, aber es will sich kein klares Bild einstellen. Schon seit Jahren rumoren diese Fragen in mir, auf die ich keine Antwort finde – und nun drückt mich mein Gewissen, da ich schon viel früher etwas hätte unternehmen sollen." Sie stellte die Tasse ab und legte ihre warmen Hände auf die der Kommissarin. „Ich vertraue Ihnen. Lassen Sie sich nicht von den Fassaden täuschen. Gehen Sie zurück in die Vergangenheit, und zwar nicht nur ein paar Wochen. Iris' Verschwinden und ihr Tod sind nur das Ende. Suchen Sie den Anfang! Bitte! Ich habe eine furchtbare Ahnung in mir, dass wir sonst bald noch mehr Tote zu beklagen haben." Sabine starrte die alte Dame sprachlos an.

Eine Stunde später machte sich die Kommissarin auf den Rückweg durch den Park. Zuerst dachte sie noch über das Geheimnis der vier Freundinnen nach, doch je näher sie der Villa kam, desto stärker wurde ihr Zorn. Sie beschleunigte ihre Schritte und stürmte auf dem Waldpfad den Berg hinauf und um das Grundstück herum, bis sie schwer atmend wieder vor der Haustür stand. Auch dieses Mal öffnete keiner auf ihr Klopfen. Sabine wollte nicht aufgeben. Die aufgewühlten Gefühle mussten sich Raum schaffen. Wahrscheinlich war er da und versuchte nur, ihren Vorwürfen auszuweichen. Sie ging ein zweites Mal zu der Terrasse hinter dem Haus.

„Mach auf!", rief sie und hämmerte mit den Fäusten gegen die Glastüren. „Mach sofort die Tür auf!"

Fünf Minuten verstrichen. Noch einmal schlug Sabine gegen das Glas. Plötzlich gab die Tür nach und glitt zurück. Die Kommissarin erschrak so, dass sie einen Schrei ausstieß. Bewegungslos stand sie da und starrte in den Musiksalon, der düster und still vor ihr lag. Wo war er? Hatte er sich unsichtbar gemacht? Oder war die Tür nicht richtig verschlossen gewesen?

„Peter?" Sie lauschte. Nichts war zu hören. Sabine schloss die Augen und versuchte ihn zu erfühlen. Nein, er schien nicht im Raum zu sein. Sie zögerte noch einen Augenblick und ließ den Blick über die Terrasse gleiten, mit den von Wind und

Wetter silbergrau gewordenen Teakmöbeln, über die beiden verwitterten Frauenskulpturen und den Rasen bis hinüber zu den alten Bäumen. Sie spürte, wie sie den Mut verlor. Das war nicht gut! Sie wollte ihn zur Rede stellen, ihn anschreien und auf seinen Platz verweisen. Doch wo war sein Platz in der Gesellschaft? Hatte solch ein Wesen denn einen? War er nicht eine Laune der Natur, die ins Reich der Fantasie gehörte? Noch einmal rief sie seinen Namen und trat dann ein. Der Flügel war geschlossen. Kein Stäubchen verunreinigte die glänzend schwarze Fläche. Sicher war Frau Mascheck wieder da gewesen und hatte sauber gemacht.

Sabine ging in jeden Raum, aber das Haus war so unbewohnt und leer wie immer. Die alten Möbel schienen seit Jahren nicht mehr benutzt oder auch nur von der Stelle gerückt worden zu sein. Sabine durchquerte die Halle und ging die geschwungene Treppe hinauf. Sie sah sich in dem wundervollen Seidenkleid, das er ihr einst geliehen hatte, die Stufen herabsteigen. Er legte ihr einen Pelzmantel um die Schultern und fuhr sie in seinem Jaguar zu dem Konzert in die Musikhalle. Es war wie ein Ausflug in ein vergangenes Jahrhundert gewesen. Sabine betrat das Schlafzimmer mit dem Himmelbett und ging zu der antiken Spiegelkommode, vor der sie sich damals umgezogen hatte. Die Erinnerung rief erneut das warme Gefühl der Vorfreude und prickelnder Erregung wach.

Du bist hier, weil du ihm deine Meinung sagen willst, ermahnte sie sich und verscheuchte die alten Bilder.

„Das klingt spannend!“, ertönte seine Stimme von der Tür her. Sabine biss sich auf die Lippe. Wieder einmal war es ihm gelungen, sie zu überraschen. Die Erinnerungen hatten sie eingelullt und ihre Wachsamkeit getrübt. Langsam drehte sie sich um. Sie dachte an Michael, wie er sich heute Morgen kaum mehr auf den Beinen hatte halten können, an seine tödliche Blässe im Gesicht, und die Wut kehrte zurück.

„Ja, das wird spannend“, sagte sie gefährlich ruhig. „Du kannst von Glück sagen, dass ich nicht dein Versteck gesucht und dir den Kopf abgeschlagen habe!“

Der Vampir wiegte das Haupt hin und her. „Ja, das scheint wirklich eine interessante Unterhaltung zu werden. Ich halte es für einen nicht zu unterschätzenden Vorteil, dass ich meinen Kopf noch habe und deine Worte genießen kann!“

„Verdammt noch mal, das ist kein Spaß!“, schrie sie, obwohl sie sich vorgenommen hatte, sich nicht provozieren zu lassen. „Was fällt dir ein, dich an einem Freund zu vergreifen und ihn derartig zu schwächen? Und dann dieser Brief? Das ist der Gipfel der Frechheit!“

„Kommst du mit hinunter in den Salon? Ich würde dir gern einen Wein zum Probieren geben, den ich erst vor ein paar Tagen entdeckt habe.“

„Ich will deinen blöden Wein nicht! Du sollst mir zuhören!“

Da der Vampir sich bereits abgewandt hatte und die Treppe hinunterschritt, blieb ihr nichts anderes übrig, als ihm zu folgen. In der Halle war er nicht zu sehen. Er trat jedoch hinter ihr in den Musiksalon – die Weinflasche in der einen Hand, eines seiner Kristallgläser in der anderen –, kaum dass Sabine zwei Schritte über das Parkett gemacht hatte.

„Welch ein Aroma“, schwärmte er und roch an dem Korken. „Das sind die Momente, in denen ich es bedauere, kein Mensch mehr zu sein.“

Sabine schnappte nach Luft. Das war zu viel. Er behandelte sie wie ein Spielzeug, das sich seinen Launen zu unterwerfen hatte. Was ihm nicht gefiel, wurde einfach ignoriert. Er stellte das Glas auf das Silbertablett, das auf einem spindelbeinigen Tisch stand, schenkte den Wein ein und reichte es ihr dann.

„Probiere. Ich bin überzeugt, er wird dir schmecken."

Sabine riss ihm das Glas aus der Hand und schleuderte es an die Wand. Es prallte gegen die Kante des Bücherregals und zerbarst. Die Glasscherben fielen zu Boden, der Wein floss über das Holz und färbte einige Bücherrücken rot. Die Kommissarin war zu erregt, um die Zerstörung der wertvollen Bände zu bedauern.

„Ich bin nicht deine Puppe, über die du nach Lust und Laune verfügen kannst. Ich bin ein Mensch, und ich gehöre niemandem! Und was ich tue oder lasse, geht nur mich etwas an."

Der Vampir holte ein neues Glas aus der Vitrine und stellte es auf das Tablett, ohne sich um das zerbrochene zu kümmern. „Aber ja. Niemand zwingt dich zu etwas."

„Ach nein? Und was bezweckst du dann damit, meine Freunde zu töten?"

Peter von Borgo hob verwundert die Augenbrauen. „Ich kann mich nicht erinnern, in letzter Zeit jemanden getötet zu haben."

„Ja, er hat es überlebt, gerade so. Du weißt, was ich meine", rief sie.

„Ich habe Blut getrunken, wie jede Nacht. Ich bin ein Vampir, und das ist meine Lebensweise."

„Und da ist dir ganz zufällig Michael über den Weg gelaufen? Und es hat überhaupt nichts damit zu tun, dass ich mit ihm ausgegangen bin?" Ihre Stimme war bitter vor Sarkasmus.

„Ausgegangen? Er hat dich fast verschlungen! Oder kann man das noch küssen nennen?"

„Das geht dich einen Scheißdreck an!", schrie sie. „Ich

kann rumknutschen, mit wem ich will! Und wenn ich mit fünf Männern gleichzeitig in die Kiste springen würde, müsste ich dich nicht um Erlaubnis fragen!"

Er verzog vor Abscheu das Gesicht. „Es steht dir nicht, so ordinär zu sprechen", rügte er.

Wider Willen schämte sich Sabine, und das heizte ihre Wut noch mehr an. Dennoch atmete sie tief durch und versuchte, ihre Stimme zu dämpfen, ehe sie weitersprach. „Ich bin ein freier Mensch. Ich werde mir einen Mann suchen, der mir gefällt, und das wirst du nicht verhindern können. Oder willst du jeden umbringen, der mehr als ein Wort mit mir wechselt?"

„Ich hoffe nicht, dass das nötig sein wird", antwortete er. „Du bist schlau und wirst begreifen, wie unklug es ist, mich mit einem Menschen zu betrügen. Das ist für niemanden – gesund."

„Ich kann dich gar nicht betrügen, denn ich bin weder deine Frau, noch bin ich dir sonst irgendwie Rechenschaft schuldig!", brüllte sie und wischte das Glas vom Tablett. „Ich warne dich! Ich bin kein gewalttätiger Mensch, aber wenn du mich dazu zwingst, wirst du dich wundern, zu was ich fähig bin. Ich werde dich zerstören, wenn du dich an meiner Familie oder meinen Freunden vergreifst!"

„Das schöne Kristall", seufzte er. „Achtzehntes Jahrhundert. Ein Jammer."

Sie hatte Lust, ihm die Flasche über den Kopf zu ziehen, doch sie beherrschte sich und schlang die Hände ineinander, um das Zittern zu unterdrücken.

„Peter, du hast einmal gesagt, dass dir etwas an mir liegt, dass du mich liebst." Er neigte höflich den Kopf. „Dann kannst du mich doch nicht unglücklich machen wollen. Es ist sehr grausam, sich an einem Mann zu vergreifen, der mir etwas bedeutet."

„Ich bin derjenige, der dir wichtig sein und dir etwas bedeuten sollte“, erwiderte er. Zum ersten Mal klang seine Stimme nicht mehr kalt und leblos. „Ich wollte dir alles geben, und ich biete es dir noch immer an. Meine Liebe, die niemals enden wird, und ewige Jugend. Was willst du denn mehr?“

„Ein ganz normales Leben mit einem Mann, mit Zärtlichkeit und Sex, einer Familie mit Kindern, die ich nicht nur alle paar Wochen zu Gesicht bekomme, und einer Arbeit, die mich ausfüllt und bei der man mich nicht ständig schräg von der Seite ansieht und darauf wartet, dass ich verrückt werde oder Gedächtnisschwund bekomme! – Alles das, was du mir genommen hast!“ Sie drehte sich auf dem Absatz um und stürmte durch die offene Glastür in den Garten hinaus. Er sollte ihre Tränen nicht sehen.

Halb fürchtete sie, halb wünschte sie, dass er ihr nachkäme, aber er näherte sich ihr nicht. Als sie zu zittern aufhörte, schloss sie die Wagentür auf und fuhr nach St. Georg zurück.

„Ein richtiger Mann, Sex und eine Arbeit“, wiederholte Peter von Borgo leise. Die Hände auf dem Rücken verschränkt, den Kopf gesenkt, ging er im Salon auf und ab. Dann setzte er sich an den Flügel und ließ seine Finger über die Tasten gleiten. Er musste nachdenken, und das konnte er am besten mit Musik.

Kaffeebesuch

Sabine saß in ihrem Schlafanzug am Frühstückstisch und las die Sonntagszeitung. Natürlich war der Mord an Alexander Sandemann der Aufmacher. Der Schwiegersohn des Senators! Der dritte angesehene Hamburger innerhalb von drei Wochen! Und die Kripo hatte noch nicht einmal eine heiße Spur. Die Kommissarin bestrich ihr aufgebackenes Brötchen mit Butter und Honig, bevor sie die üblichen Litaneien las: Wozu der Bürger die faulen Polizeibeamten bezahle, samt ihren Pensionen, wenn sie innerhalb von zwei Wochen nicht einmal in der Lage waren, einen Mörder zu finden. Kriminaloberrat Karsten Tieze hatte sich tatsächlich dazu herabgelassen, noch am Samstag persönlich Stellung zu beziehen. Sabine empfand fast ein wenig Mitleid mit ihm, bis sie sich klarmachte, dass am Ende Thomas und das Team all den Ärger abbekommen würden. Es war aber auch wie verhext. Es gab Spuren und Motive und verdächtige Personen, aber noch keinen Beweis. Sabine trank einen Schluck heißen Kakao. Das beruhigte ihre Nerven, die nach der nächtlichen Auseinandersetzung noch etwas überreizt waren. Geschlafen hatte sie kaum.

Wie sollte es nun weitergehen? Der Vampir würde nicht zulassen, dass sie ihn vergaß und wieder ein normales Leben führte. Doch sollte sie sich einfach seinen unverschämten Forderungen unterwerfen? Etwas in ihr stellte die Stacheln auf. Nein! Sie gehörte niemandem. Aber was würde geschehen, wenn sie ihn reizte? Würde er Michael töten? Wie könnte sie mit dieser Schuld leben? War ein bisschen Zärtlichkeit es wert, ein Leben zu riskieren? Würde er gar so weit gehen, sie mit ihrer Tochter zu erpressen?

Wenn es wenigstens jemanden geben würde, mit dem sie darüber reden konnte. Aber das war unmöglich!

Sie sah auf die Uhr. Halb zehn. Es wurde Zeit, sich anzuziehen und zu Michael zu fahren, um ihm ein Frühstück zu richten.

Es klingelte. Sabine tappte zur Tür und drückte auf den grünen Knopf der Sprechanlage. „Ja?"

„Kommissarin Berner?", fragte eine weibliche Stimme. Sie zögerte. „Ja, das bin ich. Wer sind Sie?"

„Tanja Sandemann. Kann ich mit Ihnen sprechen?"

„Was, jetzt?", entschlüpfte es Sabine.

„Ja. Wenn es möglich ist?"

Die Kommissarin sah an ihrem verwaschenen Schlafanzug hinunter zu ihren nackten Füßen. „Äh, ja, geben Sie mir zwei Minuten." Sie drückte auf den Türöffner und sauste ins Schlafzimmer. Noch ehe die Besucherin die Treppen heraufgekommen war, verschwand sie mit einer Jeans, T-Shirt und Unterwäsche unterm Arm im Bad. Sie war noch beim Zähneputzen, als es an der Wohnungstür klopfte.

„Gehen Sie schon mal ins Wohnzimmer. Ich komme gleich."

Fünf Minuten später stürmte Sabine halbwegs vorzeigbar aus dem Bad und reichte der jungen Witwe die Hand. Neben dieser eleganten Frau, die sie um einen halben Kopf überragte, fühlte sie sich wie ein Bauerntrampel. Frau Sandemann trug ein enges, schwarzes Kleid, das ihr bis zu den Knöcheln reichte. Die Füße steckten in Lackpumps mit hohen Absätzen. Eine dunkle Sonnenbrille verbarg ihre Augen, der Rest des Gesichts war sorgfältig geschminkt. Sie wirkte sogar noch attraktiver als bei ihrer ersten Begegnung im Haus von Everheest.

„Kann ich Ihnen etwas anbieten?“, stotterte Sabine nach einer Weile, als sie merkte, wie sie die Besucherin anstarrte. „Bitte setzen Sie sich.“

Frau Sandemann ließ sich in einen Sessel sinken und schlug die Beine übereinander. „Einen Kaffee, bitte“, sagte sie, „schwarz, ohne Milch und Zucker.“

Natürlich, dachte Sabine, während sie sich zwei Löffel Zucker und eine Menge Milch in ihren Kaffee kippte. Bei der Figur!

„Sie fragen sich sicher, warum ich Sie daheim aufsuche“, begann die Witwe, nachdem sie einen winzigen Schluck Kaffee getrunken hatte. Vermutlich war sie ein anderes Gebräu gewohnt als den Billigkaffee vom Discounter.

Ja, stimmte ihr Sabine in Gedanken zu, und ich wüsste auch gern, woher du meine Adresse hast.

„Ich wurde gestern verhört – oder befragt –, ich weiß nicht, wie Sie das in Ihrem Fachjargon nennen. Ich wunderte mich, dass Sie nicht da waren. Hauptkommissar Ohlendorf erklärte mir, Sie würden nicht an diesem Fall arbeiten. Sie seien krankgeschrieben?“

Sie musterte die Kommissarin durch ihre getönten Brillengläser, als wolle sie abschätzen, was der Frau fehlen könnte. Sabine ignorierte die nicht ausgesprochene Frage und sah ihr Gegenüber schweigend an.

„Ich weiß einfach nicht, was ich tun soll. Die ganze Nacht bin ich auf und ab gegangen und habe mit mir gerungen. Ich fühle mich so hilflos. Ich kann nur hoffen, dass Sie mir helfen können. Sie haben auf mich den Eindruck gemacht, als würden Sie sich nicht so leicht von Macht und Geld beeinflussen lassen, und da kam mir die Idee, ich könne Sie – sozusagen privat – um einen Rat bitten. Ihr Kollege, Herr Lodering, hat mir freundlicherweise Ihre Adresse gegeben."

Dieses Rätsel war also gelöst. Aber die Kommissarin nahm sich vor, mit Sönke ein Hühnchen zu rupfen. Er hätte sie wenigstens vorwarnen können!

„Frau Sandemann, mein herzliches Beileid. Ich verstehe Ihre Verzweiflung, aber ich kann mir nicht denken, womit ich Ihnen helfen könnte."

„Ich möchte wissen, ob ich Angst um mein Leben haben muss." Sie nahm ihre Brille ab und sah die Kommissarin an. Trotz des Make-ups bemerkte Sabine, dass sie dunkle Schatten unter den Augen hatte, die stark gerötet waren.

„Erzählen Sie mir, was Sie beunruhigt", forderte sie die Besucherin auf.

Frau Sandemann griff nach der schmalen Lacktasche, die sie mitgebracht hatte, und nahm einen DIN-A4-Ordner heraus. Sie beugte sich vor und reichte ihn der Kommissarin. „Ich möchte, dass Sie sich das ansehen und mir sagen, was Sie davon halten. Ich habe ihn im privaten Tresor meines Mannes in seinem Schlafzimmer gefunden. Es gibt im Haus noch einen gemeinsamen Tresor, in dem ich meinen Schmuck und einige Wertpapiere aufbewahre. In den Tresor meines Mannes habe ich vorher nie reingesehen. Ich fand die Kombination in einem Umschlag bei den Sachen, die er mir für den Notfall gegeben hat. Falls ihm etwas zustößt."

Die Kommissarin nickte und nahm den Ordner entgegen. Er enthielt Kopien, Fotos – manche etwas unscharf, wie mit einem Teleobjektiv gemacht – und handschriftliche Notizen. Sabine betrachtete die Fotos. Ein paar der Abgelichteten erkannte sie: Sven von Everheest und Friederike Reeder in einer Umarmung; auf dem nächsten Bild küssten sie sich innig; Kai Reeder in einem Restaurant im Gespräch mit zwei

Männern in schwarzen Anzügen; der Senator, der den Arm um ein sehr junges Mädchen gelegt hatte.

Die Kommissarin vertiefte sich in die Kopien. Es waren Rechnungen und Geschäftsbriefe mit dem Briefkopf der Privatklinik von Everheest, der Kanzlei Reeder & Carst, eines Steuerberaters von Ranzen und einer Werbeagentur Canderhorst in der Hafencity. Außerdem gab es Korrespondenz aus dem Büro des Senators. Sabine überflog ein paar der Schreiben und die handschriftlichen Notizen, die auf jedes Schriftstück geklebt worden waren.

„Ist das die Schrift Ihres Mannes?" Die Witwe nickte.

Sabine blätterte weiter zu privaten Briefen und zu einem handschriftlichen Testament von Sven von Everheest, in dem er die Hälfte seines Vermögens Friederike Reeder vermachte. Es wunderte sie nicht, dass das Schreiben keine amtliche Bestätigung der Anwälte und Notare Reeder & Carst trug.

Sabine sah die Besucherin fragend an. „Dann hatte er also mehr als nur ein kurzes Verhältnis mit ihr?"

Frau Sandemann nickte. „Sie ist schwanger. Ich nehme mal an von ihm. Vielleicht war sie deshalb so leichtsinnig, es ihrem Mann zu verraten. Sie wollte sich scheiden lassen."

„Und dann kam es zwischen den beiden Männern zum großen Krach, woraufhin sie ihre geschäftliche Zusammenarbeit abrupt beendeten. Der Brief lag noch auf von Everheests Tisch", ergänzte Sabine. „So etwas Ähnliches habe ich mir gedacht."

„Ja, und bis das mit Alex passiert ist und ich diese Unterlagen fand, dachte ich, das ist eine persönliche Sache zwischen den beiden Familien."

„Wie stehen Sie zu Lorenz von Raitzen und Eike Canderhorst?"

„Freunde der Familie", antwortete Tanja Sandemann mit

einer wegwerfenden Handbewegung. Dann wurde ihre Stimme eindringlich: „Sagen Sie mir: Was halten Sie davon?"

„Ihr Mann hat sich da ein schönes Archiv kompromittierender Unterlagen über seine Freunde zugelegt. Vielleicht war er nur neugierig, vielleicht wollte er sich irgendwie absichern …"

„Und vielleicht hat er sie erpresst! Das wollten Sie doch sagen, nicht?", fügte Tanja Sandemann hinzu.

Die Kommissarin nickte. „Ja, der Verdacht kommt mir bei dieser Sammlung durchaus."

„Dann könnte es sein, dass er von einem dieser Leute – einem unserer Freunde – ermordet wurde?", fragte sie leise. Ihre Stimme zitterte.

Sabine lag auf der Zunge, dass man seine Freunde weder bespitzelte noch erpresste, aber sie schluckte die Bemerkung hinunter. Stattdessen nickte sie nur.

„Und jetzt sind diese Papiere in meinem Besitz." Sie spreizte die Finger, als habe sie sich beschmutzt. „Muss ich nun damit rechnen, Gift in meinem Drink zu finden?"

Die Kommissarin schüttelte den Kopf. „Nicht, wenn Sie die Unterlagen der Kripo geben."

Tanja Sandemann nahm die Brille ab. „Das nützt aber nur etwas, wenn der Mörder davon erfährt, oder?" Widerstrebend nickte die Kommissarin.

„Soll ich jetzt ein großes Familienfest organisieren und nebenbei erwähnen, welch dunkle Geheimnisse ich von jedem Einzelnen entdeckt habe? Das stelle ich mir sehr spannend vor!" Sie verzog ihr Gesicht zu einer Grimasse. Dann beugte sie sich in ihrem Sessel vor. „Die andere Frage ist doch: Was wird die Kripo mit den Unterlagen machen? Werden sie diesen Dingen nachgehen?"

Sie tippte auf eines der Fotos, auf dem ein schlanker Mann

mit rötlichem Haar zu sehen war, der einem Farbigen eine Rolle Geldscheine in die Hand drückte. „Es ist mir egal, ob sie Eike wegen Drogenbesitz anzeigen, aber Finger weg von meinem Vater. Schließlich wird er ja nicht seinen eigenen Schwiegersohn ermordet haben!"

Wenn der ihn erpresst hat, warum nicht?, dachte die Kommissarin.

„Kann ich die Unterlagen über meinen Vater einfach herausnehmen und vernichten?", fragte sie und griff nach dem Ordner.

Sabine zog ihn zurück. „Streng genommen haben Sie das Beweismaterial der Polizei bereits übergeben, und ich muss es im Präsidium aufnehmen und registrieren lassen."

Erschrecken breitete sich über ihrem Gesicht aus. „Aber es ist doch gar nicht Ihr Fall. Sie sind krankgeschrieben, das hat der Hauptkommissar gesagt. Und ich bin doch nur privat zu Ihnen gekommen, um mir einen Rat geben zu lassen."

Absolut sicher war sich Sabine über die Vorgehensweise auch nicht, aber das ließ sie sich nicht anmerken. „Bedenken Sie, Frau Sandemann, Sie haben es selbst gesagt: Sie könnten in Gefahr sein, wenn Sie das Material behalten."

„Und wie stellen Sie sich das vor?", rief sie erregt. „Soll ich zu meinem Vater gehen und sagen: Mach dir keine Sorgen, Papa, ich habe die Fotos von dir und den jungen Prostituierten an die Polizei weitergegeben, und die werden sich dann bei dir melden, wenn sie es für angebracht halten."

Die Kommissarin hob beschwichtigend die Hände. „Sie brauchen nicht mit ihm darüber zu sprechen. Es wird Ihrem Vater nichts passieren, wenn er nichts mit den Morden an Ihrem Mann und seinen Freunden zu tun hat. Befragen müssen wir ihn sowieso, da er ein Angehöriger des Opfers war. Wenn die Prostituierten nur jung und nicht minderjährig waren, dann ist das seine Privatangelegenheit und nicht Sache der Polizei. Außerdem: Wissen Sie, wer die Bilder gemacht hat? Wissen Sie, ob nicht noch jemand Abzüge hat, mit denen er Ihren Vater erpressen könnte?"

„Nein, das weiß ich nicht", seufzte sie und zog ihre Hand zurück. „Also gut, ich lasse Ihnen die Unterlagen hier, aber mir ist nicht wohl dabei." Sie erhob sich und setzte die Sonnenbrille wieder auf. „Seltsam", sagte sie, „da ist man jahrelang mit einem Menschen verheiratet und hat ihn doch nicht richtig gekannt. Ihn nicht, und auch nicht die, die man lange Zeit Freunde nannte."

Kaum war Frau Sandemann gegangen, packte Sabine einige Lebensmittel und Süßigkeiten in ihren Korb und eilte zum Auto. Dennoch war es bereits elf, als sie bei Michael ankam.

„Ich dachte schon, du hast mich vergessen", maulte er und warf einen hungrigen Blick in ihren Korb. Dann erst umarmte und küsste er sie.

„Aha, ich sehe, dir geht es schon viel besser", freute sich Sabine und befreite sich aus seiner Umarmung. „Ich mache dir erst mal Frühstück." Dagegen hatte er nichts einzuwenden, und bald saßen sie zusammen am Tisch. Sabine aß noch ein wenig Rührei und ein halbes Brötchen mit und trank zwei Becher Tee. Sie rutschte unruhig auf ihrem Platz herum. Endlich war Michael satt und schob den Teller von sich.

„Ich wollte eigentlich früher zu dir kommen", sagte sie, als das Geschirr in der Spüle stand, „aber ich bekam überraschend Besuch!" Er schien nicht besonders interessiert. „Dienstlichen Besuch!"

Der Tonfall ließ ihn aufsehen. „Wen denn? Thomas?"

„Nein, Frau Sandemann, geborene van Lohsen!"

„Oh! Was wollte denn die bei dir?"

Mit einer großen Geste holte Sabine den Ordner hervor und warf ihn auf den Tisch. „Mir zeigen, welche Leichen die ach so feine Gesellschaft im Keller hat!"

Michael blätterte den Ordner durch und stieß immer wieder einen überraschten Laut aus. „Beeindruckende Sammlung, das muss ich sagen. Das wird Thomas freuen." Er klappte den Ordner zu. „Aber heute ist Wochenende. Also, was machen wir? Ist es schon Zeit für einen gemeinsamen Mittagsschlaf? Ich biete dir großzügig einen halben Futon an. Oder willst du lieber einen Film sehen?"

Sabine war ein wenig enttäuscht. Sie hätte gern noch über den Fall gesprochen, Theorien entwickelt und das weitere Vorgehen besprochen.

„Du kannst die Sachen dalassen. Ich werde morgen vermutlich wieder arbeiten können und nehme den Ordner dann mit."

„Ist nicht nötig", wehrte sie ab. „Ich muss sowieso zum Präsidium. Meine Aussage von unserem Leichenfund am Freitag machen." Sorgsam packte sie die Unterlagen wieder in ihren Korb.

Michael zuckte mit den Schultern. „Auch gut." Er kam zu ihr herüber und zog sie in seine Arme. „Ich wäre für Mittagsschlaf", säuselte er. Plötzlich fühlte sich Sabine befangen. Wie weit sollte sie gehen? War sie sich ganz sicher, mit ihm etwas Ernstes anfangen zu wollen? Und dann waren da noch diese roten Augen, die mahnend in ihr brannten und sich nicht verscheuchen ließen.

„Ich bin aber gar nicht müde", wehrte sie ab. „Wie wäre es mit dem Film ‚Die Hard II'? Ist das nicht die Geschichte am Flughafen?"

Michael nickte und zog die DVD aus dem Regal. Sie spürte

seine Enttäuschung und küsste ihn rasch, um ihr schlechtes Gewissen zu beruhigen.

Der Abspann des Films flimmerte gerade über den Bildschirm, als Sabines Handy klingelte.

„Wo bleibst du?“, begrüßte sie eine ziemlich genervte Stimme, die sie unter Hunderten erkannt hätte. Ihr Exmann Jens Thorne.

„Wie bitte?“

„Es ist bereits drei, und du wolltest Julia um zwei abholen. Ich bin – wie du weißt – bei meinem Bruder eingeladen, und meine Mutter ist nicht da.“

„Ach du liebe Zeit, das habe ich ja total vergessen“, entfuhr es Sabine.

„Das merke ich. Hast du wieder eine deiner Gedächtnislücken?“, schimpfte Jens.

„Sei nicht so abscheulich! Man kann ja mal was vergessen, oder?“

„Deine eigene Tochter?“

„Nein, nur einen Termin!“, korrigierte sie ihn scharf.

„Wo bist du denn? Wir müssen aus dem Haus.“

Sabine zögerte. „Bei einem – Freund in Eimsbüttel.“

„So, so, ein Freund!“ Er betonte das Wort und zog es in die Länge.

„Das geht dich einen Scheißdreck an!“, fauchte seine Exfrau.

„Deine Freunde vielleicht, nicht jedoch dein unbeherrschtes Temperament und deine Wortwahl, wenn ich dir weiterhin Umgang mit meiner Tochter erlauben soll.“

Sabines Hände ballten sich zu Fäusten, und sie biss die Zähne zusammen, um ihm nicht noch weitere Munition zu liefern.

„Hör zu“, sagte sie in bemüht ruhigem Ton. „Kannst du Julia nicht mit zu Ulf nehmen? Nach Harvestehude ist es von hier nur ein Sprung. Ich hole sie dann dort ab.“

„Na gut. In einer halben Stunde!“ Er legte auf.

Michael strich Sabine über das Haar. „Wer bringt dich so in Rage?“

„Wer anders als mein Exmann?“, seufzte sie. „Ich werde dich jetzt verlassen. Ich muss los, meine Tochter abholen.“

Sie parkte ihren ungewaschenen Passat in der Abteistraße zwischen einem nagelneuen schwarzen 500er SL und einem roten Porsche Carrera. War hier nicht auch das Haus der Sandemanns? Die Kommissarin ließ ihren Blick an den prächtigen Villen entlangwandern, die zwischen den Kastanienbäumen hervorlugten, konnte sich aber nicht mehr an die Hausnummer erinnern.

Sie schloss den Wagen ab und ging um die nächste Ecke in den Klostergarten. Auf der anderen Seite verlief der Nonnenstieg.

Welch heiliger Platz, dachte sie mit einem schiefen Lächeln, als sie an den Inhalt des Ordners dachte, der in ihrem Auto lag.

Die Kommissarin hätte zu gern gewusst, ob Alexander Sandemann seine ausspionierten Opfer erpresst hatte. Man würde seine Konten nach ungewöhnlichen Zahlungen überprüfen müssen. Allerdings glaubte Sabine nicht, dass er so dumm gewesen war, sich Erpressungsgelder überweisen zu lassen oder per Scheck einzuziehen. An solchen Einnahmen wollte man das Finanzamt schließlich nicht teilhaben lassen!

Sabine öffnete eine Gartentür und durchquerte den gepflegten Vorgarten.

Doch wenn Sandemann von einem Erpressungsopfer getötet worden war, wer hatte dann von Everheest und Reeder umgebracht? Reeder und Sandemann waren beide vergiftet worden. Falls es das gleiche Gift war, konnte man von einem Täter ausgehen, und das passte überhaupt nicht in die Erpressungstheorie. Sabine stieg die Stufen zur Eingangstür hinauf und ließ die Hand über die reich verzierte Brüstung gleiten. Die Stimme ihrer Tochter, die durch die mit farbigen Glaselementen durchsetzte Edelholztür drang, riss sie aus ihren Gedanken. Sie drückte den Klingelknopf.

„Onkel Uuuuulf, es hat geläutet! Darf ich aufmachen?"

„Aber ja, du süßeste aller Nichten."

Sabine grinste. Bei Jens würde sich allein durch den Tonfall der Magen umdrehen. Er hatte ein sehr zwiespältiges Verhältnis zu seinem jüngeren Bruder, konnte seine gezierte Art nicht ausstehen, und noch mehr hasste er dessen Freunde. Anderseits war Ulf der aufsteigende Star am Hamburger Architektenhimmel und stellte – ganz nebenbei – mit großem Erfolg seine Gemälde aus, die er nachts zur Entspannung schuf. Er kannte jeden in der Künstlerszene, schnappte den wichtigsten Klatsch auf und war bei den großen Partys ein gern gesehener Gast. Einen nicht unbedeutenden Anteil seiner Mandanten verdankte Jens der Empfehlung seines Bruders. Also kam er zähneknirschend zu dessen Kaffeerunden und Cocktailpartys – versöhnt durch die Aussicht, wichtige Leute und potenzielle Mandanten kennenzulernen.

Eine kleine Person rannte durch den Windfang und riss die Tür auf. „Mama!" Julia drückte sich strahlend an sie. „Da wird sich Onkel Ulf aber freuen!" Laut schrie sie über die Musik hinweg, die aus Wohnzimmer, Salon und Esszimmer drang: „Es ist die Mama! Komm schnell, Onkel Ulf!"

Mit federnden Schritten durchmaß eine hochgewachsene

Gestalt die Marmorhalle. Von seinen nackten Füßen, über die weiße Satinhose, das knallorange Hemd, bei dem drei Knöpfe offen standen, bis zu seinem blondierten Haar, das er mit viel Gel zu einer kunstvollen Frisur gestylt hatte, musste er für seinen seriösen Bruder ein einziger optischer Albtraum sein. Ein strahlendes Lächeln erhellte sein Gesicht, als er auf seine Exschwägerin zuging und sie auf beide Wangen küsste.

„Meine Liebe, wie schön. Wir haben uns lange nicht gesehen. Komm herein. Du, ich habe eine Heidelbeerbaisertorte gebacken. Eigene Kreation, die musst du probieren!"

Sabine sah zu dem verschmierten Gesicht ihrer Tochter hinunter, die das Kunstwerk offensichtlich bereits getestet hatte.

„Und, ist sie gut geworden?"

Julia nickte heftig mit dem Kopf. „Ja, die ist superlecker, Mama. Ich hab auch noch ganz viele Sahne draufgetan. Und jetzt esse ich die Schokotörtchen! Wir bleiben doch noch, oder? Ach bitte, Mama!"

Ulf schob Sabine und das Mädchen ins Esszimmer, wo auf einer langen, mit altem besticktem Leinen und Goldrandtellern gedeckten Tafel ein halbes Dutzend Kuchen und Torten standen.

„Natürlich bleibt ihr!", sagte der Gastgeber und griff nach einer silbernen Kanne. „Tee?"

Sabine nickte. „Das wird meinem Ex aber nicht passen", murmelte sie, während Ulf ihr Sahne und Kandis in die Tasse gleiten ließ.

„Das ist nicht von Bedeutung! Es ist mein Haus, und hier wird nicht über kleinlichen Ehekram gestritten!" Er reichte Sabine ihre Tasse. „Also – nicht gleich wieder weglaufen. Misch dich unter die Leute. Es sind ein paar interessante Kerle dabei, die sich sogar für Frauen interessieren … leider!", fügte er mit gespielter Leidensmiene hinzu.

Julia drückte ihrer Mutter einen Teller in die Hand, auf dem ein Riesenstück Baisertorte, ein Schokoladentörtchen und fünf Windbeutel lagen. Das Ganze war mit einem Berg Sahne garniert.

„Julia, wer soll denn das alles essen?"

„Das ist für dich!", bekräftigte die Tochter und zog einen Schmollmund. „Aber ich kann dir helfen, wenn du willst."

Da der Salon und das Wohnzimmer voller Leute waren, zog Sabine sich mit Tee und Kuchenberg zu einem der kleinen Kaffeehaustischchen in einer Fensternische zurück. Julia stellte sich neben sie und vertilgte einen Windbeutel nach dem anderen. Mit einem genüsslichen Schmatzen leckte sie sich die Finger ab.

„Möchtest du auch einen, Papa?"

Sabine fuhr herum. Julia nahm den letzten Windbeutel in ihre beschmierten Finger und streckte ihn dem Mann im korrekten dunkelgrauen Zweireiher entgegen, der unbemerkt eingetreten war. Er verzog angewidert das Gesicht. „Nein, danke. Und du hast auch genug. Wie siehst du denn aus? Geh dir Gesicht und Hände waschen. Du bist ein Ferkel! Sieh dir dein schönes Kleid an."

Julia schob schmollend die Unterlippe vor, ging aber hinaus, um sich zu waschen.

„Du hast sie ja gut im Griff", sagte Sabine aggressiv. „Dressur ist alles."

„Ja, und kaum tauchst du auf, benimmt sie sich daneben", erwiderte er bissig. Sie musterten sich voller Abneigung.

„Was tust du hier?"

„Kuchen essen, wie du siehst", antwortete sie kalt.

„Du hast gesagt, du holst Julia ab. Wenn ich geahnt hätte, dass du diesen Vorwand benutzt, dich hier einzuschleichen …" Sabine fuhr so hastig von ihrem Kaffeehausstuhl auf, dass er nach hinten gegen den Topf einer Palme kippte.

„Ich brauche weder einen Vorwand, noch habe ich es nötig, mich einzuschleichen", zischte sie.

„Ach, wie ich sehe, habt ihr die Gelegenheit gleich beim Schopf ergriffen, euch anzugiften", unterbrach sie Ulf im Plauderton.

„Sabine, mein Herz, ich unterbreche nur ungern, aber ich bräuchte dich mal. Kommst du?"

Die Kommissarin stellte den Stuhl wieder ordentlich an seinen Platz und verließ das Esszimmer, ohne ihren Exmann noch eines Blickes zu würdigen. Während sie Ulf durch das Wohnzimmer folgte, fing sie einige Gesprächsfetzen auf. Natürlich war der Mord eines Fast-Nachbarn das Gesprächsthema. In Hamburg wurden Leute aus Hammerbrook ermordet, aus St. Georg oder Billstedt, aber doch nicht aus der Abteistraße!

Ulf führte sie zu zwei Männern, die mit Proseccogläsern in der Hand ganz hinten an der Wand standen. Erst sah Sabine nur ihre Rücken. Der eine trug ein Leinensakko und Jeans, der andere ein dunkelblaues Seidenhemd zur beigefarbenen Hose. Als sie sich näherten, wandte sich der Mann im Sakko um. Die Kommissarin blinzelte. Spielte ihre Fantasie ihr einen Streich? Das konnte nicht sein! Und doch glich dieses Gesicht dem auf den Fotos, die sie vor ein paar Stunden betrachtet hatte. Kein Zweifel, das war der Mann, der dem Schwarzen die Geldrolle in die Hand gedrückt und im Gegenzug das Tütchen mit dem weißen Pulver entgegengenommen hatte.

Nun drehte sich auch der andere um, und sie wunderte sich nicht mehr darüber, dass auch sein Gesicht ihr bekannt war. Die Mienen der Männer wirkten im Gegensatz zu den anderen Gästen ungewöhnlich ernst, und die Kommissarin wusste, über welches Thema die beiden sich unterhalten hatten.

„Darf ich vorstellen: Eike Canderhorst – Lorenz von Raitzen – Sabine Berner." Sie reichten sich die Hände.

„Sie haben eine Werbeagentur in der Hafencity, nicht?", sagte Sabine, als sie dem Mann im Sakko die Hand reichte, und fügte in Gedanken hinzu: Und du kokst?

Herr von Raitzen nahm ihr die Suche in ihrem Gedächtnis ab. „Steuerberater", sagte er. „Mein Büro ist in der ABC-Straße."

Sabine nickte. Auch nicht gerade eine preiswerte Gegend. Anscheinend war sie nur noch von geld- und erfolgsverwöhnten Leuten umgeben – bis zu deren frühzeitigem Ableben, lästerte eine Stimme in ihr.

„Gehen wir ins Arbeitszimmer", schlug Ulf vor. „Dort seid ihr ungestört."

Die Kommissarin folgte den drei Männern. Was wollten sie von ihr?, fragte sie sich verwirrt. Sicher wussten sie, dass sie für die Kripo arbeitete. Wollten sie nur ihre Neugier befriedigen und sie über den Stand der Ermittlungen aushorchen? In was für einem Verhältnis standen sie zu den Ermordeten? Freunde der Familie, hatte Frau Sandemann gesagt.

„Woher kennt ihr euch?", fragte sie Ulf, der ihr die Tür aufhielt.

„Wir haben die Freuden und Leiden der Schulzeit miteinander geteilt und uns zusammen durchs Abitur gemogelt", sagte er mit einem verklärten Lächeln.

„Ihr wart in einer Klasse?"

Ulf nickte. „Ja, auf dem Gymnasium in Blankenese. Und ich sage dir, wir waren furchterregend!" Ein Schatten huschte über sein Gesicht und verdunkelte das Strahlen seiner blauen Augen, das seinen unwiderstehlichen Charme ausmachte. „Und jetzt sind drei von uns tot. Es ist unfassbar!“ Er schüttelte den Kopf, ging hinaus und schloss die Tür.

Die Kommissarin wandte sich den beiden Männern zu, die sie aufmerksam ansahen. Sie verschränkte die Hände hinter dem Rücken und wartete. Endlich schienen sie ihre Musterung beendet zu haben und tauschten einen kurzen Blick aus, ehe Eike Canderhorst das Gespräch begann.

„Sie sind doch Kommissarin beim LKA – bei der Mordkommission?“

Das war zwar nicht ganz korrekt ausgedrückt, aber sie nickte dennoch.

„Haben Sie mit den Fällen von Everheest, Reeder und Sandemann zu tun?“

Also doch! „Nein, ich habe nichts mit diesen Ermittlungen zu tun, tut mir leid. Außerdem dürfen wir keine Informationen über laufende Untersuchungen herausgeben.“

„Das ist klar“, mischte sich Lorenz von Raitzen ein. „Aber können Sie uns vielleicht sagen, ob es schon einen Tatverdächtigen gibt?“

Sabine schüttelte den Kopf. „Warum? Fragen Sie nur aus Neugier, oder haben Sie Informationen für uns, die diese Fälle betreffen?“ Beide Männer hoben abwehrend die Hände und wichen ein Stück zurück.

Aha, keine Infos rausrücken, nur die Kripo ausfragen wollen. Sabine griff nach der Türklinke.

„Warten Sie!“, rief von Raitzen. „Können Sie uns sagen, wie das mit dem Personenschutz funktioniert?“

Überrascht ließ Sabine die Hand wieder sinken. „Personenschutz?“

„Ja, wer ihn bekommt und unter welchen Umständen man

ihn beantragen kann. Ich meine, wie die Gefährdung sein muss und so."

Die Kommissarin sah die beiden Männer prüfend an. „Geht es hier um reine Theorie, oder fühlen Sie sich bedroht und wollen beschützt werden?"

„Es geht um uns", bestätigte Lorenz von Raitzen.

„Was für einen Grund könnte es geben, zu glauben, Sie seien in Gefahr?"

„Na, hören Sie mal!", ereiferte sich Eike Canderhorst. „Drei unserer Bekannten – Schulfreunde – wurden in den vergangenen Tagen ermordet, und Sie haben anscheinend noch keine Ahnung, von wem. Haben wir da nicht allen Grund, uns Sorgen zu machen?"

„Das kommt darauf an, in welcher Verbindung Sie zu den Opfern stehen und welches Motiv der Mörder hat. Es werden selten ganze Gruppen ausgelöscht, nur weil sie zufällig in eine Klasse gegangen sind."

„Und wenn es ein Verrückter ist? Ein Psychopath, der unseren ganzen Freundeskreis umbringen will?", widersprach Eike Canderhorst.

„Auch Psychopathen treffen meist eine gezielte Auswahl. Die Opfer haben etwas gemeinsam – und das ist nicht nur das gleiche Klassenbuch. Also, gehen wir einmal davon aus, dass Sie die nächsten Opfer des Mörders sind. Sagen Sie mir, warum? Was verbindet Sie mit den anderen, das Sie zur Zielscheibe werden lässt?"

Lorenz von Raitzen zuckte mit den Schultern. „Wir sind Freunde, das ist alles. Das sagten wir Ihnen bereits."

„Das reicht nicht."

„Wir sind jung und erfolgreich und stammen aus wohlhabenden, alteingesessenen Familien", schlug Eike Canderhorst vor.

„Und das neidet Ihnen jemand? Aber warum gerade Sie beide und Ihre drei Freunde? Gibt es in Hamburg nicht noch eine ganze Menge mehr Leute, auf die das zutrifft? Oder haben Sie alle Ihre Karriere und Ihren Reichtum auf Kosten von jemand anderem gemacht, der nun einen Grund hätte, sich an Ihnen zu rächen?"

Das Thema schien ihnen unangenehm zu werden. Sie tauschten wieder Blicke aus. Die Kommissarin war sich inzwischen sicher, dass die Männer sie nicht nur aus Sensationsgier aushorchen wollten. Sie fürchteten sich wirklich – aber warum? Das war ihr Geheimnis, das sie ihr unter keinen Umständen mitteilen wollten.

„Es drängt sich mir der Eindruck auf, dass Sie sehr wohl eine Vorstellung davon haben, was ich meine, wenn ich von Gemeinsamkeiten spreche. Könnte es sein, dass Sie sich selbst belasten, wenn Sie es mir verraten?"

„Belasten?", rief Eike Canderhorst. „Sie unterstellen uns, wir würden etwas Illegales tun?" Sein ausgestreckter Zeigefinger schnellte nach vorn. „Dort draußen läuft ein Killer herum. Der tut etwas Illegales! Den sollten Sie jagen – und nicht den potenziellen Opfern etwas unterstellen."

Sabine hob entschuldigend die Hände. „Tut mir leid. Mit so wenigen Anhaltspunkten kann ich Ihnen nicht weiterhelfen. Wenn Sie sich gefährdet fühlen, dann engagieren Sie einen privaten Sicherheitsdienst – oder Sie überlegen es sich noch einmal und verraten mir, was Sie wirklich mit den Ermordeten verbindet. Vielleicht haben Sie ja eine ganz genaue Vorstellung, wer der Mörder sein könnte? Dann wäre es für Sie am sichersten, Sie würden uns helfen, ihn zu fassen, oder nicht? Dann könnten wir Ihnen vielleicht helfen. Denken Sie darüber nach!" Sie reichte Eike Canderhorst ihre Karte mit der Nummer des Präsidiums.

„Ach, übrigens, wurden Sie jemals erpresst?“, fragte sie, als sie in der offenen Tür stand.

Die beiden Männer sahen einander an, und soweit die Kommissarin dies beurteilen konnte, war ihre Verblüffung echt.

„Ulf, sag mal“, begann sie, als sie den Gastgeber später allein in der Küche antraf. „Die drei Ermordeten waren im Gymnasium in deiner Klasse. Fühlst du dich jetzt auch bedroht? Hast du Angst, das nächste Opfer zu sein?“

Ulf hob die gezupften Augenbrauen. „Nein, sollte ich?“

Sabine zuckte mit den Schultern. „Ich glaube nicht. Deine beiden Freunde jedoch meinen, demnächst ist einer von ihnen dran.“

„Wie gruselig“, sagte Ulf mit einem übertriebenen Schaudern. „Ich würde mir einen muskelbepackten Bodyguard zulegen.“

„Spotte du nur. Nach deren Aufzählung der jungen, erfolgreichen, wohlhabenden Jungs vom Gymnasium Blankenese gehörst auch du auf die Todesliste.“

Ulf runzelte die Stirn. „Und das soll ein Grund sein, Leute umzubringen? Schau dir mal die Absolventen des Johanneums an oder des Gymnasiums hier. Nein, du nimmst mich auf den Arm!“

Die Kommissarin schüttelte den Kopf. „Nein, ich nicht. Aber ich habe den Eindruck, die beiden haben das gerade mit mir versucht. Dennoch scheint ihre Angst echt zu sein. Also entweder sind sie so ’ne Art Hypochonder, die jetzt Angst haben, ermordet zu werden, oder es gibt tatsächlich eine in diesem Zusammenhang wichtige Verbindung zu den drei Toten.“

„Jetzt gruselt es mich wirklich“, sagte Ulf und wandte sich

der Kaffeemaschine zu. „Eine tolle Erfindung!“, schwärmte er. „Soll ich dir eine Latte Macchiato machen?“

„Ich rede über Mord, und du willst Latte Macchiato trinken!“, beschwerte sich die Kommissarin.

„Kann man nicht beides gleichzeitig? Ich bin ganz Ohr, aber ich brauche jetzt zur Beruhigung Koffein.“

Sabine musste grinsen. „Also gut, wenn dich deine Kaffeemaschine nicht zu sehr in Anspruch nimmt, dann denke mal darüber nach, was diese Verbindung sein könnte.“

„Dieser Automat macht das ganz allein, das ist ja das Tolle daran. Ich brauche hier nur den Becher mit Milch danebenzustellen.“ Die Maschine begann zu surren und zu fauchen. Ulf kaute auf seiner Unterlippe.

„Nein, mir fällt nichts ein. Ich bin kein Kriminalist. Ich habe nicht den leisesten Schimmer.“

„Denk nach! Du warst jahrelang mit ihnen zusammen auf der Schule und bist mit ihnen befreundet.“

Ulf wehrte ab. „He, das ist Jahre her, und ich war auch nur am Anfang mit in der Clique. Später, in der Pubertät, nun ja, da war ich bei den anderen Jungs nicht mehr so angesagt. Und nach der Schule lief das eher locker, man hat sich mal auf Partys gesehen. Keiner von denen war mein Busenfreund, das kannst du mir glauben. Ich denke eher, dass sie mich bewusst auf Abstand hielten und mich nur aus den schönen Gründen noch kennen, die du vorhin aufgezählt hast: mein Geld und mein Erfolg.“

Zeugenaussagen

Am Montag ging es Michael noch immer nicht gut genug, dass er seine Wohnung verlassen und mit Sönke zu den Befragungen fahren konnte. Sabine rief ihn an und versprach, ihn später zu besuchen. Zuerst jedoch fuhr sie zum Präsidium, um ihre Aussage aufnehmen zu lassen. Michael wollte nun doch zu seinem Arzt gehen, um sich durchchecken zu lassen. Diese unnatürliche Schwäche, die von keinerlei anderen Krankheitssymptomen begleitet wurde, beunruhigte ihn. Sabine riet ihm nicht ab. Die winzigen Bisswunden an seinem Hals waren bereits abgeheilt und würden nicht mehr zu unbequemen Fragen führen. Und wenn der Arzt Blutarmut feststellte und ihm ein Eisenpräparat verschrieb – umso besser. Dann kam Michael schneller wieder auf die Beine.

Noch immer ballte sie ihre Fäuste, wenn sie daran dachte, wie viel Blut der Vampir Michael geraubt hatte. Und dennoch konnte sie sich nicht wünschen, dass seine Existenz bekannt und er vielleicht vernichtet werden würde. Sie musste ihn beschützen, so wie er sie beschützte. Warum das so war und was das zu bedeuten hatte, darüber dachte sie lieber nicht nach.

Die Kommissarin brachte erst Julia nach Hause und fuhr dann nach Alsterdorf. Sie stellte ihren Wagen auf einem der Parkplätze ab. Der Pförtner grüßte sie freundlich, und Sabine winkte zurück. Es stimmte sie wehmütig, sich ihren Weg zwischen den müden Montagmorgen-Gesichtern zum Finger B zu bahnen. Man sah es den Kollegen an, dass sie viel lieber noch einen freien Tag ans Wochenende drangehängt hätten, als in ihren Arbeitstrott zurückzukehren. Wie ungerecht diese Welt doch war. Sie hätte die restlichen Wochenenden des Jahres hergegeben, wenn sie dafür ihren Job zurückbekommen würde.

Sönke begrüßte sie ungewöhnlich wortreich und brühte ihr einen starken Friesentee auf. Robert kam grinsend herüber und präsentierte seinen Gipsarm. „Nicht mal in Ruhe krank sein darf man", beschwerte er sich. „Thomas meinte, solange das Genick nicht gebrochen sei, würde er keine weitere Krankmeldung mehr akzeptieren. Ist nicht so toll, wenn sich die großen Tiere abmurksen lassen. So einen Stress hat der Tieze noch nie gemacht!"

Hauptkommissar Thomas Ohlendorf kam herein. „Ah, Sabine, da bist du ja. Hast du einen Besucherschein an der Pforte ausgefüllt?"

Sie sah ihn überrascht an. „Warum denn das?"

„Na ja, streng genommen bist du heute als Zeugin zur Vernehmung hier und nicht als Mitarbeiterin."

Seine Worte trafen sie zutiefst. So weit war es also schon. Machte sie sich etwas vor? Gab es überhaupt noch eine Chance zurückzukehren?

„Aber was soll's. Da machen wir jetzt keine langen Geschichten. Nimm deinen Tee und komm zu mir rüber, dann nehmen wir deine Aussage auf. Sönke, kommst du auch mit?"

Sie folgte ihm schweigend und setzte sich auf den Besucherstuhl auf der anderen Seite seines Schreibtisches. Wenigstens schleppte er sie nicht in eines der Verhörzimmer! Thomas schaltete das Bandgerät ein. Er stellte die üblichen Fragen: Was sie am Freitag zu welcher Uhrzeit getan hatte und wie es zu dem Fund der Leiche gekommen war. Je näher sie diesem Punkt kamen, desto mehr fühlte Sabine sich in die Enge getrieben.

„Ihr seid also nach dem Kino am Ostufer der Außenalster spazieren gegangen, und dann kam euch die Idee, beim Clubhaus des NRV vorbeizusehen?“ Er blickte sie ein wenig ungläubig an.

„Ja, wir haben über den Fall gesprochen. Und sag jetzt nicht, dass Michael das nicht hätte tun sollen. Er hat mir keine Staatsgeheimnisse verraten! Jedenfalls meinte er, der Sandemann hätte gesagt, er würde die ganze Nacht an seinem Boot weiterarbeiten. Da waren wir einfach neugierig und wollten nachsehen, ob das stimmt.“ Sie zuckte mit den Schultern, um ihm zu zeigen, dass dieser Punkt für sie damit erledigt war.

„Wie seid ihr dort reingekommen? Das Gelände ist verschlossen!“

Sabine wand sich. „Ich kannte den Code. Mein Exmann ist dort Mitglied.“

Das schien Hauptkommissar Ohlendorf zu schlucken. Er zog einen Hefter heran und schlug ihn auf. „Ich war gestern Abend noch bei Michael und habe seine Aussage aufgenommen. Er hat mir berichtet, dass ihr jemanden getroffen habt. Peter von Borgo. Ist das richtig?“

Sabine nickte widerstrebend.

„War das nicht der Privatdetektiv, der nirgendwo eingetragen ist und dessen Villa in Blankenese wir im Herbst durchsucht haben?“

„Ja, wo absolut nichts gefunden wurde, was ihn belasten könnte!“

„Aber nun taucht er wieder in der Nähe einer Leiche auf und sagte – warte, ich suche den Satz: Er würde euch nicht raten weiterzugehen. Von unliebsamen geschäftlichen Unterbrechungen soll er gesprochen haben?" Thomas runzelte die Stirn. „Kannst du das bestätigen?"

Verdammt, verdammt, verdammt! Was sollte sie sagen? Sie konnte Michael schlecht der Lüge bezichtigen. Immerhin war er ein Mitglied des Teams. Aber wenn sie seine Aussage bestätigte, dann würde Thomas anordnen, den Vampir zu verhören!

„Michael drängt darauf, dass wir den Kerl genau unter die Lupe nehmen. Er meint, seine Instinkte sagen ihm, dass bei dem etwas faul ist." Der Hauptkommissar betrachtete Sabine bei diesen Worten aufmerksam.

Das lief in keine gute Richtung. Obwohl sie sich über Peter von Borgos Verhalten ärgerte, verfluchte sie nun Michael, der durch seine Eifersucht den Vampir in Schwierigkeiten brachte. Sabine schnaubte durch die Nase.

„Nimm das mal nicht für bare Münze. Er würde auch dich für verdächtig erklären, wenn du ihm als mögliche männliche Konkurrenz erscheinen würdest. Männer im Testosteronrausch beißen alles, was sich bewegt!"

„Da hat die Deern nicht unrecht", mischte sich Sönke ein, der bisher geschwiegen hatte. „Den Mike hat es bis über alle Ohren erwischt."

„Ach, so ist das", wunderte sich der Hauptkommissar. „Ich dachte, dir müsste ich nicht sagen, dass man Beruf und Privatleben trennen sollte."

„Du lässt doch keine Gelegenheit aus, mich mit der Nase darauf zu stoßen, dass ich demnächst suspendiert werde", schnappte Sabine beleidigt.

„Ja, aber noch ist es nicht endgültig! Oder willst du das Handtuch werfen? Ich rechne immer noch fest mit dir!"

Sabine befürchtete, in Tränen auszubrechen. Wie leichtsinnig hatte sie sich in ihrer Einsamkeit durch ein wenig

Zärtlichkeit von ihrem Ziel ablenken lassen. Sie wollte nicht die Geliebte eines Kommissars sein, der ihr ab und zu ein paar Ermittlungsbröckchen zur Unterhaltung zuwarf. Sie wollte selbst wieder arbeiten.

„Ich werde mich darum kümmern, Thomas, ich verspreche es. Und das mit Michael, nimm das nicht so ernst. Ich habe die Sache im Griff! Ehrlich!"

Der Hauptkommissar musterte sie noch einmal streng. „Das will ich hoffen. Es ist alles schwierig genug. Aber gut. Kommen wir zu Peter von Borgo zurück." Sabine sackte in sich zusammen. Wie hatte sie so naiv sein können zu glauben, Thomas würde diese Spur nicht weiterverfolgen? Er war ein guter Kripomann!

„Sönke, lade ihn vor und nimm seine Aussage auf. Schnapp dir Robert oder Uwe – solange er noch da ist –, wenn Michael ein persönliches Problem mit dem Zeugen hat. Fühle ihm richtig auf den Zahn. Es kommt mir ein wenig zu zufällig vor, dass er sich dort herumgetrieben hat, als Sandemann kaum zwei Stunden tot war."

Sönke brummte etwas Unverständliches, nickte aber. Der Hauptkommissar stellte Sabine noch ein paar Fragen über den Zustand des Tatortes und der Leiche bei ihrem Eintreffen, machte sich Notizen und schaltete dann das Aufnahmegerät aus. Er schob den Ärmel seines abgewetzten Jacketts zurück und sah auf die Uhr.

„Es ist schon nach zwölf. Gehen wir uns zusammen stärken, bevor ich mich dem Senator zum Fraß vorwerfe?" Er zog eine Grimasse. Sönke nickte und erhob sich.

„Ja, gern", stimmte auch Sabine zu. „Aber vorher möchte ich dir noch etwas geben, das dich interessieren dürfte – und deinen Ermittlungen vielleicht eine neue Richtung gibt." Sie genoss einige Augenblicke Thomas' fragenden Blick, ehe sie dem Leiter ihrer Ermittlungsgruppe den Ordner reichte, den Frau Sandemann ihr gegeben hatte. Hauptkommissar Ohlendorf begann ihn achtlos durchzublättern, doch schon bei der vierten Seite stutzte er, blätterte zurück und vertiefte sich in das Schreiben. Sabine beobachtete sein Mienenspiel. Nun begriff auch Sönke, dass es nichts Alltägliches sein konnte, das Sabine ihnen mitgebracht hatte. Er stand auf, trat hinter den Schreibtisch und las über Thomas' Schulter mit. Dann hoben beide Männer den Blick und starrten Sabine an.

„Wo, um alles in der Welt, hast du das her?"

„Von Frau Sandemann persönlich, die es im Privattresor ihres Mannes gefunden hat. Nette Ausbeute, nicht?"

„Ich glaube, wir müssen das Essen noch ein wenig verschieben", sagte der Hauptkommissar kopfschüttelnd. „Und du wirst mir noch ein paar Fragen beantworten müssen!"

„Aber gerne", stimmte Sabine zu. „Und wenn wir damit fertig sind, fällt mir noch eine Geschichte ein, die interessant für dich sein könnte." Das seltsame Verhalten der beiden Freunde bei Ulfs Kaffeeeinladung würde bei dem Hauptkommissar sicher noch ein grüblerisches Stirnrunzeln hervorrufen.

Der Hauptkommissar war zu seinem Gespräch mit dem Senator aufgebrochen, während Sabine und Sönke noch einen Tee miteinander tranken. Zweimal rief Sönke im Präsidium an, bekam aber von der Sekretärin nur die Auskunft, dass weder der Kommissar Robert Gerret noch der Kollege Uwe Mestern bisher von ihren Terminen zurückgekehrt waren. Sönke vertiefte sich in den Ordner, den Sabine mitgebracht hatte, während sie ihren Gedanken nachhing. Wie, um alles in der Welt, konnte sie Peter aus diesem Fall raushalten? Sie schreckte hoch, als Sönke den Ordner mit einem Knall schloss.

„Ich muss mit der Sandemann reden – je schneller, desto besser. Und dann würde ich gern den Herren von Raitzen und Canderhorst einen Besuch abstatten. Willst du nicht mitkommen? Ich kann hier nicht ewig warten, bis einer der Jungs sich endlich bequemt, von seinem Termin zurückzukommen."

Sabine sprang auf. „Ja, klar komme ich mit. Ich habe heute nichts Wichtiges mehr vor." Das Versprechen, das sie Michael heute Morgen gegeben hatte, schob sie in eine hintere Ecke ihres Gedächtnisses. Er würde verstehen, dass die Arbeit der Ermittlungsgruppe vorging.

Sie erreichten Frau Sandemann auf ihrem Handy. Die Witwe war gerade in der Praxis ihres verstorbenen Mannes und sah Papiere durch. Sönke bat sie, dort auf die Kripoleute zu warten.

Sabine schwieg fast während der gesamten Fahrt nach Harvestehude in Sönkes altem weinrotem Daimler und blickte aus dem Fenster, ohne jedoch etwas von dem zu sehen, was draußen an den Straßenrändern vorbeiglitt. Erst als sie sich dem Klosterstern näherten, räusperte sich Sabine.

„Ich könnte Herrn von Borgo befragen, dann musst du dir das nicht auch noch aufladen. Ich mache es gleich heute Abend, während du in Ruhe mit deiner Frau zu Abend isst. Wir brauchen es Thomas ja nicht zu sagen." Sie hielt die Luft an. Würde er darauf eingehen? Würde er sich zu diesem Regelverstoß hinreißen lassen?

„Ne, ne, lass mal. Den lade ich morgen ins Präsidium vor. Für den muss man nicht auch noch Extrawürste braten und ihn abends zu Hause aufsuchen. Geh du mal zu Mike und päppel den armen Jung ein bisschen auf."

„Habe ich schon am Wochenende getan. Es macht mir wirklich nichts aus, heute Abend nach Blankenese zu fahren.

Ich wollte mich eh noch einmal mit Iris' Großmutter unterhalten. Mir geht dieser Fall einfach nicht aus dem Kopf. Ich will wissen, was da geschehen ist und warum."

Sönke parkte den Daimler schief am Straßenrand. „Dann fahr nach Blankenese. Geht mich ja nichts an, aber die Befragung machst du nicht allein. Du bist mir da – sagen wir mal – nicht objektiv genug, wenn es um diesen Herrn geht."

Die Kommissarin unterdrückte ihren Protest. Es wäre nutzlos gewesen, und sie wusste, dass Sönke recht hatte. Sie musste sich eine andere Taktik ausdenken.

Der Besuch bei Tanja Sandemann brachte nicht viel Neues. Sie gab sich wortkarg und schien bereits zu bereuen, dass sie die Kommissarin aufgesucht und ihr den Ordner übergeben hatte.

„Mein Mann ist ein Mordopfer", fauchte sie entnervt, als Sönke nicht lockerließ, „und nicht der Täter! Ich kann es nicht zulassen, dass Sie seinen Ruf noch nach seinem Tod beschädigen."

Der Kripobeamte war nicht so leicht zu beeindrucken. „Das eine schließt das andere nicht aus."

Auch über ihren Vater, den Senator, war Frau Sandemann nicht bereit, weitere Auskünfte zu geben. Sie warf Sabine einen anklagenden Blick zu, als Sönke andeutete, man könne ihn mit dem belastenden Foto konfrontieren.

„Kennen Sie die Herren Eike Canderhorst und Lorenz von Raitzen?", wechselte Sönke das Thema.

Sie sah ihn verständnislos an. „Ja, natürlich. Sie haben die Fotos und Briefkopien in dem Ordner doch gesehen, oder?"

Sönke nickte. „Das stimmt, und es ist mir klar, dass Ihr Mann die Männer kannte, doch kennen auch Sie die beiden?"

„Sie waren Schulfreunde meines Mannes", sagte sie, als sei

damit alles klargestellt. „Die Freundschaft dauert bis heute an. Man traf sich immer wieder. Sie waren öfter hier zum Essen und wir mal bei Lorenz – das letzte Mal in seiner neuen Wohnung am Straßenbahnring in Falkenried – oder bei Eike in seiner Penthousewohnung in Bellevue. Ein toller Blick über die Alster“, fügte sie hinzu.

„Sind die beiden verheiratet?“, fragte Sabine.

Tanja Sandemann schüttelte den Kopf. „Lorenz war es mal ein Jahr lang – mit einer Asiatin. Hat keiner so recht verstanden. Sie passte nicht zu ihm und nicht zu uns – zu unserer Gesellschaft. Jedenfalls ging das dann, wie erwartet, schief. Eike hat seit je ständig wechselnde Freundinnen. Keiner macht sich mehr die Mühe, sie kennenzulernen. Bis zum nächsten Treffen ist eh wieder eine andere aktuell. Es sind alles blonde, langbeinige Schönheiten, und wir haben uns schon immer gefragt, wie er an die rankommt. Ich meine, so gut sieht er ja nicht aus mit seinen roten Haaren. Da ist Lorenz schon ein anderes Kaliber.“

Sönke rief Eike Canderhorst von seinem Autotelefon aus in der Agentur an, um seinen Besuch anzukündigen, erfuhr jedoch von einer Assistentin, dass er bereits nach Hause gegangen sei. Der Kripobeamte sah auf seine Uhr. „Kurz vor vier. Na, solche Arbeitszeiten möchte ich auch haben.“

„Dann sehen wir uns mal die schöne Aussicht über die Alster an“, schlug Sabine vor.

„Jau, genau das, was ich sagen wollte.“

Eine junge Frau in einem nahezu durchsichtigen, kurzen Kleid öffnete die Tür. Ihr langes Haar war hellblond gefärbt, die Augen von künstlichen Wimpern gerahmt, der Schmollmund rosa bemalt. Sabine kam sie vage bekannt vor. Hatte sie dieses Gesicht nicht auf einigen Werbeplakaten für irgendwelche Kosmetika gesehen?

„Eike, du hast Besuch!“, rief sie mit nordischem Akzent. Sie bat die Kripoleute ins Wohnzimmer und stieg dann mit wiegenden Hüften die Wendeltreppe hinauf, die sich mitten im Wohnzimmer emporwand. Sabine trat an die riesige Scheibe, die die gesamte Längsseite des Zimmers einnahm und einen ungetrübten Blick über die Alster gestattete. Selbst das Balkongeländer bestand nur aus dünnen Streben mit eingelassenen Scheiben, damit nichts die Aussicht einschränken konnte.

In Sporthosen und einem lässig heraushängenden Poloshirt kam Herr Canderhorst die Wendeltreppe von dem galerieartigen oberen Stock herunter, auf dem sich sicher Bad und Schlafzimmer befanden.

„Hallo, Frau Berner. Das hätte ich nicht gedacht, dass wir uns so schnell wiedersehen. Sie haben uns angeschwindelt. Sie sind ja doch mit dem Fall beschäftigt! Mein Eindruck war, dass Sie unsere Überlegungen nicht ernst nehmen. Umso mehr freut es mich, Sie hier zu sehen.“ Er gönnte Sönke nur ein kurzes Nicken. Seinen Charme versprühte er ausschließlich in Sabines Richtung.

„Ich habe heute Morgen schon mit einem Wachdienst telefoniert und eine Firma beauftragt, mir bessere Schlösser einzubauen. Sie sehen, ich höre auf Ihren Rat.“

Zu Eike Canderhorsts Enttäuschung überließ Sabine dem Kollegen das Gespräch und sah sich stattdessen in dem großen, rechteckigen Raum um. Stahl und Glas herrschten vor. Der glänzende Quarzitboden trug zu der kühlen Atmosphäre bei. Wuchtige Schrankwände suchte man in dieser Wohnung sicher vergebens. Im Wohnzimmer jedenfalls gab es – neben der Sitzgarnitur – nur eine Anrichte mit Gläsern und ein paar interessant geformte Regale mit kleinen Skulpturen und einige in Silber gerahmte Fotos. Die Kommissarin betrachtete die Aufnahmen, während sie dem Gespräch lauschte. Es ging ihr vor allem um den Tonfall. War Canderhorst aufrichtig oder log er? Mindestens zweimal war sie sich sicher, dass er Sönke eine Lüge auftischte. Sie sah ihn von der Seite an und betrachtete das Mienenspiel und seine lebhafte Gestik. Wie wenig waren sich die Menschen bewusst, dass dies mehr aussagte als ihre Worte. Und auch nicht, wie viel die Wohnung über ihren Charakter verriet. Deshalb waren Sabine die Befragungen im häuslichen Umfeld lieber, obwohl das gegen die offiziellen Anweisungen verstieß, die so etwas nur in Ausnahmefällen zuließen. Der Befragte solle keinen Vorteil durch seine vertraute Umgebung haben, hieß es in den Richtlinien. Für den Beamten wäre es einfacher, bei der Gesprächsführung die Oberhand zu behalten, wenn er in seinem eigenen Revier wäre, und die einschüchternde Wirkung der kargen Befragungsräume im Präsidium würde sich vorteilhaft auswirken. Das traf vielleicht auf die Leute zu, mit denen die Mordbereitschaft normalerweise zu tun hatte, doch Sabine bezweifelte, ob diese Taktik bei einem Lorenz von Raitzen oder einem Eike Canderhorst die gewünschte Wirkung zeigen würde. Nein, in diesem Fall war es besser, ihnen die Illusion zu lassen, sie wären in ihren vier Wänden in Sicherheit und hätten alles im Griff.

Die Kommissarin wandte sich wieder den Fotos zu, die alle zwei Dinge gemeinsam hatten: Sie zeigten den Hausherrn – braun gebrannt, das rotblonde Haar meist zerzaust und mit einem breiten Lächeln – und ein weibliches Wesen an seiner Seite. In nahezu allen Fällen eine mehr oder weniger gute Kopie des Barbiewesens, das ihnen die Tür geöffnet hatte. Im Hintergrund erstreckten sich Palmen und türkisblaues Wasser, Gipfelkreuze oder exotische Sehenswürdigkeiten. Bei genauerem Hinsehen stellte Sabine fest, dass keine der Frauen auf mehr als einem Foto auftauchte.

Also eine echte Trophäensammlung, dachte sie und zog angewidert die Lippe hoch. Nur ein Foto, das ganz hinten stand und von den anderen verdeckt wurde, unterschied sich vom Rest. Auf ihm waren fünf Jugendliche von etwa achtzehn Jahren zu sehen und ein Mädchen, das einige Jahre jünger sein musste. Sabine nahm das Foto in die Hand. Sie erkannte Eike Canderhorst an seinem rötlichen Haarschopf und dem Lächeln, das sich im Laufe der Jahre nicht geändert hatte. Er stand in der Mitte, den Arm um das außerordentlich hübsche Mädchen gelegt. Das Foto musste mindestens zehn Jahre alt sein, dennoch hatte die Kommissarin keine Schwierigkeiten, die anderen jungen Männer zu identifizieren: Sven von Everheest, Kai Reeder, Alexander Sandemann und Lorenz von Raitzen. Wieder einmal fragte sie sich, was diese fünf Männer verband. Was für ein schreckliches Geheimnis teilten sie? Sollten durch diese Morde gefährliche Zeugen beseitigt werden?

Nun, wenn einer von ihnen es aus irgendeinem Grund auf seine Freunde abgesehen hatte, dann blieb für den Täter nicht mehr viel Auswahl. Zehn kleine Negerlein, dachte sie mit einem Schaudern. Waren von Raitzen und Canderhorst auch auf diese Möglichkeit gestoßen? War es das, was sie ihr bei Ulf hatten klarmachen wollen? Aber solange sie das Geheimnis der fünf Personen nicht kannten, konnten sie nicht wissen, wer der Mörder und wer das nächste – und letzte? – Opfer war.

„Danke, Herr Canderhorst“, sagte Sönke und schaltete das Band ab. Sabine stellte das Foto der Freunde an seinen Platz zurück. Ein seltsames Gefühl durchzuckte sie, als habe sie gerade einen Fehler gemacht.

„Sabine, kommst du?“ Sie trat zu Sönke in die Diele und reichte Eike Canderhorst zum Abschied die Hand. Er schien erleichtert, sie loszuwerden. Nun ja, das war nicht unbedingt verdächtig, vor allem, wenn man die Tatsache berücksichtigte, dass oben im Schlafzimmer ein mäßig bekleidetes Model auf ihn wartete.

Der Hausherr öffnete die Wohnungstür. Sabine war schon draußen auf dem Treppenabsatz, als sie innehielt und sich noch einmal umwandte.

„Ach, Herr Canderhorst, hätten Sie etwas dagegen, wenn ich mir eines Ihrer Fotos ausleihe?“ Sie übersah sein verdutztes Gesicht, eilte ins Wohnzimmer zurück und kam gleich darauf mit dem gerahmten Bild zurück. Er sah nicht erfreut aus.

„Muss das denn sein? Dieses Foto ist eine wertvolle Erinnerung an unsere Schulzeit. Ich möchte es eigentlich nicht aus der Hand geben.“

„Sie bekommen es zurück!“, versprach die Kommissarin und ließ das Bild in ihrer Tasche verschwinden.

Sabine saß bei einer Tasse Instantcappuccino an ihrem Küchentisch und betrachtete das Foto, das sie Eike Canderhorst abgenommen hatte. Sie ließ den Blick über die fünf Jungengesichter wandern und versuchte zu ergründen, was das seltsame Gefühl in ihr ausgelöst hatte. Sie wirkten fröhlich, ja geradezu aufgekratzt. Die beiden Äußeren neigten sich den anderen zu, um noch mit auf das Foto zu kommen. Sie hatten einander die Arme um die Schultern gelegt. Freunde, eine verschworene Gemeinschaft, in der man gemeinsam Pferde stehlen kann. Treue für immer.

Irgendetwas passte nicht. War es das Mädchen? Eike hatte besitzergreifend den Arm um ihre Taille geschlungen. Es sah aus, als wolle sie sich wegdrehen. Ihre langen, blonden Locken schwangen nach vorn und verdeckten einen Teil ihres

Gesichts. Plötzlich stutzte Sabine und beugte sich tiefer über das Bild. Aber das war doch nicht möglich! Und dennoch, jetzt, da sie sie erkannt hatte, konnte sie sich nur wundern, dass sie so blind gewesen war. Sie holte die Fotos heraus, die sie von Iris und ihren Freundinnen hatte. Da, auf dem Schulbild, das die Lehrerin ihr gegeben hatte, lachte ihr eine blond gelockte Maike entgegen. Sie war auf diesem Bild noch etwas jünger und noch eher kindlich, während sie auf dem Foto mit den Jungen schon recht weibliche Formen aufwies. Aber es war das gleiche ebenmäßige Gesicht. Warum war ihr das nicht sofort aufgefallen? Lag es an dem fehlenden Strahlen in ihren blauen Augen oder dem ernsten Zug um ihren Mund?

Es klingelte. Die Kommissarin brummte missmutig. Wer wollte denn jetzt etwas von ihr? Erst beim zweiten Klingeln schob sie den Stuhl zurück und ging zur Tür. Es war Michael, der mit müdem Schritt die Treppe erklomm und dann schwer atmend auf dem Treppenabsatz stehen blieb.

„Wenn du nicht zu mir kommst, dann komme ich eben zu dir", sagte er und rang sich ein Lächeln ab.

„Warum hast du nicht angerufen?", schimpfte sie und führte ihn herein. Mit einem Stöhnen ließ er sich in den Sessel sinken.

„Das hört sich aber gar nicht erfreut an", schmollte er. „Ich habe den Weg unter Einsatz meiner letzten Kräfte hinter mich gebracht!"

Sabine beugte sich vor und küsste ihn leicht auf den Mund. „Unsinn! Natürlich freue ich mich. Aber es war leichsinnig, in deinem Zustand. Was sagt der Arzt?" Sie verschwand in die Küche, um Kaffee zu kochen.

„Der hat mich zwei Stunden in die Mangel genommen", berichtete Michael mit erhobener Stimme über das Geräusch der Kaffeemaschine hinweg, „und mich mit lauter unverständlichem Zeug vollgelabert. Ich sage dir, der weiß auch nicht, was es ist, will es aber nicht zugeben."

Das glaubte ihm Sabine sofort!

„Und, auf was für ein schlimmes Leiden habt ihr euch am Ende geeinigt?", fragte sie mit einem gezwungenen Lächeln, als sie ihm den Becher mit Milchkaffee reichte.

„Alles, was ich verstanden habe, ist, dass ich an Blutarmut leide. Er hat mir ein Eisenpräparat aufgeschrieben. Keine Ahnung, woher das plötzlich kommt. Damit hatte ich noch nie Probleme. Ich dachte, das betrifft nur Frauen."

Sabine hatte nicht nur eine Ahnung, sondern eine ganz präzise Vorstellung, woher diese plötzliche Blutarmut kam, zog es aber vor, Michael auf ein anderes Thema zu bringen. Sie setzte sich auf die Armlehne des Sessels und erzählte von den Gesprächen, die sie, zusammen mit Sönke, geführt hatte.

„Du kannst nicht genug von der Arbeit bekommen", sagte Michael, als sie irgendwann Luft holen musste. „Dann weißt du ja auch sicher schon, dass Reeder ebenfalls an einer hohen Dosis Nikotin gestorben ist."

„Ach, woher weißt du das?"

„Thomas hat mich angerufen, sobald der Bericht der Rechtsmedizin vorlag."

„Und was hat er sonst noch gesagt?", fragte Sabine.

„Sein Gespräch mit dem Herrn Senator war anscheinend etwas eisig. Der Gute ist nicht begeistert darüber, dass man auch sein Umfeld abklopfen will. Er hat natürlich Angst, dass das seinem politischen Ansehen schaden könnte. Und dass Thomas ihn mit dem Erpresserfoto konfrontiert hat, hat ihn natürlich auch nicht fröhlicher gestimmt."

„Wie hat er reagiert?"

Michael zog eine Grimasse. „Das sei alles ganz harmlos gewesen, und außerdem sei die Dame volljährig."

„Es wird sicher nicht einfach, das zu überprüfen."

„Thomas hat Robert darauf angesetzt. Der ist von dem Auftrag total begeistert."

Sabine lächelte. Das konnte sie sich vorstellen.

„Aber nun lass uns nicht weiter über den Fall reden. Ich weiß etwas viel Interessanteres." Er umfing ihre Taille und zog sie zu sich auf seinen Schoß. „Mach die Augen zu!"

Für eine Weile überließ sie sich seinen Händen und Lippen, doch es gelang ihr nicht, ihre Gedanken auszuschalten. Sie musste mit Peter reden, um die Befragung, die wie ein Damoklesschwert über ihm hing, abzubiegen. Sie wollte nach Blankenese fahren und noch einmal mit Maike, Aletta und Carmen sprechen. Sie wollte die Kopien, die sie sich von den Papieren aus Sandemanns Tresor gemacht hatte, noch einmal durcharbeiten. Vielleicht hatte sie einen Hinweis übersehen. Erstaunt bemerkte sie, dass sie Michael noch immer küsste und dass seine Hände unter ihrem T-Shirt verschwunden waren und sich gerade abmühten, ihren BH aufzuhaken. Es war düster im Zimmer geworden. Ihr Blick wanderte zum Fenster. Es dämmerte bereits. Sabine fuhr hoch. Die Sonne war untergegangen! Die Nacht brach herein, und irgendwo in Blankenese oder in der Speicherstadt erwachte der Vampir!

„Du musst jetzt gehen", stieß sie hervor. „Es ist spät!"

„Es ist gerade mal neun!", protestierte er nach einem Blick auf seine Uhr. „Willst du mich loswerden? Ich dachte, wir machen uns heute einen gemütlichen Abend zusammen." Er war gekränkt.

„Das wäre zwar sehr schön, aber das geht wirklich nicht. Bitte, sei nicht böse. Du musst jetzt gehen!" Ihr Blick huschte hektisch durch den Raum. Würde er herkommen und Michael hier finden? Er hatte eine seltsame Gabe, immer dort aufzutauchen, wo es etwas gab, das er nicht erfahren sollte. Was würde er dem Konkurrenten antun, wenn er ihn – nach dessen offener Drohung – in ihrer Wohnung fand oder sie gar in einer intimen Situation überraschte, die Michael für diesen Abend zweifellos geplant hatte? Die Vorstellung rann eiskalt durch ihre Eingeweide. Nein, das durfte sie nicht riskieren. Selbst wenn ein Teil von ihr sich nach einer Nacht voller Zärtlichkeit und leidenschaftlichem Sex mit diesem Mann gesehnt hatte, so war die Furcht, was aus diesem Moment der Schwäche resultieren könnte, nun so groß, dass ihr einziger Wunsch darin bestand, Michael so schnell wie möglich loszuwerden.

„Wen erwartest du denn noch? Oder steckt der Liebhaber schon im Schrank?“, fragte er in bemüht lässigem Ton, als er ihren hektischen Blicken folgte.

„Quatsch!“, stieß Sabine hervor. „Zu deiner Information: Ich erwarte niemanden. Und selbst wenn es so wäre, würde es dich nichts angehen!“

„Ach ja?“ Michael sprang so schnell aus dem Sessel hoch, dass ihm schwindelig wurde und er taumelte. „Dann ist das ja geklärt. Weißt du, ich bin kein Mann, der zum Spaß mal hier und mal dort ein bisschen was anfängt und abwartet, welches Mädel sich am leichtesten ins Bett ziehen lässt. Ich lasse mich nur mit einer Frau ein, wenn ich etwas für sie empfinde. Aber anscheinend gehst du mit Gefühlen lockerer um!“

Seine Worte schmerzten sie. Sabine ging alles andere als locker mit ihren und den Gefühlen anderer um. Sie mochte Michael wirklich und würde sich gern an ihn kuscheln und bei seinen Küssen alles vergessen. Es könnte etwas aus ihnen werden, wenn es da nicht einen Vampir gäbe, der sie als ihr

Eigentum betrachtete und buchstäblich jeden Konkurrenten wegbiss.

„Michael, gerade weil ich nicht leichtfertig mit Gefühlen umgehe, ist es besser, wenn du dich jetzt verabschiedest, bevor wir zu weit gehen. Ich habe dich gern, aber ich weiß noch nicht, ob es für eine richtige Beziehung reicht. Bitte verstehe das."

Der Mann schluckte. „Bleibt mir ja nichts anderes übrig, als es zu akzeptieren, oder?" Er rückte seine Kleider zurecht. „Was wirst du heute Abend noch machen?"

„Ich muss nach Blankenese fahren. Ich habe Sönke versprochen, Herrn von Borgo die Vorladung für seine Befragung zu bringen."

Michael ging zur Tür. „Ach, daher weht der Wind. Oder wechselst du nun zur Post? Ich habe mir schon so was gedacht, als er am Freitag auftauchte und diese Show abzog. Bitte sage mir: Bist du mit ihm liiert?"

Sabine hob hilflos die Schultern. „Ich weiß es nicht."

„Na, wenn du es nicht weißt, wer sonst?"

„Es ist alles so verworren. Bitte denk nicht schlecht von mir und gib mir Zeit, in meinem Leben Ordnung zu schaffen." Sie küsste ihn auf die Wange und schloss die Tür hinter ihm. Erleichterung durchflutete sie, und sofort bekam sie ein schlechtes Gewissen. Wie hatte sie sich verändert, seit – seit ein Vampir ihr Leben in Unordnung gebracht hatte.

Peter! Der Gedanke brachte sie in die Wirklichkeit zurück. Sie musste sich beeilen, um nach Blankenese zu kommen, bevor er das Haus verließ. Sabine griff nach ihrem Schlüsselbund und nahm die Jeansjacke vom Haken. Sie hatte die Haustür schon aufgezogen, als eine Stimme sie aufhielt.

„Du willst noch fort? Das ist aber schade!"

Die Kommissarin wirbelte herum. Von wo war die Stimme

gekommen? Im Flur und im Arbeitszimmer war niemand. War er schon so tief in ihren Geist eingedrungen, dass sie glaubte, seine Stimme zu hören? Aber nein, nun spürte sie auch die vertraute Kälte. Sabine hängte die Jacke an den Haken und trat ins Wohnzimmer. Er saß entspannt in dem Sessel, den Michael erst vor wenigen Minuten verlassen hatte. Gesicht und Hände hoben sich bleich gegen seine wie gewohnt schwarze Kleidung ab.

„Hallo, Peter!"

„Einen wunderschönen Abend, meine Liebe. Ich halte dich auf?"

Sabine schüttelte den Kopf. „Nein, ich wollte gerade nach Blankenese fahren, um dich zu suchen."

Er neigte fragend den Kopf zur Seite. „Wie komme ich zu der Ehre?"

Sie seufzte. „Ich muss wieder einmal versuchen, dich vor Schwierigkeiten zu bewahren, die du dir leichtsinnig eingehandelt hast."

„Nein, wirklich? Wie rührend! Mache ich auf dich einen solch hilfsbedürftigen Eindruck?"

Sabine verschränkte die Arme vor der Brust. Sie fühlte, wie schon wieder Wut in ihr aufstieg. „Ich kann dich auch ins offene Messer laufen lassen, wenn dir das lieber ist! Du hast es mit deinem provozierenden Eifersuchtsgehabe – das übrigens völlig überflüssig war – mal wieder geschafft, das Interesse der Kripo auf dich zu lenken." Sie zog die Vorladung, die Sönke ihr gegeben hatte, aus der Tasche und warf sie dem Vampir in den Schoß.

„Ich werde morgen leider verhindert sein, und übermorgen auch", sagte er lässig, als er den Brief gelesen hatte.

„Du nimmst das zu leicht!", ereiferte sich die Kommissarin. „So einfach wird das LKA nicht aufgeben. Eine Weile werden sie sich das gefallen lassen und dich auf der Liste der Verdächtigen immer weiter nach vorn rücken, und dann kommen sie zu dir und nehmen dein Haus auseinander. Willst du das noch einmal riskieren?"

Der Vampir legte in gespielter Verzweiflung die Hand über die Augen. „Das LKA wieder in meinen Gemächern. Welch grauenhafte Aussicht. Vielleicht wird es wirklich Zeit, weiterzuziehen und meine Hamburger Quartiere aufzugeben."

„Nein!", rief Sabine erschrocken, noch ehe sie über ihre Reaktion nachdenken konnte. „Ich meine, das wird nicht nötig sein", verbesserte sie hastig, „wenn du dich ein bisschen vernünftig verhältst. Wir können deine Aussage heute Abend auf Band aufnehmen, und somit wird es nicht mehr nötig sein, dich aufs Präsidium zu bestellen. Ich rufe Sönke an, dann redest du mit ihm, und alles ist in Ordnung." Sie wartete seine Antwort gar nicht erst ab, sondern zog ihr Handy hervor und tippte die Nummer des Kollegen ein. Der Vampir betrachtete sie mit einem versonnenen Lächeln.

„Sönke? Ja, ich weiß, wie spät es ist. Aber du wolltest seine Aussage haben, und jetzt ist er gerade zufällig bei mir. Also setz dich in dein Auto und komm her." Sie lauschte seiner Antwort.

„Nein, er kann morgen nicht ins Präsidium kommen. Er ist – weg – zu einem wichtigen Termin – ja, mehrere Tage. Nein, wenn es keinen Grund dafür gibt, dann werden wir ihn nicht zwingen, diese Termine abzusagen. Bitte, Sönke, tu mir den Gefallen. Wir können auch bei dir vorbeikommen, wenn dir das lieber ist." Ein triumphierendes Lächeln huschte über ihr Gesicht. „Alles klar. Genieße du deinen Nachtisch und den Rest Wein. In fünfzehn Minuten sind wir da!"

Ihr Lächeln verschwand, als sie die blasierte Miene des Vampirs sah.

„Du wirst doch mitmachen? Bitte! Wenn wir Sönkes Verdacht zerstreuen, dann bist du aus dem Fall raus. Du hast schließlich nichts mit den Morden zu tun, oder?"

Er zog die Mundwinkel hoch, sagte aber nichts.

„Ich habe dich etwas gefragt! Hast du mit den Morden etwas zu tun?"

„Morde? Ich morde nicht. Ich trinke nur Blut."

Sabine schnaubte ärgerlich. Versuche nie, eine klare Antwort von einem Vampir zu bekommen! „Ach, apropos Blut trinken – du wirst dich weder an Sönke noch an seiner Frau oder anderen Personen vergreifen, die sich eventuell im Haus befinden, klar?"

Der Vampir erhob sich und deutete einen Kratzfuß an. „Vollkommen klar. Dein Wunsch ist mir Befehl."

Ganz sicher war sich Sabine nicht, ob sie sich auf sein Wort verlassen konnte, aber sie hatte keine Wahl. Sie folgte Peter von Borgo zu seinem Jaguar. Während der gesamten Fahrt spürte sie die Anspannung, und auch bei der Befragung bekam sie kaum Luft. Ihr Magen fühlte sich wie ein Felsblock an. Erst als sie wieder in den weichen Ledersitz des Wagens sank, ließ der Druck nach. Erschöpft schloss sie die Augen und ließ ihren Gedanken freien Lauf. Hatten sie es geschafft? Würde die Abschrift des Bandes in der Akte abgeheftet und dort vergessen werden? Sabine atmete tief durch. Sie hatte das Gefühl, als habe sie seit Stunden zu wenig Sauerstoff in die Lungen bekommen und müsse nun ihr Blut auffrischen. Je tiefer sie atmete, desto mehr breitete sich eine tiefe Ruhe in ihr aus. Sie nahm die Gerüche um sie herum wahr: den Ledergeruch der Sitze, das Holz und den Lack der Armaturen, die Duftstoffe ihres Shampoos und der Gesichtscreme und darunter ein herbes, leicht metallisches Aroma, das von dem Wesen neben ihr ausging.

Der Motor erstarb. Es fiel Sabine schwer, die Augen zu öffnen. Hatte sie geschlafen? Erst als sie neben dem Wagen stand, bemerkte sie, dass sie nicht in der Langen Reihe in St. Georg waren, sondern in der Einfahrt zu Peter von Borgos Villa.

„Aber ich dachte, du bringst mich heim", stotterte sie und taumelte einen Schritt zur Seite. Anscheinend hatte sie wirklich geschlafen.

„Wenn du möchtest, dann bringe ich dich später zurück", bot Peter von Borgo an und reichte ihr den Arm. „Die Nacht ist noch jung. Wollen wir nicht meinen höflich-beherrschten Auftritt unter dem kritischen Blick des ergrauten Kollegen feiern?"

Sabine lächelte. „Na gut. Dann will ich jetzt nicht unhöflich sein und deine Einladung abschlagen. Wirst du für mich spielen?"

Er führte sie in den Musiksalon und rückte ihr einen bequemen Sessel zurecht. Lautlos huschte er durch das Zimmer, schob die großen Glastüren zur Terrasse auf, holte Wein und goss ihr ein. Er bewegte sich so schnell, dass sie ihm mit den Augen nicht folgen konnte. Nur wenn er für einen Moment innehielt, formte sich sein Bild in ihrem Kopf.

„Mir wird schwindelig, wenn ich dir zusehe", murmelte sie.

„Dann schließ die Augen und lehn dich zurück. Entspann dich."

Seltsam, dachte sie, ich habe keine Angst, dass er plötzlich über mich herfallen und mich aussaugen könnte. Welchen Grund habe ich, ihm zu vertrauen? Oder ist mir mein Leben nicht mehr wichtig?

„Was möchtest du hören? Beethoven?" Sie nickte.

„Gut, dann beginnen wir mit dem ‚Presto agitato' aus der

Sonate 14, cis-Moll", rief er. Die Musik erfasste sie. Sie hörte sie nicht, sie fühlte sie in ihrem ganzen Körper. Ein Universum von Gefühlen und Gedanken. Leichtfüßiges Glück und schwereloses Schweben wechselten zu Traurigkeit, als er zum Anfang der „Mondscheinsonate" in das „Adagio sosenuto" wechselte. Mit Chopins h-Moll-Sonate stürzte er sie in Verzweiflung und erlöste sie mit „La Campanella" von Liszt. Die Spannung stieg mit einem Konzert von Rachmaninoff, die Töne zerrten an ihrem Geist und ihrem Körper, und als sie dachte, sie könne es nicht länger ertragen, erlösten sie die Klänge eines Chorals. Plötzlich war er bei ihr und kniete vor ihrem Sessel. Er nahm ihre Hände und küsste sie mit seinen kalten Lippen. Wie konnte das sein? Noch immer erfüllte Musik das ganze Haus. Saß er denn nicht mehr am Flügel? Seine Lippen wanderten über ihren Hals, ihre Schläfen und die Wangen.

„Ich habe darüber nachgedacht, was du mir gesagt hast", flüsterte seine Stimme von irgendwoher. „Ich habe immer nur daran gedacht, was ich brauche, und dabei nie gefragt, welche Gestalt deine Wünsche haben. Du sagtest, du wolltest einen Mann – einen richtigen Mann, der dir alles geben kann!"

Sabine riss die Augen auf und sah direkt in die seinen. Was willst du damit sagen?, wollte sie fragen, aber es kam kein Laut über ihre Lippen.

„Nicht denken!", flüsterte er. „Höre, rieche, fühle und vertraue mir!"

Er hob sie hoch und trug sie auf seinen ausgestreckten Armen, als wäre sie ein Kind. Wie durch einen Nebelschleier sah sie, dass er die Bibliothek verließ und in die Halle trat. Auch hier umhüllte sie der Klang eines Flügels. Dann setzte ein Orchester ein. Leichtfüßig erklomm er die Freitreppe zum oberen Stock, folgte der Galerie und trat in das Zimmer mit dem Himmelbett, in dem Sabine im Winter viele Tage verbracht hatte, um sich von seinem Biss zu erholen. Ihr Körper sank in seidige Bettwäsche, die sie mit den Farben des Feuers umhüllte.

Sie wollte protestieren, sich wehren, sich aus seinen Armen winden. Oder doch nicht? Nein! Ihr Körper presste sich an den seinen. Ihre Lippen suchten nach seinem Mund. Sie war nicht mehr schläfrig, nicht mehr betäubt, nicht verwirrt. Sie war hungrig und voller Gier! Etwas fuhr wie ein heißer Strahl durch ihren Leib. Was ging in ihr vor? Konnte er seine Empfindungen auf sie übertragen? Würde sie nun nach Blut lechzen? Würde sie gleich in seinen Hals beißen?

Nein, es war eine andere Begierde, die lange in ihr verschüttet gewesen war. Waren das nicht die Gefühle, die sie einst verspürt hatte, wenn sie einen Mann wollte? Wild und ungestüm – jetzt sofort –, ob auf der Schwelle zu ihrer Wohnung, weil der Weg zum Schlafzimmer zu weit war, oder im sommerwarmen Gras. Dieses animalische Begehren, das keinen Raum für Scham oder anerzogene Zurückhaltung ließ. Der Augenblick, da die über Jahrmillionen erprobten Instinkte die Herrschaft über den zivilisierten Menschen übernahmen.

Oh mein Gott! Sie verlangte nach ihm! Sie wollte, dass er sie nahm wie ein – Mann? Aber das Wesen, um das sie ihre Arme geschlungen hatte, war kein Mann, kein Mensch, ja nicht einmal lebendig! Dennoch küsste er sie, dass heiße Wellen durch ihren Körper liefen. Seine Hände waren überall. Die zu scharfen Spitzen manikürten Fingernägel hinterließen rote Linien auf ihrer noch kaum gebräunten Haut. Jetzt erst bemerkte sie, dass sie nackt war. Und er auch! Sie fühlte ein Stöhnen in sich aufsteigen. Sie schrie gegen das tosende Orchester an, während seine Hände und seine Lippen ihren Körper in Raserei versetzten.

Welch übermenschliche Beherrschung verlangte er sich selbst ab! Dieser Gedanke huschte durch ihren Sinn. Ihre Bedürfnisse waren nicht die gleichen. Wie sollte das enden?

Er zog sie an sich und umschlang sie, sodass sie seine nackte, kalte Haut spürte. Doch das war es nicht allein, was ihr einen neuen Schauder durch den Körper jagte. Sie konnte es ganz deutlich spüren: Er war wie ein richtiger Mann gebaut, und auch seine Reaktion war die eines Mannes! Groß, hart und kalt drückte sein Geschlecht gegen ihren Schenkel. Aus den verborgenen Lautsprechern hinter dem Betthimmel erklang ein Trommelwirbel. Das Bläserensemble setzte ein. Sabine krallte ihre Finger in seinen Rücken, schlang ihre Beine um ihn und zog ihn mit einem Ruck zu sich.

Wurde sie in Eiswasser getaucht, oder verbrannte sie? Sie konnte es nicht sagen. Nur eine Wahrheit drang durch ihren Rausch: Sie hatte nicht gewusst, dass es möglich war, so zu fühlen. Ihr Blick saugte sich in seinen roten Augen fest. Ihr Mund konnte nicht von dem seinen lassen.

Dann spürte sie es: Es begann in ihren Zehen, schwappte über ihre Füße und Beine und erfasste ihren Körper. Als es ihren Kopf erreichte, wusste sie, dass sie beruhigt sterben konnte. Auf dieser Welt würde sich nichts mehr finden lassen, das diesem Sturm an Gefühlen auch nur nahekommen würde. Das Letzte, was sie spürte, waren seine Zähne, die sich in ihren Hals gruben, und das Zucken, das durch seinen Körper lief. Dann verlor sie das Bewusstsein.

Eine neue Welt

Sie schwebte durch die Dunkelheit. Es waren Töne um sie herum, aber keine Farben. Ihre Finger krümmten sich und fühlten kühle Seide. Die Finsternis wich einem düsteren Rot, das sich aufhellte und zu strahlen begann, bis es sich zu einem feurigen Orange wandelte. Sabine öffnete die Augen einen Spalt, aber der Schmerz, der durch ihren Kopf fuhr, ließ sie die Lider rasch wieder schließen. Sie sank in die Dunkelheit zurück.

Als sie das zweite Mal erwachte, war der Schmerz nicht mehr ganz so groß. Sabine schlug die Augen auf und sah zu dem orangefarbenen Betthimmel hinauf. Es war hell im Zimmer. Draußen war es Tag. Sie wusste, dass er weg war, dennoch tastete ihre Hand über das Laken, über die Stelle, auf der er gelegen hatte. Langsam richtete sich Sabine auf. Wie spät war es? Fast stellte sie sich die Frage, welcher Tag heute war. Wenn ihr jemand gesagt hätte, sie habe Wochen in einem Zustand der Trance verbracht, sie hätte es geglaubt. Selbst der Teppich unter ihren nackten Füßen fühlte sich neu an – anders – seltsam. Sabine tappte zu der Frisierkommode und zog das Tuch von dem zerbrochenen Spiegel. Aus den Spiegelscherben sah ihr ein bleiches Gesicht entgegen. Und dennoch entdeckte sie ein Strahlen in ihren Augen, das vorher nicht da gewesen war. Sabine griff nach der antiken Haarbürste, die auf der Kommode lag. Langsam zog sie die Borsten durch ihr Haar und betrachtete sich dabei in den Spiegelfacetten.

An ihrer Lippe klebten Blutreste, und auch an ihrem Hals und dem Ansatz der Brüste konnte sie die kleinen Male seiner Zähne sehen. Immer wieder glitt die Bürste durch ihr Haar. Es was seltsam. Sie fühlte sich schwach und gleichzeitig sehr lebendig. Noch immer klang leise Musik aus allen Ecken und umschmeichelte sie, ebenso wie das lange Seidennachthemd, das er ihr wohl angezogen hatte. Sabine legte die Bürste zurück und machte sich auf den Weg die Treppe hinunter. Sie sah ihre Kleider sorgfältig zusammengelegt auf einem Stuhl neben der Schlafzimmertür, ließ sie aber liegen und schritt in ihrem Nachthemd durch die Halle in die Bibliothek. Sie fühlte etwas Glattes, Kühles unter ihren Fußsohlen und sah zu Boden. Was war das? Sabine bückte sich und hob ein paar der dunkelroten Rosenblätter auf, die im ganzen Raum verstreut waren. Neben dem Sessel, auf dem sie am Abend gesessen hatte, stand nun ein rundes Tischchen, auf dem alles versammelt war, was man von einem fürstlichen Frühstück erwarten konnte. Auf dem chinesischen Porzellanteller lag eine einzelne samtrote Rose.

Wie hat er das gemacht?, fragte sie sich verwundert und ließ sich in den Sessel sinken. Mit einem Seufzer griff sie nach einem Brötchen und bestrich eine Hälfte dick mit Butter und Marmelade, auf die andere stapelte sie geräucherten Lachs. Sogar der Champagner war noch kühl.

„Auf unsere Nacht", flüsterte sie und prostete dem leeren Zimmer zu.

Es war bereits später Nachmittag, als sich Sabine endlich aufraffte, zu duschen und sich anzuziehen. Ihr schlechtes Gewissen drückte sie. Hatte sie Rosa Mascheck nicht versprochen, weiter an dem Fall „Iris" dranzubleiben und die geheimnisvollen Umstände ihres Todes zu klären? Nun waren wieder fast drei Tage vergangen, und sie hatte sich noch immer nicht um die Sache gekümmert. Es war so viel geschehen. Sabine schloss die Augen und ließ die Ereignisse noch einmal wie im Zeitraffer vorbeirasen: Die Verhöre in den drei Mordfällen, der überraschende Besuch der Witwe in ihrer Wohnung, die seltsamen Gespräche mit von Raitzen und Canderhorst. Und dann Peters Überfall auf Michael. Sabine dachte an ihren Zorn auf den Vampir. Wäre sie wirklich in der Lage, ihn zu zerstören? Oder war das eine ebenso leere Drohung wie so vieles, das man im Streit sagte? Wie oft schrie jemand: Den bringe ich um! Wenn daraufhin jedes Mal ein Mord passieren würde, dann hätten sich die Mordbereitschaften mit weit mehr als vierzig oder fünfzig Fällen im Jahr zu beschäftigen!

Sie schweifte ab. Vielleicht wollte sie ihre Gefühle gar nicht so genau analysieren. Am Sonntagabend erst hatte sie seine Gläser zerschmettert, weil er sich an ihrem – Freund? – vergriffen hatte, und nun lag die unglaublichste Liebesnacht hinter ihr – mit einem Vampir! Sabines Finger tasteten über ihren Hals und die anderen Stellen an ihrem Körper, an denen seine Zähne ihre Spuren hinterlassen hatten. Dennoch konnte er ihr nicht viel Blut geraubt haben. Sie fühlte sich nicht schwächer als nach einer durchfeierten Nacht.

Welch eine Beherrschung musste es ihn gekostet haben, sich zu beschränken! War er in der Lage, so etwas wie Liebe zu empfinden? Selbstlose Liebe, bei der nicht er im Mittelpunkt stand? Oder war das nur die ausgefeilte Taktik, der schon lange vorbereitete Plan, um am Ende seine Gier zu befriedigen?

Was empfand sie für dieses Wesen, das aussah wie ein Mann und sich ab und zu auch so verhielt, jedoch nicht einmal ein Mensch war? Konnte sie es sich leisten, ihn zu lieben, oder würde das ihren Körper und ihre Seele zerstören? War es nicht schon zu spät, die Notbremse zu ziehen?

Und wie sollte sie Michael begegnen, wenn sie ihn wiedersah?

Nein, diese Gedanken wollte sie nicht weiterverfolgen. Es wurde Zeit, dass sie sich um ihre Aufgaben kümmerte! Sie kippte den Rest des schal gewordenen Champagners ins Spülbecken und suchte ihre Tasche mit dem Handy. Wo sollte sie beginnen? Aletta! Die Kommissarin war sich sicher, wenn jemand ihr weiterhelfen konnte, dann war es die junge Frau mit dem Hexenspleen. Aber wollte sie ihr auch helfen? Nun, es gab nur einen Weg, das herauszufinden.

Aletta war nicht zu Hause, aber sie meldete sich bereits nach dem zweiten Klingeln an ihrem Handy. Sie hörte die Kommissarin schweigend an, ohne sie zu unterbrechen, sagte dann aber mit Nachdruck: „Nein! Frau Berner, Ihr Einsatz in allen Ehren, aber Sie sollten erkennen, wenn es vorbei ist. Die Familie hat Sie beauftragt, und sie hat den Auftrag nun beendet. Es war eine private Anfrage, keine an die Kripo, das sollten Sie nicht vergessen. Sie haben sich nicht im öffentlichen Interesse auf die Suche nach Iris gemacht, daher besteht auch kein Grund für Sie, sich weiterhin mit den möglichen Hintergründen zu befassen. Ich verstehe Frau Jacobson gut. Damals bestand noch Hoffnung, Iris lebend zu finden – oder zumindest die quälende Ungewissheit zu beenden. Nun aber liegt Iris' Leiche beim Bestatter und wird morgen beigesetzt. Lassen Sie die Familie in Frieden trauern! Wühlen Sie nicht weiter in Vermutungen und Gerüchten herum. Das wird nichts bringen, außer Kummer für die Angehörigen!" Sie verabschiedete sich höflich, aber bestimmt und legte auf.

Sabine öffnete die Glastüren und trat auf die Terrasse hinaus. Der Wind jagte Wolkenfetzen von Westen her über die Elbe. Bestimmt würde es heute noch regnen. Aber so genau konnte man das hier nie sagen. Ein Wolkenbruch kam schnell, und eine Stunde später konnte man schon wieder in der Sonne sitzen oder vom Sturm umbraust werden. Sabine blinzelte zum Himmel hinauf. Was nun? Sie würde ihren Kreis vergrößern, um in der Vergangenheit zu stochern, wie Frau Mascheck es ihr geraten hatte. Bei wem sollte sie beginnen? Alettas Worte gingen ihr noch einmal durch den Kopf. Warum nicht in ihrem Umfeld anfangen? Beispielsweise bei ihrer Mutter. Da in der Villa kein Telefonbuch zu finden war, schritt Sabine den Waldweg durch den Park hinunter zum Elbufer, um persönlich bei Frau Reichmann vorbeizuschauen.

Eine Stunde später stieg die Kommissarin unverrichteter Dinge den Baurs Weg hoch und folgte dann der Blankeneser Bahnhofstraße. Wie dumm von ihr, nicht daran zu denken, dass Alettas Mutter um diese Zeit noch in der Apotheke arbeitete. Den Abstieg zur Elbe hätte sie sich sparen können. Ach was, ein wenig frische Luft beim Nachdenken schadete nicht. Sie legte sich ihre Fragen zurecht und achtete nicht auf das, was um sie herum vor sich ging. Zwei Frauen kamen ihr entgegen. Sie wichen ein wenig zur Seite, um Sabine vorbeizulassen.

„Hallo, Frau Berner."

Die Kommissarin blieb stehen und hob ihren Blick. „Ach, Carmen, hallo, entschuldigen Sie, ich war so in Gedanken, dass ich Sie nicht erkannt habe."

Die junge Frau lächelte. „Ja, das kenne ich. Ich laufe – trotz Brille – oft blind durch die Gegend."

Die ältere Frau neben ihr sah erst Sabine und dann ihre Begleiterin fragend an.

„Oh“, stieß Carmen aus und wurde rot. „Mama, das ist Kommissarin Berner vom LKA. Sie hat Nachforschungen für Frau Jacobson angestellt – wegen Iris, du weißt schon. Frau Berner, das ist meine Mutter, Frau Gerstner.“

Die Frauen schüttelten sich die Hand. Die Kommissarin lächelte, aber Frau Gerstner schien nicht sehr erfreut zu sein. Vielleicht war es die übliche Scheu vor Kripobeamten, die sie mit vielen Menschen teilte.

Die Frau kam Sabine irgendwie bekannt vor. Es war nicht die Ähnlichkeit mit der Tochter – deren Gesicht war schmal, die Wangen eingefallen und blass, während man Frau Gerstner als gut genährt bezeichnen konnte, mit runden Zügen und kräftiger Gesichtsfarbe. Nein, sie hatte sie schon einmal bei einer wichtigen Gelegenheit gesehen. Warum nur fiel es ihr jetzt nicht ein?

Einige Augenblicke herrschte Schweigen. Sabine öffnete gerade den Mund, um sich zu verabschieden, als Carmen die peinliche Stille brach.

„Ich hoffe, Sie sind zur Erholung nach Blankenese gekommen und nicht etwa zur Verbrecherjagd.“ Sie lachte etwas zu schrill.

„Ich möchte mich mit Frau Reichmann unterhalten“, gab die Kommissarin bereitwillig Auskunft.

„Mit Alettas Mutter?“, vergewisserte sich Carmen. „Aber warum das? Ich meine, kennen Sie sich?“ Der Gedanke schien ihr gar nicht zu gefallen.

„Noch nicht“, antwortete Sabine heiter, „aber in ein paar Stunden vielleicht schon ganz gut.“

„Carmen, wir müssen weiter. Ich komme zu spät zur Arbeit! Du weißt, dass sie das nicht ausstehen kann!“, drängte Frau Gerstner. „Sie hat heute Abend Gäste.“

Die Kommissarin ließ noch einmal den Blick über Carmens Mutter schweifen, und plötzlich wusste sie wieder, wo sie ihr begegnet war.

„Sie arbeiten im Haus der Everheests, nicht? Dort sind wir uns vor einigen Tagen begegnet."

„Von Everheest", verbesserte die Haushälterin. „Ja, ich habe für den alten Herrn Doktor und seine Frau gearbeitet, dann für Herrn Sven, und nun kümmere ich mich nur noch um seine Witwe." Sie seufzte. „Wer weiß, wie es weitergehen wird."

„Dann such dir doch endlich einen neuen Job", maulte Carmen. „Ich habe dir schon vor zehn Jahren gesagt, du sollst da weggehen. Aber du wartest lieber, bis dich Cathilein entbehren kann und vor die Tür setzt."

„Frau von Everheest!", stieß sie zwischen den Zähnen hervor.

Die beiden tauschten einen Blick. Es war ein Kampf, der sicher eine lange Vorgeschichte hatte und über deren Ursache die Kommissarin gern mehr gewusst hätte. Dies war allerdings auch eine gute Gelegenheit, mehr Informationen über das Geflecht der Familien von Everheest, Reeder und Sandemann zu bekommen.

„Wie geht es Frau von Everheest?", begann sie mit möglichst mitfühlender Stimme.

„Wie es einer jungen Witwe geht, nachdem ihr Mann so unerwartet gewaltsam von ihr genommen wurde!"

Carmen stieß ein Schnauben aus.

„Haben sich die Eheleute von Everheest denn geliebt?", hakte die Kommissarin nach.

„Aber ja! Das ist doch normal." Frau Gerstners Gesichtsausdruck wurde zunehmend empörter.

„Ich hatte eher den Eindruck, dass dies eine Ehe war, zu der die Eltern der beiden gedrängt haben. Und ich vermute, dass Frau von Everheest von dem Verhältnis ihres Mannes mit Frau Reeder wusste."

„Woher wissen Sie – ich meine, was erlauben Sie sich? Solch eine infame Unterstellung! Nur weil Frau Reeder sich für ihr Kosmetikinstitut ab und zu Rat bei dem Herrn Doktor geholt und er seine Patientinnen an sie weitervermittelt hat? Die Menschen sind neidisch und böse, und deshalb klatschen sie über die, die vom Schicksal begünstigt wurden, und verleumden sie. Der Herr Doktor von Everheest war ein Ehrenmann. Nie hätte er seiner Frau so etwas angetan!"

Carmen machte ein Gesicht, als müsse sie sich gleich übergeben.

„Mama, wir müssen! Du willst doch keinen Ärger bekommen!" Sie hakte sich bei Frau Gerstner unter, grüßte die Kommissarin zum Abschied und zog ihre Mutter eilig mit sich. Sabine blieb zurück, mit viel neuem Stoff zum Grübeln.

Die Apotheke hatte noch geöffnet, und wie an jedem Tag kamen in letzter Minute etliche Kunden, um sich so wichtige Dinge wie Kamillentee, Fußsalbe oder eine Packung Kopfschmerztabletten zu kaufen. Und viele von ihnen wollten auch noch ein Schwätzchen halten.

Sabine betrachtete die alten Ladeneinbauten aus dunklem Holz und die bräunlichen Flaschen auf den oberen Regalen, aus deren Inhalt die Apotheker in früheren Zeiten die Medizin selbst zusammengemischt hatten. Den größten Teil der Auslage nahmen allerdings, wie in anderen Apotheken auch, die bunten Verpackungen der Pharma- und Kosmetikindustrie ein.

Die Kommissarin wartete geduldig, bis Alettas Mutter hinter dem letzten Kunden die Tür verschloss.

„Das sind meistens die Leute, die den ganzen Tag Zeit

hätten“, stellte sie fest und drehte den Schlüssel zweimal im Schloss um. Sie winkte der Assistentin zu, die ihren Kittel an einen Haken hängte und eilig verschwand. Der Chef, Dr. Thomas, war schon vor einer Stunde nach Hause gegangen.

„So, jetzt habe ich Zeit für Sie. Gehen wir nach hinten und trinken einen Kaffee? Ich glaube, es ist noch ein wenig in der Maschine.“ Sie ging voraus. Sabine folgte ihr durch den Raum mit den unzähligen tiefen Schubladen, die sie als Kind in der heimischen Apotheke sehr faszinierend gefunden hatte. Sie warf einen Blick ins Labor, in dem Salben gerührt und Tinkturen gemischt wurden.

„Die moderne Hexenküche“, sagte sie lächelnd. „Nicht mehr sehr romantisch.“

Frau Reichmann warf ihr einen forschenden Blick zu. Offensichtlich fand sie diese Bemerkung nicht amüsant.

„Sie sind also die Kommissarin, die Iris' Tod untersucht hat?“, sagte sie stattdessen und bot ihr einen wackeligen Plastikstuhl an. Sabine setzte sich und nickte.

„Und was wollen Sie von mir? Aletta sagte, die Ermittlungen seien eingestellt. Es wäre entweder ein Unfall gewesen oder sie sei freiwillig von der Fähre ins Wasser gesprungen und dann ertrunken.“

Die Kommissarin nickte. „Ja, das ist richtig. Aber ich möchte das ‚oder‘ noch ausräumen. Ich möchte wissen, ob sich Iris selbst getötet hat – und wenn ja: warum.“

„Und wie kann ich Ihnen dabei helfen?“

„Erzählen Sie mir von Iris und ihren Freundinnen.“

„Ach ja, die unzertrennlichen vier“, sagte Alettas Mutter und goss der Kommissarin Kaffee ein. „Cherry, Rose, Rabby und Eule – so nannten sie sich immer in der Schule. Später, als sie älter wurden, natürlich nicht mehr. Ich habe diese Namen lange nicht mehr gehört.“ Frau Reichmann trank einen

Schluck, zog eine Packung Zigaretten aus der Tasche ihres weißen Kittels und öffnete sie. „Rauchen Sie?" Sie hielt der Kommissarin die offene Schachtel entgegen. Sabine schüttelte den Kopf. „Stört es Sie, wenn ich mir eine anstecke? Dummes Laster, ich weiß", seufzte sie, „und kostspielig." Dennoch zündete sie sich eine Zigarette an und blies den Rauch von Sabine weg in die andere Richtung.

„Ich weiß nicht, was ich Ihnen erzählen soll", sagte sie und lachte unsicher. „In den letzten Jahren waren die Mädchen nicht mehr sehr oft bei uns zu Besuch. Sie trafen sich meist bei der alten Frau Jacobson, der Großmutter der Zwillinge."

„Dann erzählen Sie mir, wie die Mädchen früher waren, als Sie sie noch öfter sahen."

Frau Reichmann nahm einen tiefen Zug und schnippte die Asche auf eine Untertasse. „Ja, wo fange ich an. Die Mädchen haben sich in der Grundschule kennengelernt. Schon nach wenigen Tagen waren sie dicke Freundinnen, und das hat sich über die Jahre nicht geändert. Es gab kaum einen Tag, an dem die vier nicht zusammenhingen – zumindest solange sie noch in eine Klasse gingen. Jeden Tag trafen sie sich reihum bei ihren Familien, um die Hausaufgaben zu machen und anschließend in einem der Parks zusammen zu spielen." Sie schüttelte den Kopf und sah in die Ferne, anscheinend in Erinnerungen vertieft.

„Nun ja, und selbst heute hängen sie ja noch ständig zusammen – ich meine, die drei, nach Iris' tragischem Tod."

„Das scheint Ihnen nicht recht zu sein", hakte die Kommissarin nach.

Die Apothekerin zögerte. „Carmen ist ja ganz in Ordnung – sie war immer die schlaueste der vier und hat im Gymnasium nur Einsen geschrieben – aber Maike ist mir unangenehm." Sie schüttelte sich. „Ich weiß ja, dass man nicht so auf Äußerlichkeiten achten soll, aber das fällt mir bei diesem Anblick schwer! Es ist nicht nur, dass sie so dick ist – fett muss man ja eigentlich sagen, ich glaube, sie hat die einhundert Kilogramm schon vor Jahren überschritten –, sie ist auch immer so schlampig und riecht streng, und dann diese kreuz und quer abgeschnittenen Haare … heute blau, gestern karottenrot."

„Ich habe gehört, sie war ein sehr hübsches Kind."

Frau Reichmann nickte. „Oh ja. Ich habe selten eines gesehen, das so attraktiv, ja schön war. Aber dann … Ich verstehe das nicht. Als sie in die Pubertät kam, fing sie an zu essen und hörte nicht mehr auf. Man konnte zusehen, wie aus dem Schwan ein hässliches Entlein wurde. Man könnte denken, sie macht sich absichtlich so abstoßend wie möglich. So jedenfalls wird sie nie einen Mann abbekommen!"

Sabine trank einen Schluck Kaffee. „Hatte sie schon mal einen Freund?"

„Was glauben Sie denn?", schnaubte die Frau.

„Vielleicht will sie ja keinen. Könnte es sein, dass sie lesbisch ist?"

Frau Reichmann schwieg einen Moment und starrte in ihre Tasse. „Ja, der Verdacht kam mir auch schon."

„Und Aletta?"

„Was ist mit Aletta?", erwiderte Frau Reichmann in scharfem Ton.

„Hat sie schon einmal einen Freund gehabt?"

Die Mutter richtete sich kerzengerade auf. „Was wollen Sie damit andeuten?"

„Sagen Sie es mir!"

„Meine Tochter ist nicht lesbisch! So wie Sie habe auch ich mir meine Gedanken gemacht, denn obwohl es nie an Verehrern gemangelt hat, kam doch keiner – sagen wir – bis über die Türschwelle. Aber Aletta hat nur gelacht, als ich sie fragte. Sie sagte, ich solle froh sein, dass sie nicht jeden Tag einen anderen üblen Kerl mit in ihr Zimmer schleppe. Und damit hat sie ja nicht unrecht, oder?"

Dennoch ist es in diesem Alter nicht normal, dachte die Kommissarin.

„Was können Sie mir über den Hexenglauben Ihrer Tochter sagen?"

Die Miene der Mutter zeigte deutlich, dass dies das zweite heikle Thema in der Familie war. Sie winkte ab. „Ach, so ernst würde ich das nicht nehmen. Sie ist christlich erzogen, und ich denke, sie hat die richtigen Werte verinnerlicht. Das andere ist so etwas wie eine Mode. Sie findet es chic, in diesen schwarzen Kleidern herumzulaufen und sich die Lippen schwarz zu schminken. Da müssen Eltern eben tolerant sein." Ihr Lächeln wirkte ein wenig künstlich. „Haben wir nicht auch mit unseren Kleidern gegen die Eltern rebelliert?"

„Ja, das stimmt, doch ich habe den Eindruck, bei Aletta ist es mehr. Eine eigene Religion, eine Überzeugung. Geht sie nicht zu irgendwelchen Versammlungen, oder wie nennt man das bei den Hexen?"

Frau Reichmann sah aus, als habe sie auf eine Zitrone gebissen. „Wer hat Ihnen das erzählt? Ja, es gibt ein paar Gleichgesinnte – sie nennen es einen Coven –, und sie feiern alte Feste wie Walpurgis oder die Sonnwenden, mit Lagerfeuer draußen im Wald, aber das darf man nicht so ernst nehmen. Es ist so, wie viele Fasching feiern und sich gern verkleiden. Wollten Sie nicht etwas über Iris hören? Und nun sprechen wir nur über die anderen."

Die Kommissarin nahm den abrupten Themenwechsel ohne Widerspruch zur Kenntnis. „Gut, dann erzählen Sie von Iris."

Die Apothekerin zündete sich eine zweite Zigarette an und zog eine Grimasse. „Das Seltsame ist, wenn ich an die vier Mädchen denke, dann sehe ich immer nur Aletta, Carmen und Maike. Iris ist – war – so unscheinbar. Nun gut, ein paar Jahre habe ich sie ja auch kaum zu Gesicht bekommen, während sie dieses Internat besuchte. Aber auch danach. Man konnte sie vergessen oder übersehen, selbst wenn sie mit am Tisch saß. Ich kann mich kaum daran erinnern, dass ich mit ihr gesprochen hätte – und wenn, dann hat sie auf eine direkte Frage geantwortet, und zwar so kurz, wie es nur ging. Dabei war sie nicht unhöflich. Wenn man ihr etwas auftrug, erledigte sie es sofort."

„War das schon immer so?"

Frau Reichmann überlegte. „Nein, als Kind war sie lebhafter und strahlender. Das kam erst mit der Pubertät. Da werden die Mädchen ja oft sehr eigenartig!"

„Ja, nur meistens legt sich das nach ein paar Jahren wieder."

Die Apothekerin nickte. „Meistens."

Sabine erhob sich. „Ich danke Ihnen für Ihre Zeit. Ach, was ich Sie noch fragen wollte. Was für eine Ausbildung hat Aletta eigentlich gemacht? So wie ich das verstanden habe, ist sie zurzeit arbeitslos."

„Sie hat gar keine Ausbildung gemacht", schnaubte ihre Mutter. „Von einem Studium will ich nicht einmal reden. Das hat sie sich ja frühzeitig verbaut!"

„Warum? Ich dachte, sie ging aufs Gymnasium? Hat sie das Abitur nicht geschafft?"

„Nein, hat sie nicht. Sie meinte in der neunten Klasse, sich ihrem Hexenkram widmen zu müssen, und hat so lange meine Ermahnungen in den Wind geschlagen, bis sie sitzen blieb. Sie wollte auf die Gesamtschule wechseln und machte ein solches Theater, dass mein Mann einwilligte! Ich hätte nicht nachgegeben. Diese Launen haben sie ihr Medizinstudium gekostet. Glauben Sie mir, sie hätte den Grips dazu!"

„Haben Carmen und Maike zufällig auch die Schule gewechselt?"

„Ja, das war doch das Drama. Sie mussten schon ein Jahr vorher das Gymnasium verlassen. Und da haben die beiden Aletta sicher den Floh ins Ohr gesetzt, dass es gut wäre, wenn auch sie zur Gesamtschule rüberwechseln würde. Maike hat, soviel ich weiß, nicht einmal ihren Hauptschulabschluss geschafft!"

„Und da, glauben Sie, hat Aletta beschlossen, absichtlich sitzen zu bleiben?", fragte Sabine ein wenig ungläubig.

Frau Reichmann hob die Schultern. „Ich weiß nicht. Wir hatten oft Krach miteinander, aber sie wollte nicht mit mir reden. Sie sagte immer, ich könne das nicht verstehen. Und damit hat sie vielleicht recht. Ich meine, wie kann man so etwas Verrücktes verstehen? Sie hätten doch trotzdem Freundinnen bleiben können. Die Schulen sind kaum zwanzig Minuten voneinander entfernt!"

Auf der Rückfahrt in der S-Bahn überlegte Sabine sich, ob sie bei Michael vorbeigehen oder nur anrufen sollte. Ein Blick in den heimischen Badezimmerspiegel entschied die Sache. Nein, diese roten Kratzer, die sich in Dreierlinien über Hals und Schulter und am Dekolleté entlang bis über den Busen zogen, würden seine Laune sicher nicht heben und Sabine peinliche Momente bescheren. So tippte sie nur seine Nummer ein und hörte mit Erleichterung, dass er sich fit genug fühlte, seine Arbeit morgen wieder aufzunehmen.

Sabine mochte Friedhöfe, vor allem die riesige Parkanlage von Ohlsdorf, Beerdigungen allerdings gehörten nicht zu ihren Lieblingsveranstaltungen.

Sie stand an diesem Morgen früh auf und musterte ratlos den Inhalt ihres Kleiderschranks. Sie war keine Angehörige der Verstorbenen, daher war ein schwarzes Kostüm sicher übertrieben. Andererseits wollte sie in der düsteren Gesellschaft nicht durch bunte Kleidung auffallen.

Sie entschied sich für eine schwarze Jeans, einen schwarzen Kurzarmbody und eine silbergraue Bluse, die sie offen darüber trug. Anders als in Fernsehfilmen, in denen es bei Beerdigungen gewöhnlich in Strömen regnete, hatte Blankenese beschlossen, heute einen warmen Frühsommertag zu präsentieren. Sabine beeilte sich. Sie wollte rechtzeitig da sein und die ankommenden Trauergäste beobachten.

Die Kommissarin parkte ihren Passat in einem Seitenweg, überquerte die Sülldorfer Landstraße und passierte den offenen Flügel des dreigeteilten, schmiedeeisernen Tores. Eine Tafel am Verwaltungsgebäude zu ihrer Linken verriet, dass die Trauerfeier erst in einer Stunde beginnen sollte. So schlenderte Sabine zwischen den Gräbern hindurch, las die Namen und Daten und überlegte, was für Schicksale sich dahinter verbergen mochten. Viele der Gräber waren alt. Schwere Findlinge mit verwitterter Schrift sahen auf die mit Storchenschnabel oder Pachysandra überwucherten Grabstätten herab, die sich unter alten Bäumen und Rhododendren dahinzogen. Nur wenige Blumen durchbrachen das Grün und Grau. Sand knirschte unter ihren Schuhen. Sie würde mit Peter einmal hierherkommen. Er hatte nicht nur ein unglaublich gutes Gedächtnis für alles, was er einmal gesehen oder gehört hatte, er konnte die Toten wahrnehmen. Nicht dass es ihm möglich war, richtig mit ihnen zu sprechen – es war eher eine Übertragung von starken Sinneseindrücken, die die Verstorbenen vor ihrem Tod erlebt hatten. Eine gruselige, aber auch faszinierende Eigenschaft.

Sabine erreichte das kleine Gotteshaus kurz vor einer Gruppe Trauergäste. Maikes blauer Haarschopf leuchtete ihr entgegen. Neben ihr waren Aletta und Carmen, die ihren Arm um Frau Jacobson gelegt hatte. Die Kommissarin zögerte einen Moment. Sie würde der Familie nicht willkommen sein, aber da sie sich nicht vor ihr verstecken konnte, war es höflicher, sie gleich zu begrüßen. Sie nahm ihre Sonnenbrille ab und trat auf die vier Frauen zu. Maikes abweisende Miene wandelte sich in Feindseligkeit, als sie die Kommissarin erkannte.

„Was wollen Sie denn hier?“, fauchte sie statt einer Begrüßung.

Sabine erwog, ob sie vorgeben sollte, zufällig hier zu sein, auf dem Weg zum Grab eines Bekannten, aber unter Alettas durchdringendem Blick blieb sie lieber bei der Wahrheit.

„Nichts anderes als alle Leute hier, die gekommen sind, von Ihrer Schwester Abschied zu nehmen.“

„Das sind Familienangehörige oder Freunde“, schnauzte Maike sie an.

Frau Jacobson humpelte an ihre Seite und unterbrach sie. „Maike, ich wünsche nicht, dass du so unhöflich bist!“, sagte sie streng und reichte der Kommissarin die Hand. Ihre Miene blieb ernst, und Sabine sah die schlaflosen Nächte in ihrem eingefallenen Gesicht. „Ach, Frau Berner, ich würde gerne Guten Tag sagen, aber einen solchen habe ich schon lange nicht mehr erlebt und werde ihn auch heute ganz sicher nicht haben.“

Sabine hielt die faltigen Finger in beiden Händen. „Ja, das glaube ich, und leider kann man in solchen Fällen nicht trösten und sagen: Es wird besser und geht bald vorbei. Ich kann Ihnen nur Kraft wünschen. Sie werden an Maike eine Stütze haben."

Maike warf der Kommissarin einen misstrauischen Blick zu.

Ein Bus hielt vor dem Tor und entließ weitere schwarz gekleidete Leute, manche mit Blumen in den Händen. Eine Gestalt löste sich aus der Gruppe, die zur Kapelle strebte, und kam auf Sabine zu, die sich inzwischen etwas in den Hintergrund zurückgezogen hatte.

„Frau Mascheck!" Sabine streckte ihr beide Hände entgegen. „Überrascht es Sie, mich hier zu sehen?", lächelte die alte Dame.

„Nein. Ich habe nur nicht darüber nachgedacht. Ich hätte Sie mit dem Wagen abholen können."

Frau Mascheck zwinkerte. „Dann nehme ich das jetzt als Einladung für eine Heimfahrt an und biete dagegen frische Erdbeeren mit Quark – wenn Sie anschließend nichts zu tun haben. Aber nun halten Sie sich nicht bei mir auf! Wir können später reden." Sie drückte vielsagend ihre Hände und ließ den Blick über die anderen Trauergäste schweifen.

Sabine nickte. „Gut, bis später."

Am Nachmittag machte sich die Kommissarin zu einem Besuch der Gesamtschule Blankenese auf, einem unauffälligen roten Klinkergebäude mit einem Glasaufbau. Das Haus war gepflegt, das Gelände sauber. Sicher war die Schule noch nicht sehr alt, dennoch wirkte alles ein wenig unpersönlich. Die einzige individuelle Note verlieh dem Ganzen ein altes, bemaltes Auto, das, auf die Heckklappe aufgestellt, an der Schulhofmauer lehnte. Sabine betrat das Gebäude und suchte das Sekretariat auf. Eine Frau in engen Jeans und mit unglaublich langen lila Fingernägeln hörte ihr aufmerksam zu.

„Da müsste ich in den Akten nachsehen“, sagte sie und wartete, ob die Kommissarin diese Anstrengung wirklich von ihr verlangte. Als Sabine sie höflich bat, genau das zu tun, ging sie ins Nebenzimmer und kam bald darauf mit einem Stapel alter Klassenbücher zurück.

„Am besten, Sie sprechen mit Frau Niemand. Sie hat Aletta und Carmen zwei Jahre in Deutsch, Englisch und Geschichte unterrichtet, und ich glaube – ja –, sie war auch ein Jahr Maikes Lehrerin in Deutsch. Oder Sie sprechen mit Herrn Sobeck. Er war Maikes Mathematiklehrer. Soweit ich mich erinnern kann, ist er allerdings nicht sehr gut auf sie zu sprechen.“ Sie schlug ein weiteres Buch auf. „Ach, und in Biologie hatte er in der Neunten alle drei des Kleeblatts.“

„Warum war er nicht gut auf Maike zu sprechen?“, fragte die Kommissarin.

„Sie war, na ja, keine sehr angenehme Schülerin – in jeder Hinsicht“, antwortete die Schulsekretärin und schob Sabine ein aufgeschlagenes Buch hin. „Schwänzen, aufsässiges Verhalten, essen während des Unterrichts. Sie ist ja dann in der Neunten noch einmal sitzen geblieben. Herr Sobeck nimmt so was persönlich.“ Sie wollte noch etwas hinzufügen, aber in diesem Moment wurde die Tür aufgerissen und eine sportliche Frau mit kurzem Haarschnitt stürmte herein.

„Frau Dreebes, haben Sie mir die Kopien gemacht?“

„Aber ja, Frau Niemand. Das ist übrigens Kommissarin Berner vom LKA. Sie möchte mit Ihnen sprechen.“

Die Lehrerin wirkte nicht überrascht. Es war selten, dass sich Menschen so im Griff hatten, wenn die Kripo auftauchte. Oder hatten ihre Schützlinge öfter mit der Polizei zu tun? Frau Niemand sah auf ihre Taucheruhr.

„In fünfzig Minuten", sagte sie. „Kommen Sie ins Lehrerzimmer. Dann ist eine halbe Stunde Mittagspause. Jetzt habe ich noch eine Siebte in Englisch." Sie klemmte sich den Stapel Kopien unter den Arm, den die Sekretärin ihr gegeben hatte, und rauschte hinaus. Mit weit ausholenden Schritten lief sie in ihren orangefarbenen Sneakers den Gang hinunter.

„Die hat ihre Kids im Griff, was man nicht von allen Mitgliedern des Kollegiums sagen kann", kommentierte die Sekretärin mit Bewunderung in der Stimme. „Selbst die Acht- und Neuntklässler, und glauben Sie mir, die sind die Schlimmsten!"

Kurz nach zwölf Uhr saß Frau Niemand mit der Kommissarin in einer Ecke im Lehrerzimmer und hörte sich aufmerksam Sabines Fragen an. Sie überlegte eine Weile, ehe sie antwortete.

„Es gibt Kinder, die können nicht, und es gibt Kinder, die wollen nicht", sagte sie. „Das eine muss man akzeptieren und das Beste, was möglich ist, herausholen, bei den anderen braucht man Geduld, dann kommt es irgendwann von selbst. Meist weiß ich bereits nach ein paar Stunden, welche Sorte ich vor mir habe. Aletta gehörte eindeutig zur Gruppe zwei. Sie saß stets mit verschränkten Armen und einem überlegenen Lächeln in der letzten Reihe und gab einem zu verstehen, man solle sie gefälligst in Ruhe lassen. Ich dachte immer, bald fängt sie sich, aber seltsamerweise hat sie dieses Verhalten bis zum Schluss beibehalten. Ich hatte manchmal das Gefühl, sie würde absichtlich schlechte Klausuren schreiben – als könne sie damit uns Lehrer strafen." Frau Niemand schüttelte den Kopf.

„Carmen war eine Schülerin, die mir die ganze Zeit über ein Rätsel geblieben ist. Ich bin noch heute überzeugt, dass sie sehr intelligent ist und hier auf der Schule einfach fehl am Platz war. Vielleicht ist sie sogar hochbegabt, wurde aber nie richtig gefördert", fügte sie nachdenklich hinzu. „Sie war sehr ruhig. Manches Mal hatte ich den Eindruck, sie folgt dem Unterricht aufmerksam und kann jede Frage beantworten, aber wenn man sie aufrief, kam nichts. Entweder starrte sie aus dem Fenster, als habe sie nichts gehört, oder sie wurde blass und stotterte herum, bis man sie erlöste. Und doch hat sie in manchen Arbeiten Dinge geschrieben, die mir sagten, dass sie den anderen weit voraus war. Dann aber gab es wieder Tage, an denen sie gar nicht ansprechbar war. Ich kann nicht sagen, in was für eine Traumwelt sie sich geflüchtet hatte. Ich habe ein paarmal mit ihr gesprochen und versucht, sie aus der Reserve zu locken – vergeblich. Vielleicht waren es familiäre Probleme. Ihre Mutter hat sie allein aufgezogen – sie hat so eine Art Haushälterinnenjob in einer der Villen an der Elbchaussee. Man hätte mal mit ihr zu einem Therapeuten gehen sollen, aber bei diesem Thema hat Frau Gerstner sofort geblockt." Sie hob die Schultern. „Wir können die Eltern nicht zwingen."

„Und Maike?"

Die Lehrerin seufzte. „Ein schwerer Fall. Sie war die Erste des Trios, die vom Gymnasium Blankenese zu uns kam, aber eine Zeit lang wussten wir nicht, ob wir sie behalten können. Sie war nicht bereit, sich irgendwelchen Regeln zu unterwerfen. Wir haben Sozialberater der Stadt eingeschaltet, dann wurde es etwas besser. Sie hat sich nicht nur den Lehrern gegenüber unmöglich aufgeführt, auch die anderen Schüler machten lieber einen Bogen um sie. Außer natürlich Carmen und Aletta."

„War Maike gewalttätig?" Vor Sabines innerem Auge tauchte das Bild der bulligen jungen Frau auf. Es würde passen.

Die Lehrerin schüttelte den Kopf. „Nein, nicht gegen Mitschüler. Sie hat zwar gedroht, aber, soviel ich weiß, nie zugeschlagen. Wenn ihre Drohgebärden keine Wirkung erzielten, hat sie einen Rückzieher gemacht und anderen das Feld überlassen." Die Kommissarin sah Frau Niemand fragend an.

„Aletta. Sie hat ein paarmal Mitschülern mit der Faust ins Gesicht geschlagen. Einer musste sogar ärztlich behandelt werden. Zweimal haben wir wegen solcher Zwischenfälle ihre Eltern in die Schule kommen lassen."

„Was war der Grund für diese Schläge?"

„Ich kann es Ihnen wörtlich zitieren: Die Typen haben meine Freundinnen blöd von der Seite angemacht!"

„Haben Sie auch Iris Stoever unterrichtet?"

Die Lehrerin schüttelte den Kopf. „Nein, sie hat diese Schule nie besucht. Soweit mir bekannt ist, kam sie vom Gymnasium direkt in irgendein Internat. Das war, glaube ich, noch bevor ihre Schwester und Carmen zu uns wechselten."

Es klingelte zur nächsten Unterrichtsstunde. Frau Niemand sprang auf und griff nach ihrer Tasche. „Ich muss zum Geschichtsunterricht: ‚Widerstand im Dritten Reich'. Auf Wiedersehen." Und schon rauschte sie hinaus. Die Tür schlug hinter ihr zu.

Aletta verließ das Haus ihrer Mutter und machte sich auf den Weg zur Panzerstraße. Sie würde Maike dort treffen und dann mit ihr zu Carmen fahren. Sie mussten sich dringend besprechen. Carmen hatte wieder eine ihrer Depressionsphasen, und auf Maike war noch nie Verlass gewesen.

Aletta seufzte leise. Sie hatte das Gefühl, alles würde ihr entgleiten. Wieder einmal gab sie sich dem verlockenden Gedanken hin, wegzugehen und ein neues Leben anzufangen.

Aletta bog vom Mühlenberg in die Panzerstraße ein und folgte dem von Treppenstufen unterbrochenen Weg, bis das Haus von Frau Jacobson in Sicht kam. Vor dem Gartentor hob sich bereits unverkennbar Maikes Silhouette ab. Sie hatte den Kopf vorgebeugt und die Hände erhoben. Ein Flämmchen flackerte auf, als sie sich die Zigarette anzündete. Sie würde doch nicht wieder ein Theater machen, dass die Freundin zu spät sei? Aletta wollte ihren Schritt gerade beschleunigen, als sich hinter Maike ein Schatten aus den Büschen löste. Mit ein paar schnellen Schritten war er bei der jungen Frau und legte seine Hände um ihren Hals.

Aletta wollte schreien, sie wollte loslaufen und sich auf den Kerl stürzen, doch sie blieb wie angewurzelt stehen, den Mund geöffnet, die Hände wie zur Abwehr erhoben. Das konnte nicht wahr sein. Ihre Sinne spielten ihr einen grausamen Scherz. Sie war überreizt und müde, sie hatte zu viele wirre Gedanken in ihrem Kopf. Sie blinzelte, aber als sie die Augen wieder öffnete, waren die beiden Gestalten immer noch da. Der Fremde hatte sich vorgebeugt, die Hände noch immer um Maikes Hals, und sprach auf sie ein.

Warum wehrte sie sich nicht? Warum trat sie nicht um sich? Sie war groß und kräftig! Sie wog bestimmt mehr als der Mann, der sie festhielt. Sicher wäre es ein Leichtes für sie gewesen, sich loszureißen. Maike musste doch nur schreien. Hier wohnten überall Menschen. Sie würden aus ihren Häusern herauskommen und den Kerl niederschlagen.

Tief in ihrem Innern wusste Aletta, dass Maike sich nicht wehren konnte, nicht schreien und nicht um sich schlagen. Es war diese Angst, die sie lähmte, die sie in Stein verwandelte und sie von ihrem Körper trennte. Sie war nicht einmal mehr in der Lage, klar zu denken.

Aber Aletta, ihre Freundin Aletta, die geschworen hatte,

immer für sie da zu sein, sie konnte denken, und sie konnte handeln. Der Schrei, der die ganze Zeit in ihrer Kehle gelauert hatte, bahnte sich seinen Weg, und das Gefühl kehrte in ihre Beine zurück. Während sie losrannte, brüllte sie, dass es den Mühlberg bis zur Elbe hinunterschallte. In den Häusern rundherum flammten Lichter auf. Fenster und Türen wurden aufgerissen.

Der Mann reagierte sofort. Er ließ Maike los und rannte die Panzerstraße in Richtung Baurs Park davon. Maike fiel auf die Knie. Kaum einen Augenblick später war Aletta bei ihr und sank neben ihr auf den Boden. Maike starrte sie aus glasigen Augen an. Ihr Mund war aufgerissen, ihre Brust zitterte. Aletta sah, wie die Lippen bläulich schimmerten.

Verdammt, verdammt! „Du musst atmen! Los, atme! Du kannst es!“ Sie schüttelte Maike, so kräftig sie konnte. Keine Reaktion. Es war wie bei einem Kind, das gefallen war und dessen stumme Atemlosigkeit sich beängstigend in die Länge zog, bis es den ersten, erlösenden Atemzug tat und seinen Schmerz herausschrie.

„Schrei!“, bat sie unter Tränen. „Weine, schimpfe, aber tue irgendetwas!“

Maikes Brust zog sich krampfhaft zusammen, und endlich holte sie mit einem pfeifenden Ton Luft.

„Ganz langsam. Ein- und ausatmen, ein- und ausatmen“, kommandierte Aletta.

„Was ist denn da draußen los?“, rief eine Männerstimme.

„Es hat jemand geschrien“, erwiderte eine Frau.

„Es ist nichts“, rief Aletta. „Alles in Ordnung!“

Die Lichter erloschen. Vorhänge wurden wieder vorgezogen, Türen klappten zu. Es dauerte noch eine ganze Weile, ehe Maike in der Lage war, sich von ihr aufhelfen zu lassen. Aletta legte den Arm um ihre Schultern und führte sie ins

Haus zurück. Sie musste die Freundin nicht fragen, ob es ihr gelungen war, ihren Angreifer zu erkennen. Aletta hatte eine ziemlich klare Vorstellung davon, wer heute Nacht so dreist hier in der Panzerstraße aufgetaucht war.

Schatten der Vergangenheit

Für ihr Gespräch am alten Gymnasium in Blankenese musste die Kommissarin sich erst einen offiziellen Termin geben lassen und dann bei Schuldirektor Reissenberger vorsprechen. Er saß hinter seinem mächtigen antiken Schreibtisch und nickte bei jedem Satz mit dem kahlen Kopf.

„Ich schicke Ihnen die Kollegin Janitz." Er rief seine Sekretärin und ließ die Kommissarin in ein Besucherzimmer führen. Die Sekretärin brachte Tee, Milch und Kandis und einen Teller mit altbackenen Keksen. Dann ließ sie Sabine allein. Fünf Minuten später kam eine junge Frau herein, die auf den ersten Blick aussah, als habe sie selbst das Abitur gerade erst hinter sich gebracht. Sie lächelte die Kommissarin offen an, warf ihren blonden Pferdeschwanz in den Nacken und versicherte ihr, dass sie bereits seit elf Jahren an dieser Schule unterrichte. Offensichtlich musste sie diese Erklärung ständig abgeben.

„So langsam komme ich in das Alter, in dem ich es genieße, für so viel jünger gehalten zu werden, doch glauben Sie mir, es war viele Jahre lang eher ein Fluch!"

Die Kommissarin nickte. „Können Sie sich noch an die Schülerinnen Iris und Maike Stoever, Carmen Gerstner und Aletta Reichmann erinnern?"

Die Lehrerin nickte ungestüm. Auch ihre Bewegungen und Gesten waren die einer jungen Frau. „Aber ja. Sie waren in der ersten Klasse, die ich nach dem Referendariat hier übernommen habe. Ich habe sie geliebt! Entschuldigen Sie, dass ich das so überschwänglich ausdrücke. Damals wusste ich solche Schüler noch nicht genug zu schätzen. Ich war so naiv zu glauben, das sei normal. Aber im Lauf der Jahre habe ich ganz andere Sachen erlebt!"

„Ja, das glaube ich Ihnen. Was war an den vier Freundinnen so ungewöhnlich?"

Die Lehrerin zog ein Fotoalbum heran und blätterte darin, bis sie die richtige Seite gefunden hatte. „Sehen Sie selbst. Sind sie nicht eine Augenweide?"

Sabine beugte sich über das Klassenfoto und betrachtete eingehend die vier Mädchen, die ganz links vorn in der Reihe standen.

„Wann war das?"

„Am Ende der sechsten Klasse. Carmen war ein Genie! Sie lernte Englisch schneller als jeder andere Schüler, und auch in Mathe hatte sie stets eine Eins. Die Freundinnen nannten sie liebevoll Eule. Maike war immer die Königin, die sich bewundern und bedienen ließ. Ich habe nie ein hübscheres Mädchen gesehen. Ihre Schwester Iris verblasste ein wenig neben ihr, doch Gefühle wie Neid waren ihr anscheinend fremd. Sie hat sich stets um die Außenseiter bemüht und vor den Klassenarbeiten ihre Notizen an die Schlamper verteilt, die das weidlich ausnutzten."

Sie seufzte. „Und jetzt ist sie tot. So jung – welch eine Tragik." Sie schüttelte den Kopf und blickte eine kleine Weile stumm vor sich hin.

„Aletta war mir, glaube ich, die Liebste", brach sie plötzlich die Stille. „Sie war auch eine Einserkandidatin, aber viel lebhafter. Diese Lebensfreude, die sie ausstrahlte! Manchmal gab sie auch den Klassenclown, und obwohl Maike die Schönere war, buhlten die Jungs mindestens genauso um Alettas Aufmerksamkeit."

Sabine betrachtete das Foto. „Was ist geschehen?“, fragte sie.

Die Lehrerin wirkte unsicher. „Das habe ich mich auch oft gefragt. Ich habe mit Kollegen darüber gesprochen, aber die winkten nur ab. Sie sagten: normale Pubertätsprobleme. Das würde sich geben.“

„Und was glauben Sie, was es war?“

Sie zögerte. „Es gab wohl massive Familienprobleme im Hause Stoever. Als die Mädchen nach den Sommerferien in die achte Klasse kamen, waren sie verändert. Und dann haben die Eltern Iris im November ganz plötzlich von der Schule genommen. Maike hat das wohl nicht verkraftet, denn sie begann unmäßig zu essen und kleidete sich plötzlich nachlässig. In den großen Ferien hatte sie sich die Haare ganz kurz geschnitten. Es sah schrecklich aus.“

„Haben Sie auch ein Foto vom Ende der siebten Klasse?“

Frau Janitz nickte und blätterte ein paar Seiten vor. Die Kommissarin beugte sich über das Buch und studierte die vier Mädchengesichter. Die Lehrerin irrte sich. Es hatte schon früher begonnen: Maike starrte zu Boden, Iris verbarg sich fast völlig hinter ihrer Schwester, Carmen war blass und hatte die Augen geschlossen. Nur Aletta lächelte selbstbewusst in die Kamera.

„Kennen Sie das Internat, das Iris’ Eltern für sie ausgesucht haben?“

„Nicht gut. Es ist das Marienstift in Schwagstorf. Es wird von Franziskanerinnen geleitet. Iris’ Mutter ist ja streng katholisch. Ich war nie dort, aber ich habe mal mit der Rektorin telefoniert. Ich kann Ihnen die Telefonnummer und die Adresse geben, wenn Sie möchten.“

Die Kommissarin nickte. Sie würde anrufen, obwohl sie schon ahnte, was sie dort zu hören bekommen würde.

Auf ihrem Heimweg nach St. Georg rief Sönke auf ihrem Handy an und lenkte sie von ihren Grübeleien über die vier Mädchen ab. Anscheinend brauchte er dringend ein paar Streicheleinheiten und jemanden, der sich den ganzen Katzenjammer in Ruhe anhörte.

„Dammi noch mol", polterte er in den Hörer. „Wir kommen keinen Schritt weiter. Die Ehefrauen Reeder und Everheest scheinen sauber zu sein – außerdem gibt es für die kein Motiv, den Sandemann ins Jenseits zu schicken. Ein unabhängiger Mörder, der den Erpresser loswerden wollte, ist eigentlich auszuschließen. Da es wie bei Reeder Nikotin war, müssen die Fälle zusammenhängen, aber wir können die Verbindung nicht finden! Ja, sie haben sich seit der Schule gekannt, waren mehr oder weniger befreundet und haben auch geschäftlich irgendwie miteinander zu tun gehabt, doch da ist nichts, das erklären könnte, warum die drei umgebracht wurden. Ich will damit nicht sagen, dass die, jeder für sich, nicht genug Dreck am Stecken gehabt hätten. Aber alle zusammen? Und auch wenn ich mir den von Raitzen und den Canderhorst ansehe, habe ich keinen blassen Schimmer, wem oder warum die jemandem so im Weg sein könnten, dass man sie umbringt. Wir dachten ja, dass wir bei unserem Herrn Senator was finden, aber es ist natürlich schwer, an den ranzukommen! Du kannst dir denken, was der Tieze sagt: Ja keinem auf die Füße treten, der auf einem so hohen Thron sitzt!"

„Hat Thomas ihn nicht mit dem Erpresserfoto konfrontiert?"

„Doch, und der Senator war nicht sehr erfreut. Robert hat die ‚Dame' aufgestöbert. Sie arbeitet als Hostess und ist sicher auch zu Dingen bereit, die nicht in ihrem Vertrag stehen, wenn die Bezahlung stimmt. Aber sie ist bereits neunzehn –

auch wenn sie jünger aussieht. Aus dieser Geschichte ist dem Senator kein Strick zu drehen. Thomas hat sich – trotz Tiezes Geschrei – Herrn van Lohsen kräftig zur Brust genommen. Anscheinend ist er sauber, soweit man das bei einem Politiker überhaupt sagen kann. Jedenfalls haben wir bei ihm nicht den kleinsten Anhaltspunkt gefunden, bei dem wir einhaken könnten."

„Vielleicht ging es ja doch erst mal nur um Everheest – oder um Everheest und Reeder, und dann hat sich ein Trittbrettfahrer eingeklinkt und seine Rechnung mit Sandemann beglichen!", schlug Sabine vor. „Er kann erfahren haben, dass Reeder mit Nikotin getötet wurde. So was soll's schon gegeben haben. Ich meine, der Sandemann mit seinen Erpressungsgeschichten hatte sicher ein paar Feinde, die ihm nicht nachweinen."

„Wenn er die Unterlagen überhaupt eingesetzt hat! Noch ist das nicht erwiesen. Außerdem, wo hatte der Nachahmer so schnell das Nikotin her? Aus seinen Zigaretten destilliert? Bei Oma zufällig noch ein bisschen altes Blattlausgift gefunden? Es war überall das gleiche Zeug, und es konnten keine Spuren von anderen chemischen Stoffen gefunden werden. Nee, nee, wir sind hier nicht in einem Krimi von Agatha Christie. Das ist mir zu sehr konstruiert. Es muss eine plausiblere Erklärung geben."

„Gut, dann hat Sandemann vielleicht etwas über die anderen Morde rausbekommen und angefangen, den Mörder zu erpressen!"

„Ja", sagte Sönke langsam, „das scheint mir sehr viel plausibler. Dem sollte man nachgehen." Er stöhnte. „Aber dann sind wir wieder bei der Ehefrau und der Betrugsgeschichte."

Etwas regte sich in Sabines Unterbewusstsein. Was war

es nur? Irgendetwas, das Sönke gesagt hatte, bereitete ihr Unbehagen.

Der Kollege grummelte noch ein wenig über das böse Schicksal, das ihnen diese verzwickten Fälle beschert hatte, während Sabine in die Lange Gasse einbog und nach einem Parkplatz Ausschau hielt. Sönke verabschiedete sich und legte auf. Sabine quetschte sich in eine Parklücke, stieg aber nicht aus, sondern blieb grübelnd in ihrem Auto sitzen.

Es musste etwas geben, das alle fünf Freunde betraf. Warum sonst hatten Canderhorst und von Raitzen plötzlich Angst um ihr Leben? Musste man, um etwas zu finden, tief graben – tief in der Vergangenheit? So wie auch bei Iris? Vielleicht hatte sich die Kripo zu sehr auf das heutige Umfeld der Opfer beschränkt. Sabine ließ den Motor wieder an. Sie würde ein wenig in der Geschichte der Freunde aus gutem Hause kramen.

„Hallo, Ulf. Darf ich reinkommen? Ich möchte dir ein paar Fragen stellen."

Die Überraschung wich seinem üblichen jungenhaften Strahlen. „Oh, meine Lieblingsschwägerin! Komm rein. Ja, du musst meine neue Kaffeekreation versuchen. Diese Maschine ist fantastisch! Die macht einen Milchschaum – ein Traum! Ich kann mich nur nicht entscheiden, ob mir die Variante mit Vanille und Creme de Cacao oder mit Baileys und Zimt besser schmeckt."

Trotz der ernsten Fragen, die sie zu ihm getrieben hatten, musste Sabine lachen. „Du bist unvergleichlich!"

„Danke, mein Schatz", sagte er geziert und ging ihr mit schwingenden Hüften voran. Die Kommissarin folgte ihm in die Küche. Sie geduldete sich, solange der glänzende Alukasten surrte und klickte, den frischen Kaffee aus den beiden

Stutzen entließ und dann über einen Schlauch aus der Silberkanne Milch ansaugte und zu festem Schaum auf die Becher anhäufte. Ulf träufelte noch irgendwelche alkoholischen Geheimnisse in das Gebräu und garnierte die Schaumspitze vorsichtig mit Vanillezucker und Kakao. Strahlend reichte er Sabine ihren Becher.

„So, meine Liebe, ich bin zum Verhör bereit. Setzen wir uns auf die Veranda?"

Er öffnete die großen Flügeltüren und trat auf die Veranda hinaus, die in den kleinen, gepflegten Garten ragte. Fürsorglich rückte er Sabine zwei Kissen zurecht, setzte sich ihr gegenüber hin und sah sie erwartungsvoll an.

„Ich habe gerade noch einmal mit Sönke Lodering über die drei Mordfälle gesprochen, du erinnerst dich? Der Kollege, mit dem ich das Büro teile." Sie schluckte.

„Oh, ja, ich weiß, er ist auf eine natürlich robuste Weise attraktiv für sein Alter."

Sabine überlegte kurz, ob sie dies Sönke bei Gelegenheit erzählen sollte, und kam dann zu dem Grund ihres Besuches. „Die Kollegen stecken mit den Ermittlungen fest, und da wollte ich dich noch ein paar Dinge über Everheest, Reeder und Co. fragen." Sie unterbrach seinen Protest. „Ja, du hast mir gesagt, dass du ihnen seit Jahren nicht mehr nahestehst. Aber ich habe so ein Gefühl, dass die Hintergründe zu diesem Fall weit zurückreichen – vielleicht sogar bis in die Zeit, in der ihr alle zusammen ins Gymnasium gegangen seid."

„Spürnase Sabine und ihre Gefühle!", grinste Ulf und leckte sich ein wenig Schaum von den Lippen. „Na, dann schieß los. Ich stehe dir voll und ganz zur Verfügung!"

„Erzähle mir von den fünf Freunden. Wie waren sie? Hingen sie immer zusammen? Sonderten sie sich von den anderen ab? Waren sie eine – ja, eine Art Bande? Mit irgendwelchen Abzeichen, Ritualen, Mutproben oder so was? Und gab es Dinge, die über die normalen Jungenstreiche hinausgingen? Ich meine strafrechtlich relevante Dinge, wie Drogen oder Erpressung oder so?"

Ulf strich sich seine blondierten Haare zurück. „Das sind ja eine ganze Menge Fragen. Lass mich überlegen. Also so einen richtigen Club oder eine Gang haben sie nie gegründet – zumindest weiß ich nichts davon, aber so ab der zehnten Klasse haben sie sich doch sehr deutlich von allen anderen Schülern separiert. Sie dachten, sie wären etwas Besseres, und das ließen sie uns spüren. Sie waren keine Schläger – nein, das hatten sie nicht nötig. Sie gebrauchten subtilere Mittel, um andere auszunutzen, zu strafen und dazu zu bringen, das zu tun, was sie wollten."

„Was meinst du?"

„Spott, Verachtung, Bestechung, Verrat oder auch mal eine gezielte Falle."

„Hm, alles noch nicht sehr spektakulär."

Ulf schüttelte den Kopf. „Nein, das war es nicht. Wenn man sich heutige Schulen ansieht, dann waren sie harmlos, obwohl in der Oberstufe ein paar Drogen und viel Alkohol dazukamen. Ihre Partys waren sehr beliebt, da die Eltern genug Geld für ein ausuferndes Besäufnis lockermachten."

Sabine kaute auf ihrer Unterlippe. „Und sonst fällt dir nichts ein? Etwas Außergewöhnliches? Gab es vielleicht einen unerklärlichen Unfall oder so etwas?"

Ulf schüttelte den Kopf und nippte wieder an seinem Kaffee. „Zu viel Vanille, was meinst du?"

Die Kommissarin musterte ihn scharf. Er mied ihren Blick und starrte angestrengt in seinen Becher.

„Ulf? Warum nur bin ich mir sicher, dass mich das, was du

gerade denkst, interessieren könnte? Und ich spreche jetzt nicht von deinen Kaffeekreationen!"

Er wand sich. „Das war nur so ein Gedanke, keine Tatsache."

„Ich nehme auch Gedanken!"

„Ja, also, es geht jetzt nur um Eike und Sven. Auf einer dieser Partys war ich zufällig auch eingeladen – keine Ahnung, warum. Es war schon recht spät, und alle waren ziemlich blau, da bin ich in ein Zimmer gestolpert, in dem Eike, Sven und ein Mädchen waren. Sie war, glaube ich, eine Klasse unter den Jungs. Jedenfalls war sie sehr hübsch. Eine von den mächtig begehrten Mädchen!"

„Und?"

„Nun ja, sie drückte deutlich ihr Missfallen an dem aus, was die beiden von ihr wollten, aber sie waren wohl zu betrunken, um das zu bemerken. Als ich reinkam, drehten sie sich zur Tür um – das Mädchen riss sich los, schlug beiden ins Gesicht und rauschte hinaus."

„Und dann?"

Ulf hob die Schultern. „Nichts dann. Die beiden sahen mich ziemlich wütend an, und ich suchte lieber das Weite. Ich war nie der mutige Kämpfer, musst du wissen." Ulf wechselte das Thema.

„Und bist du noch immer an deinem Privatfall dran – die junge Frau, die sie in der Elbe gefunden haben?"

„Ja. Offiziell ist der Fall abgeschlossen, und auch die Familie will, dass ich die Finger davonlasse, aber ich muss wissen, was sie in den Tod getrieben hat. Es lässt mir keine Ruhe." Sie seufzte. „Bin ich zu fanatisch?"

Ulf schüttelte den Kopf. „Ich verstehe das. Wenn ein Jagdhund die Spur des Wildes mal in der Nase hat, kann man ihn auch nicht auf halbem Weg nach Hause schicken. Das soll keine Beleidigung sein, verehrte Schwägerin. Nein, ich denke, diese Eigenschaft ist es, die dich zu einer guten Kripobeamtin macht.“

„Deren Ast, auf dem sie sitzt, schon beinahe durchgesägt ist“, seufzte sie. „Wer weiß, ob ich jemals wieder offiziell an einem Fall arbeiten darf.“

„Nur nicht so pessimistisch, liebe Sabine, das passt nicht zu meiner Vorstellung von der taffen Kommissarin, die mit der Waffe im Anschlag im letzten Moment den fliehenden Mörder stellt. Ich wette, auch dieses Mal wirst du deinem verblüfften Chef in letzter Minute die Lösung des Falles präsentieren.“

„Du siehst zu viele schlechte Krimis im Fernsehen“, widersprach Sabine, aber sie lächelte. Ja, sie wollte die Mordfälle der drei Blankeneser Männer lösen, und sie wollte Licht in die Umstände von Iris Stoevers Tod bringen. Für einen Moment huschte ein Gedanke durch Sabines Kopf. Das Geheimnis der fünf Männer, das in der Vergangenheit zu liegen schien, und die unerklärlichen Veränderungen von vier Mädchen, die zehn Jahre zurücklagen. Konnte es sein, dass sie nur nach einer einzigen Lösung suchen musste? Konnte es sein, dass es zwischen ihnen mehr Verbindungen gab als ein altes Foto während der gemeinsamen Schulzeit?

Für einige Momente verfolgte Sabine diesen abenteuerlichen Gedanken, dann schüttelte sie den Kopf. Zumindest mit den Morden konnten die jungen Frauen nichts zu tun haben. Alle drei Männer waren an einem Freitag vor Mitternacht gestorben, und an diesen Abenden hatten die Frauen im Haus von Irene Jacobson Skat gespielt. Das hatte die alte Frau bestätigt.

Maike stand am Fenster und sah in die mondhelle Nacht hinaus. Irgendwo schrie eine Eule. Es war spät, doch sie hatte sich nicht ausgezogen und würde sich auch nicht auf ihr Bett legen. Wozu? Sie würde in dieser Nacht sowieso nicht schlafen können. Und wenn, dann kämen heute ganz sicher die Albträume zurück. Der Alb, der schwarze Dämon, der sich auf die Brust setzt und einem die Luft abschnürt. Nur noch wenige Menschen kannten heutzutage die Bedeutung des Wortes, das so treffend beschrieb, was sie so oft schon durchlitten hatte. Als ob es nicht genug wäre, diese Qual in Wirklichkeit erduldet zu haben! Es kam immer und immer wieder, seit einem Jahrzehnt, nicht nur wie heute an dem Jahrestag.

„Jahrestag", sagte sie leise. Früher bezeichnete das Wort für sie einen Grund zum Feiern. Geburts- und Namenstage waren solche fröhlichen, jährlich wiederkehrenden Anlässe. Seit diesem Maitag vor zehn Jahren jedoch hatte das Wort eine andere Bedeutung für sie bekommen.

Maike schloss die Augen und lehnte erschöpft den Kopf gegen den Fensterrahmen. Sie fühlte die abblätternde Farbe. Er hätte schon vor Jahren frisch gestrichen werden müssen, aber ihr fehlte die Kraft, sich zu solchen Dingen aufzuraffen, und die Großmutter hatte kein Geld, einen Handwerker zu beauftragen.

Wenn das damals nicht passiert wäre, dann hätte ich mein Abitur gemacht, dachte sie, ich hätte studiert und einen Beruf gelernt, mit dem man Geld verdienen kann, und würde nicht bei Burger King für ein paar Kröten schuften. Ganz deutlich roch sie das Frittierfett in ihren Haaren und ihrem T-Shirt. Wenn es sich vermeiden ließ, sah sie schon seit Langem nicht mehr in den Spiegel, aber das brauchte sie auch nicht. Ihr unförmiger Körper und das für viele Menschen abstoßende Äußere waren ihr ständig bewusst.

„Du bist ein hässliches Monster", flüsterte sie in die Nacht.

„Du bist keine Frau, du bist ein stinkender Fettkloß, vor dem alle zurückschrecken."

Wen Gott strafen will, dem gibt er, was er sich wünscht. Hatte sie das nicht gewollt? Hatte sie nicht absichtlich mit der Fresserei angefangen, um diesen gierigen Blicken zu entkommen?

Ja, schon, aber musste sie denn so grässlich werden? Und nun gab es keinen Weg mehr zurück. Oder doch? Hatte sie genug Mut für ein normales Leben in einem normalen Körper? Hatte sie das überhaupt verdient, jetzt, da ihre Schwester zu einem Häufchen Asche verbrannt in ihrem Grab lag?

Es war ihre Aufgabe gewesen, Iris zu schützen! Sie hätte es verhindern können, wenn sie nicht Kopfschmerzen vorgetäuscht hätte und im Bett geblieben wäre! Dann wäre alles ganz anders gekommen. Wenn nur, ach, wenn nur dieser eine Abend anders verlaufen wäre, dann wäre der Stein nicht ins Rollen geraten.

Die Gedanken nahmen ihren üblichen Lauf und wiederholten sich in weiten Schleifen. Eine Folter, die niemals aufhörte.

Ach, wie war sie stolz gewesen! Sie hatte gewählt. Die Königin hatte sich aus dem Dutzend ihrer Verehrer den würdigsten herausgesucht. Er war nicht der Schönste – das wäre Lorenz gewesen. Aber er war charmant, witzig und großzügig. Und er wohnte in dieser wundervollen weißen Villa an der Elbchaussee, durch die sie in Gedanken immer und immer wieder gewandelt war, ohne dem Schrecken entkommen zu können. Oh, wie blind war sie gewesen!

Sie hatte wohl bemerkt, dass Iris sich veränderte, dass sie stiller wurde und sich zurückzog, doch in ihrer maßlosen Arroganz hatte sie es für Neid gehalten. Ihre Andeutungen über das Böse in dem Jungen, dem sie ihre Gunst gewährte, hatte sie schroff zurückgewiesen und Iris verboten, ihn jemals wieder zu verleumden! Ihre Schwester war ja nur neidisch, dass sie, Maike, schöner war, begehrter und vor ihr einen Freund hatte! Erst Aletta hatte die Zeichen richtig gedeutet. Wie viel Leid hätte sie sich und den anderen erspart, wenn sie die Augen aufgemacht und nachgedacht oder ihrer Schwester nur einmal richtig zugehört hätte.

Ach, Iris, hast du mir je verziehen? Wieder einmal spürte sie tief in sich, dass sie ihr verpfuschtes Leben verdient hatte und selbst an allem schuld war.

Immer tiefer glitt Maike in die Vergangenheit. Es war wie ein Sog. Die Bilder jagten durch ihren Kopf, und sie konnte die Stimmen hören. Dann kamen die Gerüche. Sie konnte den Kampf nur verlieren. Irgendwann wäre sie so erschöpft, dass der Alb die Oberhand gewinnen würde. Warum nicht gleich aufgeben? Wozu sich noch wehren? Sie sank auf dem Boden zusammen und überließ sich ihrem schwarzen Dämon.

Sie ist so aufgeregt! Sie gehen nun zwar schon zwei Wochen miteinander, haben im Kino Händchen gehalten und sich ausgiebig geküsst. Sie ist auch schon zweimal in dem supertollen Haus seiner Eltern gewesen, doch heute Nachmittag, hat er in der Schule angedeutet, werden seine Eltern, sein kleiner Bruder und die Haushälterin weg sein! Er ist schon achtzehn, ein richtiger Mann, und doch zeigt er sich stolz mit Maike, der man ihre vierzehn nicht ansieht. Sie ist die Schönste und Attraktivste der ganzen Schule!

In ihrem Bauch zittert und zwickt es, und sie kann während des Unterrichts keine Minute an das Geschwätz der Lehrer verschwenden.

Was werden sie tun? Sie sieht sich, eng umschlungen mit ihm, auf seinem Bett liegen und ihn küssen. Sie spürt seine

Lippen und kann ihn riechen. Wird er ihr an den Busen fassen? Sie hat schon einen, wie eine Frau – wenn auch keinen ganz so großen wie Aletta.

Nach der Schule steht sie eine Stunde vor dem Spiegel, probiert verschiedene Kleidungsstücke und Schmuck aus, borgt sich Mamas Lippenstifte und Lidschatten. Zum Glück ist die Mutter nicht daheim. Sie würde nie zulassen, dass eine ihrer Töchter geschminkt das Haus verlässt! Iris sitzt die ganze Zeit in einer Ecke auf dem Boden und sieht ihr schweigend zu. Sie ist in letzter Zeit so komisch und macht kaum noch den Mund auf. Das ist kein schöner Zug, der eigenen Zwillingsschwester den Erfolg zu neiden!

„Du könntest dich ein wenig mit mir freuen und mir sagen, welches Oberteil mir besser steht", mault Maike und dreht sich vor ihr, die Hände in die Taille gestützt, die Hüfte aufreizend vorgeschoben.

„Du solltest nicht in dieses Haus gehen", sagt Iris in diesem leidenden Tonfall, für den ihr Maike am liebsten eine Ohrfeige verpassen würde. „Bitte!"

„Du spinnst wohl! Eike ist mein Freund und hat mich eingeladen!"

Danach sagt Iris nichts mehr. Sie zieht die Knie noch näher an den Körper und wiegt sich wie in Trance vor und zurück.

Die erste Stunde ist wirklich schön. Wie Erwachsene essen sie im großen Esszimmer Eis. Er hat die Eisschalen sogar auf große, silberne Teller gestellt. Dann umarmt er sie und küsst sie richtig mit offenem Mund. Er zieht ihre Bluse aus der Jeans und streichelt ihren nackten Rücken. Und dann klingelt es an der Tür.

Voll Schreck denkt sie, sein Bruder ist zurück oder die Haushälterin. Ach, wenn sie es nur gewesen wären! Nein, es sind seine Freunde: Sven, Lorenz, Alexander und Kai. Maike ist enttäuscht. So hat sie sich ihren Nachmittag mit Eike nicht vorgestellt. Ihn jedoch scheint es nicht zu stören. Er holt noch mehr Eis aus der Küche und ein paar Tüten Chips, zwei Flaschen Cola und eine Flasche Whisky. Die Jungen mischen sich Whisky in ihre Cola, aber Maike lehnt ab. Sie lachen sie aus. Maike ist es peinlich, aber sie traut sich nicht. Mutter würde ausrasten, wenn sie erfahren würde, dass sie Alkohol getrunken hatte!

„Na, und, wie ist es?", fragt Sven und nimmt einen Schluck aus der Whiskyflasche. „Ist sie gut, oder hat sie dich etwa noch nicht rangelassen?" Die Jungen lachen und sehen Eike erwartungsvoll an.

„Natürlich habe ich es mit ihr getrieben", lügt er. „So richtig schweinisch: von hinten und auf dem Tisch und so."

Maike wird rot und sieht zu Boden. Wie kann er nur so ein dummes Zeug daherreden?

„Ich glaube dir kein Wort", sagt Alexander.

Eike ballt die Fäuste. „Ach, dann sag doch gleich, dass ich ein Lügner bin! Los, trau dich!"

„Von hinten auf dem Tisch? Na, das wollen wir sehen!", ruft Lorenz. „Los, zeig es uns, dann glauben wir dir!"

Noch als die Jungen sie packen und auf den Tisch werfen, glaubt sie, dass es ein dummer Scherz ist – geschmacklos und peinlich, aber nur ein Scherz. Sie schreit empört auf und versucht sich loszureißen. Gleich werden sie aufhören. Eike wird ihnen sagen, dass sie sie loslassen sollen. Sie ist doch seine Freundin!

„Wahrscheinlich kriegt er nicht einmal einen hoch!", sagt Sven verächtlich. „Das kennen wir ja schon." Die anderen klatschen in die Hände und rufen: „Eike, Eike, Eike!"

„Nein?", schreit Eike. „Na, dann schaut mal her!"

„Eike, Eike, Eike!"

Maike versucht noch einmal sich loszureißen. Das geht jetzt wirklich zu weit. Sie wird ihrem Freund nachher sagen, dass sie so etwas nicht lustig finden kann. Ja, vielleicht sollte sie mit ihm Schluss machen, wenn er sich vor seinen Freunden so blöd benimmt!

„Gut, wir wollen es sehen!", hört sie Svens Stimme. Sie klingt kalt und böse. Maike schreit voller Zorn und zappelt. Der Griff an ihren Handgelenken verstärkt sich. Das tut weh! Tränen schießen in ihre Augen.

Maike spürt, wie ihre Jeans aufgemacht und heruntergezerrt wird. Ihr Slip zerreißt. Er ist rosa mit kleinen gestickten Herzen.

Nun fleht sie, bittet und weint. Zwei Hände legen sich um ihren Hals. Der Whiskyatem hüllt sie ein. „Halt die Schnauze, sonst drücke ich zu!"

Maike will sich wehren, sie will schreien, doch sie kann nicht. Es ist, als wäre sie plötzlich gelähmt. Das Atmen fällt ihr schwer. Wenn er noch weiter zudrückt, dann wird sie sterben. Lieber Gott, bitte, das kannst du doch nicht wollen!

Jemand schiebt ihr die Beine auseinander. Ein stechender Schmerz schießt durch ihren Bauch. Sie kneift die Augen zusammen. Sie wimmert wie ein kleines Tier, aber niemand achtet auf sie. Die Jungen sind zu sehr damit beschäftigt, zu johlen und sich gegenseitig anzufeuern.

Sie weiß nicht, wie viel Zeit vergangen ist. Vielleicht Stunden oder Tage? Es fühlt sich an, als wäre sie sehr lange weg gewesen und nun eine andere geworden. Die Jungen lümmeln drüben in der Ledersitzecke und gucken irgendeinen Film an. Es wird ziemlich viel geschossen und geprügelt. Blut fließt. Maike entdeckt ihre Unterhose über einer hohen Blumenvase. Sie krabbelt auf allen vieren in die Ecke und zieht sie an. Dann schlüpft sie in ihre Jeans. Um aufzustehen, muss sie sich am Tisch festhalten und sich hochziehen. Es tut so weh. Es brennt zwischen ihren Beinen, und immer wieder fährt ein schmerzhafter Stich durch den ganzen Leib. Sie stöhnt leise und beißt sich auf die Lippe, damit es keiner hört.

„Deine Kleine will anscheinend gehen", sagt Alexander. Die Jungen sehen zu ihr herüber. Maike weicht an die Wand zurück.

Langsam steht Eike auf und kommt auf sie zu. Sie würde gern noch weiter zurückweichen, aber da steht eine gläserne Vitrine mit Geschirr. Eike fasst sie ans Kinn, beugt sich herab und küsst sie auf den Mund.

„Wir sehen uns dann in der Schule. Morgen sind meine Eltern da, da ist es bei uns schlecht, aber du kannst Samstag wiederkommen." Er grinst.

Maike sieht ihn fassungslos an. Sie hat das Gefühl, sie müsse sich gleich übergeben. „Ich will dich nicht wiedersehen", stößt sie hervor. „Du bist nicht mehr mein Freund!"

Eike lacht laut, mit offenem Mund und in den Nacken gelegtem Kopf. Die anderen stimmen ein. Er sieht ekelhaft aus, wie er so vor ihr steht. Wie hatte sie ihn jemals anziehend finden können?

Plötzlich hört er auf zu lachen und sieht sie mit zusammengekniffenen Augen an. Seine Hände schließen sich schmerzhaft um ihre Handgelenke.

„Jetzt hör mir mal gut zu, meine Kleine. Du bist meine Freundin! Du bist die Schönste der Schule, und du gehörst mir, solange ich das will, klar?"

Maike schüttelt den Kopf. „Nein, ich will dich nicht mehr!" Er drückt noch stärker zu, dass es ihr die Tränen in die Augen treibt.

„Ich habe mich wohl noch nicht klar genug ausgedrückt." Es

ist ganz still im Wohnzimmer. Jemand hat den Ton des Films abgestellt. Nur noch Eikes drohende Stimme ist zu hören.

„Du kannst es dir überlegen. Entweder du hältst den Mund und machst, was ich dir sage, oder wir fangen uns deine liebe Schwester und machen mit ihr auch so eine schöne Feier. Wer weiß, vielleicht drückt dann ja einer zu fest an ihrem Hals und sie wacht danach nie wieder auf? Na, was sagst du? Kommst du am Samstag?"

Nun rinnen ihr die Tränen über die Wangen, aber sie nickt. Endlich lässt Eike sie los und gesellt sich wieder zu seinen Freunden. Der Film läuft weiter. Die Jungen kümmern sich nicht mehr um sie. Maike verlässt das Haus.

Wochen und Monate vergehen. Maike geht mit dem jungen Canderhorst. Sie macht das nur für Iris. Damit ihr nichts passiert. Sie spricht mit niemandem darüber. Wer könnte ihr schon helfen? Mama würde sie eher umbringen, als diese Schande ertragen. Predigt sie nicht ständig, dass nur tugendhafte Mädchen etwas wert sind? Schlampen und Huren haben ihr Unglück verdient!

Maike beginnt zu essen. Während sie Schokolade in sich reinstopft, Chips oder Eis, können ihre Gedanken sie nicht quälen. Für ein paar Minuten entkommt sie ihrer Hölle. Man kann zusehen, wie sich das Fett um ihre Taille legt, die Hüfte und die Beine. Sie merkt, wie die begehrlichen Blicke weniger werden. Maike schneidet sich die Haare ab und färbt sie rot. Dann kommt der Tag, an dem Eike den Arm um ein anderes Mädchen legt.

„Verschwinde", sagt er zu Maike. „Du bist ekelhaft. Mir wird schlecht, wenn ich dich nur sehe!"

Der Donnerstag neigte sich seinem Ende zu. Sabine saß bei Rosa Mascheck am Küchentisch, den Kopf in beide Hände gelegt, und starrte vor sich hin. Auch Frau Mascheck schwieg.

Nur die Nadeln ihres Strickzeugs klapperten leise. Sie strickte für Julia Socken – gelb mit dunkelblauen Schmetterlingen an den Seiten.

„Für wen soll ich denn sonst stricken?“, hatte die alte Dame protestiert, als Sabine meinte, das könne sie nicht annehmen. „Ich habe genug Socken für zwei Leben in meinem Schrank. Soll ich etwa für meinen Neffen Peter stricken?“

Die Vorstellung, sie würde dem Vampir selbst gestrickte Socken seiner vermeintlichen Tante überreichen, amüsierte sie für einen Augenblick, dann jedoch drängten sich die Probleme wieder in den Vordergrund.

„Wenn es Ihnen hilft, Ihre Gedanken zu sortieren, dann sprechen Sie sie ruhig laut aus“, forderte Frau Mascheck Sabine auf. „Wem sollte ich sie schon weitererzählen?“

Sabine warf ihr einen Blick zu.

„Über wen grübeln Sie nach? Iris und ihre Freundinnen oder die ermordeten Männer?“

„Beides, immer schön im Wechsel“, seufzte die Kommissarin. „Morgen ist Freitag, und ich befürchte, dass wieder ein Mord geschehen könnte. Dann aber sage ich mir, Canderhorst und von Raitzen leiden an zu viel Fantasie. Wer würde sich die Morde an fünf miteinander befreundeten Männern vornehmen, jeden Freitag einen? Ich sage mir, einer der beiden ist eher der Mörder als das nächste Opfer! Und dennoch habe ich ein schlechtes Gefühl. Wenn es nicht zu melodramatisch klingen würde, würde ich sagen: eine Vorahnung.“

Rosa Mascheck nickte, hob die letzte Masche einer Reihe ab und nahm mit der freien Nadel die nächste Runde in Angriff. „Auf Ahnungen zu hören ist in der Welt der modernen Technik unmodern geworden. Man rümpft die Nase über die Dinge, die man nicht wissenschaftlich nachweisen kann. Und doch bin ich überzeugt, dass es sie gibt.“

Sabine nickte. Oh ja, es gab tatsächlich einige Phänomene, die laut der Wissenschaft nicht existieren konnten. Spontan fiel ihr da der derzeitige Bewohner der Villa am Baurs Park ein, der sich demnächst aus seinem Sarg – oder worin er auch immer am Tag ruhte – erheben würde.

„Wenn ich an meine Ahnung glaube, dann müsste ich alles Mögliche in Bewegung setzen, um diese beiden Männer zu schützen. Ich habe mit meinem Kollegen telefoniert. Ihm reichen die Argumente nicht aus, um Polizeischutz zu organisieren. Soll ich mich nun Freitagnacht selbst mit der Waffe in der Hand neben sie stellen?"

Rosa Mascheck hob die Augenbrauen. „Oh, Sie haben eine Waffe?"

Sabine schüttelte den Kopf. „Nein, natürlich nicht. Das heißt, ich hätte meine Dienstwaffe, wenn ich im Dienst wäre."

„Also können Sie nichts für die Sicherheit der Männer tun. Und wenn die Polizei nichts unternehmen will, dann müssen sie sich eben einen privaten Dienst engagieren", sagte die alte Dame vernünftig. „Geld genug scheinen die Herren ja zu besitzen."

Sabine nickte. „Ja, das stimmt."

„Und was drückt Sie noch?", fragte sie, ohne von ihrem Strickzeug aufzusehen.

Sie liest in mir wie in einem offenen Buch, dachte Sabine, aber sie wunderte sich nicht. Sie erzählte von den Fotos der Mädchen, die sie sich immer wieder ansah, sprach von dem, was die Lehrer an den beiden Schulen ihr erzählt hatten, und von den Gedanken, die ihr dabei kamen. Dass sie vor einer Stunde Frau Jacobson in ihrem Gärtchen angetroffen hatte, sagte sie nicht. Und auch nicht, dass sie sich noch einmal vergewissert hatte, dass alle drei Freundinnen die vergangenen Freitagabende im Haus der Großmutter beim Skatspiel verbracht hatten.

„Sind Sie sicher?", drängte die Kommissarin. „Haben Sie sie gesehen?"

Frau Jacobson wirkte irritiert. „Aber ja. Sie sind doch immer freitags hier."

„Bitte denken Sie nach. Freitag, der sechzehnte April. Es war die Woche, in der Iris verschwunden ist."

Frau Jacobson schloss die Augen und stand eine Weile reglos da. Dann sah sie die Kommissarin an.

„Sie kamen wie immer zum Abendessen. Ich konnte nichts zu mir nehmen, ich machte mir solche Sorgen. Die Mädchen verschwanden dann nach oben. Bald schon konnte ich sie lachen hören und dachte, welch ein Segen ist dieses Spiel, das sie für eine Weile von ihren Sorgen befreit. Ich habe sie fast ein wenig beneidet. Später kam Carmen runter, um noch ein paar Brote zu schmieren. Sie hat mir einen Tee gekocht, das liebe Ding."

„Wann war das?"

„Kurz vor elf. Ich hatte gerade die Tagesthemen angesehen und bin dann mit meinem Tee ins Bett. Die Mädchen müssen noch länger gespielt haben, denn ich hörte ihre Stimmen. Ich schlief sehr schlecht in dieser Nacht, müssen Sie wissen."

Sabine nickte. „Verständlich. Und die Woche danach? Das war der dreiundzwanzigste April."

Es dauerte eine Weile, ehe Frau Jacobson antwortete. „Ich weiß nicht mehr genau. Maike kam mal runter, um mich zu fragen, ob ich etwas bräuchte, aber ich kann nicht mehr sagen, um wie viel Uhr es war. Ich fühlte mich wie erstarrt. Ich dachte, glaube ich, dass es nicht recht ist, weiterzumachen wie bisher, wo doch von Iris immer noch jede Spur fehlte. Ja, ich glaube, ich war ein wenig schroff zu Maike. Sie war ganz gekränkt und kam dann noch zweimal runter, um nach mir zu sehen. Sie hat mir sogar eine Wärmflasche gerichtet."

Es war reine Routine, dass die Kommissarin noch nach dem 30. April fragte.

Die alte Frau nickte. „Das war die Nacht zum ersten Mai, ja, ich erinnere mich. Draußen zogen irgendwelche Kinder durch die Straßen, die allerlei Blödsinn anrichteten. Ich rief nach den dreien, sie sollten draußen nach dem Rechten sehen. Ich wollte am nächsten Tag nicht wieder einen beschmierten Briefkasten oder zertrümmerte Blumentöpfe vorfinden."

„Und?"

„Aletta ist raus und hat mit den Kindern geschimpft. Zweimal musste sie sie verjagen. Ich glaube, das erste Mal war während des Heute-Journals, das zweite Mal dann später. Ich wollte gerade ins Bett. So gegen viertel vor elf? Ich erinnere mich, die Mädchen haben an diesem Abend früher Schluss gemacht. Aletta trug ein wunderschönes, langes Kleid und hatte Blumen im Haar. Ich glaube, sie ist zu einer ihrer Hexenfeiern gefahren."

Sabine reichte der alten Frau die Hand und verabschiedete sich. Sie lauschte in sich hinein. Fühlte sie sich nun erleichtert?

Aletta ging im dunklen Garten auf und ab und rauchte eine Zigarette nach der anderen. Eigentlich war die Entscheidung längst gefallen. Dennoch tat sie so, als würde sie noch überlegen, als gäbe es einen anderen Ausweg. Oder wartete sie auf etwas? Auf jemanden, der sie aus dieser Finsternis befreien konnte? So wie damals. Für einen Augenblick schien er ihr ein Engel zu sein oder einer der guten Geister der Erde, obwohl sie schon lange wusste, dass er das Böse in sich trug.

Was war gut, und was war böse? Was richtig und falsch?

Aletta blieb stehen, um sich die fünfte Zigarette anzuzünden. Das Flämmchen an der Spitze des Feuerzeugs brannte, aber sie hielt es nicht an die Zigarettenspitze. Sie starrte nur in die Flamme, die nun unruhig zitterte und dann erlosch. Aletta wusste, dass er gekommen war. Dass er hinter ihr stand, zum Greifen nah. Langsam drehte sie sich um. Er verneigte sich und grüßte höflich, dann griff er nach der kalten Zigarette und nahm sie ihr aus dem Mund.

„Ich mag dieses Laster bei Frauen nicht", sagte er und warf sie in einen Busch.

Aletta fragte sich, warum sie sich das gefallen ließ, dennoch protestierte sie nicht.

„Es scheint fast so, als hättest du auf mich gewartet", fuhr er mit dieser betörenden Stimme fort, die sie aus manchem Albtraum gerettet hatte.

„Vielleicht habe ich das", sagte Aletta und sah ihm in seine roten Augen. „Sie wissen alles und lesen in unseren Gedanken. Können Sie auch in die Zukunft sehen?"

Der Vampir lächelte, schüttelte aber den Kopf. „Nein, ich bin nicht allwissend, auch wenn mir mehr bewusst ist als den Menschen, denen zwar Sinne gegeben wurden, die sie aber nur selten nutzen. Jedoch, in die Zukunft sehen? Wie kann man etwas sehen, das noch im Wandel ist? Unsere Wege sind nicht vorherbestimmt. Diese Ausrede wird nicht helfen, deine Zweifel zu besänftigen."

„Können Sie mir sagen, ob es richtig ist, was ich tue?"

Peter von Borgo lachte leise. „Stellst du diese Frage nicht zu spät? Willst du jetzt, kurz vor dem Ende, zögern?"

Aletta machte eine wegwerfende Handbewegung. „Ich spreche nicht von diesen Bestien in Männergestalt. Sie haben es verdient. Ich hätte schon viel früher handeln sollen, nicht erst, nachdem ihre Taten Iris das Leben gekostet haben. An dem Tag, an dem sie ins Wasser ging, wurden sie zu Mördern, die die Todesstrafe verdient haben!"

„Verdienen alle Mörder die Todesstrafe?", fragte er sanft.

Sie sah ihm schweigend in die Augen. „Ja", sagte sie schließlich.

„Dann hast du deine Frage selbst beantwortet."

„Ist der Henker ein Mörder?", widersprach Aletta.

„Ist es dir wichtig zu wissen, wie ich darüber denke oder die Kripo?", fragte Peter von Borgo.

„Ihre Freundin, die Kommissarin, sie ist sehr – hartnäckig. Sie lässt sich nicht davon abhalten, immer tiefer in der Vergangenheit herumzuschnüffeln. Haben Sie ihr einen Tipp gegeben?"

Peter von Borgo hob abwehrend die Hände. „Aber nein, ich begleite und beobachte Sabine. Sie hat es nicht nötig, sich meiner Kräfte zu bedienen – nun ja, vielleicht in Ausnahmefällen."

„Dann werden Sie ihr nichts sagen?"

„Das wird nicht nötig sein. Sie nähert sich der Lösung. Vielleicht ahnt sie es bereits, will es aber noch nicht wahrhaben. Menschen sind in dieser Hinsicht etwas seltsam. Doch ich bin überzeugt, sie wird den Wettlauf gewinnen."

Aletta verschränkte die Arme vor der Brust. „Wir haben ein Alibi!", widersprach sie. „Uns kann niemand etwas anhaben."

Der Vampir zog nur die Augenbrauen hoch. Alettas Schultern sanken herab. „Dann gibt es keinen anderen Ausweg! Werden Sie mir helfen?"

„Bist du sicher?"

Sie nickte, die Lippen fest zusammengepresst. „Wie kann ich Sie erreichen, wenn es so weit ist?"

„Ich werde da sein", versprach der Vampir, beugte sich vor, legte die Arme um ihre Taille und küsste sie auf den Mund. Sie entspannte sich in seiner Umarmung und schmiegte sich an ihn. Kein Alb vergiftete den Augenblick.

So also könnte es sein, dachte sie, und eine tiefe Traurigkeit breitete sich in ihr aus. Tränen traten in ihre Augen und rannen über ihre Wangen. Sie weinte um das Leben, wie es hätte sein können.

Der Vampir leckte einen Blutstropfen von Alettas Unterlippe und löste sich dann von ihr. Sein Blick glitt über die junge Frau.

„Werd ich zum Augenblicke sagen:
Verweile doch! Du bist so schön!
Dann magst du mich in Fesseln schlagen,
Dann will ich gern zugrunde gehn!"

Seine gepflegten Finger strichen über ihre blasse Wange. „Ich werde zur Stelle sein, wenn du mich rufst", flüsterte er, dann war er verschwunden.

Aletta ging ins Haus zurück und schloss ihre Zimmertür hinter sich ab. Sie holte ihr Sabbatgewand aus dem Schrank und zog sich um. Dann rückte sie einen Fußschemel an die Nordwand des Zimmers und schmückte ihn wie den Altar des Covens. Liebevoll hielt sie jeden Gegenstand eine Weile in der Hand, ehe sie ihn an seinen Platz legte. Dann zündete sie das Räucherwerk und die Kerze an. Aletta kniete nieder und schloss die Augen. Sie hörte Esthers Stimme in ihrem Kopf: „Alles, was du tust, kehrt dreifach zu dir zurück!"

Wie oft hatten sie im Coven darüber diskutiert, was gut und was böse sei, und über die Konsequenzen, die eine böse Tat mit sich bringen konnte. Man sollte gut an den Menschen handeln, dann würde das Gute dreifach zu einem zurückkommen. Eine Hexe sollte niemals leichtfertig handeln. Sie sollte stets überlegen, wie ihre Tat sich auf andere Menschen ihrer Umgebung auswirken könnte. Was für den einen gut war, konnte einem anderen schaden.

Aletta seufzte. Es war alles zu verworren. Zu tief steckte sie in dem Knäuel, der nicht so einfach zu lösen war. Der gordische Knoten wurde mit einem Schwerthieb zerschlagen. Sie fand, das war ein gutes Bild. Nur ein schmerzhafter Schnitt konnte noch zu einer Lösung führen, die wenigstens ein paar Menschen Gutes brachte. Sie hatte diesen Weg nicht leichtfertig gewählt. Es war ihr stets bewusst gewesen, dass jemand dafür würde bezahlen müssen – dreifach würde bezahlen müssen: sie – Aletta, die Hexe.

Im Stillen beschwor sie Gott und Göttin und bat ein letztes Mal um Kraft für das Ende, das sie gewählt hatte.

Osterfeuer

„Es ist einfach nicht dasselbe, wenn Maike nicht mit dabei ist", sagt Iris, lässt sich auf einen Stein sinken, stützt das Kinn in beide Hände und sieht trübsinnig auf die nächtliche Elbe hinaus. Hell erleuchtete Ausflugsboote ziehen vorbei, Musik und Gelächter dringen zum Ufer. Seit es zu dämmern begonnen hat, ziehen die Menschen in Scharen zum Elbufer hinunter, mit Decken und Picknickkörben und vor allem mit unzähligen Bierdosen und Flaschen, die am nächsten Morgen das Elbufer zu einer Müllhalde werden lassen.

„Ach, Iris, jetzt lass dich nicht so hängen", sagt Aletta ein wenig ärgerlich. Carmen setzt sich neben die Freundin und legt ihr den Arm um die Schultern. „Ja, es ist schade, dass Maike nicht dabei ist – und so ungewohnt. Ich sehe mich immer wieder nach ihr um."

„Ich hätte bei ihr bleiben sollen", seufzt Iris. „Wenn sie schon Kopfschmerzen hat und nicht zum Osterfeuer gehen kann, dann hätte ich ihr zu Hause Gesellschaft leisten sollen, statt mit euch Spaß zu haben."

„Du hast ja gar keinen Spaß", wirft Aletta ein. „Du denkst nur an sie. Dabei gehe ich jede Wette ein, dass sie gar keine Kopfschmerzen hat, sondern irgendetwas nicht nach ihrem Willen ging. Hat einer der Jungs sie vergrätzt? Wollte sie sich nicht mit Eike verabreden? Vielleicht hat er ihr einen Korb gegeben und ist lieber mit seinen Freunden zum Osterfeuer gegangen. Deshalb schmollt sie nun und will, dass wir alle auch nicht gehen. Ich finde es gut, dass du dieses Mal nicht

nachgegeben hast und nun nicht den ganzen Abend vor ihrem Bett kauerst, um ihre Befehle entgegenzunehmen."

Iris springt wütend auf: „Wie kannst du nur so was Gemeines über sie sagen! Maike ist meine Schwester, und sie ist immer gut zu mir."

„Du merkst das ja gar nicht, wie sie dich ständig rumscheucht."

„Ach, hört auf, ihr zwei! Lasst uns noch mal zu dem Feuer am Strandhotel gehen. Das sieht so gruselig aus mit der Figur, die sie da oben an die Baumspitze gebunden haben."

Die Mädchen stehen auf, klopfen sich den Sand aus den Kleidern und schlendern am Elbufer auf das nun hoch in die Nacht auflodernde Feuer zu. Sie können die Hitze auf ihrer Haut spüren. Die Flammen fressen sich rasch durch die meterhoch aufgetürmten Kisten und Reisigbündel und schlagen funkensprühend in die Nacht. Sie hüllen die Figur hoch oben ein. Nur wenn ein Windstoß das Feuer auseinandertreibt, kann man die Umrisse noch erkennen. Carmen schaudert.

„Als ob sie da einen Menschen verbrennen würden."

„Eine Hexe", sagt Aletta und starrt die Flammenwand hinauf, die ihr Gesicht glühen lässt. Die Hitze greift um sich und wird so unerträglich, dass sie zurückweichen müssen.

Die drei Mädchen schlendern noch ein wenig umher, drängen sich zwischen den nun schon recht angetrunkenen Menschengruppen hindurch. Um zehn verabschiedet sich Carmen. Sie hat ihrer Mutter versprochen, sich am Strandhotel mit ihr zu treffen. Aletta und Iris folgen dem Strandweg zu Füßen des Baurs Park.

„Willst du über Nacht bleiben?", fragt sie Iris. „Oder soll ich meine Mutter fragen, ob sie dich heimfährt?"

Iris will nach Hause. Wenn sie bei Aletta bleibt, dann ist Maike sicher sehr gekränkt, aber allein soll sie nicht durch den

Park gehen, daher wird sie Frau Reichmann bitten müssen. Ihre Mutter ist nicht daheim, sonst könnte sie sie anrufen.

Sie erreichen die dichte Hecke, die sich um das Reethäuschen und den Garten der Familie Reichmann zieht. Hinter den beiden Mädchen gehen schon seit einiger Zeit fünf Jungen, die sie nun einholen. Ihre Stimmen sind klar vom Gemurmel der anderen Osterfeuerbesucher zu unterscheiden. Aletta und Iris bleiben stehen.

„Das sind doch die verschworenen fünf aus der Zwölften", sagt Aletta, als Sven, Alex, Eike, Lorenz und Kai näher kommen. „Meinst du, die sind auf dem Heimweg?"

Sie spricht die fünf Jungs an. Was ist schon dabei? Sie gehen in die gleiche Schule, man kennt sich von den Pausen, und Iris' Schwester wird von Lorenz, Alex und Eike hofiert.

„He, wenn ihr durch den Park hochgeht, dann könnt ihr Iris mitnehmen", schlägt Aletta vor. „Sie soll nicht allein nach Hause gehen."

Iris will nicht mit den Jungen durch den Park gehen. Ein ungutes Gefühl warnt sie. Nein, da geht sie doch lieber nach Blankenese zurück und nimmt den Bus.

„Das passt ja wunderbar", strahlt Aletta. „Dann müssen wir meine Mutter nicht von ihrem Film wegholen."

Die Jungen witzeln darüber, ob sich Iris im dunklen Park wohl vor dem großen Wolf ängstigt, den ein Penner vergangene Woche dort gesehen haben will, winken ihr aber zu, ihnen zu folgen.

„Quatsch", sagt Aletta. Iris schiebt das ungute Gefühl beiseite und zwingt sich zu einem Lächeln. Sie umarmt die Freundin zum Abschied.

Aletta ist froh, eine so praktische Lösung gefunden zu haben. Sie lauscht noch einige Augenblicke den sich entfernenden Stimmen, dann geht sie ins Haus. Sie ist müde und legt sich schlafen. Keine Albträume stören ihre Nacht. Keine Schreie reißen sie aus dem Schlaf.

Als sie viel später darüber nachdenkt, kann sie es nicht fassen, dass sie nichts bemerkt hat und am nächsten Morgen ausgeruht und fröhlich mit beiden Eltern beim Osterfrühstück sitzt.

Es ist spät, als Iris die Haustür zu dem schmalen Reihenhaus aufschließt, in dem sie mit den Eltern und der Zwillingsschwester wohnt. Es ist dunkel und still. Nur der Lärm der Autos, die hinter dem Garten auf der Schenefelder Landstraße Tag und Nacht vorbeibrausen, dringt herein. Iris macht kein Licht an. Sie humpelt – mit nur noch einem Turnschuh an den Füßen, den anderen muss sie irgendwo verloren haben – ins Bad und schließt die Tür hinter sich zu. Noch immer macht sie kein Licht, so als würde sich die Wirklichkeit im Dunkeln besser verdrängen lassen. Was ist die Wirklichkeit? Ihr Gehirn arbeitet nicht mehr richtig. Es ist alles so neblig. Sie ist gar nicht mehr bei sich – sie ist irgendwo anders – weiter oben, schräg hinter ihrem Körper.

Sie sieht sich zu, wie sie im Bad steht und ihre verschmutzten Kleider auszieht – die wenigen, die sie noch am Leib trägt. Zum Glück haben die Passanten, die ihr auf der Straße begegnet sind, nichts bemerkt. Wenigstens hat sie daran gedacht, ihre Windjacke in den Büschen zu suchen und sie über ihr zerfetztes Oberteil zu ziehen, nachdem die fünf Jungen von ihr abgelassen haben, um sich auf den Heimweg zu machen. Die Jacke ist so lang, dass sie bis über die nackten Oberschenkel hängt.

Iris rollt die Sachen zu einem Bündel zusammen und steckt sie in eine leere Plastiktüte. Sie wird sie wegwerfen, heimlich. Wie sollte sie sonst den Fragen der Mutter begegnen, die sie beim Anblick dieser Fetzen, die vor ein paar Stunden noch

Kleider waren, stellen würde? Allein der Gedanke an ihren anklagenden Blick lässt sie würgen.

Sie dreht das Wasser auf und steigt in die Dusche. Es ist heiß, so heiß, dass es auf der Haut brennt. Auf der unversehrten Haut. Die Schürfwunden an Po und Schenkel tun so weh, dass es ihr Tränen in die Augen treibt, von dem ungeheuren Schmerz an ihren Schamlippen und in ihrem Unterleib gar nicht zu reden. Sie unterdrückt das Stöhnen und greift nach der Seife. Zehnmal seift sie sich ein und spült ihren schmutzigen Körper ab, aber das Gefühl bleibt. Sie putzt sich die Zähne, immer wieder, bis das Zahnfleisch wund ist und zu bluten beginnt, doch der Geschmack hat sich in ihr eingegraben. Sie versucht es mit Seife, würgt und spuckt. Ihr ist schlecht. Ihr Magen krampft sich in schmerzhaften Wellen zusammen. Es ist gut, dass alles rauskommt, all der Schmutz in ihr. Warum fühlt sie sich nicht besser? Kann man diesen Dreck nicht abwaschen? Bleibt er für immer haften?

Während das dampfend heiße Wasser weiter auf sie herabprasselt, überlegt Iris, wie sie die Schürfwunden verbergen kann, bis sie abgeheilt sind, und was sie sagen soll, wenn ihre Hose oder die Turnschuhe von der Mutter vermisst werden. Kann sie mit Maike darüber sprechen? Wird sie ihr glauben?

„Sag mal, bist du unter der Dusche eingeschlafen?" Eine Faust hämmert gegen die Badezimmertür. „Ich versuche zu schlafen! Ich habe Kopfschmerzen!"

„Entschuldige", piepst Iris und dreht das Wasser ab. „Ich wollte dich nicht stören." Nein, sie kann Maike damit nicht belästigen. Es ist zu ungeheuerlich.

Sie wartet, bis sich die Schritte entfernt haben und die Tür zu Maikes Zimmer zuschlägt. Schnell trocknet sie sich ab, wickelt sich ein großes Badetuch um den Körper, nimmt die Tüte mit den Kleidern und huscht in ihr Zimmer.

Sie kann nicht einschlafen. Auch die folgende Nacht nicht und viele weitere. Erst wenn der Körper zu erschöpft ist, fällt sie für ein paar Stunden in albtraumgeplagten Schlaf, aber Ruhe findet sie nicht. Oft ist sie tagsüber so müde, dass sie nur vor sich hinstarrt, ohne mitzubekommen, was um sie herum vor sich geht. Wenn ihre Freundinnen sie ansehen und fragen, was los ist, ringt sie sich ein Lächeln ab, aber sie schweigt. Sie hat keinen Appetit mehr, und auch sonst gibt es nichts, worauf sie Lust verspürt. Nur der Drang zu duschen wird immer stärker, bis ihre Mutter es bemerkt und ihr eine Eieruhr ins Bad stellt.

„Einmal am Tag fünf Minuten, das reicht! Du machst dir deine ganze Haut kaputt, und wir bekommen das Wasser nicht geschenkt!“

Iris versucht, sich daran zu halten. Wenn es ganz schlimm wird, fährt sie nachmittags ins Schwimmbad und stellt sich eine Stunde unter das heiße Wasser. Aber sauber fühlt sie sich nie wieder.

Sabine fand keine Ruhe. Sie schlief schlecht in dieser Nacht und stand sehr früh auf. Sie rief Michael im Präsidium an, doch der war recht wortkarg und beendete das Gespräch bald. Hatte er zu viel zu tun, oder war er noch eifersüchtig wegen Peter?

Dazu hat er auch allen Grund, meldete sich eine Stimme in ihr.

Quatsch, ich habe ihm nie etwas versprochen! Wir waren ja nicht einmal miteinander im Bett.

Aber du hast auf jeden Fall bemerkt, dass er sich in dich verliebt hat.

Das ist nicht meine Schuld. Er hat doch dauernd darauf gedrängt, mit mir essen zu gehen, oder etwa nicht?

Sie beendete den inneren Streit, indem sie seinen Mangel an Begeisterung auf die viele Arbeit schob und auf den Druck, den Tieze auf die Gruppe ausübte. Das Ermittlerteam hatte noch einmal ein paar Mann Verstärkung bekommen. Nun mussten sie endlich mit Ergebnissen aufwarten, bevor – noch ein Mord passierte?

Da war die Unruhe wieder, die sie umtrieb. Sie hielt es in ihrer Wohnung nicht aus. Sabine fuhr nach Blankenese, ging im Baurs Park auf und ab und drehte dann eine große Runde durch den Hirschpark. Zwei Regenschauer durchnässten sie bis auf die Haut. Frierend und hungrig legte sie im „Witthüs" eine verspätete Frühstückspause ein und wärmte sich bei Tee und Kuchen. Die Unruhe aber blieb. Kaum war das Kännchen Tee geleert, trieb es sie wieder hinaus. Sie wunderte sich nicht, dass ihre Schritte sie den Mühlenberg hinunterführten. Auf halber Höhe kam ihr Maike entgegen. Sie blieb stehen, als sie die Kommissarin erkannte, und wollte sich abwenden, aber da hatte Sabine schon die Straße überquert und grüßte sie mit lauter Stimme.

„Ich kann nicht sagen, dass es mich freut, Sie zu sehen", brummte Maike und starrte die Kommissarin ohne ein Lächeln an.

„Warum? Weil ich zu tief in der Vergangenheit gegraben habe? Weil ich Zeichen sehe, die andere nicht wahrhaben wollen? Ich habe ein paar wirklich sehr interessante Gespräche mit ehemaligen Lehrern von Ihnen geführt – vorher und nachher."

„Was soll das bedeuten?", fragte Maike irritiert.

„Nun, aus der Zeit vor dieser, meiner Meinung nach recht auffälligen Veränderung, die mit Ihnen und Ihren Freundinnen vor sich ging, und aus der Zeit danach, als Sie die Schule wechseln mussten."

Maikes Miene blieb unbeweglich. „Ja und, man verändert sich eben manchmal im Leben."

Sabine nickte ernst. „Oh ja, und es war Ihre freie Entscheidung, dass Sie sich dick gefressen haben und, statt das Abitur zu machen, seit Jahren in einem Fastfoodladen jobben."

Maikes Augen verengten sich. „Was versuchen Sie hier eigentlich? Wollen Sie mich provozieren, dass ich Ihnen ins Gesicht schlage, und mich dann verhaften?"

Sabine ging nicht darauf ein. „Ich habe ein sehr nettes Foto von Ihnen", sagte sie stattdessen und sah Maike in die Augen. „Sie erinnern sich doch bestimmt an die Jungen Alex, Eike, Sven, Lorenz und Kai, oder?" Maike zuckte zusammen. „Ich glaube, Sie sind zu dieser Zeit mit Eike gegangen – wie man das damals so nannte –, aber sehr glücklich sehen Sie auf diesem Foto nicht aus." Sie zog den Silberrahmen aus der Tasche und hielt ihn Maike hin. „Er hat das Bild übrigens immer noch als eine Art Trophäe in seiner Wohnung aufgestellt."

Maike schien kurz davor, die Fassung zu verlieren, sagte dann aber erstaunlich ruhig: „Er war schon immer ein Blödmann, aber man macht in seiner Jugend eben Fehler. Sind Sie nie mit einem Idioten gegangen?"

Die Kommissarin wechselte das Thema. „Wissen Sie, der Fehler war, den Abschiedsbrief verschwinden zu lassen", fuhr sie fort, so als sei sie sich dieser Tatsache sicher. „Aber vielleicht hatten Sie ja keine andere Wahl? Vielleicht stand etwas drin, das Sie belastete?"

„Mich?", schrie Maike auf. „Iris war meine Zwillingsschwester. Ich habe sie geliebt und immer versucht, sie zu beschützen." Tränen standen ihr in den Augen. „Ich habe alles getan, um sie zu schützen!" Hastig wischte sie sich über die Augen und blaffte nun wieder in ihrem normalen Ton: „Sie sind ja verrückt!"

Sabine schüttelte den Kopf. „Nein, bin ich nicht. Ich suche nach der Wahrheit. Um diese zu finden, muss man manches Mal auch Umwege gehen. Ach, übrigens, was haben Sie denn heute Abend vor?"

„Heute Abend?", stotterte Maike. „Es ist Freitag, da kommen die anderen zum Skatspielen."

„Aha, und wann werden Sie anfangen?"

Maike zuckte mit den Schultern. „Wenn Carmen und Aletta da sind. So zwischen acht und neun."

„Und wie lange geht das dann üblicherweise?"

Maikes Ton wurde wieder aggressiv. „Was soll denn die Fragerei? So lange wir Lust haben. Mal bis eins oder so, es kann aber auch vier werden, wenn wir nicht müde sind."

Sabine nickte Maike zu. „Na, dann wünsche ich Ihnen ein gutes Blatt!"

Sie drehte sich um und erklomm den Mühlenberg, den sie gerade erst herabgestiegen war. Maike sah ihr stumm hinterher.

„Oh, Aletta, nein, nicht wieder dieses Ding!", bat Maike und zog eine jämmerliche Miene. „Ich sehe jede Nacht, wie ihm ein Stück des Kopfes wegfliegt und sein Gehirn weiß hervorquillt."

„Woher hast du die überhaupt, oder ist das eine andere?", wollte Carmen wissen. „Ich dachte, du hättest die Pistole in Kais Büro zurückgelassen?"

Aletta zog es vor, auf diese Bemerkung nicht einzugehen.

„Ach, wenn wir das Ding nur nicht in Svens Schreibtisch gefunden hätten", jammerte Maike. „Warum haben wir Friederike den Schlüssel geklaut und sind in die Klinik eingebrochen?"

„Nun hör aber auf“, schimpfte Aletta. „So was muss schließlich geplant werden, wenn man nicht gleich am anderen Tag die Kripo vor seiner Tür haben will.“

„Können wir nicht wieder das Gift nehmen?“

„Das ist auch nicht gerade schön“, murmelte Carmen. „Du musstest nicht sehen, wie Kai die Augen hervortraten, wie er qualvoll stöhnte und zusammenbrach, wie er versuchte, zum Schreibtisch zu kriechen, und dann starb!“

„Du kannst doch noch einmal den Schlüssel von deiner Mutter leihen“, drängte Maike, ohne auf Carmen zu achten. „Dann machen wir vorher einen Abstecher in die Apotheke und holen uns was aus dem Giftschrank. Du hast selbst gesagt, dass das Nikotin schon ewig dort drin steht, weil sie das Gift inzwischen nicht mehr für die Gärtnereien bestellen, und dass es keinem auffällt, wenn ein bisschen fehlt.“

„Ach ja?“, erwiderte Aletta nur mühsam beherrscht. „Du spazierst also zu ihm und drückst ihm das Glas in die Hand, und er wird es selbstverständlich trinken, weil er ja so gern zu seinen Kumpels in die Hölle will! Maike, nun benutze mal deinen Verstand! Es ist noch genug Nikotin in dem Fläschchen, das ist nicht das Problem!“

„So habe ich es ja nicht gemeint“, verteidigte sich Maike. „Wir könnten ihn beobachten und, wenn er was trinkt, es ihm heimlich reinschütten. So haben wir es bei Alex’ Thermoskanne ja auch gemacht, die er in seinem Boot hatte.“

„Das war leichtsinnig von euch! Was, wenn jemand Unschuldiges vorbeigekommen wäre und mit ihm den Kaffee getrunken hätte?“

„Es war ja schon spät“, widersprach Maike. „Wer sollte denn da noch in den Club kommen?“

Aletta zuckte mit den Schultern. „Es ist ja gut gegangen. Alex war aber auch noch so naiv zu glauben, die anderen Todesfälle hätten nichts mit ihm zu tun. Wenn wir Pech haben, dann haben sich Eike und Lorenz inzwischen Polizeischutz besorgt oder irgendeine Wachfirma beauftragt."

„Dann lassen wir es einfach", schlug Carmen vor.

Die beiden anderen sahen sie entgeistert an.

„Eike und Lorenz sollen davonkommen?", rief Maike. „Das kann nicht dein Ernst sein."

Carmen wich ein Stück zurück und hob abwehrend die Hände. „Nein, nicht für immer, ich dachte nur, es ist vielleicht besser, wenn wir eine Weile warten, bis sich alles beruhigt hat und es wieder einfacher wird, an sie ranzukommen."

Aletta schüttelte den Kopf. „Wir müssen es so schnell wie möglich beenden, bevor die Kripo uns auf die Spur kommt."

Carmen sah die Freundin ungläubig an. „Du meinst, sie werden uns kriegen? Aber das geht nicht, wir haben ein Alibi, und wir waren vorsichtig. Es gibt doch gar keine Verbindung – ich meine, das ist schon zu lange her, als dass sie darauf stoßen könnten, und außerdem weiß es ja niemand, der uns verraten könnte."

Sie atmete hastig, als wäre sie gerannt. Auch Maike richtete den Blick in ängstlicher Erwartung auf Aletta.

„Macht euch keine Gedanken", erwiderte diese in beruhigendem Ton. „Bald ist alles vorbei. Euch wird niemand etwas tun."

Die beiden fragten nicht weiter nach. Vielleicht wollten sie ihr einfach glauben.

Aletta warf einen Blick aus dem Fenster. Es war inzwischen völlig dunkel. Vom Erdgeschoss her drangen die Geräusche des Fernsehers herauf. „Ich werde jetzt gehen. Ihr bleibt hier. Ich hoffe, ich treffe ihn allein an, dann kann ich in einer Stunde bereits zurück sein."

„Willst du es dieses Mal wirklich ohne uns machen?", fragte Maike. „Lass mich mitkommen!" Aletta sah die beiden Freundinnen an. Carmen schien froh zu sein, zurückgelassen zu werden.

„Na gut, vielleicht ist es besser so, dann komm mit. Carmen wird hier bleiben und zweimal nach unten gehen, um nach Frau Jacobson zu sehen. Hast du das Buch weggeworfen?"

Maike nickte. „Ja, klar. Ich habe es in den Papiercontainer getan. Die Kommissarin wird den Titel *Nikotin* nicht unter meinen Krimis finden, wenn sie noch einmal hier herumschnüffelt!"

Aletta öffnete das Fenster und kletterte auf das Dach des Schuppens hinaus. Sie schlich bis zum Rand und sah um die Ecke in den Hof zur Haustür hinunter und auf die Gasse hinaus. Geduckt kauerte sie dort einige Augenblicke und ließ den Blick schweifen. Die Panzerstraße lag verlassen unter ihr, und auch im Hof rührte sich nichts.

„Also los!", zischte sie. „Komm!"

Sabine saß auf einer Bank an der Elbe und sah zu den verblassenden Wolken hinauf, die sich immer bedrohlicher auftürmten. Sie grübelte über die vier Mädchen nach und über eine Jungenbande vom Gymnasium Blankenese. Sie musste sich irren! Es war einfach nicht möglich. Niemand konnte an zwei Orten gleichzeitig sein. Und dass Frau Jacobson den jungen Frauen ein falsches Alibi gab, das konnte sie nicht glauben. Und doch ließ die böse Ahnung sie nicht los, dass es heute Nacht wieder eine Leiche in Hamburg geben würde.

Langsam machte sie sich auf den Rückweg durch den Park. Der Wind rauschte durch die Bäume und zerrte an den Wipfeln. Wenn sie sich nicht beeilte, würde sie nass werden.

Sie sollte die S-Bahn nehmen und nach Hause fahren, und morgen früh würde es keine Schlagzeile über eine neue Leiche in der *MoPo* geben. Die Kollegen waren der Lösung sicher schon ganz nah. Der Senator hatte mit dem Fall anscheinend wirklich nichts zu tun. Vielleicht war es doch ein Eifersuchtsdrama – Reeder tötet von Everheest – Frau von Everheest tötet Reeder, und die Freundin gibt ihr ein falsches Alibi. Und dann versucht Sandemann, sie zu erpressen, und sie beseitigt ihn. Für diese Mordnacht hatte Cathrin von Everheest kein Alibi! Man musste also nur diese Freundin härter angehen, dann würde das Alibi in sich zusammenfallen, und der Fall wäre gelöst. Vielleicht würde Thomas sie schon in den nächsten Tagen verhaften, und dann wäre der Spuk vorbei.

Wirklich? Und was wäre mit Iris, mit ihrer Schwester und den Freundinnen? Warum nur fiel es ihr so schwer, an diese so plausible Theorie zu glauben?

Es wunderte Sabine nicht, dass ihre Füße sie zu der Villa des Vampirs trugen. Wie konnte sie diese Nacht in ihrer Wohnung verbringen? Wie konnte sie jetzt allein sein?

Das Tor öffnete sich, als sie sich näherte, und auch die Haustür schwang auf, kaum dass sie den Kiesweg betreten hatte. Im Norden zerriss ein Blitz die Wolkendecke. Die ersten Tropfen fielen.

„Meine Liebe, welch freudige Überraschung! Ich hoffe, du befindest dich wohl? Komm herein. Wir haben eine ungemütliche Nacht zu erwarten."

Sie sah ihn fragend an.

„Das Gewitter könnte sich zu einem Sturm ausweiten."

„Ach, du meinst nur das Wetter", sagte sie abwesend und trat ein. Die Tropfen verdichteten sich bereits, und noch ehe der Vampir die Haustür hinter ihr geschlossen hatte, war der Regen in ein gleichmäßiges Rauschen übergegangen, unterbrochen vom Heulen der Windböen und dem immer lauter werdenden Krachen des Donners.

Sabine folgte ihm in die Bibliothek.

„Ich kann dir leider gar nichts zu essen anbieten", sagte er und rückte ihr den bequemen Sessel zurecht. „Darf ich dir wenigstens ein Glas Wein einschenken?"

Sabine nickte abwesend und sah auf die Uhr. Es war schon fast zehn. Draußen tobte der Sturm. Sie setzte sich, sprang aber gleich wieder auf und trat an die geschlossenen Flügeltüren, gegen die der Regen prasselte. Peter von Borgo stellte ihr Glas auf das Tischchen, setzte sich dann an den Flügel und klimperte leise „Für Elise". Die Kommissarin zog ihr Handy aus der Tasche und steckte es wieder ein. Sie sah zu dem Vampir hinüber, der sie lächelnd beobachtete. Machte er sich über sie lustig?

„Kannst du damit mal aufhören?", sagte sie schroff. „Ich muss telefonieren." Seine Finger verharrten auf den noch niedergedrückten Tasten. Er lächelte noch immer. Sie fühlte plötzlich den Wunsch, ihn zu ohrfeigen, obwohl er nichts für die Unruhe konnte, die sie umtrieb. Aber dass er so fröhlich und gelassen war, ging ihr auf die Nerven. Sie tippte die Nummer. Es klingelte ewig, bis endlich abgenommen wurde.

„Jacobson?"

„Sabine Berner hier. Frau Jacobson, bitte entschuldigen Sie die späte Störung. Sind Maike, Aletta und Carmen bei Ihnen?" Stimmen plärrten in ihr Ohr. Ein Schuss erklang, dann noch zwei weitere.

„Einen Moment, ich mach eben mal den Fernseher leiser." Die Stimmen verklangen. Sabine wiederholte ihre Frage noch einmal.

„Aber ja, heute ist Freitag – Sie wissen doch – die Skatrunde."

„Sind alle drei da? Maike, Aletta und Carmen?", fragte Sabine trotzdem noch einmal nach. Frau Jacobson lachte.

„Wie sollten sie denn sonst Skat spielen? Wollen Sie sie sprechen? Alle drei?"

Sabine hörte eine Stimme im Hintergrund lachen. „Du bist ein Schaf!" Das war Aletta, da war sie sich sicher. Dann schrie Maike: „Carmen, du hast vergessen zu drücken, ich fasse es nicht!"

„Soll ich die Mädchen rufen?"

„Nein, ist nicht nötig", wehrte Sabine ab. „Lassen Sie sie spielen. Und entschuldigen Sie bitte, dass ich Sie gestört habe." Sie drückte die Aus-Taste. Eine tiefe Ruhe breitete sich in ihr aus. Sie ging zum Sessel und ließ sich in das weiche Polster sinken. Der Wein schmeckte schwer und erdig. Sie drehte das Glas in den Händen und betrachtete durch die rote Flüssigkeit die Flammen der Kerzen, die Peter von Borgo angezündet hatte.

„Geht es dir besser?", fragte ihr Gastgeber.

Sabine nickte. Sie sah zu ihm hinüber. Er saß noch immer hinter dem Flügel. Ihr Blick wanderte über die Bücherregale und blieb dann an ein paar rötlich verfärbten Buchrücken hängen, die sich unschön wellten. Schuldbewusst senkte sie die Lider. Wie hatte sie nur so unbeherrscht sein können. Die wertvollen alten Bücher waren verdorben! Wer hatte die Scherben entfernt? Peter oder Frau Mascheck? Was die alte Dame wohl dachte, falls sie die Scherben gefunden hatte?

Peter von Borgo begann wieder zu spielen. Sabine rutschte tiefer in ihren Sessel und lauschte den Klängen der „Nocturne". Sie durfte sich entspannen. Sie hatte sich geirrt.

Die Musik und der Wein machten sie schläfrig. Wie schön war es, hier angenehmen Träumen entgegenzudämmern. Würde Peter sie nachher in sein Himmelbett tragen? Würde sie noch einmal solch unbegreifliche Gefühle erleben?

„Nun, was meinst du?“, fragte der Vampir in höflichem Plauderton, während er leise weiterspielte. „Wer wird heute Nacht sein Leben aushauchen? Canderhorst oder von Raitzen?“

Die Worte sickerten langsam in Sabines Bewusstsein. Was hatte er da eben gesagt? Sabine riss die Augen auf und setzte sich kerzengerade hin. „Du sagst das so, als wärst du vollkommen sicher, dass einer von ihnen sterben wird.“

Der Vampir nickte. „Aber ja. Zweifelst du denn daran?“

Sabine dachte an ihr Telefonat mit Frau Jacobson. Die drei Frauen waren daheim und spielten Skat, so wie Maike es gesagt hatte. Alle Morde waren vor Mitternacht ausgeführt worden. Sie konnten nichts damit zu tun haben!

„Der eine stirbt, und der andere ist sein Mörder?“, sagte Sabine langsam. War das nicht ihre erste Eingebung gewesen? Dass einer die anderen Mitwisser auszuschalten suchte?

Peter von Borgo schüttelte den Kopf. „Nein, meine Liebe, du bist auf dem falschen Weg. Sie werden beide sterben. Was hat es für einen Sinn, auf halbem Weg stehen zu bleiben?“

„Was?“ Sie schüttelte den Kopf. „Willst du mir damit sagen, du weißt, wer der Mörder ist?“

„Aber ja“, bestätigte Peter von Borgo liebenswürdig und bot ihr noch ein Glas Wein an. Sabine schluckte, ohne zu merken, was sie trank. Welch eine Verschwendung!

„Du hast es von Anfang an gewusst?“

Es setzte sich in den Sessel neben sie und schlug elegant die Beine übereinander. „Aber nein. Den Doktor entdeckte ich rein zufällig, und auch dann habe ich noch nicht verstanden. Erst als ich den Anwalt in seiner Kanzlei fand, wurde es mir klar."

„Du bist dir ganz sicher?"

„Oh ja. Ich habe den Fall mit Interesse verfolgt."

Sabines Stimme zitterte. „Das ist fast zwei Wochen her! Und du hattest nicht das Gefühl, dass es deine Pflicht wäre, die Polizei oder zumindest mich zu informieren, um weitere Morde zu verhindern und den Täter zu fassen?"

Peter von Borgo zog grübelnd die Stirn in Falten. „Nein", sagte er nach einer Weile. „Nein, der Gedanke kam mir nie."

Sabine sprang auf und begann unruhig auf und ab zu gehen. „Hast du denn überhaupt kein Gewissen? Kein Ehrgefühl?"

Wieder schüttelte er den Kopf. „Ich bin kein Mensch, aber vermutlich hätte ich zu den Zeiten, als ich noch einer war, nicht anders darüber gedacht. Es geht mich nichts an. Ich beobachte nur und verfolge gespannt die Entwicklung."

Die Kommissarin ballte die Fäuste und schloss die Augen, um den Zorn in sich niederzuringen. Erst als sie sicher war, dass sie ihre Stimme unter Kontrolle hatte, sagte sie: „Und wirst du nun so freundlich sein, mir zu sagen, was du weißt, damit ich wenigstens den nächsten Mord verhindern kann?"

„Nein. Warum sollte ich mich einmischen? Wenn die Kriminalpolizei selbst dahinterkommt, gut, dann soll sie eingreifen, ich jedoch werde auf meinem Platz des interessierten Zuschauers verweilen."

Sabine schnappte nach Luft. Es dauerte eine Weile, ehe sie sich wieder im Griff hatte. „Verflucht noch mal, das kannst du nicht tun! Ich verstehe ja, dass du sauer bist und dich rächen willst, doch das kannst du nicht an einem Unschuldigen auslassen, der damit nichts zu tun hat!"

„Wer ist schon unschuldig?", sagte der Vampir sanft. „Aber das ist ein anderes Thema. Du irrst dich, wenn du denkst, ich würde von so menschlichen Gefühlen wie Wut oder Rache getrieben."

Sabine fühlte sich hilflos. „Kann ich denn gar nichts machen, dass du mir deine Informationen verrätst?"

Nun schien der Vampir verärgert. „Vergib deinen Stolz nicht leichtfertig", schimpfte er. „Erniedrige dich nicht für etwas, das es nicht wert ist! Du wirst nur meinen Zorn entfachen, wenn du dich auf Bitten oder Flehen verlegst."

Sabine biss sich auf die Lippe. „Gut, wenn es nicht anders geht, dann muss ich eben versuchen, Polizeischutz für die beiden zu bekommen."

Peter von Borgo zuckte mit den Schultern und erhob sich. „Dann tu das, wenn es dein Gewissen beruhigt. Es erhöht den Reiz des Spiels, das muss ich zugeben. Wer ist schlauer? Wird der Fuchs in die Falle gehen?" Er summte vor sich hin, trat zurück an den Flügel und schlug ein paar Töne an. Wie von selbst verbanden sie sich zu Läufen und kühnen Sprüngen, deren Rhythmus sich in einem munteren Tanz wiederfand. Die Kommissarin zog ihr Handy heraus, eilte in die Halle und schlug die Tür hinter sich zu, sodass die aufreizende Musik nur noch gedämpft zu hören war.

Thomas hatte sein Mobiltelefon ausgeschaltet. Sönke war wohl auch unterwegs. Die Zentrale gab ihr die Nummer eines Kollegen von der 2. Mordbereitschaft, der heute Dienst hatte. Er hob gleich ab, wollte allerdings wissen, wie Sabine auf die Idee komme, dass diese beiden Männer heute Nacht besonders gefährdet seien. Die Kommissarin geriet ins Stottern. Sie konnte ihm ja schlecht sagen, dass der Vampir im Nebenzimmer, der nun ein flottes Rondo spielte, behauptete, sowohl den Mörder als auch dessen Pläne zu kennen, sich aber leider nicht dazu überreden ließ, dieses Wissen an die Polizei weiterzugeben.

„Hören Sie, ich habe einen Informanten, dessen Namen ich nicht nennen darf, so lautet der Deal. Aber Sie können sich darauf verlassen, dass seine Aussagen stimmen. Außerdem habe ich mir die Unterlagen angesehen. Ich bin überzeugt, dass er recht hat!"

„Frau Berner, sind Sie eigentlich wieder im Dienst? Arbeiten Sie an dem Fall?"

Ja, wollte sie sagen, presste aber ein zerknirschtes „Nein" hervor.

„Ich will Sie jetzt nicht fragen, wie Sie an die Informationen über diese Fälle kommen, aber Ihnen ist doch klar, dass ich aufgrund Ihrer Theorie und der Aussage eines unbekannten Informanten keinen Personenschutz anordnen kann."

„Nicht, wenn Sie sich streng an die Vorschriften halten. Aber ist ein Menschenleben es nicht wert, die Regeln einmal etwas lockerer auszulegen?"

Der Mann am anderen Ende der Leitung schwieg eine Weile. „Sie scheinen sich Ihrer Sache ja sehr sicher zu sein."

„Das bin ich! Bitte! Denken Sie darüber nach! Fragen Sie den Chef, oder rufen Sie selbst in der Kaserne drüben an, aber tun Sie irgendetwas!"

„Ich könnte einen Streifenwagen vorbeischicken", sagte er zögernd.

„Ja, das ist besser als nichts." Sabine nannte ihm die Adressen der beiden Männer und legte dann auf. Sie sah auf ihre Uhr. Es war halb elf. War es etwa schon zu spät? Hatte der Mörder bereits zugeschlagen? Aus der Bibliothek erklang Walzermusik. Es war, als wolle der Vampir sie auslachen. Hektisch kramte die Kommissarin in ihrer Handtasche. Sie hatte sich die Nummern irgendwo notiert. Endlich fand sie den schmuddeligen Zettel und wählte Eike Canderhorsts Handynummer.

„Geh ran, geh ran“, flüsterte sie beschwörend.

„Ja?“

Sie stieß einen erleichterten Seufzer aus und nannte ihren Namen. „Wo sind Sie? Gehen Sie nicht aus dem Haus. Lassen Sie niemanden herein. Ein Streifenwagen ist auf dem Weg zu Ihnen“, sprudelte sie hervor. Der Mann am anderen Ende schien verblüfft, dann jedoch schwang Ärger in seiner Stimme. „Ach, haben Sie es endlich kapiert?“

„Ja, wir haben einen gezielten Hinweis bekommen.“

„Das heißt, die Mörder sind Ihnen nun bekannt?“, fragte er vorsichtig.

Die Kommissarin stutzte. „Die Mörder?“, zischte sie. „Kann es sein, dass Sie mir ein paar Details sagen sollten? Sie scheinen ja eine recht klare Vorstellung davon zu haben, wer Sie beseitigen will!“

Eike Canderhorst wehrte ab. „Wie kommen Sie darauf? Nein, ich weiß nicht, wer es auf uns alle abgesehen hat, aber ich dachte, für einen einzigen Mörder wäre das ein wenig viel, oder?“

Sabine glaubte ihm nicht, dennoch drang sie nicht weiter in ihn. Wenn er so dumm war, lieber sein Leben aufs Spiel zu setzen, als der Kripo zu vertrauen, dann musste er auch die Konsequenzen tragen.

„Wissen Sie, wo sich Herr von Raitzen im Moment aufhält?“, fragte sie kühl.

„Ich denke, zu Hause. Es ist ja schon halb elf.“

Die Kommissarin verabschiedete sich rasch und wählte Lorenz von Raitzens Nummer. Sie ließ es lange klingeln, aber niemand hob ab. Dann versuchte sie es auf seinem Handy, aber es schaltete sich nur die Mailbox ein. Sabine fluchte. Sie stürmte in die Bibliothek zurück. Der aufpeitschende Rhythmus eines Tangos empfing sie.

„Ich muss in die Stadt“, schrie sie gegen den dröhnenden Bass an. „Sofort!“

Die Musik verebbte. „Bei diesem miesen Wetter? Es stürmt und regnet, dass man meinen könnte, die Welt solle untergehen.“

„Was kümmert mich das Wetter. Lorenz von Raitzen meldet sich weder daheim noch an seinem Handy. Ich muss hinfahren! Gib mir deine Wagenschlüssel. Wer weiß, wann der Streifenwagen bei ihm auftaucht – wenn er überhaupt kommt!“, fügte sie düster hinzu. „Vielleicht ist er ja noch in seinem Büro?“ Sie tippte hastig die Nummer.

„Vielleicht ist er einfach nur tot und kann deshalb nicht ans Telefon kommen?“, schlug Peter von Borgo vor und begann wieder zu spielen. „Du kannst das Ende des Regens ruhig abwarten. Er wird dir nicht weglaufen.“

„Hör auf!“, kreischte sie. „Hör auf, so mit mir zu reden, und lass diese verdammte Klavierspielerei. Du machst mich wahnsinnig! Entweder du sagst mir die Wahrheit oder du lässt mich in Ruhe. Ich habe es satt, von allen immer nur belogen oder mit Halbwahrheiten gefüttert zu werden! Und vor allem, hör auf, mir vorzuschreiben, was ich tun soll!“

Die weißen, schlanken Finger ruhten auf den Tasten. Stille senkte sich über den Raum, bis nur noch das Prasseln des Regens und der Wind in den alten Bäumen zu hören waren.

„Du bist ja völlig hysterisch! In diesem Zustand lasse ich dich nicht mit meinem Wagen fahren.“ Peter von Borgo erhob sich, fasste sie am Ellbogen und zog sie in die Halle. Sabine ließ es mit sich geschehen.

Peter von Borgo half ihr dabei, in seine Lederjacke zu schlüpfen. Dennoch waren sie beide bereits durchnässt, als sie den Garagenanbau erreichten. Der Vampir hielt ihr die

Wagentür auf und schlüpfte dann auf die Fahrerseite des Jaguars. Der Motor heulte auf und übertönte die Geräusche des Sturmes. Das Tor schwang zurück, und der Wagen schlitterte auf die nasse Fahrbahn hinaus. Sabine sah nur verschwommene Lichter und spürte, wie das Heck des Wagens bei jeder Kurve ausbrach, aber seltsamerweise empfand sie keine Angst. Ja, sie fühlte sich geborgen, hier neben ihm in dem nach feuchtem Leder duftenden Wagen.

„Schnell, nach Falkenried, Straßenbahnring."

Der Vampir nickte. „Ich kenne sein Appartement. Es ist neu und luxuriös mit seiner Galerie und den großen Fensterflächen, keine Frage, aber ich finde achthunderttausend Euro für ein schmales Reihenhaus ein wenig übertrieben!"

„Du kennst dich gut aus!" Die Fragen, die ihr auf der Zunge brannten, schluckte sie hinunter. Vielleicht wollte sie die Antworten gar nicht hören. Sabine sah das Schild Neumünstersche Straße. Der Kirchturm ragte düster vor ihnen in den Regenhimmel.

Lorenz von Raitzen wohnte direkt um die Ecke des alten Pfarrhauses, in dem Carmen lebte und arbeitete. War das Zufall?

Peter von Borgo bremste und steuerte den Jaguar langsam zwischen den neu errichteten Reihenhäusern hindurch. Die Reihe rechts war aus hellroten Ziegeln gebaut, deren schmucklose Wände nur durch die bodentiefen, schmalen Fenster unterbrochen wurden, jedes mit einem schlichten französischen Balkongitter versehen. Die Häuser zur Linken waren weiß mit großen, dunkel gerahmten Glasscheiben und zurückversetzten Dachterrassen. Ein Stück weiter prasselte der Regen auf einen Zementmischer, einen Haufen Baumaterial und einen rostigen Müllcontainer. Offensichtlich war die hintere Häuserreihe noch nicht bezugsfertig. Der Vampir parkte den Jaguar hinter einem mannsgroßen metallenen Kübel mit einem Kugelbäumchen.

„Möchtest du in die Wohnung?"

„Ja, natürlich!" Sabine hetzte in den Regen hinaus und lief an dem riesigen Werbeschild „Townhouses Falkenried" vorbei. Sie war völlig durchweicht, als sie die Haustür erreichte. Sie drückte auf den Klingelknopf und hörte die Glocke innen läuten. Wenn er da war, würde er es hören. Selbst wenn er schlief, musste ihn der schrille Dauerton alarmieren.

„Er ist nicht im Haus", sagte Peter von Borgo, der, die Hände in den Hosentaschen, heranschlenderte. Der Regen, der ihm von seinem langen, schwarzen Haar in den Kragen rann, schien ihn nicht zu stören.

„Ach, und woher willst du das wissen? Kannst du von hier alle drei Stockwerke durchschnüffeln?", fauchte sie und drückte noch einmal auf den Klingelknopf.

Peter von Borgo schüttelte den Kopf. „Nein, aber da er nicht an zwei Stellen gleichzeitig sein kann, schließe ich, dass er nicht im Haus ist."

Die Kommissarin ließ den Klingelknopf los und drehte sich um. Der Vampir deutete auf einen schwarzen 500er Mercedes, der auf der anderen Seite zwischen zwei Pflanzkübeln parkte.

„Du meinst?" Ihre Stimme zitterte. Langsam überquerte sie die schmale Straße und näherte sich dem Wagen. Nun sah sie, dass die Fahrertür nicht ganz geschlossen war. Die Regentropfen auf der Scheibe reflektierten das Licht der Straßenlaternen, sodass sie nicht erkennen konnte, ob jemand im Wagen war. Sie warf dem Vampir einen Hilfe suchenden Blick zu. Er nickte nur und kam ihr nach, die Hände noch immer in den Hosentaschen. Sabine zog den Ärmel der Jacke nach vorn und umfasste den Türgriff. Langsam zog sie die Wagentür auf.

Da saß jemand. Sein Kopf war zur Seite geneigt, der Oberkörper zum Beifahrersitz hinübergesunken. Sabine sah im Schein der Lampen ein dunkles Loch in seiner Schläfe, von dem aus ein rostrotes Rinnsal in seinen weißen Kragen geflossen war. Sabines Hand zitterte, als sie nach seinem Pulsschlag tastete. Sie konzentrierte sich, hielt den Atem an und schloss die Augen: nichts. Lorenz von Raitzen war tot. Wenn auch noch nicht lange. Seine Haut fühlte sich noch erstaunlich warm an. Der Mörder war ihnen nur kurze Zeit zuvorgekommen.

„Zwanzig bis dreißig Minuten", sagte der Vampir bestimmt.

Die Kommissarin trat vom Wagen zurück. „Scheiße!", schrie sie. „Scheiße, Scheiße! Aber nein, die Hinweise reichen nicht aus, um einen Personenschutz zu rechtfertigen. Liebe Kollegen, kommt her und seht euch die Schweinerei an!"

„Äh, ich möchte dich nur ungern in deinem Temperamentsausbruch stören, aber da drüben ist ein Licht angegangen, und ich glaube, wir werden misstrauisch beäugt."

„Dann können sie ja auch gleich die Polizei verständigen", wütete Sabine. Sie riss ihr Handy aus der Tasche. Wut zu empfinden war immer noch besser als Schuld. Hatte sie versagt? Hatte sie den Tod des Steuerberaters zu verantworten? Zum zweiten Mal an diesem Abend rief sie den Kollegen der 2. Mordbereitschaft an.

„Und, wo ist nun Ihr Streifenwagen?", fauchte sie, nachdem sie den Toten gemeldet hatte.

„Moment – er hat sich vor dreißig Minuten das letzte Mal gemeldet. Da war anscheinend noch alles in Ordnung. Herr von Raitzen hatte gerade seinen Wagen vor dem Haus abgestellt. Er wollte nicht, dass die Kollegen ihn in seine Wohnung begleiten."

Sie fluchte und legte auf. „Was ist?“, fragte sie Peter von Borgo schroff. „Was machst du da?“ Er hatte den Kopf in den Nacken gelegt und die Augen geschlossen. „Du solltest verschwinden, bevor die Kripo eintrifft. Es ist nicht gut, wenn du da mit reingezogen wirst.“ Er reagierte nicht. „He, was ist los? Hörst du mir überhaupt zu?“

Er richtete seine roten Augen auf sie. „Aber ja, ich bin durchaus in der Lage, gleichzeitig eine Witterung aufzunehmen und zuzuhören.“

„Dann setz dich in deinen Wagen und – Moment – was für eine Witterung? Du meinst doch nicht etwa?“

„Ja, ich meine nicht nur den Geruch des Pulvers und des Todes, der mir aus dem Wagen entgegenweht. Es ist noch nicht sehr lange her, daher kann ich sie trotz des Regens riechen.“

„Wer ist ‚sie‘? Oder muss ich fragen: Wer sind ‚sie‘?“, drängte Sabine.

Peter von Borgo hob abwehrend die Hände. „Nun enttäusche mich nicht. Ich halte sehr viel von deinem Spürsinn und deiner Kombinationsgabe. Sage du es mir!“

Sabine begann im Licht der Laterne im Kreis zu gehen, die Hände auf dem Rücken ineinander verschränkt. „Aletta, Maike und Carmen.“

Der Vampir nickte.

„Ja, ich hatte diesen Verdacht, aber es kann nicht sein. Du musst dich irren. Ich habe erst um zehn bei ihnen angerufen.“

„Meine Nase täuscht mich nie. Aletta war hier, ich rieche ihre Spuren am Wagen.“ Er schloss wieder die Augen und schritt in einem großen Bogen um das Auto herum. „Und auch Maike kann ich schwach wahrnehmen.“

„Ich habe ihre Stimmen gehört!“

„Das bestreitet ja niemand."

„Frau Jacobson hat mir bestätigt, dass sie an allen Freitagen die ganze Nacht in ihrem Haus waren. Glaubst du, sie lügt mich an, um die drei zu decken?"

Peter von Borgo schüttelte den Kopf. „Nein, das denke ich nicht. Sie hat ihre Stimmen gehört – wie du, oder?"

Sabine hielt mitten im Schritt inne. „Sie kann die Treppen nicht hinaufgehen und hat an jedem Freitag nur eine der Frauen gesehen – Scheiße! Los, komm!" Sie lief zu dem Jaguar. Peter von Borgo sah ihr kopfschüttelnd nach, folgte ihr dann aber und öffnete für sie die Wagentür.

„Beeil dich! Wir müssen dort sein, bevor sie die Beweise vernichten können."

„Und deine Kollegen von der Kripo?"

Sabine machte eine wegwerfende Handbewegung. „Die kommen auch ohne mich klar. Die würden mich sowieso wegschicken, sobald sie eintreffen. Keine Sorge, meine Aussage werden sie bekommen – und mit ihr die Mörderinnen!"

Die Schuld

Er bremste den Jaguar so hart ab, dass er noch ein Stück über den nassen Asphalt schlitterte, ehe er unterhalb der Panzerstraße zum Stehen kam. Sabine riss die Tür auf und rannte die Gasse hinauf. Das Gewitter war inzwischen weitergezogen, und es regnete nicht mehr, doch aus ihren Haaren rann noch immer Wasser über ihren Rücken. Sie bemerkte es nicht. Sie drückte den Klingelknopf und hämmerte mit der anderen Hand gegen die Tür.

„Machen Sie auf! Sofort! Kriminalpolizei! Los, machen Sie auf!"

Es dauerte eine Weile, ehe sie Schritte vernahm und die Tür aufgerissen wurde. Aletta stand vor ihr, im Schlafanzug und mit nassem Haar.

„Sie suchen sich merkwürdige Zeiten für Ihre Besuche aus", sagte sie, ohne den Durchgang freizugeben.

„Ja, man muss die Morde nehmen, wie sie kommen", erwiderte die Kommissarin und schob die junge Frau grob aus dem Weg.

„Nehmen Sie doch wenigstens Rücksicht auf Frau Jacobson. Hat sie nicht schon genug gelitten? Müssen Sie sie noch mehr aufregen?"

Sabine durchquerte den Gang und stürmte die schmale Treppe hinauf. Aletta folgte ihr.

„Nicht ich bin es, die ihr Kummer bereitet. Ich laufe nicht jeden Freitag nachts durch Hamburg und ermorde Leute", zischte Sabine und stieß die Zimmertür auf. Carmen und

Maike starrten sie an. Auch sie trugen Schlafanzüge, Maikes Haar war feucht. Sie saßen auf Maikes Bett.

„Sie waren schnell wieder hier. Nun ja, Sie hatten ja auch ein wenig Vorsprung. Der Streifenwagen hat Sie übrigens nur knapp verpasst. Pech für Herrn von Raitzen, nicht? Nun ist er tot."

Carmen öffnete den Mund, aber Aletta brachte sie mit einer Handbewegung zum Schweigen. „Wovon reden Sie, Frau Kommissarin? Wir sind verwirrt. Wir haben den ganzen Abend hier Skat gespielt, wie Sie sicher wissen." Sie deutete auf den Tisch, auf dem, wie beim letzten Mal, halbvolle Gläser standen, neben einer offenen Chipstüte, den Karten und dem Block, auf dem die Spiele notiert waren. Es war wie eine Filmkulisse arrangiert.

„Schön gemacht", sagte Sabine verächtlich, „aber zu perfekt, um echt zu sein." Sie deutete auf Alettas Haare. „Wie seltsam. Hat es hier im Zimmer auch geregnet?"

„Nein", erwiderte Aletta kühl. „Wir wollten zu Bett gehen und haben uns deshalb geduscht. Das ist bei uns so üblich, wissen Sie?"

„Gut rausgeredet", zischte die Kommissarin, „aber wie werden Sie die nassen Schuhe und Kleider rechtfertigen, die ich ganz sicher finde, wenn ich mich hier ein wenig umsehe?"

„Das dürfen Sie nicht. Es hat Sie niemand aufgefordert, ins Haus zu kommen!", konterte Aletta. „Oder haben Sie einen Durchsuchungsbeschluss?"

„Den werde ich schon bekommen, keine Sorge."

„Mag sein. Die Frage ist nur, wie schnell?"

Sabine bemerkte, dass Aletta sich langsam näher an das Bett heranschob, auf dem Carmen und Maike saßen und mit offenem Mund den Schlagabtausch verfolgten. Was hatte sie vor? Plötzlich fiel Sabines Blick auf die Stereoanlage neben dem Nachttisch. War da noch eine Kassette drin? Konnte Aletta solch ein Fehler passieren? Mit einer raschen Bewegung sprang die Kommissarin vor, ließ sich auf die Knie fallen und drückte die Taste mit dem nach rechts zeigenden Pfeil.

„Carmen, du bist dran mit Mischen. Schlaf nicht", ertönte Maikes Stimme. Dann sagte Aletta: „Es hat sich schon mal jemand totgemischt."

„Ach, ihr mit eurer Drängelei", gab Carmen zurück. Sabine drückte auf „Stop". Eine Weile sagte keiner etwas.

„Das war's mit den Alibis", durchbrach Sabine schließlich die Stille und erhob sich.

„Unrechtmäßig erworbene Beweismittel werden vor Gericht nicht zugelassen", widersprach Aletta. Ihre Stimme klang seltsam belegt.

„Das lassen Sie mal meine Sorge sein." Die Kommissarin zog ihr Handy aus der Tasche. „Es ist, glaube ich, an der Zeit, die Kollegen herzurufen."

Sie begann die Nummer zu tippen, als Maike plötzlich vom Bett aufsprang. Sie bewegte sich viel schneller, als Sabine es ihr zugetraut hätte. Sie hatte keine Chance auszuweichen. Maike prallte mit ihrem ganzen Gewicht gegen die Kommissarin und schleuderte sie zu Boden. Das Handy flog ihr aus der Hand und knallte gegen die Wand. Ehe Sabine sich aufrappeln konnte, hatte Maike das Kassettenfach aufgerissen, das belastende Band herausgezogen und auf den Boden geschleudert. Mit beiden Füßen trampelte sie darauf herum.

„Da haben Sie Ihre Beweise, verfluchte Schnüfflerin!"

„Geben Sie sich keine Mühe", stöhnte Sabine und rappelte sich auf. „Wir haben ein gutes Labor."

„So? Dann sollen die das mal analysieren!" Maike knüllte

das braune Band zu einem Knäuel zusammen und ließ ihr Feuerzeug klicken. Sabines Hand schnellte nach vorn, doch Maike stieß sie beiseite und rannte hinaus. Aletta ging durchs Zimmer und hob das zu Bruch gegangene Handy auf.

„Frau Berner", sagte sie ernst und sah der Kommissarin in die Augen. „Ich habe ein paar Dinge, die Sie interessieren könnten. Würden Sie bitte mit zum Haus meiner Eltern kommen, dann kann ich Sie Ihnen geben."

Die Kommissarin kniff die Augen zusammen. „Ich soll hier verschwinden, damit Ihre Freundinnen in Ruhe die Beweise vernichten können? Für wie dumm halten Sie mich?"

Aletta sah ihr in die Augen. „Ich halte Sie nicht für dumm – auch wenn wir Sie unterschätzt haben, das gebe ich zu." Carmen stieß einen erstickten Laut aus. „Bitte, ich weiß, dass es zu Ende ist. Vertrauen Sie mir und kommen Sie mit."

„Wie wäre es, wenn Sie mir zuerst die Pistole aushändigen?", schlug Sabine vor. „Ich möchte ungern erschossen werden."

„Das hatte ich nicht vor", entgegnete Aletta ruhig, ohne den Blick abzuwenden. „Außerdem vermute ich, dass Ihr schwarzer Freund mit den außergewöhnlichen Kräften hier in der Nähe herumlungert und auf Sie achtgibt?"

Sabine schnappte nach Luft. „Ja, das ist ziemlich wahrscheinlich", stieß sie hervor.

Aletta trat einen Schritt näher. Ihre Stimme war beschwörend, der Blick so intensiv, dass Sabine fühlte, wie ein Schwindel sie erfasste. Sie hat etwas von den hypnotischen Fähigkeiten des Vampirs, dachte sie und versuchte, sich nicht von ihrer Stimme verwirren zu lassen.

„Sie werden Ihren Triumph bekommen, den Fall gelöst zu haben, das verspreche ich Ihnen, und doch bitte ich Sie, sehen Sie sich erst alle Fakten an, bevor Sie Ihre Kollegen rufen. Wenn Sie das nicht tun, wird es Ihnen ganz bestimmt leid tun. Das soll keine Drohung sein!", fügte sie hinzu. „Ich denke nur, Sie sind auf der Suche nach der Wahrheit – über Iris – über uns alle, oder?"

Die Kommissarin nickte. Sie dachte an Peter von Borgo, der, wie Aletta vermutete, sicher noch draußen unterwegs war. Ja, er würde auf sie aufpassen und nicht zulassen, dass ihr etwas geschah.

„Gut. Gehen wir", sagte die Kommissarin knapp und stieg hinter Aletta die Treppe hinunter.

„Hol Maike und geht dann zu Bett", riet Aletta der Freundin, die noch immer reglos auf der Bettkante saß. „Es kann spät werden."

Unten in der Diele hörten sie Frau Jacobson rufen. „Was ist denn los? Ich dachte, ihr seid zu Bett gegangen?"

Maike, die mit verschränkten Armen neben der Haustür stand, antwortete: „Alles in Ordnung, Großmutter. Bleib in deinem Bett. Wir werden nun auch schlafen gehen."

Sie öffnete die Haustür und warf der Kommissarin noch einen bösen Blick zu, als diese Aletta in die Nacht hinaus folgte.

„Du nimmst den Bus, versprich es!", sagt Carmen mit zitternder Stimme zum Abschied.

„Ja, klar", stimmt ihr Aletta zu, um sie zu beruhigen. So ein Quatsch! Durch den Park ist sie viel schneller, als wenn sie auf den Bus warten und dann doch noch den Strandweg vorlaufen muss. Sie wartet, bis sich die Haustür hinter Carmen geschlossen hat, dann macht sie sich auf den Weg.

In Gedanken noch bei ihren Freundinnen, geht Aletta die Straße entlang. Was ist nur mit ihnen los? Völlig durchgeknallt, sagen die Mitschüler, die Lehrer zucken nur hilflos mit den Schultern oder lassen ganz offen ihren Zorn auf ihre Köpfe herabprasseln. Doch so einfach kann Aletta das nicht abtun. Sie sind ihre besten Freundinnen, und doch hat sie das Gefühl, als hätte jede von ihnen eine Mauer um sich gezogen, die sie nicht überwinden kann.

Erst war es nur Iris, die immer stiller wurde und zum Ende des vergangenen Schuljahres fast alle Arbeiten verhauen hat. Zum Glück konnte sie ihre Noten mit Zensuren vom Anfang des Halbjahres ausgleichen, sonst wäre gar ihre Versetzung gefährdet gewesen! Aletta hat gehofft, nach den Sommerferien würde sich alles wieder einrenken, doch stattdessen benimmt sich auch Maike plötzlich sehr merkwürdig. Sicher liegt das an diesem Freund, den sie jetzt hat und der nur mit den Fingern schnippen muss, damit sie wie ein Hündchen gehorsam gelaufen kommt. Dabei macht sie gar keinen glücklichen Eindruck! Aletta hat ihr schon unzählige Male gesagt, sie soll dem Kerl den Laufpass geben, aber Maikes Antwort ist stets: Halte dich da raus. Davon verstehst du nichts.

Überhaupt hat sich nicht nur Maikes Verhalten geändert. In den Ferien hat sie sich die Haare geschnitten und gefärbt, und sie scheint jede Woche ein paar Kilo zuzulegen. Wenn sie nicht aufpasst, wird sie bald wie Petra als „Tonne“ oder „Kloß“ von den anderen gehänselt, aber auch auf diesem Ohr ist Maike taub.

Aletta biegt in den Baurs Park ein und geht über den Rasen. Das ist kürzer, als dem Weg außen herum zu folgen. Es ist schon dunkel, und sie hat der Mutter versprochen, nicht so spät nach Hause zu kommen. Sie beschleunigt die Schritte, ihre Gedanken bleiben bei den Freundinnen.

Carmen ist seltsam still in letzter Zeit. Sie ist irgendwie krank. Aletta hat sie schon dreimal nach dem Essen auf der Toilette angetroffen, wo sie alles wieder erbrochen hat. Sicher ist das auch der Grund, warum sie sich nicht mehr konzentrieren kann. Die kluge Eule hat in der ersten Mathearbeit der achten Klasse eine Fünf geschrieben!

Aletta kann es noch immer nicht glauben. Sie ist unter den Freundinnen die Einzige, die in dieser Klausur eine gute Note bekommen hat!

Aletta folgt dem steiler werdenden Pfad den bewaldeten Geesthang hinunter. Ihre Grübelei wird von Stimmen unterbrochen, die ihr entgegenkommen. Bald schon kann sie auch die dazugehörenden Jungen sehen, die auf sie zukommen. Es ist die Fünferbande aus der Dreizehnten: Sven, Alex, Eike, Lorenz und Kai. Nun haben sie das Mädchen erreicht. Aletta nickt ihnen flüchtig zu, als Sven plötzlich nach ihrem Arm greift.

„Sieh mal, was uns da so unerwartet in die Arme läuft."

„Frischfleisch!", ergänzt Eike und lacht. „Die hatten wir ja noch gar nicht."

Aletta reißt sich los. Noch fühlt sie nur Ärger. „Mann, seid ihr blöde Idioten", schimpft sie. „Lasst mich in Ruhe und zieht Leine!"

Sie lachen, bilden einen Kreis um Aletta und starren sie mit seltsam hungrigen Blicken an. Sie ist irritiert.

„Und was soll das nun werden?", fragt sie. „Habt ihr nichts Besseres zu tun?"

Kai löst sich aus dem Kreis und tritt auf sie zu. „Nein, das ist das Beste, was uns für heute Abend passieren konnte. Sonst hätten wir uns vor dem Fernseher langweilen müssen. Aber so ein netter Fick in Gesellschaft macht mich jetzt richtig an." Er greift Aletta an den schon prächtig entwickelten Busen. Sie weicht zurück und schlägt ihm ins Gesicht.

„Du blödes Arschloch!", schreit sie. Sie stößt gegen Eike und Sven. Vier Arme schlingen sich um ihren Körper. Alex und

Lorenz drängen sich heran. Als sie so nahe sind, dass sie ihre Gesichtszüge erkennen kann, kommt die Angst. Sie fällt wie ein Raubtier über sie her und schnürt ihr die Luft ab. Sie starrt in die Gesichter und fragt sich, ob sich irgendwelche Dämonen ihrer älteren Mitschüler bemächtigt haben. Noch nie in ihrem Leben hat sie sich so hilflos gefühlt, so verletzlich. Sie zappelt und zerrt an ihren Armen, aber die Jungen sind zu stark. Sie schreit. Eike schlägt sie ins Gesicht.

„Halt die Klappe, du Schlampe!“

Noch immer murmelt eine Stimme in ihrem Kopf: Sie wollen dir nur Angst einjagen. Das werden sie nicht tun. Das sind die verschworenen fünf, die du schon seit der Grundschule kennst, das werden sie nicht tun! Als Kai ihr die Hose herunterzieht, verstummt die Stimme, und ein lähmendes Schweigen bleibt zurück.

Noch einmal sammelt sie ihre Kräfte und versucht, sich zu befreien, doch zwei Hände an ihrem Hals nehmen ihr den Atem und zwingen sie stillzuhalten.

Aletta kneift die Augen zu, so als wäre sie noch ein Kind und würde daran glauben, einer gefährlichen Situation auf diese Weise entfliehen zu können. Wenn sie sich ganz fest darauf konzentriert, dann wird sie die Hände, die grob nach ihr greifen, nicht mehr auf ihrer Haut spüren.

Ihr ist kalt. Das Gefühl weicht aus ihren Armen und Beinen. Es ist, als sei die Welt erstarrt.

Die Welt IST erstarrt! Die Jungen lachen und reden nicht mehr, ihre Hände liegen schlaff auf ihrem Busen und den Schenkeln, und auch der feste Griff um ihre Arme hat sich gelockert.

Aletta hat Angst vor dem, was sie sehen wird, wenn sie die Augen öffnet, aber schließlich hält sie es nicht mehr aus und blinzelt kurz.

Rote Augen. Sie sieht eine große, schwarze Gestalt mit roten Pupillen. Aletta reißt die Augen auf und starrt den Fremden an. Diese seltsame Kälte umgibt ihn wie ein unsichtbarer Mantel. Kalt und böse, und doch bringt er ihr Hoffnung.

Er streckt den Arm aus und winkt leicht mit den Fingerspitzen.

Aletta streift die Hände ab, die sie festgehalten haben und nun wie leblos herabfallen. Sie bückt sich und zieht ihre Hose hoch.

Sie hat dieses Wesen schon einmal gesehen – schon einmal gefühlt –, vor Jahren, als sie mit der Mutter an der nächtlichen Elbe spazieren gegangen ist. Was will er hier? Warum taucht er gerade jetzt auf? Ist er ihre Rettung, oder gerät sie geradewegs in eine noch viel schlimmere Gefahr?

Aletta wirft einen raschen Blick zu ihren Peinigern zurück. Sie stehen nur da und starren wie hypnotisiert auf den Fremden, der wie aus dem Nichts aufgetaucht ist.

„Du bist anders", sagt die Gestalt mit angenehm tiefer Stimme. „Ich beobachte dich schon länger. Du gefällst mir. Es wäre schade, so etwas von diesem Pack zerstören zu lassen." Er nickt verächtlich in Richtung der Jungen, die sich noch immer nicht rühren.

„Was sind Sie?", stottert Aletta.

Der Fremde lacht leise. „Eine gute Frage, mein Kind. Jede andere hätte ‚Wer sind Sie?' gesagt. Meinen Instinkten kann ich vertrauen. Es hat sich gelohnt, einzugreifen."

Er nimmt sie an der Hand. Aletta schaudert. Wie kalt sie sich anfühlt, als wäre es die Hand eines Toten. Er führt sie ein Stück weg.

„Warte hier auf mich!"

Sie rührt sich nicht. Sie kann sich gar nicht rühren. Was tut er da? Es ist zu dunkel, um es zu erkennen, aber es dauert nicht lange, da steht er wieder vor ihr. Als er ihre Hand nimmt, ist sie nicht mehr ganz so kalt wie vorher.

„Sie werden dir nichts mehr tun", sagt er, und Aletta glaubt ihm. Ihre Sinne sind seltsam verändert. Sie spürt den Boden kaum, über den sie geht, und doch fühlt sie sich wacher als sonst. Sie hat das Gefühl, besser zu hören und zu riechen. Die Eindrücke stürzen auf sie ein. Hilfe suchend klammert sie sich an die Hand mit den seltsam langen, spitzen Fingernägeln.

„Warum haben Sie mir geholfen?", fragt sie.

Er lacht leise. „Ist das nicht normal? Jemandem zur Hilfe zu eilen, der in Not ist?"

„Für einen normalen Menschen, ja, aber Sie sind ein böses Wesen!"

Sie sagt es mit einer solchen Bestimmtheit, dass sie sich über sich selbst wundert. Seine Augen verengen sich. Jetzt wird er über sie herfallen und sie töten.

Nein, er geht weiter, ihre Hand fest in der seinen. Er sieht nachdenklich aus. Als sie das heimische Gartentor erreichen, wird es Aletta ganz leicht ums Herz. Dieser Tag wird doch noch ein gutes Ende nehmen.

„Es tut mir leid", stottert sie. „Ich habe mich geirrt. Ich wollte Sie nicht beleidigen. Sie sind gar nicht böse."

Er beugt sich vor. „Vertraue immer deinen Sinnen!", flüstert er. Dann spürt sie einen Stich an ihrem Hals. Ihre Beine fühlen sich so weich an, aber er hält sie umschlungen, sodass sie nicht zu Boden fallen kann. Nun versinkt die Welt in einem wirbelnden Nebel, der nur noch von diesen roten Augen durchdrungen wird. Irgendwann lässt er sie los und gibt ihr einen kleinen Schubs. Schmutzig, den Hals von Blut verschmiert, taumelt Aletta ins Haus.

„Vielleicht ist es besser, wenn ich mich von dir fernhalte, seltsames Mädchen", murmelt der Vampir, während er ihr

nachsieht. „Du könntest mir gefährlich werden. Schade. Du warst mal etwas anderes."

Aletta liegt wach in ihrem Bett, die Arme hinter dem Kopf verschränkt, und sieht an die Decke. Im Haus ist es noch still, obwohl es schon lange hell ist. Es ist Sonntag. Sicher schlafen die Eltern noch. Bewegungslos bleibt sie liegen, der Blick ist starr in die Ferne gerichtet. Die Erinnerung an den vergangenen Abend drängt mit Gewalt in ihre Gedanken. Sie ist entkommen! Und doch weiß sie, dass sie diesen Augenblick der Todesangst niemals vergessen wird. Noch einmal breitet sich das Gefühl des Ausgeliefertseins in ihr aus. Es ist dieser Moment, an dem man nichts mehr für sich tun kann. In dem man nur noch zusehen kann, wie andere das eigene Ich für immer zerstören. Und obwohl dieses Wesen gekommen ist, um sie zu retten, liegt heute nicht mehr das Kind in seinem Bett, das noch gestern hier friedlich in seiner Unschuld gelegen hat. Sie ist nun eine andere. Ein Stück von ihr ist dort im Wald, nur wenige Minuten von hier, von ihr abgesplittert und gestorben.

Plötzlich fährt Aletta auf und sitzt senkrecht in ihrem Bett. Das ist es! Das ist die eine Antwort auf all die Fragen, die sie sich über Wochen gestellt hat. Aber warum haben sie es ihr nicht gesagt? Warum vertrauen sie ihrer Freundin nicht? Und warum haben sie den Eltern nichts erzählt? Weshalb sind die Täter nicht bestraft worden?

Aletta versucht sich vorzustellen, sie würde zu ihrer Mutter gehen und ihr von dem Abend berichten. Ein Gefühl von Scham überflutet sie. Sie ist selbst schuld! Sie hat, trotz Carmens Ermahnung, nicht den Bus genommen und ist im Dunkeln durch den Park gegangen. Wie wäre es erst, einem Polizisten erzählen zu müssen, wie sie sie gepackt, ihren Busen begrapscht und ihr die Hose heruntergezogen haben? Sie fühlt, wie ihre Wangen heiß werden. Die fünf Kerle würden alles bestreiten, und dann? Das Einzige, was passieren würde, wäre, dass sie sich lächerlich macht! Und dann würden sie sich rächen! Nein, sie darf mit den Eltern nicht darüber reden. Aletta lässt sich wieder in die Kissen sinken.

Kurz darauf fährt sie wieder hoch. Es darf nie wieder passieren! Sie muss dafür sorgen, dass es aufhört! Und das können die Freundinnen nur gemeinsam schaffen, wenn sie zusammenhalten!

Ein paar Stunden später sitzen die vier Freundinnen bei Maike und Iris im Zimmer, trinken Cola und essen Blätterteighörnchen, die Carmen mitgebracht hat. Es fällt ihr unglaublich schwer, aber Aletta zwingt sich, den Freundinnen genau zu berichten, was ihr im Baurs Park zugestoßen ist. Nur ihre Rettung kürzt sie ab. Über diesen Mann, der kein richtiger Mensch ist, will sie nicht sprechen. Dann ist sie am Ende, und Stille senkt sich herab. Aletta beobachtet ihre Freundinnen genau. Carmen starrt stumpf vor sich hin, Maike packt zwei Schokoriegel aus und stopft sie sich in den Mund, aber Iris schlingt die Arme um ihren Leib, wiegt sich vor und zurück und bricht in Tränen aus. Aletta nimmt ihre Hand.

„Erzähle es uns!"

Sie spricht stockend. Maike wird blass. Sie wirft das letzte Stück Schokolade auf den Boden, springt auf und zieht ihre Schwester in die Arme.

„Er hat gesagt, wenn ich das mache, was sie wollen, dann lassen sie dich in Ruhe", schluchzt Maike. „Ich bin weiter mit Eike gegangen, weil ich nicht wollte, dass dir was passiert! Diese Schweine!"

Als sich die Zwillinge beruhigt haben, wandern ihre und Alettas Blicke zu Carmen, die noch immer vor sich hin starrt. „Eule?", fragt Iris zaghaft. „Du auch?"

Carmen nickt. „Sven hat mich angerufen und gesagt, ich soll meine Mutter abholen. Sie wolle noch etwas mit mir besorgen. Ich hörte seine Freunde im Hintergrund kichern, aber ich war so dumm, mir keine Gedanken darüber zu machen. Wie konnte ich so etwas ahnen?

Meine Mutter war natürlich nicht mehr da, als ich dort ankam – und Svens Eltern auch nicht. Und dann ist es passiert."

Die Freundinnen nicken. Carmen muss ihnen nicht beschreiben, was „es" bedeutet. Sie wissen es sehr genau.

Aletta springt auf und stemmt die Hände in die Hüften. Ihre Miene ist grimmig. „Wir müssen dafür sorgen, dass das aufhört!"

„Und wie willst du das machen?", will Carmen wissen. „Sag nicht, dass wir zu unseren Eltern gehen sollen. Meine Mutter will nichts davon wissen."

„Du hast es ihr erzählt?"

„Ich habe es versucht. Ich habe sie gebeten, nicht mehr bei den Everheests zu arbeiten, weil Sven und seine Freunde – böse sind", endet sie lahm. „Sie hat mich ermahnt, ich solle mich nicht mit den Jungen dieser Familien streiten. Sie wären reich und mächtig. Ich solle vernünftig sein, sie brauche diese Arbeit, um uns zu ernähren. Ich habe es noch mal versucht und gesagt, Sven würde Dinge mit mir tun, die ich nicht wollte. Ich konnte doch nicht einfach sagen: Mama, die fünf sind über mich hergefallen!"

Die anderen nicken, aber Aletta denkt: Das wäre richtig gewesen.

„Und dann?"

„Sie hat mit mir geschimpft, ich sei für so was noch zu jung und solle die Jungen nicht provozieren. Ich müsste mich nicht wundern. So wie ich manchmal herumlaufe, würde ich Signale aussenden, die Männer nur missverstehen können." Carmen

senkt den Kopf. „Ich fühlte mich so – schlecht und schuldig. Ich habe nicht mehr darüber gesprochen."

Aletta schlägt mit der Faust in ihre Handfläche. „Wir werden uns gegenseitig schützen. Wir müssen darauf achten, dass sie keine Gelegenheit mehr finden, eine von uns allein zu überraschen. Und ich werde dafür sorgen, dass sie das auch gar nicht mehr versuchen!"

„Was willst du tun?", fragt Iris und sieht sie aus großen, ängstlichen Augen an. Aletta umarmt sie.

„Zerbrich dir darüber nicht den Kopf. Ich verspreche dir – euch allen –, ich bin immer für euch da und werde auf euch aufpassen."

Wie sonst soll sie diese Schuld abtragen, so unverdient als Einzige davongekommen zu sein?

„Und dann?", fragt Maike zaghaft.

„Dann wird alles wieder gut", sagt Aletta bestimmt.

Wieder schießen Iris die Tränen in die Augen. Sie schüttelt den Kopf. „Es ist zu spät. Es wird nie wieder gut. Ich glaube, ich bin schwanger. Ich habe meine Tage nicht mehr bekommen – seit sie mir nach den Ferien noch einmal aufgelauert haben."

Die anderen schweigen schockiert. Maike ist weiß geworden.

„Oh Gott, wir müssen es Mama sagen." Die Zwillingsschwestern sehen sich an, als wäre eben ihr Todesurteil gefällt worden.

Dabei kann ihnen Aletta nicht helfen, dennoch ist sie fest entschlossen, den Plan auszuführen, der ihr so plötzlich in den Sinn gekommen ist.

Noch am gleichen Abend lauert sie Sven im Garten, gleich hinter dem eisernen Eingangstor zur Everheest'schen Villa, auf.

„Lasst meine Freundinnen und mich in Ruhe", zischt sie und zieht das lange Fleischmesser aus der Tasche, das sie sich daheim aus der Küche geholt hat. „Wenn einer von uns etwas zustößt oder ihr uns auch nur anrührt, dann bringen wir euch um: einen nach dem anderen, und mit dir fangen wir an!" Sie stößt das Messer in den Baumstamm neben ihn, dass die Klinge zitternd in der Rinde stecken bleibt.

„Ach, und falls ihr daran denken solltet, uns aus dem Weg zu räumen: Wir haben alles aufgeschrieben. Unsere Eltern würden den Bericht sofort finden, und dann wärt ihr dran!"

Obwohl Sven größer und sicher auch stärker ist als Aletta, starrt er sie nur mit aufgerissenen Augen an. Das Mädchen hat etwas Unheimliches an sich. Außerdem ist es viel einfacher, den großen Macho zu spielen, wenn die anderen Jungs dabei sind.

Aletta zieht das Messer aus dem Stamm und setzt die Spitze auf Svens Brust. „Ich hoffe, du hast das verstanden. Mach nicht den Fehler, mich nicht ernst zu nehmen!"

Er glaubt ihr, und bis die fünf Jungen einige Monate später nach dem Abitur die Schule verlassen, halten sie sich von den Mädchen fern.

Das Ende

Es hatte aufgehört zu regnen. Ab und zu blitzte die Sonne zwischen den am Himmel vorbeieilenden Wolken hindurch, doch die Kommissarin sah nicht aus dem Fenster, und es wäre ihr vermutlich auch nicht aufgefallen, wenn es plötzlich angefangen hätte zu schneien.

Seit dem frühen Morgen saß sie an ihrem Schreibtisch und blätterte in alten Tagebüchern, Briefen und an einem Computer angefertigten Aufzeichnungen. Eine ganze Kiste voller Material hatte ihr Aletta in der Nacht in den Arm gedrückt und sie beschworen, alles zu lesen, bevor sie sich entschied, was sie tun wollte.

„Vierundzwanzig Stunden, das ist alles, worum ich Sie bitte. Dann können Sie tun, was Ihnen gerechtfertigt erscheint. Wir werden nicht weglaufen. Ich schwöre es. Nur, lesen Sie die Unterlagen, die ich Ihnen mitgebe."

Und das tat sie nun seit sieben Uhr. Jede Stunde läutete die Glocke des Kirchturms schräg gegenüber, aber Sabine bemerkte es nicht.

Sie blätterte ein Tagebuch durch. Es war das erste Buch von Iris. Die Eintragungen bis April waren so, wie sie bei einem dreizehnjährigen Mädchen sein sollten: voll von kleinen Glücksmomenten, aber auch voller Trauer und Wut – auf Eltern, Lehrer und Freunde, deren Bemerkungen genau unter die Lupe genommen wurden. Dazwischen endlose Überlegungen zu einzelnen Kleidungsstücken oder anderen Dingen, die vom Taschengeld erstanden werden konnten.

Am Ostersamstag vor zehn Jahren endeten diese Eintragungen. Die letzten Passagen erzählten von der freudigen Erwartung auf den Abend der Osterfeuer und von der Frage, welche Geschenke es zu Ostern geben könnte – dann ein paar wütende Sätze über Maike, die beschlossen hatte, nicht mitzugehen, und von ihrer Zwillingsschwester erwartete, dass auch sie daheim blieb. Iris hielt die Kopfschmerzen für vorgeschoben und beschloss, allein mit Cherry und Eule loszuziehen.

Die nächsten Seiten waren leer. Anscheinend vergingen viele Tage, bis Iris das Buch wieder aufschlug. Es folgten Zeichnungen, Kritzeleien, Schimpfwörter. Sie hatte kleine Mädchen gemalt und sie dann mit einem schwarzen Stift durchgestrichen, zerkratzt, manche Seiten zerschnitten. Auf ein paar Seiten waren braune Flecken. Konnte es Blut sein?

Erst im Herbst gab es wieder schriftliche Eintragungen. Die Angst sprang Sabine ins Gesicht. Iris beobachtete voller Panik die Veränderungen ihres Körpers. Sie war zu intelligent, um die Zeichen misszudeuten: Sie war schwanger. Die Verzweiflung schlug über ihr zusammen, und zum ersten Mal formulierte sie ihre Sehnsucht nach dem Tod – nach der Erlösung von ihren Albträumen, von nächtlichen Panikattacken, von der Atemnot, die sie immer wieder plötzlich überfiel, und von dem Drang, sich ständig zu waschen.

Sabine wischte sich über das Gesicht. Ihr war übel. Sie legte das Tagebuch weg und griff nach Alettas Aufzeichnungen.

Sie las ihre tabellarische Auflistung der Vergewaltigungen, an welchem Tag sich die Jungengruppe welches Mädchen vorgenommen und was sie ihm angetan hatte. So sauber in nüchterne Form gebracht, traf es sie noch einmal so tief wie Iris' Pein, die aus dem Tagebuch sprach.

Stunden vergingen. Sie las Carmens Briefe, die sie in Momenten der Verzweiflung an Aletta geschrieben hatte, sie verfolgte Maikes Hass auf ihren eigenen Körper und ihre Einsamkeit, nachdem die Eltern Iris in ein Internat geschickt hatten. Und dann Alettas Tagebuch, wie sie in ihrer Hexengruppe die Kraft suchte, die sie an die Freundinnen weitergeben musste. Sie fühlte sich schuldig und verantwortlich, weil sie als Einzige davongekommen war. Sie brach bewusst die Schule ab, um für die Freundinnen da zu sein und mit ihnen ihr Schicksal zu teilen. Doch die Belastung schien sie zu zerbrechen. Sie sehnte sich danach, diese Verantwortung loszuwerden und endlich ihr eigenes Leben führen zu können.

Die Kommissarin nahm ein weiteres Tagebuch zur Hand und stieß wieder auf Iris' Schrift. Sie war schwanger, und sie litt. Sie hatte es den Eltern sagen müssen, doch deren Reaktion war noch schlimmer ausgefallen, als sie befürchtet hatte. Die Mutter weinte und sagte ihr immer wieder, wie sehr sie von ihrer Tochter enttäuscht war. Sie wollte den Namen des Kindsvaters wissen und brach fast zusammen, als Iris sagte, sie wisse nicht, wer es sei.

Ich habe versucht, es ihr zu sagen, doch sie will es nicht hören. Sie sagt, anständigen Mädchen kann so etwas nicht passieren. Ich hätte mich aufreizend benommen und die Jungen verführt. Nun könnte ich ihnen hinterher nicht die Schuld geben. Sie beschimpft mich als Sünderin und schleppt mich immer wieder in die Kirche zur Beichte. Aber ich kann es dem Pfarrer nicht sagen. Er sieht mich so an, dass ich kein Wort hervorbringe, und dann sagt er, wenn ich es nicht beichte und keine Buße empfange, dann wird Gott mir meine Sünden nicht verzeihen. Ob ich mit dieser schweren Last wirklich leben will?

Ich bete, immer wieder, und Gott weiß alles. Ich habe ihn

gefragt, warum er das zugelassen hat. Warum die Jungen das mit mir tun durften, ohne dass er einen Engel geschickt und mir geholfen hat, aber er gibt keine Antwort. Bin ich denn wirklich so schlecht, dass ich das verdient habe? Und nun das Kind! Mama sagt, dass es niemand wissen darf. Nicht einmal die Großmutter. Sie sagt, sie bringen mich weg, und dann muss ich in ein Internat, wo sie aufpassen, dass ich mich nicht wieder wie eine Hure benehme und mit Männern schmutzige Sachen mache.

Ich habe solche Angst. Ich weiß nicht, wie ich auch nur eine Stunde überleben kann, wenn Maike nicht da ist. Ich gehe nicht mehr hinaus, wenn sie nicht bei mir ist, sie oder Carmen und Aletta. Aber wie soll das werden, wenn Mama mich wegbringt?

Ich würde mich umbringen, aber dann komme ich bestimmt in die Hölle. Das ist noch schlimmer, als mit Männern rummachen. Ich sehe keinen Ausweg. Ich bete immer wieder, so wie Mama es mir gesagt hat, aber Gott hilft mir nicht!

Sabine las und drang immer tiefer in die Leidensgeschichte der vier Mädchen ein, während der Tag verstrich. Sie fragte sich nicht mehr, warum die Mädchen ihre Peiniger getötet hatten. Sie fragte sich nur noch, warum sie damit so lange gewartet hatten.

Die Kommissarin machte sich einen Tee, um für einen Augenblick in ihre Welt zurückzukehren. Dann wandte sie sich wieder den Tagebüchern zu.

Die Eltern hatten Iris also von Blankenese weggebracht und sie von ihrer geliebten Schwester getrennt, nur um die Schwangerschaft geheim zu halten. Und um weitere „Ausschweifungen" zu verhindern, musste sie bis zu ihrem Hauptschulabschuss in diesem katholischen Internat bleiben.

Ahnten ihre Eltern, wie sehr sie dort gelitten hatte?, fragte sich Sabine, als sie das Tagebuch durchblätterte. Hatten sie es ignoriert? War es ihnen egal, oder dachten sie, diese Maßnahme wäre richtig, um die gefallene Tochter auf den christlichen Pfad der Tugend zurückzuführen? Sabine schüttelte es. Dabei hätte sie Liebe gebraucht, jemanden, der ihr Halt und Trost gab, der für sie da war und ihr bei ihrem Kampf gegen Angst und Schuldgefühle beistand!

Die Eltern zwangen Iris, die Adoptionsunterlagen zu unterschreiben, denn obwohl sie minderjährig war, musste offiziell sie über das Schicksal ihres Kindes entscheiden.

Iris stimmte der anonymen Vermittlung zu. Kein Wunder, nach dem Druck, den vor allem die Mutter auf sie ausgeübt hatte. Für Frau Stoever war der Fall damit anscheinend erledigt. Für Iris nicht. Immer wieder tauchte ihr Sohn in ihren Tagebüchern auf. Sie fragte sich, ob es ihm gut gehe, ob sie richtig entschieden hatte – ob ihre Schuld sich auf das Leben des Kindes auswirken würde.

Und immer wieder die Sehnsucht nach dem Tod, nach der Erlösung von ihrer Qual. Es war seltsam. Sie kam wiederholt auf eine Begegnung mit einem Fremden am Elbufer zu sprechen. Groß und bleich sei er gewesen, mit langem schwarzen Haar und dunklen Augenbrauen. Er habe sie so seltsam angesehen, dass sie nicht anders konnte, als ihm von ihrem Leid zu erzählen.

Ich habe mich auf diesen Pakt eingelassen. War es ein Engel oder ein Teufel, der mich trieb, zehn Jahre durchzuhalten? Ich weiß es nicht. Aber ich quäle mich jeden Tag und sehe, wie die Zeit langsam verrinnt. Was werde ich tun, wenn die Frist verstrichen ist?

Eine vertraute Gestalt huschte durch Sabines Gedanken. War das möglich?

Die zehn Jahre vergingen. Wieder jährte sich das Osterfest. Sabine nahm sich die letzten Eintragungen vor. Was war das? Zwischen den Seiten fand sie Zeitungsausschnitte, alle über den gleichen Fall: Tobi, das zu Tode misshandelte Adoptivkind. Konnte das sein? War Tobi Iris' Sohn? Sie schien davon überzeugt zu sein. Vergeblich belagerte sie die Adoptionsbehörde: Sie wollten ihr keine Auskunft geben. Immer tiefer steigerte sie sich in die Verzweiflung, sie sei auch am Leiden ihres Kindes schuld. Unten auf der Seite hatte Aletta etwas dazugeschrieben. Sabine hielt das Buch näher an die Augen.

Sie hat sich geirrt. Tobi war nicht ihr Sohn. Ihr Sohn wird Patrick genannt und lebt bei einer Familie in Winterhude.

Sabine wischte sich die Augen. Sie klappte das Buch zu. Ein Brief flatterte heraus, an Maike, Carmen und Aletta. Es war der Abschiedsbrief, den die Kommissarin gesucht hatte.

Die Zeit ist gekommen, eine Entscheidung zu treffen. Etwas trieb mich, nach diesen zehn Jahren allein zum Osterfeuer zu gehen.

Es war alles wieder da. Ich sah das Feuer und roch den Rauch, ich hörte die Menschen, und es war wieder der Tag, an dem mein altes Leben aufhörte. Ich fühlte mich wie gelähmt und stand dort im Meer der Menschen, als ich plötzlich ihre Stimmen vernahm. Habe ich es mir nur eingebildet? Ich weiß es nicht. Aber ich konnte sie ganz deutlich hören: Sven, Alex, Kai, Lorenz und Eike. Ich roch ihren Schweiß und das Bier, und ich fühlte wieder die Hände, die mich packten, die mir die Kleider vom Leib rissen und mich auf den Boden drückten.

Sie lachten und verhöhnten mich. Und wieder konnte ich mich nicht rühren, konnte nicht einmal schreien. Es war die gleiche Ohnmacht. Ich entglitt meinem Körper. Ich konnte mich von fern sehen – und als ich zu mir zurückkehrte, waren nur fremde Menschen um mich und fremde Stimmen. Nur die Übelkeit und die Angst, sie waren Wirklichkeit.

Zehn Jahre sind vergangen. Ich habe es ihm versprochen. Aber er hat sich geirrt. Manches können Menschen nicht vergessen. Es bleibt immer bei uns, und es quält uns, bis unser Leben endet.

Vielleicht hätten wir uns damals wehren sollen, zusammenhalten und dafür sorgen, dass die Fünferclique dafür bestraft wird, was sie uns angetan hat. Vielleicht hätte es uns geholfen, den Schmutz und das quälende Gefühl der Schuld abzustreifen. Es ist sinnlos, sich heute Gedanken darüber zu machen, ob man sie verurteilt hätte oder ob es ihren Familien gelungen wäre, sie freizukaufen, und wir damit alles nur noch schlimmer gemacht hätten. Nun ist es für Strafe zu spät.

Ach, meine liebsten Freundinnen, ich habe alles falsch gemacht. Ich habe jeden enttäuscht und bin mir und den anderen eine Last. Wenn ich an meinen Sohn denke, der durch meine Schwäche qualvoll sterben musste, dann kann es nur eine Entscheidung geben. Und so muss ich euch noch einmal Schmerz bereiten. Verzeiht mir, ich kann nicht anders. Dieses Leben hat mich zu lange gequält. Ich empfinde keinen Hass, aber ich bin zu müde, um weiterzumachen.

Was sagte der seltsame Fremde damals zu mir? Ist der Schmerz nach dieser Zeit immer noch da, ja, dann spring! Die Elbe wird dich auch dann noch in sich aufnehmen.

Ich liebe euch, und ich danke euch, dass ihr nicht aufgegeben habt zu versuchen, mich ins Leben zurückzuführen.

Eure Rabby

Sabine wischte sich die Augen. Sie sah zum Fenster. Der Tag war verstrichen, die Sonne bereits untergegangen. Vierundzwanzig Stunden Zeit hatte sich Aletta erbeten. Nun war die Kommissarin fertig und kannte die Hintergründe, die zu den Morden an vier angesehenen Hamburger Geschäftsmännern geführt hatten. Der Fall war gelöst. Sie musste nur noch nach dem Telefonhörer greifen und die Kollegen verständigen, damit sie die drei Mörderinnen verhaften konnten.

Sabine starrte das Telefon an. Noch war die Zeit nicht vollständig verstrichen, sagte sie sich. Sie würde ihr Versprechen einhalten. Und dann? Es war ihre Pflicht, dafür zu sorgen, dass die Gerechtigkeit siegte. Deshalb war sie zur Kripo gegangen. Deshalb war sie Kommissarin bei der Mordbereitschaft. Aber was war Gerechtigkeit? War es das Gleiche wie Recht? Wie würden die Richter entscheiden? Vorsätzlicher Mord in vier Fällen, daran gab es nichts zu rütteln. Würden die Richter die Vorgeschichte strafmildernd berücksichtigen? Oder war zu viel Zeit seit damals vergangen? Würden sie erkennen, dass diese Männer selbst vier Leben zerstört hatten? Auch wenn die Frauen körperlich gesund schienen – ihre Seelen waren tot. Gab es eine Strafe für seelischen Mord? Sie würden ins Gefängnis kommen – alle drei – für viele Jahre. Sabine wusste, dass es keine Möglichkeit gab, die drei Freundinnen davor zu bewahren.

Sie musste mit Aletta sprechen. Die Kommissarin wusste noch nicht, wie ihr das bei ihrem Dilemma helfen sollte, dennoch griff sie nach dem Hörer und wählte Alettas Nummer. Keiner hob ab. Sie versuchte es im Haus von Alettas Eltern – wieder nichts. Sie seien eine Woche nach Dänemark gefahren, hatte Aletta ihr gestern gesagt. Auf dem Handy meldete sich die Mailbox. Verdammt! Sie musste doch damit rechnen, dass die Kommissarin mit ihr über das Gelesene sprechen wollte!

Ein Gedanke zuckte durch Sabines Kopf. Sie stöhnte.

„Geben Sie mir vierundzwanzig Stunden Zeit, dann können Sie das tun, was Ihnen Ihr Gewissen oder Ihr Verstand rät. Wir werden da sein und uns nicht wehren. Ich verspreche es, bei allem, was mir etwas bedeutet!"

Wie hatte sie so naiv sein können? Warum war sie plötzlich mit Blindheit geschlagen? Ihre Finger zitterten, als sie die Mordbereitschaft anrief. Hauptkommissar Ohlendorf meldete sich.

„Thomas", begann sie vorsichtig. „Weißt du, wo sich Eike Canderhorst gerade aufhält?"

„Warum?", fragte er knapp.

„Falls ihr es noch nicht getan habt, dann stellt ihn schleunigst unter Polizeischutz. Frage mich nicht, woher ich es weiß – aber ich bin ganz sicher: Er ist in höchster Gefahr!"

„Danke für den Hinweis", stieß er hervor, „aber er kommt für ihn leider zu spät. Wir haben vor ein paar Minuten einen Anruf erhalten. Er wurde auf der Straße vor der Villa seiner Eltern niedergeschossen. Zeugen sagen, der Täter habe drei Schüsse abgegeben. Zwei haben ihn getroffen. Der Rettungswagen ist unterwegs. Anscheinend lebt er noch."

„Es gibt Zeugen?", stieß Sabine atemlos hervor.

„Ja, zwei Anwohnerinnen haben den Überfall beobachtet. Der Täter kam auf einem Motorrad herangefahren und schoss auf Canderhorst, als der seinen Wagen verließ. Er entkam in Richtung Blankenese. Die Fahndung läuft."

„Er? Konnten die Zeuginnen erkennen, ob es ein Mann war?", hakte Sabine nach.

„Sie waren sich nicht sicher. Der Täter trug eine Lederkombi und einen Helm. Allerdings hatte er oder sie langes, schwarzes Haar, das über den Rücken hing. Ein Teil des Nummernschildes haben sich die Zeugen gemerkt." Sabine hörte im Hintergrund eine Stimme nach dem Leiter der 4. Mordbereitschaft rufen.

„Ich muss los. Wir können später weitersprechen."

„Ja", hauchte die Kommissarin und legte auf.

Ein seltsam zufriedenes Gefühl breitete sich in ihr aus. Sie schämte sich dafür. Sie hätte einen Mord – oder Mordversuch – verhindern können, wenn sie richtig nachgedacht und schneller die richtigen Schlüsse gezogen hätte. Wenn sie die Frauen gleich hätte verhaften lassen. Und dennoch empfand sie mit Eike Canderhorst kein Mitleid.

Sie ließ sich Thomas' Worte noch einmal durch den Kopf gehen. Eine Gestalt auf einem Motorrad, mit langem schwarzem Haar, die in Richtung Blankenese davongefahren war. Konnte es sein, dass …? Sie wollte den Gedanken nicht zu Ende führen. Hastig sprang sie auf, griff nach den Autoschlüsseln und rannte die Treppe hinunter.

Sie musste sich Gewissheit verschaffen.

Aletta betrat das reetgedeckte Häuschen ihrer Eltern am Rande des Baurs Park, das dichte Hecken vom Strandweg trennten, die den Lärm der abendlichen Spaziergänger fast völlig verschluckten. Im Haus war es noch stiller. Aletta schaltete kein Licht ein. Die Räume strahlten Verlassenheit aus, obwohl die Eltern erst einen Tag weg waren. Aletta blieb in der Diele stehen und schloss die Augen. Kein Laut war zu hören, und dennoch wusste sie, dass sie nicht allein im Haus war. Sie zog ihre Jacke aus und ließ sie auf den Boden fallen. Den Helm legte sie auf die bemalte Bauerntruhe. Dann stieg sie langsam die Treppe hinauf und öffnete die Tür zu ihrem alten Zimmer.

Er stand am Fenster und hatte ihr den Rücken zugekehrt. Eine kühle Brise streifte ihr Gesicht, als sie eintrat und die

Tür hinter sich schloss. Langsam drehte er sich um und sah sie an. Sie konnte das Rot seiner Augen sehen.

„Nun?", fragte er nur.

„Ich habe meine Aufgabe vollbracht", antwortete Aletta. Sie trat an den Schreibtisch und legte die Pistole neben den Brief, der dort mitten auf der Schreibunterlage von einem weißen Kiesel festgehalten wurde. Daneben stand ein braunes Glasfläschchen.

Aletta deutete auf das Schreiben. „Haben Sie es gelesen?" Der Vampir nickte.

Aletta leckte sich nervös die Lippen. „Werden sie es glauben?"

Peter von Borgo trat näher. Er zuckte mit den Schultern. „Es steht nicht in meiner Macht, die Gedanken der Kripoleute vorherzusagen, aber ich kann mir vorstellen, dass ihnen ein fertig gelöster Fall recht sein wird."

Er kam immer näher. Unwillkürlich wich Aletta einen Schritt vor ihm zurück. Der Vampir blieb stehen.

„Bist du dir sicher, dass du das tun willst? Ein Nein genügt, und ich verlasse das Haus, als sei ich niemals hier gewesen."

„Für immer?"

„Für heute."

Aletta lachte nervös. „Sie sind ehrlich. Das gefällt mir. Wird es wehtun?"

„Hast du Angst?"

Sie nickte.

„Ich werde dir die Angst nehmen, und den Schmerz – allen Schmerz, der dich bisher gequält hat. Nur ein Wort von dir."

Aletta zitterte am ganzen Leib. Sie biss sich so stark auf die Unterlippe, dass ein Blutstropfen hervorquoll. Der Vampir machte eine schnelle Bewegung auf sie zu, hielt dann aber inne, bevor er sie berührte. Sein Atem schien plötzlich schneller zu gehen. Seine Hände ballten sich zu Fäusten und öffneten sich wieder.

„Ich habe meinen Freundinnen geschworen, dass ich für sie da bin und auch bereit, mein Leben für sie zu geben. Was nützen Schwüre, wenn man sich im entscheidenden Moment nicht mehr an sie erinnern will? Wie oft sind Schwüre der großen Liebe nur leere Worte?“ Sie zitterte nicht mehr. Ihre Stimme klang fest. „Ich bin bereit.“ Sie zog ein langes Rasiermesser aus der Schreibtischschublade und klappte es auf. Die frisch geschärfte Schneide glänzte matt.

Der Vampir holte ein mit alter Spitze besetztes Taschentuch aus seiner Hemdtasche und nahm ihr das Messer aus der Hand. Vorsichtig legte er es neben Brief und Pistole auf den Schreibtisch, ehe sein Blick wieder zu Aletta zurückkehrte. Ihre Miene war ernst und entschlossen. Sie nickte.

Der Vampir nahm ihre Hand und küsste die Handfläche. Seine kalten Lippen wanderten über das Handgelenk. Sie zuckte ein wenig, als sich die Zähne in die pulsierende Ader senkten.

Die Kommissarin trat auf das Gaspedal, dass die Reifen quietschten. Mit durchdrehenden Rädern schoss der Wagen los, sobald die Ampel auf Gelb schaltete. Warum, zum Teufel, gab es so viele rote Ampeln und noch mehr herumschleichende Idioten? Sie überholte waghalsig und erntete ein Hupkonzert. Knapp vor einem entgegenkommenden Lastwagen bog sie von der Hauptstraße in den Baurs Park ab, schoss in die schmale Lindenallee und trat vor dem Tor zu Peter von Borgos Villa hart auf die Bremse. Sie nahm sich nicht die Zeit, den Schlüssel abzuziehen, sondern kletterte über das verschlossene Tor und rannte die Zufahrt hinauf. Sie klopfte gegen die Tür, als wolle sie sie einschlagen, aber nichts rührte sich.

Hatte sie sich geirrt? Konnte das sein?

Die Kommissarin hielt einen Moment inne. So ein Mist! Wie hatte sie nur so dumm sein können, zu denken, er würde seine Zufluchtsstätte gefährden.

„Verdammt!“, schrie sie und rannte zum Wagen zurück. Sie folgte der Einbahnstraße und raste dann den Mühlenberger Weg hinunter. Unten angekommen, ließ sie das Auto mitten auf dem Weg stehen, schlug die Tür hinter sich zu und lief, so schnell sie konnte, den Strandweg entlang. Die Kommissarin stieß das Gartentor auf und schlug mit den Fäusten gegen die Haustür. Bevor sie rufen konnte, schwang die Tür auf, und sie stürmte in die dunkle Diele. Es war niemand zu sehen, aber sie ahnte, wo sie fündig werden würde. Zwei Stufen auf einmal nehmend, lief sie die Treppe hinauf und stieß die Tür zu dem Zimmer auf, in dem Aletta ihr gestern den Karton mit den Tagebüchern überreicht hatte. Sabine stürzte hinein und blieb schwer atmend mitten im Raum stehen. Sie wollte schreien, wollte irgendetwas sagen, aber sie brachte keinen Ton heraus. Sie schlug die Hände vors Gesicht wie ein Kind, das glaubte, der Wahrheit auf diese Weise entfliehen zu können.

„Du bist schon da?“, begrüßte er sie heiter. „Die Frist ist noch nicht abgelaufen. Ich hätte dich noch nicht erwartet.“

Sabine ließ die Hände sinken und zwang sich, das Bild in sich aufzunehmen. Im Schein zweier Kerzen saß der Vampir auf Alettas Bett, die junge Frau an seine Brust gelehnt. Sie hatte die Augen geschlossen, ihr Kopf ruhte in seinem Arm. Kissen- und Bettbezug waren voller Blut. Frisches Blut, das im Schein der Flammen feucht glänzte. Widerstrebend trat die Kommissarin näher. Nun konnte sie erkennen, dass auch Alettas Gesicht und der Hals blutverschmiert waren. Ein Tropfen war von ihrem Mundwinkel über das Kinn geflossen.

Sie konnte nicht verhindern, dass ihr Blick zu den Armen glitt, aus deren aufgeschnittenen Adern noch immer ein Rest Blut sickerte.

„Was hast du getan?", hauchte sie tonlos und fiel auf die Knie. Zitternd griff sie nach der leblosen Hand. Das Blut war noch warm, aber kein Pulsschlag pumpte es mehr durch den Körper. Sabine sprang auf.

„Schnell, wir müssen die Wunden verbinden. Hilf mir! Ich kann sie wiederbeleben. Leg sie auf den Boden. Wir müssen den Notarzt rufen. Nun sitz hier nicht so rum!", rief sie mit sich überschlagender Stimme.

„Sie ist tot!", sagte er sanft, schob den Körper von sich, stand auf und legte Aletta behutsam auf die blutüberströmte Bettdecke.

„Was hast du getan? Du Scheusal, du Mörder!", schrie sie und hämmerte mit den Fäusten gegen seine Brust. Er ließ sie gewähren und wartete mit starrer Miene, bis sie weinend zurückwich und sich auf den Schreibtischstuhl sinken ließ.

„Warum? Du hast gesagt, du tötest niemanden mehr. Warum sie?"

„Weißt du das nicht?", wunderte er sich. „Sie sagte mir, sie habe dir die Bücher gegeben. Warum also fragst du?"

„Aber deshalb darfst du sie doch nicht umbringen", wimmerte Sabine.

„Ich habe sie getötet, weil sie mich darum gebeten hat!"

„Ach, so einfach ist das. Jemand steckt in einer Krise und sagt, er wolle nicht mehr leben, und schon darfst du ihn töten?" Sie sprang auf und begann im Zimmer auf und ab zu gehen. „Das war Mord! Eindeutig Mord! Du kannst dich da nicht rausreden!"

Peter von Borgos Augen folgten ihren Bewegungen. „Ich rede mich nicht heraus. Ich rechtfertige mich auch nicht, denn ich bin kein Mensch, und eure Gesetze und Regeln interessieren mich nicht. Ich habe nur einer Frau mit besonderen Fähigkeiten ihren letzten Wunsch erfüllt."

„Oh, das war dir sicher sehr unangenehm!", schleuderte sie ihm entgegen.

„Nein, es war eine Lust, die ich lange vermisst habe", gab er ohne Umschweife zu. „Ich habe es genossen und werde lange von der Erinnerung zehren."

Die Kommissarin schnappte nach Luft. Es dauerte eine Weile, ehe sie wieder sprechen konnte. „Ich werde dich für diese Tat verhaften lassen! Ich werde der Kripo sagen, dass sie kaltblütig ermordet wurde!"

„Dann war ihr Opfer umsonst!", erwiderte er mit kühler Stimme. „Aber wenn du meinst, so etwas tun zu müssen: Bitte, ich halte dich nicht auf. Lies ihren Abschiedsbrief und entscheide dich dann. Ich werde mich zurückziehen." Er legte die Hand auf die Brust und verbeugte sich. Seine Konturen begannen sich aufzulösen.

„Du kannst dich jetzt nicht einfach davonmachen", kreischte sie, doch er gab keine Antwort. Er war verschwunden. Nur noch ein Hauch von Nebel hing in der Luft.

Die Kommissarin trat ans Bett und blickte auf die Tote hinab. Sie sah so friedlich aus. Anscheinend hatte der Vampir sie nicht leiden lassen. Tränen rannen Sabine über das Gesicht.

Nun hast du dein Versprechen eingelöst, dachte sie. Den Abschiedsbrief musste sie nicht lesen, um zu wissen, was in ihm stand. Sie wandte sich ab und verließ das Haus. Langsam fuhr sie nach St. Georg zurück.

Als Sabine ihr Schlafzimmer betrat, fand sie einen dicken DIN-A4-Umschlag auf ihrem Bett und eine einzelne samtschwarze Rose. Wütend warf sie die Rose in den Papierkorb.

Dieses Mal würde sie ihm nicht so einfach verzeihen. Er hatte Aletta ermordet! Eine junge Frau, die noch ihr ganzes Leben vor sich hatte! Ein Leben hinter Gittern, erinnerte sie eine Stimme. Wie viele Jahre hätte sie für fünf vorsätzliche Morde bekommen? Wie hätte sie im Gefängnis gelitten?

Aber irgendwann wäre sie wieder frei gewesen und hätte leben können!

Ja?

„Ja!", schrie sie und nahm den Umschlag. Sie wollte ihn zerreißen und zu der Rose in den Papierkorb werfen. Sie wollte auf den Resten herumtrampeln, schreien und toben. Wie konnte er es wagen, ein Leben auszulöschen? Sie wollte nicht hören, dass es Alettas Entscheidung gewesen war, und er – streng genommen – bei einem Selbstmord geholfen hatte. Und sie wollte auch nicht daran denken, was nun aus Carmen und Maike werden sollte. Sie war verpflichtet, ihr Wissen den Kollegen mitzuteilen. Der Staat hatte die Aufgabe, Kapitalverbrechen zu verfolgen und sie aufzuklären. Da konnte nicht einfach einer kommen, die ganze Schuld auf sich nehmen und zwei Mörderinnen damit reinwaschen. Aber waren sie denn Mörderinnen? Waren sie nicht eher Mitwisserinnen oder nur Opfer? Opfer, die von fünf Männern grausam um ihre Jugend und um ein selbstverantwortliches Leben gebracht worden waren? Sie hatten die Schule wechseln müssen, den Beruf nicht erlernen können, von dem sie geträumt hatten, niemals das Glück der ersten Liebe kennengelernt und waren vermutlich ihr Leben lang nicht in der Lage, eine befriedigende Partnerschaft zu führen, während die Täter zehn Jahre lang ihren Wohlstand genossen hatten, offensichtlich ohne auch nur im Geringsten Reue für ihre Taten zu empfinden. Ihr Gefühl sagte Sabine: Sven, Kai, Alex, Lorenz und Eike hatten ihr Ende verdient! Alle fünf waren sie Vergewaltiger und Mörder gewesen – Mörder an der Seele von vier unschuldigen Mädchen. Selbst wenn kein Staatsanwalt diese Folge von Ereignissen als Beweiskette anerkennen würde, für Sabine stand fest: Sie hatten Iris in den Tod getrieben.

Vielleicht wäre alles anders gekommen, wenn sie damals nicht geschwiegen hätten? Sabine dachte darüber nach und schüttelte dann den Kopf. Nein, eine Familie von Raitzen, von Everheest oder Sandemann hätte Mittel und Wege gefunden, diese „unangenehme Geschichte“ zu vertuschen. Man hätte die Mädchen gebrandmarkt, nicht die Täter! Diese wären ungestraft davongekommen.

„Verdammt! Verdammt! Verdammt!“, schrie sie. Irgendwann einmal hatte sie gedacht, Recht und Gerechtigkeit seien das Gleiche. Was sollte sie nun tun? Alettas Opfer wäre umsonst, wenn sie ihrer Pflicht als Kripobeamtin nachkam. Sie nahm den Umschlag, um ihn in den Korb zu schleudern, hielt aber mitten in der Bewegung inne.

Sie war nicht im Dienst. Es konnte nicht mehr lange dauern, bis man sie suspendierte und ihr in einer langweiligen Behörde einen Job verschaffte, in der eine etwas durchgeknallte Beamtin keinen Schaden anrichten konnte. War sie den alten Kollegen noch verpflichtet? Sie hatten ihren Ersatz doch schon gefunden. Michael fügte sich prächtig in die Gruppe ein. Sie war draußen!

Eine seltsame Ruhe überkam sie. Sabine ließ sich aufs Bett sinken, den geschlossenen Umschlag noch immer in der Hand. Der Zorn fiel in sich zusammen. Die Kollegen der Kripo würden Alettas Geständnis auswerten, Carmen und Maike sich weiterhin gegenseitig ein Alibi geben, das Frau Jacobson unterstützen würde. Vielleicht würden sie sich von den dunklen Wirren erholen und irgendwann ein normales

Leben führen können, jetzt, da die Vergewaltiger endlich gestraft worden waren.

Ein tiefer Friede breitete sich in ihr aus: Es war vorbei. Das alles ging sie nichts mehr an. Vielleicht sollte sie gleich morgen einen Brief an den Kriminaloberrat schreiben und ihm mitteilen, dass sie nicht mehr zurückkehren würde. Unschlüssig betrachtete sie den Umschlag in ihrer Hand, dann, mit einer raschen Bewegung, riss sie ihn auf.

Ein Stapel DIN-A4-Seiten fiel heraus. Sie wirkten irgendwie amtlich und waren alle mit einem Stempel „Kopie" versehen. Sabine runzelte verwirrt die Stirn. Was sollte das denn? Wer sonst als Peter konnte das hier auf ihr Bett gelegt haben?

Ihr Blick glitt über die Briefköpfe. Dr. Richter, Psychologe und Psychiater? Auf dem zweiten Bündel stach ihr der Briefkopf: Charité Berlin, Campus Benjamin Franklin, Klinik für Psychiatrie und Psychotherapie, entgegen. Sie überflog den Bericht, der von einem Oberarzt Dr. Lober unterschrieben war. Was schrieb er über sie? Intensive Gespräche? Ausführliche Untersuchungen? Sie kannte diesen Arzt doch gar nicht! Sie war nie in Berlin gewesen!

Und der andere Bericht? Aus Köln? Zweites Gutachten, das die Ergebnisse des Berliner Kollegen bestätigte? Sabine sammelte die Berichte ein, erhob sich und ging in ihr Arbeitszimmer. Sie breitete die Kopien auf ihrem Schreibtisch aus und begann sorgfältig zu lesen. Es war mühsam, sich durch das Fachchinesisch dieser Ärzte zu arbeiten, doch wenn sie als Laie das richtig verstand, dann bescheinigten ihr diese beiden Psychologen, die sie nie gesehen hatte, eine hervorragende seelische und geistige Gesundheit und empfahlen, sie wieder in den aktiven Dienst der Kripo zu übernehmen. Wie war so etwas möglich?

Sabine nahm den Umschlag noch einmal zur Hand. Ein kleineres Blatt fiel heraus, auf dem sie Peter von Borgos schwungvolle Handschrift erkannte.

Mein Herz, schrieb er. Ich habe deine Worte gehört und in meinem Geist bewegt. Du darfst nicht denken, dass ich nicht mehr in der Lage bin, Gefühle zu empfinden, obwohl es mich selbst überrascht, wie sehr dein Leid meine Gedanken beschäftigt. Ich gebe gern zu, dass es ein Fehler war, meine Hoffnung auf dein Unglück zu bauen, und ich bin bereit, diesen Irrtum zu korrigieren.

Es war nicht einfach, an alte Gutachten, Stempel- und Unterschriftsvorlagen heranzukommen, aber – ohne mich loben zu wollen – ich muss sagen, ich habe mich inzwischen mit der Welt der Computer und des Internets hinreichend vertraut gemacht. Ich gehe davon aus, dass die Beamten des LKA in Hamburg keine Zweifel an der Echtheit dieser Gutachten hegen und sich schon in Kürze bei dir melden werden, um dich wieder in ihren Dienst zu nehmen.

Ich hoffe, deine nun wieder mit menschlichen Verbrechen angefüllten Tage lassen dir dennoch genügend Kraft und Zeit, mich in meiner Welt zu besuchen und mich ein Stück in meiner finsteren Ewigkeit zu begleiten.

In freudiger Erwartung
dein Peter von Borgo.

Sabine ließ den Brief sinken. Etwas begann in ihr zu glühen und breitete sich lodernd heiß in ihrem Leib aus. Sie zitterte. Bilder huschten durch ihre Gedanken, und es war ihr, als könne sie ihn riechen. Der metallische Geschmack von Blut rann über ihre Zunge. Ihr Blick glitt zum Fenster, und sie fühlte die Enttäuschung, die Sonne am Himmel zu sehen. Wie lange noch? Wann würde sie untergehen? Sabine schloss die Augen und atmete tief durch.

Sie würde niemals von ihm loskommen. Niemals. Er hatte ihr Schicksal an das seine gebunden – bis zu ihrem Tod?

Oder bis zu dem Augenblick, da sie einwilligte, von seinem Blut zu trinken und sein finsteres Dasein mit ihm zu teilen – für alle Ewigkeit.

Epilog

Ein neuer Anfang

Lange stand Sabine reglos da und starrte auf das Grab. Die Blumenkränze waren inzwischen weggeräumt worden. Die Familie hatte eine Rose mit kleinen roten Blüten, ein paar Margeriten und Vergissmeinnicht gepflanzt. Sabine steckte die grüne Plastikvase neben das Holzkreuz mit der Aufschrift „Iris Stoever“ in die Erde und ließ den bunten Sommerstrauß ins Wasser gleiten.

Wie einfach wäre es, wenn sie nun ein Gebet sprechen könnte, doch die Zeiten, da sie sich einem väterlichen Gott anvertraut hatte, waren schon lange vorbei. So sah sie nur auf das Kreuz hinab, die Blumen und die frische, schwarze Graberde und versuchte, nicht mehr darüber nachzugrübeln, ob es hätte anders verlaufen können. Müsste sie der Toten nicht irgendetwas mitteilen? Ihr Bedauern ausdrücken oder ihr sagen, dass sie das nicht hätte tun dürfen, es nicht hätte tun brauchen? Ihr fehlten die Worte. Ihre Gedanken weigerten sich, sich zu Sätzen zu formen. Sie versuchte zu hoffen, dass es einen Ort gab, an dem Iris' Seele Frieden gefunden hatte.

„Es gibt im Leben immer einen Weg“, sagte sie zu sich selbst, denn sie wollte daran glauben. Ein tröstendes Jenseits war ihr zu weit weg.

Die Kommissarin wandte sich ab. Sie folgte einem Pfad und passierte eine Reihe frisch bepflanzter Gräber. Das große Gesteck mit den roten Rosen leuchtete ihr bereits von Weitem entgegen. Es überragte die Kränze und Sträuße der

Beerdigungsgäste, die bereits zu welken begannen. Sie wollte sich nicht fragen, wer es Aletta gebracht hatte.

Ein alter Mann stand mit gebeugtem Rücken am Kopfende des Erdhügels und klopfte mit einem Hammer auf das frisch beschriftete Holzkreuz. Er hob den Kopf, als Sabine näher trat, nickte ihr zu und wandte sich dann ab. Mit schlurfenden Schritten ging er davon. Sabine schob einen verwelkten Kranz Lilien zur Seite und platzierte ihren zweiten Blumenstrauß neben Alettas Kreuz. Hier wusste sie genau, was sie sagen wollte.

„Sie haben es geschluckt", sagte sie. „Der Fall ist zu Ende. Ich habe Carmen und Maike nur einmal gesehen, aber soviel ich weiß, haben sie deiner Version der Dinge nicht widersprochen. Ich will nicht fragen, ob sie dieses Opfer wert sind. Das war deine Entscheidung."

Sie streckte die Hand aus und legte sie auf die raue Spitze des Kreuzes. „Ach, übrigens – du hast deine Mission erfüllt. Eike ist im Krankenhaus verstorben."

Es war ihr, als wäre Aletta noch um sie und als könne sie ihre Gedanken spüren: eine Mischung aus Hass und Wut, Triumph und Freude, Angst und Trauer. Aber auch eine zitternde Unruhe.

„Was wird dich erwarten? Ich kenne mich mit deinem Glauben nicht aus. Wohin gehen Hexen nach ihrem Tod?"

„Sie werden eins mit der unbändigen Mutter Natur", sagte eine Stimme aus der Dämmerung. „Ihr Körper zerfällt, aber ihre Energie ist ewig und wird in einem anderen Wesen weiterleben."

Sabine sah auf. Er stand am Fuß des Grabes.

„Jedes Ende ist auch ein Anfang", sagte er und trat langsam näher, bis seine Kühle sie umfing. „Eine Verwandlung zu etwas Neuem. Jede Wandlung bedeutet Leben, nur der Stillstand ist endgültiger Tod."

Sabine gingen so viele Fragen durch den Kopf, doch als sie aufsah, nahm der Blick aus den roten Augen sie gefangen und spülte alles andere weg. Er legte den Arm um ihre Taille.

„Komm, meine Geliebte. Die Nacht erwartet uns."

Sie folgte ihm, ohne sich noch einmal umzudrehen. Die roten Rosen auf dem Grab glänzten wie frisches Blut in der Dämmerung des schwindenden Tages.

Danksagung

Für „Feuer der Rache“ war ich wieder viel unterwegs und habe – nicht nur in Hamburg – die Leute befragt, die es wirklich wissen. Ich danke allen ganz herzlich, dass sie ihr Fachwissen so großzügig mit mir geteilt haben.

Ganz herzlichen Dank an Dr. Judith Schröer, die mich „in die Leichenkeller“ hinabgeführt und alle Fragen zur Rechtsmedizin beantwortet hat, und an ihre Kollegen aus der Toxikologie des Instituts für Rechtsmedizin des UKE in Hamburg für eine interessante Diskussion über Gifte.

Auch Dr. Bitter und seine Mitarbeiter der Apotheke in Weissach haben sich – nachdem sie ihr anfängliches Misstrauen überwunden haben – mit Begeisterung auf die Suche nach schnell wirkenden Giften gemacht. Vielen Dank.

Mit Frau Vowinckel vom Frauenberatungs- und Therapiezentrum Stuttgart e.V. und Frau Stöger von Wildwasser Stuttgart e.V. habe ich über die möglichen Folgen von Vergewaltigungen gesprochen. Für diesen Einblick in die Beratungsangebote für traumatisierte Frauen bedanke ich mich.

Danke auch an Esther Beutz, die mir Unterlagen besorgt und meine Hexenszenen kritisch unter die Lupe genommen hat.

Während meiner Recherchewochen in Hamburg hatte ich wieder einmal liebevolle Rundumbetreuung von meinen „einheimischen“ Gastgebern Wiebke Lorenz und Frauke und Bernd Scheunemann, die mich zu den verschiedenen Spielorten gebracht und immer wieder Ideen beigesteuert haben.

Mein Mann Peter musste wie immer dafür sorgen, dass der Computer funktioniert. Ein dickes Dankeschön an ihn und an Hanna und Helena Hofmann, die mit meinem Mann zu den ersten Testlesern gehörten.

Danken möchte ich auch meinem Agenten Thomas Montasser und meiner Lektorin Nicola Härms, die dem Buch (wie schon dem Roman *Der Duft des Blutes*) den letzten Schliff gegeben hat.